El primer ciudadano

Andy Oakes

El primer ciudadano

Traducción de
Mariano Antolín Rato

ALIANZA EDITORIAL

Título original: *Citizen One*

Calle Juan Ignacio Luca de Tena, 15;
28027 Madrid; teléfono 91 393 88 88
www.alianzaeditorial.es
ISBN: 978-84-206-6828-4
Depósito legal: Na. 2.364-2008
Composición: Grupo Anaya
Impreso en Rodesa, S. A.
Printed in Spain

Dedicatorias y agradecimientos

Para Annie y Tom... *siempre.*

Fsi yp rz kfrnqz ufxy fsi kzyzwj... n znxm ymfy n mfi pstzs ztz.

Este libro está dedicado al club de fútbol Manchester United, a sus jugadores, pasados y presentes... a su entrenador, sir Alex Ferguson, y a la memoria del gran Matt Bubsy.

Este libro está escrito en memoria de Molly y Cliff Wyatt, personas sinceras y honradas. Alan Fisher, escritor, maestro, siempre con corbata y caballero. Y Gary Jewell, un amigo en el que pienso todos los días. Descansen en paz.

Un libro como éste no podría haberse escrito sin la ayuda y apoyo de muchas personas, sin sus conocimientos y dominio de su oficio. Mis gracias especiales son para Juri Gabriel y Eric Lane, por su paciencia, intuición, trabajo intenso y fe en mí. Mis manuscritos estarían sencillamente en el fondo de un cajón si no hubiera sido por ellos. También quiero agradecer a Sean McMinn su experta ayuda en la escena de submarinismo del libro. A Gaurav Kumar sus lecciones sobre la piratería informática. A Lee Geering su explicación de las lecciones sobre piratería informática. Y un agradecimiento a Joel Griggs por nuestros divertidos almuerzos juntos y nuestras intensas conversaciones sobre la escritura... todos mis deseos de éxito para sus propios proyectos como escritor. También mis gracias a mis colegas y amigos del William Parker Sports College, de Hastings, por su apoyo y entusiasmo constantes que me han llenado de energía las veces que más lo he necesitado. También a mis colegas en el Youth Development Service, de Hastings. Debo mencionar de modo especial al grupo CONNEXIONS de Intensive Support Personal Advisers, que hace una valiosa labor «más allá de las exigencias del deber», con los jóvenes y sus familias. Es un placer constantemente trabajar con vosotros. Gracias especialmente a Sue Fenwick, Sally Thompsett, Bev Gibbs, Sarah Church, Ruth Adams, Steve Carter, Patrick Flynn y Richard Lewis. También debo agradecimiento a todos los jóvenes con los que he trabajado... vuestra energía, resistencia y capacidad de percepción me asombran. Estoy seguro de que me habéis proporcionado una comprensión mayor de las cosas de la que os he proporcionado yo.

Primera Parte

Capítulo 1

NUEVO ESTADIO NACIONAL. SHANGHAI,
REPÚBLICA POPULAR CHINA

Se detiene un Bandera Roja. Cuatro hombres bajan de él. Cuatro hombres hechos del mismo molde: frente plana, ojos apagados, una cuchillada a modo de boca. Y su olor: a dedos fuertes y corazones duros. Empujan a la chica fuera del automóvil. El Bandera Roja. La obligan a avanzar con movimientos amenazadores de pistolas. La siguen, mientras se agrupan con barro hasta la pantorrilla. Ella resbala. Manos, rodillas, se hunden en el barro. La levantan sujetándola por los sobacos. Empujan, pinchándola para que avance. Risas. Pullas. Pero todavía ninguna palabra de la chica. El único sonido, el de las respiraciones trabajosas, y una brisa, intensa y susurrante entre un bosque de andamios.

Tras la cerca de alambre, estructuras de hormigón. Tramos de esqueletos de escaleras que llevan del barro a ninguna parte, y, ondeando con la brisa, cintas: roja, amarilla, negra y azul entre la sombra de los focos encima de cinco pancartas entrelazadas que flamean, dos salpicadas de barro. Una con la inscripción:

OLIMPIADAS DEL PUEBLO… 2008

La otra:

OLIMPIADAS 2008… *Los ojos del mundo miran a la República Popular China*

Más allá de la cerca, oscuridad; en el centro, construcciones bajo los focos, edificios de hormigón y bosques de andamios de bambú iluminados. Un país de lo parcial, un continente de lo incompleto. El sueño olímpico hecho real con materiales de rugosa textura, un vasto óvalo que rodea un estático océano de barro. Medio iluminado, medio sin iluminar. En torno a su borde, oscuro, agujeros apuntalados, los cimientos de las enormes hileras de gradas incompletas que servirán de asiento a los adoradores del altar de la lucha entre la sangre limpia y la drogada.

En el extremo de la luna creciente, actividad, ruido. Una máquina queda sin vida. Un esfuerzo rítmico de ruedas dentadas y bombas neumáticas. Cuando se acercan, las formas que rodean la máquina se alejan hacia la luz, como si se acercara la peste.

Con barro hasta los tobillos, la chica descalza es arrastrada al mismo centro del óvalo. Queda de rodillas, con mirada frenética, mientras los hombres se apartan, retrocediendo en la oscuridad. Los mismos metros de barro negro entre ellos. Se ríen cuando ella se arrodilla. Bromean al imitar la posición de los velocistas que esperan el pistoletazo de salida.

Un grito áspero, sin cuerpo.

–A sus puestos.

Surge en medio de la noche un susurro cortante hacia la chica.

–Corre. Tu última oportunidad de vivir.

Con la cabeza estirada sobre de los hombros, la chica empieza a correr, resbala, cae. Vuelve a correr.

–Preparados.

En bloques de salida imaginarios, los hombres se levantan. Ojos clavados en la muñeca de trapo cincuenta metros por delante, que cae, se vuelve a levantar, resbalando torpemente.

Risas, silbidos, maullidos.

—¡Ya!

Cuatro sombras en la sombra más oscura se levantan, resbalan, esprintan, caen. En la oscuridad, se acercan a la marioneta de delante. Un grito cuando ella los ve emerger de un oasis iluminado por focos. Resbalan cuando se dirigen a ella. Caen. Vuelven a ponerse de pie. Se oyen sus respiraciones, entrecortadas. Cerca. Más cerca. Y en sus manos, muy brillantes, muy afiladas... navajas barberas, dientes de acero inoxidable con ganas de morder. Solloza, cae, apenas se recupera cuando el primero está encima de ella. Un borrón de oscuridad y plata. Muy brillante, nunca tan brillante. Se oye una cuchillada en el aire. En la tela de la espalda de su blusa. En la trabilla de su sostén. Y una frialdad instantánea, heladora, seguida de un calor pegajoso. Un chorro, como de caramelo caliente, que se desliza por su espalda. Cae de rodillas, pero sin ser consciente de la fría mordedura del charco de barro donde se ha arrodillado. Sólo consciente de la oscuridad que gira; de un puño, una hoja de plata impulsada por un muelle. Negra, su sangre sobre el filo de la navaja. Ve cómo cae ésta haciéndole un corte profundo en la cara, hombro y brazo. Ve cómo su blusa se rinde a la marea caliente. Cortes en su cuerpo como una lluvia que pincha. Frenética fiebre de violencia, intensa respiración que hiere. Caras oscuras, salpicadas con diamantes de sudor y una excitación jadeante. De pronto, ante la orden del hombre, silencio. Sólo las respiraciones, las respiraciones excitadas. Y luego el hombre estaba encima de ella. Lentamente, como con la ternura de un amante, una navaja barbera se desliza suavemente entre los bordes de su blusa. Caen los botones lentamente. La tela empapada apartada con facilidad. Una hoja plateada en su falda. Manos que agarran la tela, la arrancan. Sus prendas de vestir apartadas a un lado, cayendo como colas de cometa. Y luego un dolor que destaca entre tanto dolor. Casi perdido en su interior. El hombre con la cara picada de viruela le hace profundos cortes en el abdomen. Cada acerado navajazo en su piel poco resistente se traduce en una contracción de sus iris. Débiles respiraciones trabajosas de labios de papel. Mucha concentración al mutilarla. Un camarada con gran concentración incluso al matar. Con enorme esfuerzo por parte de ella, de unos labios lacerados, dos palabras que caen débilmente contra la mejilla de él, que huele a colonia.

–¿Por qué?

El hombre se ríe, divertido por el hecho de que ella haya preguntado. Su respuesta, con los labios pegados a la oreja retorcida de ella, igual de débil.

–Porque puedo.

Su hoja se desliza por el costado de ella hasta uno de los lados de sus bragas. La delicada tela resbala cortada. La aparta. La ardiente respiración de él. Risas cuando, con manos desgarradas, ella intenta taparse. Poco a poco, le apartan los dedos con la hoja brillante de la navaja barbera. Y luego, cuando el hombre se aleja, empuja a otro hacia ella.

–Tu turno, camarada oficial.

Una contestación. Palabras que ella no oye. Palabras que no habría querido oír. La mirada de la chica se detiene en una abertura alejada de la estructura del estadio. La ciudad muy cerca, tan lejana.

–Dije que era tu turno, camarada oficial. Si es que quieres ser miembro de nuestro club.

Le vuelve a empujar. Más cerca. Entre el olor a sangre, metal y pimienta, su peste a sudor avinagrado. Y en el mismo horizonte auditivo de ella, las voces de los demás animándole, aguijoneándole.

Ante la oscuridad de la noche, el brazo de él con un movimiento de guadaña. Una hoja que atraviesa el aire frío y recorre el suave cuello de ella. Un estremecimiento de excitación que le recorre. Se mantiene quieto mientras la examina. Él es, en aquel momento, un dios que la hace desangrarse en los charcos de barro.

Los ojos de la chica, ciegos ante su asesino, que deja caer los pantalones; sorda a las burlas de sus camaradas. Ajena a las duras arremetidas en su interior. Su sangre le bautiza; su vagina se aprieta en torno a él, mientras con las convulsiones de la muerte le obliga a correrse antes de tiempo. El semen derramándose frío por su interior. Muerta ya cuando él acabó de eyacular. Su espalda arqueada captada en gélidos fotogramas por el hombre con la cara picada de viruela.

Se retira entre aplausos. Se abrocha mientras sonríe a la cámara. Palmadas en la espalda cuando arrastran a la chica por el barro hasta el mismo borde de uno de los agujeros para los cimientos. El hombre con la cara picada de viruela se adelanta desde detrás del grupo. Su mirada se cruza con la de los demás. Sólo un asentimiento de cabeza; la acción ni siquiera exige palabras. Gestos de asentimiento como respuesta; luego la arrastran a patadas desde la luz del foco hasta la oscuridad. Cae de cabeza en el agujero, el cuerpo girando, los miembros fláccidos. Otro asentimiento de cabeza del hombre con la cara picada de viruela. Una mano en una palanca, un eructo de escapes de gasóleo con aumento de revoluciones y un gruñido de profunda voz metálica. La voz de la máquina, cada segundo más potente. Enorme flamenco de hierro, la máquina veteada deja caer su cuello con tuberías hacia delante, hacia abajo. Las revoluciones lo ahogan todo. Ahora un río, la caída de hormigón líquido, que llega al pecho, entrando espeso por la boca y los agujeros de la nariz. Petrifica los ojos vueltos hacia arriba. La chica muerta, ahora un crucifijo de piedra. El hormigón líquido sube, hasta que no queda nada a la vista.

El hombre con la cara picada de viruela sonríe. Se baja la cremallera de los pantalones y mea en el agujero. Para cuando se vuelve a subir la cremallera y se ajusta la guerrera del uniforme hecho a medida, el hormigón ha llenado el agujero por completo, corriendo por los canales laterales de los cimientos menos profundos. El hombre con la cara picada de viruela vuelve a asentir con la cabeza, por última vez. Una mano se estira hasta la palanca, la desconecta. Revoluciones reducidas a un quejido. Un sonido a muerte de acero y goma. Sólo el latir de las lejanas carreteras.

Risas cuando caminan desde el pegajoso interior del estadio nacional a medio construir. Risas cuando miran las imágenes en la brillante pantalla de la cámara.

Tras ellos, formas que salen de la oscuridad, de vuelta al trabajo. Tras ellos, vida y quienes la viven. Ahora a salvo... la peste se retiraba.

Ni una palabra. Portazos en el coche. El motor del Bandera Roja fractura el silencio. Faros que se deslizan sobre las pancartas de tela.

OLIMPIADA DE 2008, CHINA... EL MUNDO ESTARÁ MIRANDO

Humo de cigarrillos que se entrelaza. Bromas, palmadas en la espalda y una petaca de plata con coñac francés que pasa de mano en mano y de boca en boca. Todos, excepto el hombre con la cara picada de viruela, beben. Pero él estaba vigilante, siempre vigilante.

Un anillo de oro que golpea el cristal de separación entre el conductor y sus pasajeros, el proletariado y los delfines... los *tai zi*. Un asentimiento de cabeza respetuoso del chófer. Un pie respetuoso que pisa suavemente el acelerador.

Habría duchas calientes. Ropa limpia de las telas más caras. Habría copas, de vino y de licores importados, esperando en la ciudad. Esperando en la calle Zhapu, empapada en cromo. También comida elaborada con los ingredientes más delicados, suficientes para conseguir los Seis Sabores de la cocina china. El sabor intenso, *fei*. Fragante, *xiang*. Fermentado, *chou*. Crujiente, *song*. Fresco, *xiang*. Con mucho cuerpo, *nong*.

Habría opio, servido en pipas de plata. Y putas… no *yeh-ji* conseguidas por un par de cervezas. No «faisanes silvestres» enfermas… un polvo por un paquete de China Brand, una mamada por un puñado de fenes. Sino putas selectas elegidas en un menú entre las caras más exquisitas, los cuerpos más deseables. Sólo había que hacer una llamada. Dólares, verdes y americanos, por millares, conseguían la insaciable exploración de sus delicias perfumadas.

Ya la sensación de las dulzuras del opio, el sueño etéreo, los pezones con colorete y los labios pintados de la puta. Lo que va a pasar, muchas veces más satisfactorio que la realidad. Incluso con el afrodisíaco del asesinato en la nariz y el sabor del cemento en polvo en el fondo de la lengua.

En su muñeca suena ruidosamente la alarma de un reloj de gran tamaño. Una vida vivida en divisiones de dos horas. El hombre con la cara picada de viruela desconecta la alarma y vuelve a reajustar el temporizador. Se arrellana en el cuero antiguo del Bandera Roja mientras los otros se pasan una vez más la petaca de plata, vaciándola. Enciende otro cigarrillo, extranjero y largo. Se deja acariciar por el humo que él sabía le alisaba la cara. Veía cómo los otros se quitaban los restos de cemento en polvo de la boca, muy seca, con un delicado Merlot. El de mayor calidad. ¿Qué cosa mejor para enjuagarse? Y luego las bocas de las putas en las suyas, uniendo negocios y placer.

Capítulo 2

Ankang – Paz y Salud

No seas un *hua fengzi*, un «maníaco romántico». Uno que tiene aspecto desaliñado o va despeinado. Uno que influye desfavorablemente en el decoro social.

No seas un *zhengzhi fengzi*, un «maníaco político». Alguien que grita consignas políticas, que escribe pancartas y cartas reaccionarias. Alguien que manifiesta su opinión sobre asuntos internos e internacionales importantes. Alguien que altera el funcionamiento normal del Partido.

No seas un *wu fengzi*, un «maníaco agresivo». No golpees ni insultes a la gente, no destruyas propiedades públicas, no persigas mujeres ni pongas en peligro la vida y propiedades del pueblo.

No seas eso ni hagas esas cosas, pues Paz y Salud te esperan. *Ankang* te espera.

*

Ankang. Un hospital que castiga con un régimen de internamiento y cuidados. No se sale de él en unos meses. Tres, cinco años, se consideran períodos cortos de encierro. No es un hospital en el que te tumbas en la cama. Es más bien un hospital donde trabajarás siete horas al día.

Ankang. Un hospital que castiga recurriendo a instrumental y tratamientos médicos. Medicamentos, fármacos que te hacen babear constantemente. Que hacen que tus ojos se vuelvan desamparados hacia arriba dentro de sus cuencas. Que te hacen andar despacio, y tropezar con frecuencia. Que hacen que quieras dormir constantemente.

Ankang. Un hospital que castiga mediante el uso de inyecciones. Inyecciones intramusculares, y las mucho más dolorosas inyecciones intravenosas. Inyecciones que te hinchan tanto la lengua que ésta sobresale de la boca. No puedes hablar. Tragar. Inyecciones que te paralizan los músculos faciales, como una máscara modelada con cera. Ojos fijos, desorbitados. No puedes girar la cabeza... tienes que mover el cuerpo entero para mirar algo.

Ankang. Un hospital que te castiga con acupuntura alimentada por corriente eléctrica. La «hormiga eléctrica». Tres grados de corriente; tres grados de dolor; tres puntos favoritos de la acupuntura. El *taiyang*, en la sien. El *hegu*, en la palma de la mano, entre los dedos pulgar e índice. Pero el más usado, el más doloroso, es el punto del corazón de la planta del pie. Alaridos, mientras a otros internos les obligan a permanecer alrededor de la cama para que vean cómo se aplica la hormiga eléctrica. Una amenaza de que ellos serán los siguientes si se trasgrede una norma, si se infringe un principio.

*

No lleves un aspecto desaliñado ni vayas despeinado.

No influyas desfavorablemente en el decoro social.

No distribuyas panfletos, no pegues carteles.

No tengas una opinión política hostil.

No desafíes al Partido ni al gobierno, de ninguna forma.

No seas retrasado mental ni tengas dificultades de aprendizaje.

No alteres el orden público de la sociedad, ni siquiera aunque se suponga que no lo puedes evitar porque padeces una enfermedad.

Las órdenes son estrictas. Como descubran un indicio de cualquiera de estos comportamientos, los organismos de seguridad pública te llevarán bajo custodia para someterte a tratamiento.

Ankang espera.

Capítulo 3

BEIDAIHE, MAR DE BOHAI,
REPÚBLICA POPULAR CHINA

Ten sueños diferentes mientras estás en la misma cama...

Las suaves arenas de la estación balnearia de Beidaihe están divididas en tres zonas.

La playa este está reservada a los trabajadores destacados y los miembros del ejército. A los que son de fiar. A los que son los «oídos». A los que escuchan los rumores y luego informan de ellos. A los «que dan palmadas en el lomo del caballo». A los *tong zhi,* a los camaradas, que intentan «volver a meter la mierda en el culo del caballo».

El centro de la playa lo usan los funcionarios del Partido de las categorías más altas. Los *cuadros* más importantes y sus parásitos. La elite. Los que originan el viento cuya estela todos los demás deben seguir. El centro de la playa, la parte mejor de la playa, limpia, rastrillada, la arena más fina.

La playa oeste es para los extranjeros. «Los narizotas.» Los *yang-gui-zi,* «los diablos extranjeros». Los *wai-guo-ren,* «personas de fuera del país».

Confucio, en el primer párrafo de las *Analectas,* preguntaba: «¿No es un placer tener amigos que vengan de lejos?».

Sí, lo es. Mientras se mantengan en la playa oeste.

*

La *zhau-dai-suo,* «casa de invitados», daba al centro de la playa de Beidaihe; un camino privado permitía el acceso desde ella a la fina arena color miel. Raro, incluso entre ellos, tal privilegio. Flanqueando su cancela metálica, una cabaña de playa y un cobertizo para barcas, de ladrillo de color suave.

Varias dachas ocupan esa zona, ninguna visible desde ninguna carretera. Elevados muros y altos árboles oscilantes, con todas sus hojas, hacen guardia. Invisibles para el ojo, las *zhau-dai-suo.* Invisibles también en todos los sentidos. No registradas en los documentos, ni señaladas en los planos, ningún nombre relacionado con ellas, ningún título de propiedad, ningún número de casa, ni dirección. Se levantan en calles sin nombre, en zonas que, oficialmente, no existen.

*

La mujer se detuvo junto a la galería que conduce a los dormitorios principales. Una vista del mar, entre los delicados visillos de gasa color lila y los árboles oscilantes. Todos los días ve el mar, aprecia sus cambios. No muy diferente de vivir con otra persona. Pero hacía mucho tiempo que había elegido vivir con alguien de verdad. Amantes, maridos, hombres… piedras para cruzar un río ancho, agitado. Nada más.

Ahora más escarpado, el arco del sol en el océano. Barcos, surcando el horizonte, sus luces en movimiento parpadean con vida en su imaginario camino hacia el mar Amarillo y más allá, hacia la boca del Changjiang, el río Largo, el poderoso Yangtzé.

Se alza una brisa. Los visillos ondean libremente e imitan el suave avance de las olas hasta la orilla. Cierra la puerta de la galería. La fragancia evocadora que ella siempre asociaba con Beidaihe, aceite de coco y fuegos de madera de alcanforero, se aleja y es reemplazada por aromas fabricados por el hombre que vienen en delicados frascos muy caros. Chanel, Guerlain, Yves Saint Laurent. Según pasa, acaricia la cabeza del niño que está tumbado en la cama con sábanas de satén. Suena el teléfono, pero no molesta al niño. Nada molesta a aquel niño. Mira su reloj. El teléfono continúa sonando. En el minuto preciso, a la hora exacta. Cómo adoraba ella a los hombres que eran tan predecibles.

–*Ni nar*.

Escuchar, escuchar solamente, con la réplica ocasional preparada. Muchas personas podían hablar, unas pocas podían escuchar. Ella era una de esas pocas. La conversación divagó durante muchos minutos antes de que él pudiera encauzarla adecuadamente.

–Señora, gracias por su ayuda en mi pequeño apuro. Se aprecia mucho. Se aprecia muchísimo.

–Es un placer ayudar a alguien que lo necesita.

Una demora hasta las palabras siguientes del hombre. Palabras que son difíciles de decir, como un anzuelo enganchado en la boca de una carpa.

–Su colaboración, señora. No puedo sino maravillarme de lo a tiempo que llega.

–¿Es una cuestión de oportunidad, camarada comisario jefe Zoul?

–Sí, señora. Mantenemos relación el uno con el otro. Él anticipó que usted me iba a ayudar. Lo anticipó hace tiempo. Un amigo común. No me había dado cuenta, señora. Los que me recomendaron a usted no lo dijeron.

–No deberían, camarada.

–Por supuesto, señora, por supuesto. Usted era la…

Él se interrumpió durante un segundo, tratando de encontrar el término adecuado. Querida. Concubina. Amante. Ella sonrió. Un hombre mirado, era buena señal. Un hombre así sería maleable, fácil de «convencer».

–Usted fue la compañera del difunto ministro de Seguridad. Un buen hombre, un gran camarada. En el Departamento de Seguridad Pública todavía lamentamos que la vida ya no lo posea.

–Gracias, camarada comisario jefe Zoul. Yo también lamento que mi querido ministro se fuera con sus antepasados.

Sus dedos caen sobre la mejilla sonrosada del niño que duerme.

–Pero nuestro amor nos proporcionó un hijo. Un gran don. Diez mil onzas de oro.

–Así es, señora, así es.

–Pero cuando usted habla de un amigo común, no habla del difunto ministro de Seguridad, ¿verdad?

–Muy perspicaz, señora. Es usted muy perspicaz.

–Habla de mi marido, ¿no?

Silencio. Casi lo pudo oler: la colonia italiana del hombre y su miedo no disimulado. Ella sabía por instinto cuándo utilizar las palabras adecuadas, como si recurriera a una caja de herramientas. Cada frase, una llave inglesa, un martillo, un cincel. Cada palabra, una ganzúa, un suave pincel que se usa para retirar los restos delicados.

–Por favor, camarada comisario jefe Zoul, hable libremente. Esta línea es segura, y yo soy una mujer que entiende las cautelas que deben tomar los altos *cuadros* en todos sus tratos.

Se rió delicadamente. Tan natural y tan bien ensayado.

–¿Un privilegio porque mi amante ahora muerto haya sido ministro de Seguridad?

Él, Zoul, debía de haberse sonrojado. La palabra «amante». La palabra «muerto». Un encallecido jefe del DSP con semejantes susceptibilidades a flor de piel.

–Sí, señora, gracias. Hablaré con libertad, si puedo. Su marido, del que usted... usted...

–¿Mi marido, del que estoy separada, camarada?

–Sí, señora, gracias. Su marido, del que está separada, el inspector jefe Sun Piao. Yo he heredado el puesto, y está bajo mi mando. Ahora soy su comisario jefe.

Ella se volvió a reír. Una risa de duración y entonación perfectas.

–No le envidio, camarada comisario jefe. Mi marido, del que estoy separada, es un hombre difícil, un hombre desafiante.

–Exactamente, señora. Exactamente.

–Mi marido, mi marido, del que estoy separada, no entiende de sutilezas. No distingue los tonos que hay entre el blanco y el negro.

De pronto, con dolor, recuerda sus ojos azules. Ojos de un mestizo.

–No es un hombre al que le importe el orden natural de nuestro sistema. Los secretos que deben mantenerse a buen recaudo.

–Exactamente, señora. Yo pienso exactamente lo mismo. Sus investigaciones fueron más allá de lo que deberían avanzar unas investigaciones normales. Como usted ya sabrá, eso molestó a sus propios compañeros. A sus jefes. Sus acciones llegaron a oídos del Politburó. Eso llevó a calamitosas investigaciones, procedimientos judiciales. El *fen-chu* quedó desmantelado. Todavía sufrimos las consecuencias.

–¿Y eso interfirió en las demás actividades del DSP, camarada comisario jefe Zoul?

–Sí, señora. Como ya he dicho, es usted muy perspicaz. Es agradable hablar con una persona que entiende cómo funcionan las cosas… cómo funcionan…

–¿Cómo funcionan las cosas en el DSP y los servicios de seguridad, camarada comisario jefe Zoul? ¿Cómo se llevan los asuntos?

–En efecto, señora, en efecto. Nuestro inspector jefe Piao, un hombre muy peligroso. Un hombre capaz de vaciar la piscina entera sólo porque alguien se haya meado en ella.

Ordinario, muy ordinario. Cuánto odiaba ella a los hombres ordinarios. Espera las palabras siguientes, pero transcurren muchos segundos antes de que se produzcan.

–Mi llamada, señora, es muy delicada.

–Haga el favor, camarada. Hable con libertad.

–Gracias, señora. Yo soy un comisario del Departamento de Seguridad Pública, no un político. A veces me enredo con las palabras.

–He pasado toda una vida entre las palabras rebuscadas de los políticos, camarada. Las palabras sinceras de un policía las recibo con complacencia.

Silencio. Sólo la respiración de él. Tensa, expectante.

–He tenido que ponerme en contacto con usted, señora. Me ha ayudado en una situación delicada. Una situación que podría haber terminado con mi carrera.

–Una situación que podría haber terminado con su libertad, camarada.

–En efecto, en efecto. Y se lo agradezco, señora. Le estoy muy agradecido. Pero necesitaba saber si...

–¿Se ha puesto en contacto conmigo para enterarse de si yo querría *guan-xi* a cambio?

Una tos educada al otro extremo de la línea.

–¿Quizá usted ha pensado que yo querría hacerle chantaje, usar esa información para presionarle y que dejara en libertad del *Ankang* de Shanghai a mi marido, del que estoy separada? ¿Presionarle para que le aceptara de nuevo para el servicio activo en el DSP?

Silencio.

–¿O quizá pensara que yo le iba a chantajear a usted para que llevara a cabo una acción que tuviese como resultado que nunca le soltaran del *Ankang?* A fin de cuentas, camarada comisario jefe, el DSP tiene la mano muy larga, ¿verdad?

Silencio embarazoso.

–Lo siento, señora. Me considero justamente castigado. Lo oportuno de su intervención me preocupó. Evidentemente, es innecesario decirlo. Ahora lo entiendo. Aunque usted está separada del inspector jefe Piao, yo creía...

La mano en la mejilla del niño. Unos latidos muy débiles, aquel filo de navaja entre vida y muerte.

Lo había decidido, despertaría al niño en cuanto concluyera la llamada y hubieran llegado a un acuerdo. Lo despertaría y bajarían a la playa. Mirarían las luces de los lejanos barcos. Olor a humo de hogueras y lanzamiento de piedras al mar. Kiessling, la antigua confitería alemana, todavía estaría abierta. Un trozo de tarta, quizá de su famoso *strudel,* y un café, caliente y amargo. Un helado pequeño para el niño. Y de nuevo mirarían las luces de los barcos que pasaban y hacían guiños señalando su existencia.

–Es usted menos lento de lo que imaginaba, camarada comisario Zoul.

El tono de ella era distinto, como la seda si se compara con cuero y la arena en comparación con granito.

–¿Señora? Lo siento, no entiendo.

–Tengo archivado un informe completo de su pequeña indiscreción. Incluye una declaración de la víctima. Se lo mandaré al nuevo ministro de Seguridad por mensajero si no se cumplen todas mis exigencias. Debería saber usted que la esposa del ministro es gran amiga mía…

La palabra disparada, como un cierre de seguridad encajando donde debe.

–¿Exigencias?

El niño se despierta. *Nemma bai nemma pang.* Puede que ya haya soñado con un helado.

–¿Tiene con qué escribir, camarada? La cosa llevará cierto tiempo.

Capítulo 4

Dos semanas después...

El inspector Di se calienta las manos con el dulzón aliento de su purito. Ojos hacia un cielo atravesado por una grúa, cortado en cuadritos, en lonchas, y con un sol del tono de la cerveza sin fuerza. Un asentimiento de cabeza a un subinspector que es más joven que su hijo. Con más espinillas que su hijo, pero menos insolente. Un motor corta el silencio, centímetro a centímetro, tras unas pantallas de protección descoloridas, tirando de cables que levantan una sombra rectangular.

Gritos. Frenos. Una hilera de agentes con idénticos uniformes verde oliva tira de cuerdas, haciendo oscilar el bloque de cemento sobre cuñas de acero. Se mueven en fila india por el barro hacia un camión Liberación salpicado de barro. Se encienden China Brands, que arden con color de mandarina en labios cuarteados.

–Ven.

Hizo una seña al subinspector y sonrió mientras le veía entendérselas con el campo embarrado. Lleno de mierda hasta los tobillos, llena de mierda la parte inferior de sus pantalones. Tendría que dar explicaciones a su madre.

Pestañeando cuando desgarran la pantalla de protección, el inspector se protege los ojos del hiriente haz de luz. El subinspector se lleva a toda prisa las manos a los labios, protegiendo la boca con un enrejado de dedos, pero entre sus aberturas sale espesa bilis, mientras corre alejándose de la pantalla, y las piernas se le doblan. Se arrodilla en el barro, soltando una y otra vez un mantra penitencial al ver lo que nadie debería ver.

–*Dao-mei… dao-mei… dao-mei… dao-mei.*

Di enciende otro purito. Chupadas y espiraciones rítmicas cuando rodea el borde irregular del obelisco de cemento.

–*Ta ma de.*

Saca del bolsillo una cámara del tamaño de un paquete de Panda Brand. A cada clic, un juramento. A cada clic, a cada blasfemia, una visión de lo peor que un camarada de la República Popular pueda desearle a otro camarada de la República Popular. Nada que se pueda encontrar en el *Libro Rojo* de Mao.

Al acercarse, el encuadre se llena de un gris pizarra. Integrados en el hormigón, los dedos de un pie, esmalte de uñas color cereza, hace tiempo aplicado. La topografía en piedra de una barbilla, una mejilla, una boca abierta tapada, un ojo ciego vuelto hacia arriba. Integrada en el hormigón, una chica desnuda y destrozada.

Más cerca. Toca con desagrado una mano, cuyos dedos rotos se aferran a un objeto de brillo mate. Saca una foto antes de tirar de cada dedo; fragmentos de hormigón caen como nieve gris. Otra fotografía.

–*Ta ma de.*

La náusea le invade. Del bolsillo saca una navajita sin filo. Usa la hoja para separar el objeto empotrado de su cavidad de cemento y raspa cuidadosamente la parte gris que lo cubre. Mantiene el objeto en la palma de la mano con el brazo estirado. Toma varias imágenes digitales y maldice su mala suerte. Tan mala suerte, que tenía que haber estado de guardia cuando había llegado la llamada.

Saca una bolsita para guardar pruebas de un bolsillo y deposita el objeto en el interior de su plástico arrugado. La cierra herméticamente, le pone una etiqueta. Una última mirada antes de enterrarla en un profundo bolsillo interior. Mueve la cabeza. Su cuerpo es recorrido por un prolongado escalofrío. Alguien estaba caminando sobre su tumba. Alguien con pesadas botas.

El subinspector desgarró las pantallas de protección. Los ojos de Di no se apartan de la cara de la chica muerta. Sus palabras, enmarcadas por una dureza que lleva al subinspector a la acción inmediata.

–Que nadie más vea esto. Nadie. Pon guardias fuera. Asegúrate, y luego vigila cómo se hace la otra excavación.

–Sí, camarada inspector.

Una chupada final a su último purito. Diez diarios. Le había prometido a su mujer que diez, ni uno más. Deja caer la colilla del décimo en el agujero abierto para los cimientos. Busca en el bolsillo lateral de la guerrera el paquete de áspero cartón y su undécimo purito, que enciende cuando se aleja de las pantallas.

En el barrizal empieza a funcionar un motor. La segunda grúa, en la esquina noroeste del solar, lanza sombras. Un grito al interior de la lona atada del camión Liberación.

–Fuera. Fuera...

Hombres que saltan por la parte de atrás. Cigarrillos tirados al barro. Juramentos pronunciados entre dientes.

–Registradlo todo. Todo. ¿Entendido? Y tú...

Señala a un joven agente bizco.

–Lleva a seis agentes más. Registra este solar y los solares de alrededor. Testigos, pruebas, cualquier cosa sospechosa. No te vayas hasta que hayas registrado la zona entera, ¿entendido?

Asentimientos de cabeza y palabras obscenas susurradas. Pero los ojos del inspector todo el tiempo en lo más alto de la grúa. Otra sombra que se alza gris detrás de las pantallas de protección. Lo sabe, lo sabe. Observa que una parte de la pantalla cae a un lado. El subinspector la atraviesa, abriéndose paso entre el bosque de andamios de bambú. El sonido de su voz no se escucha por culpa del idioma que hablan las máquinas, pero Di le lee los labios. Conoce las palabras y ya está corriendo en dirección al joven subinspector.

–Hay más. Hay más, joder.

Capítulo 5

Llamadas telefónicas en plena noche, siempre cortantes, siempre haciendo presentir el peligro.

–¿Sabe quién soy?

La voz, una especie de chirrido. Reconocible de inmediato, y, con eso, una imagen de luz que cae sobre piel agujereada. El sueño desaparece y está alerta al instante. El camarada comisario Zoul se sienta en la cama, y su libro cae al suelo.

–Sí. Sí, sé quien es usted.

–Entonces escuche con atención, comisario Zoul. Recibirá una llamada de uno de sus inspectores. Un inspector de la brigada de homicidios que se llama Di. Ha encontrado algo que no debería haber encontrado.

El hombre con la cara picada de viruela deja espacio para una pregunta que sabe que nunca llegará. Hasta el camarada comisario tiene la sensatez de no hacer preguntas que nunca serán respondidas.

–Es un asunto del Ejército Popular de Liberación. Una cuestión delicada que requerirá su apoyo total y de la que me ocuparé yo personalmente.

Otro espacio. El hombre con la cara picada de viruela se toma su tiempo para encender un cigarrillo francés; su humo tan perfumado como el pecho de una puta.

–Su inspector y el ayudante de éste se encuentran en una situación delicada. Han visto cosas que no debieran haber visto. Son hombres incapaces, incapaces...

Silencio, medido en segundos, mientras busca las palabras adecuadas, la pronunciación precisa. Es un derecho por ser hijo de quien es. Sabe que cualquier cosa que quiera al final la consigue.

–Son camaradas incapaces de ver a gran escala. No como usted, camarada comisario.

El dormitorio está gélido, ya se acerca el invierno; pero Zoul se seca el sudor de la frente con la sábana.

–Entiendo, señor camarada.

–Está bien que entienda, Zoul. Es lo que esta situación requiere, que todas las partes entiendan.

Sudor en las comisuras de sus labios, advirtiéndole de las palabras que no debe decir.

–Mis agentes, camarada, son buenos camaradas. El inspector Di y su ayudante son agentes en los que se puede confiar. Estoy seguro de ello. Serán discretos. Mantendrán la confidencialidad del asunto.

–Di le telefoneará a usted. Necesitará un transporte pesado, necesitará hombres. Ya he previsto eso. El material preciso procederá de un sitio que no le interesa a usted. Me hago cargo personalmente de esta operación. ¿Lo entiende?

–Sí, camarada.

–Insistirá usted en que Di le entregue las muestras para la investigación forense que pueda haber recogido durante su breve investigación. ¿Lo entiende?

–Sí, lo entiendo.

–Todos los informes, todas las notas se me entregarán a mí. ¿Entendido?

–Sí, lo entiendo, señor camarada.

–Quiero que esta situación, esta investigación por parte de sus agentes cese, desaparezca, como si nunca hubiera existido. No querrá que me enfade, ¿verdad? No querrá que se enfade mi apreciado padre, ¿verdad?

Su voz baja. Apenas audible.

–Lo que necesitamos es obediencia. Obediencia y discreción. Estamos involucrados en una lucha, Zoul. Una lucha por corazones y mentes. Para conservar los gloriosos valores de nuestros queridos líderes. En este proceso quizá haya que romper algunos huevos. Pero ¿qué importa eso en una lucha así?

–Sí, señor camarada.

Cigarrillo apagado con fuerza en un cenicero de cristal.

–Debemos estar preparados para hacer sacrificios por una cosa así, Zoul. Por la seguridad y el progreso de nuestra República. De hecho, por su misma supervivencia. Debemos estar preparados todos para hacer sacrificios, incluso el sacrificio definitivo si fuera preciso.

*

Un desayuno de cacahuetes, fideos, fruta y verduras en vinagre tan amargas como las noticias que estaba esperando. La llamada telefónica se produjo cuando tomaba manzanas después de los mejores lichis, machacados y partidos.

–Camarada comisario jefe. Soy el inspector Di. Señor, tenemos un problema...

Ahora frío; el único calor, el purito de Di. Su decimosexto purito.

–Nuestra investigación en las obras del Nuevo Estadio Olímpico Nacional presenta complicaciones que no habíamos previsto...

Los ojos de Di se mueven por el lateral del segundo obelisco. Un codo y un pie en el hormigón, una mano apretada y una mascarilla de hormigón de una cara.

–Es difícil de calcular, pero puede que haya muchas desgraciadas a las que la vida ya no posee. Han sido integradas en los cimientos de hormigón, camarada comisario jefe. Todas parecen ser mujeres jóvenes. Podrían tener relación con otros casos en los que estoy trabajando, camarada comisario jefe. No lo sabremos del todo hasta que hayamos transportado el hormigón a un lugar adecuado y lo hayamos roto.

Su mano, manchada de polvo del hormigón, en el auricular que protege sus palabras, sus labios.

–Además, camarada comisario jefe, señor, hay un problema adicional relacionado con la situación que hemos descubierto aquí.

Sus ojos se mueven del lenguaje Braille humano integrado en el segundo obelisco de los cimientos de hormigón a su mano y al objeto que ha arrancado de los dedos de una de las chicas muertas… la estrella de la República Popular.

–He encontrado la insignia de una gorra, señor, en la mano de una de las víctimas.

Una última chupada a un purito reblandecido, antes de librarse de él.

–Es la insignia de una gorra del EPL, camarada comisario jefe. Una insignia de la gorra de un oficial de muy alta graduación.

Capítulo 6

CUARTEL GENERAL
DEL DEPARTAMENTO DE SEGURIDAD PÚBLICA
SICHUANLU, SHANGHAI

El *fen-chu* olía a todo lo que él no asociaba con el departamento. A pasta de dientes y a plástico, a camisas limpias y a mentes limpias. Había desaparecido el olor a ese tipo de hombres que él conocía. Olor a semen usado, sin franquicia, a tabaco barato, a principios morales dudosos y a calzoncillos de tres días. Estaba claro, en todos los sentidos, que una espantosa marea había barrido aquel lugar. Casi todas las caras de todos los inspectores jefe que había conocido él, llevados encima de su lomo blanco y ahora destinados a pueblos con un tractor y tres asnos. Con casuchas desvencijadas de madera donde el hurto de una horca para el heno sería considerado una oleada de delitos. Y con su vergonzosa marcha, también había desaparecido la propia estructura del viejo edificio que él había conocido tan íntimamente como uno conoce la palma de la propia mano.

El *fen-chu* ya no era un sitio para hablar de asesinatos, de violaciones. Aquel lugar ahora era más un sitio para comprar un sillón. Un sitio para tomar café con una capa de espuma por encima.

*

El pasillo del piso de arriba era alargado y con puertas idénticas. Nadie que él pudiera reconocer. Pero sabía dónde localizar el despacho del *cuadro*. Su categoría predecía que sería en un despacho de la esquina. Dos ventanas, una con vistas sobre el parque Huangpu y la otra con vistas sobre el río hasta el distrito de Pudong. El llamativo, el atrayentemente vulgar Pudong, que, si fuera una mujer, sería del tipo que tu madre te desaconsejaría pero a la que tu padre desearía. Miles de millones de yuanes costó dar forma a su topografía en punta y curvilínea de neones atrevidos. Cumbres, maquilladas, con los ojos pintados, perdidas entre la neblina. Pies con sandalias de tacón afilado que invaden las tierras de labor de color chocolate. Y más allá, en llanuras que una vez fueron fértiles arrozales, un mar de andamios de bambú se alza del barro donde crece el nuevo sueño comunista, moldeado a base de doctrinas capitalistas camufladas.

Todos son iguales, pero algunos tienen un despacho en la esquina con dos ventanas. Todavía sudoroso, Piao se secó la frente con el dorso de la mano y llamó a la puerta. Pasaron muchos segundos antes de que el psiquiatra, Tu, le invitara a entrar.

*

El psiquiatra no alzó la vista, hizo como que no conocía a Piao. Un expediente abierto encima de su mesa, el desfile de caracteres reflejado en sus gafas con montura de oro.

–Ya he leído esto sobre usted. El modo en que realiza las investigaciones no dice nada en su favor. Dice mucho de su deseo de hacerse daño a sí mismo.

Cierra el expediente y contempla a Piao durante muchos segundos antes de volver a hablar.

–Y éste. Es un informe del *Ankang*. De su psicólogo jefe. Contribuye a complicar las cosas, Sun Piao.

Agarra el grueso puro que dormita consumiéndose en el cenicero. Besa blandamente con una gruesa boca su extremo húmedo como si fueran los labios de una amante a la que se le da la bienvenida.

–Dígame lo que opina de la vida, Sun Piao. Sé que no se adaptó a la sencilla filosofía del *Ankang*.

–No es demasiado sencilla.

El psiquiatra se ríe, sus papadas se bambolean discordantes.

–Se podrían sacar muchas conclusiones de un comentario así, Sun Piao.

Humo que avanza ante su cara.

–Los sueños. Hábleme de sus sueños, Sun Piao. Se puede saber mucho por los sueños que tiene uno.

–Los mejores sueños que he tenido nunca son aquellos en los que muero.

El psiquiatra le observa, tamborileando con los dedos en la mesa.

–A las tres de la madrugada la mayoría de la gente piensa que la vida es algo terrible. Eso se debe a los niveles de azúcar en la sangre. No busco una explicación más profunda. Pero en su caso…

Toma más notas. Tamborilea nerviosamente con los dedos en el borde de la mesa. Tu, una mirada a su reloj. No se le había saltado el dorado, lo que significaba que era un Rolex auténtico.

–Creo que serán necesarias más sesiones, Piao. Muchas sesiones más.

Ojos que recorren los caracteres.

–Complicado. Sí, es usted un hombre muy complicado, Sun Piao.

–Eso me ha convertido en el buen inspector jefe que soy, camarada psiquiatra.

–Que era, Sun Piao. En pasado. Y si dependiera de mí, así debería seguir siendo.

Vuelve a colocar cuidadosamente el puro en el cenicero.

–Si fuera por mí, recomendaría su retiro inmediato del departamento por motivos de salud. En su última investigación, Piao, ¿qué fue lo que le hizo a mi colega, Wu, el jefe de la policía científica? Le colgó, sujetándolo por los tobillos, del puente más alto sobre el río de la ciudad, o eso creo. Y sobre su comisario jefe anterior, Liping, todavía hay muchas interpretaciones de cómo perdió la vida, y no todas coinciden con la suya.

Mueve la cabeza.

–Malsano, muy malsano. Usted investiga como si su propia vida dependiera de ello, Piao. Pero al parecer no me corresponde a mí emitir la opinión definitiva sobre su estado mental. Yo sólo soy el psiquiatra del departamento.

Su dedo índice recorre la estrella grabada en relieve en la parte de arriba del informe.

–Es evidente que usted no está capacitado para reanudar sus actividades dentro de ninguna de las secciones del DSP. En este momento yo ni siquiera le destinaría a dirigir el tráfico de la ciudad. Y no hablemos de permitir y autorizar que dirija complejas investigaciones sobre homicidios.

Cruza la mirada con la de Piao.

–Pero la decisión ha sido tomada sin tenerme en cuenta. Me han puenteado. Tiene usted un amigo muy bien situado, Sun Piao.

Abre un cajón de su mesa de despacho, que se desliza silenciosamente. Un gran tampón de goma, una gran almohadilla con tinta, la mesa se estremece con la doble presión.

SERVICIO ACTIVO

–Pero ese amigo suyo tan bien situado no le hace un buen servicio, Piao.

El psiquiatra, Tu, vuelve a guardar el tampón y la almohadilla en el cajón.

–Cierre la puerta al salir, inspector jefe. Ciérrela sin hacer ruido.

*

Se abre una puerta. El mundo entra con un estampido...

Fácil de olvidar, cuando se está encarcelado, lo complejo que es el mundo. Los sonidos. Los olores. Las imágenes.

Primeras bocanadas lejos del alcance del *Ankang*. El tráfico respira, ruge. Diez mil pies sobre adoquines. Un fragmento de conversación, risas, un taco. Todo confundido y en estratos unas cosas sobre otras, como edades diferentes en estratos de un yacimiento arqueológico.

Una calle... sus olores. Gasóleo, desagües, fideos, colonia barata y ropa de ayer vuelta a poner hoy. El aliento del dragón amarillo, incienso, la cagada en la suela de tu zapato. Todo mezclado.

–¿Se encuentra bien, jefe?

Se seca el sudor de la frente con la manga.

–Yo no quiero esto.

El tronco de un árbol, el brazo del Grande, impidiendo la salida de Piao.

–Joder, jefe, sólo quieren darle la bienvenida por su vuelta.

Hace que gire en redondo, le empuja hacia delante, como si fuera un niño que no quiere ir al dentista.

–Y hay cerveza de balde. Aunque sea una atención sin importancia, claro.

Un brazo sobre los hombros del inspector jefe le obliga a entrar en la habitación. Nota el estremecimiento del cuerpo de Piao, como si hubiera recibido un fuerte golpe.

–Todo va bien, jefe. Todo va bien. Estoy con usted.

Tsingtao. Reeb. Suntory. Yaobang agarra una Tsingtao al pasar. Le quita la chapa con el borde de uno de los nuevos ordenadores. Una mirada de enfado de un agente que él no conoce. Se acerca la botella espumeante. Una voz sonora que se impone a las conversaciones educadas.

–Pan líquido. Muy bueno.

La espuma le cae por la barbilla, a la camisa.

–¿Quiere una rebanada, jefe?

Piao agarra una botella. Agua mineral, *Kesai*.

–Todavía no me siento preparado para una cerveza.

Se seca el sudor de la cara.

–Puede que pronto. Puede...

–Claro, jefe. Claro. No se preocupe. La cerveza está sobrevalorada. La jodida está sobrevalorada.

Otra Tsingtao con chapa dorada le guiña el ojo. Yaobang la saca de la caja. La palma de su mano, grande, implacable, empuja un poco más hacia delante al inspector jefe. El grupo se separa, y todo el tiempo dando vueltas dentro de la cabeza de Piao, el viejo refrán:

«De la manga, el brazo roto no sacarás».

Se seca la frente una vez más mientras las caras se vuelven para saludarle. Arrugas de los ojos; bocas ocupadas, un despacho que bulle. Al fondo del espacio despejado en que habían convertido un ala de despachos, pasillos, armarios, urinarios sucios y malolientes... Yun. El inspector está parado exactamente donde se encontraba la cañería por la que bajaban los meados y la mierda sólo unos meses antes. Su acné brilla cuando se abre paso entre el grupo entusiasta. Chorros de Tsingtao y Suntory sobre los uniformes, trajes y suelo, cuando extiende la mano.

–Sun Piao, inspector jefe, encantado de verle.

Entusiasmado, le estrecha la mano entre las suyas. Sus palmas sudorosas como una ostra carnosa, huesuda y húmeda.

–Encantado de verle. Nunca creí que nos volveríamos a ver. Y ahora déjeme que le mire.

Dio unos pasos hacia atrás, con las manos en las caderas, como si estuviera mirando un cuadro. La mentira que coronó sus palabras siguientes, difícilmente convincente.

–Un aspecto excelente y vuelve usted como un héroe, nada menos. Lilly se morirá de gusto al saber que ha regresado al servicio activo. Mi cuñada, seguro que la recuerda, Lilly.

Tanto tiempo, y tanta medicación, pero aún el aterrador recuerdo. La pista de baile del Parque del Pueblo, y una mujer como un retaco con falda de gasa rosa y unos dientes como una rebanada de melón sin duda demasiado blancos para ser auténticos. Lilly. Sí, se acordaba de Lilly.

Yun le da un codazo. Protege la boca con una mano. Un susurro, entre vapores de Tsingtao, acompañado de un guiño de ojo.

–Le contaré que hemos hablado. Todavía está soltera, ¿sabe?

Piao paseó la vista a su alrededor sobre las caras conocidas y desconocidas, pero una que esperaba no estaba.

–¿Dónde está Di? No le veo.

Un trago de cerveza, un encogimiento de hombros.

–Un ascenso, dicen. Nuestro inspector Di pronto será inspector jefe. Aumento de sueldo. Un sillón tapizado. A lo mejor piensa que somos poco para él.

Yun se secó la espuma de los labios.

–La verdad, últimamente yo no le he visto mucho, ni tampoco a su ayudante.

Bajó la voz.

–Corren rumores de que se ocupa de un caso especial...

El guiño de un ojo enrojecido.

–Un caso delicado. Puede que trabaje bajo cuerda. Pero usted ha vuelto, inspector jefe, y eso es lo que cuenta. Ahora es el momento adecuado para soltar mi discursito.

Desenrolla un largo papel. Piao se fija en que su nombre está en la parte de arriba y las manos se le ponen inmediatamente húmedas.

–No es necesario, inspector Yun, de verdad que no es necesario.

–Tonterías, Sun Piao, para mí es un placer.

Da una palmada.

–Por favor, camaradas, por favor, presten atención. Tendrán ocasión de rellenar sus vasos en breve.

Se aclara la voz. Una hormigonera poniéndose en marcha.

–Camaradas, camaradas inspectores, me proporciona un gran placer en este día feliz dar la bienvenida a un antiguo compañero cuya fama, merecidamente, le precede. Un camarada inspector de cuyo honor todos nos congratulamos aquí, en el *fen-chu*. Bienvenido de vuelta a casa, inspector jefe Sun Piao.

Una salva de aplausos. Piao los oye débilmente entre el estrépito interior que le hunde, le sumerge.

–Como muchos sabéis, el inspector jefe Sun Piao, enfrentado a amenazas contra su carrera y su bienestar personal, luchó contra la corrupción y los elementos reaccionarios. Elementos reaccionarios dentro de nuestro querido Departamento de Seguridad Pública…

Perdido entre el ruido. Un profundo zumbido resonante se apodera de él.

–Eso llevó a una serie de investigaciones, juicios. Una limpieza de los gusanos del cuenco de arroz…

Piao nota el sudor, igual que trenes que salen de la estación de la calle Dong Baoxing, que le corre por la cara hasta el cuello.

–Como resultado de sus investigaciones se llegó muy lejos, y no sólo se produjeron detenciones, procesos judiciales y condenas a *lao gai,* sino también una reestructuración completa y radical de nuestro departamento, y la puesta al día y renovación de nuestro *fen-chu*. Tenemos que agradecerle mucho todo esto al inspector jefe Sun Piao.

Desesperado por pasarse la manga de la camisa por la frente y la cara, pero los brazos clavados a sus costados.

–Viva el proletariado de la República Popular.

Se alzan vasos. Vítores.

–Abajo los elementos reaccionarios.

Se alzan vasos. Vítores. Pechos orgullosos henchidos. Unidad al cantar.

«¡Adelante los que no quieren ser esclavos!
Con nuestra carne, nuestra sangre,
construiremos una nueva Gran Muralla...»

Una mujer delgada se abre paso entre el grupo. Se detiene. Su reflejo en las brillantes veinticinco chapas de las botellas de Tsingtao. Piao levanta la vista. La secretaria de Liping, el anterior comisario jefe, con un pecho tan acogedor como las agujereadas suelas de sus zapatos.

–Inspector jefe, el camarada comisario jefe Zoul quiere verle. Le quiere ver ahora.

Oye las voces, orgullosas gracias a la cerveza, de sus camaradas cuando seguía el huesudo culo de la mujer hasta los dominios del nuevo camarada comisario jefe. A cada paso, una valoración del significado del nombre de Zoul... su significado literal, «pececillo o pez pequeño».

*

El despacho tenía una luz cegadora. Dos paredes con ventanas, sus miradas de ojos vidriosos siguiendo el perezoso fluir del río Huangpu. Las aguas de éste, tan grises como un cumpleaños sin regalos.

Zoul era más bajo de lo que había imaginado Piao. Probablemente más bajo de lo que el propio Zoul imaginaba que era. Una especie de cuervo humano. Mirada de enfado. Yuxtaposición de nariz y boca, como si estuviera intentando picotear algo que no conseguía alcanzar.

–Inspector jefe Sun Piao, un nombre con el que hay que tener cuidado. Tiene usted mejor aspecto del que yo imaginaba que tendría. Sí, mejor. El *Ankang* suele dejar hechos trizas a los individuos. Sí, dejarlos hechos trizas.

Sonrisa, pero con un toque de burla.

–Naturalmente que yo no le conozco a usted y, más importante aún, usted no me conoce a mí. No, no me conoce. Eso está muy bien. Aquellos agentes a los que conocía usted o bien están muertos o en *lao gai*. Algo justificado, sin duda. Elementos reaccionarios. Naturalmente que justificado.

Se aleja de la ventana.

–Tengo entendido que han pronunciado discursos en su honor. El regreso del camarada héroe. Bien. Levantará la moral. Bien para el *fen-chu*. Hasta nuestra perfecta República Popular necesita un héroe o dos, ahora que Mao está muerto. Muerto, y olvidado.

Se mueve hasta su mesa. Ojos llenos de un comunismo corrupto y un informe al psiquiatra, todavía no escrito.

–Imagino que habrá notado muchos cambios, ¿no? Muchos, muchos cambios. Despachos mejores, alfombras, aire acondicionado, ordenadores. ¿Qué le ha llamado más la atención, inspector jefe?

Los ojos de Piao todavía atrapados por el culo huesudo de la secretaria del comisario jefe. Sus palabras tardan en formularse.

–Me ha llamado la atención que este despacho sea mayor que antes, camarada comisario jefe. Mayor que cuando pertenecía al encargado del funcionamiento de los mercados callejeros y al jefe de la patrulla de perros.

Zoul hizo una mueca, desplazándose en torno a la mesa y sentándose. Tenía un sillón mullido, con controles para ajustar la altura y la posición. Un sillón del que están hechos los sueños.

–Como digo, las cosas han cambiado. Para mejor, inspector jefe.

Hojea una delgada carpeta sujeta con sus huesudos dedos.

–Y a usted, Piao, ¿cómo le han ido las cosas?

Desde la ventana, un millar de resplandecientes ventanas de despachos. Un millar de vidas vividas tras ellas. El inspector jefe aparta la vista y se concentra en las manos de Zoul, consumidas, imposiblemente pequeñas. ¿No son demasiado pequeñas para poder servir de algo?

–Ya me han soltado del *Ankang*, camarada comisario jefe. Ya me he librado de la medicación que me obligaban a tomar. Me han devuelto a la vida.

–Bien, Sun Piao. Muy bien.

Alza la vista del expediente.

–Pero nosotros no deberíamos olvidar, nunca deberíamos, que la sombra del *Ankang* es alargada. Aunque eso pertenece al pasado, inspector jefe. Sea bienvenido. Esa bienvenida durará mientras usted cumpla con sus obligaciones poniendo al máximo toda su capacidad. Toda su capacidad al máximo.

Recoge los papeles, antes de que Piao pueda leer al revés los caracteres que tienen escritos.

–Y mientras usted se adecue a las estructuras de mando del *fen-chu*. Hay normas, inspector jefe, debería tener eso en cuenta. Hay normas para usted y hay normas para mí. Normas escritas. Normas no escritas. Hasta yo me lo tengo que recordar. Se atendrá usted a todas. Sin hacer preguntas. Sin ningún fallo. ¿Queda entendido eso, inspector jefe?

–Queda entendido, camarada comisario jefe.

Zoul da una brusca palmada.

–Bien, muy bien. Entonces nos irá estupendamente, Sun Piao. Estupendamente.

Abre un profundo cajón. Saca de él un gran sobre beis. La mano de Zoul se hunde en él. Luego la saca.

–Documentos de acreditación e identificación. Una carta del *danwei* confirmando el cargo.

La mirada del camarada comisario jefe atraída todavía por el interior del sobre. Quedaba algo.

–Apreciará una pequeña disminución de su sueldo, inspector jefe. Muy pequeña. Se debe a su traslado de brigada con la correspondiente reducción de categoría.

–¿Traslado, camarada comisario jefe?

Los dedos sacan el último de los documentos del sobre. Plegado, estirado. Los sellos del *danwei*, el Partido, el Departamento de Seguridad Pública, en la parte de abajo. En tinta, negra, roja y azul, con las firmas de los *cuadros*, todos ellos dueños de sillones mullidos con controles para ajustar la altura y posición.

–Una copia de sus órdenes. Su cargo, inspector jefe de la Brigada Antivicio del Departamento de Seguridad Pública.

Muchos segundos antes de que pueda hablar. Un impulso, casi palpable, de contar los ladrillos de una pared, de contar los pasos de las piernas fornidas de una enfermera. De saborear una pastilla azucarada que se le deshaga en la lengua.

–Yo soy inspector de la Brigada de Homicidios, camarada comisario jefe. Estoy capacitado para eso.

Zoul se ha levantado de su asiento, la cara vuelta hacia la ventana del despacho. Sus únicas palabras cuando Piao sale del despacho.

–Entonces adquiera capacidad para cosas nuevas. Algún día, inspector jefe, me agradecerá este cambio de brigada. Algún día cercano me lo agradecerá.

La secretaria ya estaba esperando detrás de la puerta del despacho, con un llavero en la mano. Las uñas mordidas, testigos de otra vida.

–Las llaves de su despacho y del de su ayudante de la Brigada Antivicio. Tenga cuidado de no perderlas. Si hay que hacerlas de nuevo, el precio se le descontará del sueldo.

La puerta ya se cierra.

*

El sótano, una conejera llena de despachos. Paredes de madera oscura, separaciones de cristal esmerilado. Luces colgadas de una tela de araña de cables. Una sensación de subterráneo en aquel espacio, con sólo breves recordatorios y resquicios de que hay un mundo por encima, más allá de aquél. Por encima de la cabeza, pies apresurados de peatones sobre ladrillos de cristal encajados en marcos de hierro. Y la luz, en grados de color pizarra. Como si el mundo más allá del sótano estuviera hecho de acero, iluminado por la bola de un sol mate.

Y en cada mesa de trabajo se derrama la inactividad. Carpetas cubiertas de polvo, teléfonos en silencio, bolígrafos secos, papeles abarquillados con letra a máquina medio borrada. E impregnándolo todo, el olor a fracaso y a indiferencia. Carpetas que caen al suelo. Polvo, colillas de Panda Brand. Cagarrutas de ratón. El Grande moviendo la cabeza. Piao que abre un pesado archivador de una pared con pesados archivadores. Titubeo de documentos manoseados. En cada uno, el código descolorido del estado actual de cada investigación. Rojo para las cerradas, amarillo para las que están en marcha, verde que significa que esperan autorización para investigar. Los archivos, un bosque de señales verdes. Casi ni un caso en marcha. Violencia, proxenetismo, secuestro, prostitución, corrupción, chantaje, drogas. El vicio y todo su encantador espectro de atractivos, mantenidos en un estado de inactividad oficial.

Cierra el archivador de un portazo.

–Lo siento.

Yaobang examina las carpetas que reposan sobre las mesas. Mensajes, informes, cartas, una mezcla polvorienta dentro de bandejas de entrada. Se frota las manos en los pantalones.

–No es culpa suya que esto sea el puto depósito de colostomías del DSP. Así es la vida. ¿Cómo decirlo, jefe? «No se puede evitar que el ave de la tristeza revolotee sobre tu cabeza.»

Sonrisa.

–Lo único que espero es que no anide en nuestro pelo, joder.

–Prepararé té. Si puedo encontrar un hervidor eléctrico y algo de agua.

–N-no es necesario, inspector. N-no es necesario…

Una voz tan gris como la luz de un aluminio restregado.

–Ya e-está en marcha. Ya hierve. ¿Cuál p-prefiere, *xunhuacha* o *lucha*?

Hundido al fondo del sótano, un espacio con montones de ordenadores desconectados, discos duros sin grabar, tripas de monitores desmontadas y cables como intestinos desparramados. Una caja de teléfonos móviles japoneses que habían sido adquiridos para todo el personal del *fen-chu*... sus tarjetas SIM inservibles por falta de conexión. El sótano, nada más que un depósito de cadáveres de alta tecnología. Y en el rincón, un hombre que parecía una mofeta. En su cabeza se balanceaba un tupé desmesurado, y en la nariz, gafas con medios cristales; en las manos, cinta aislante negra.

–¿Es usted Ow-Yang?

Ajustándose las gafas, el viejo observó a Piao como el gato observa a un ratón.

–Sí, sí. Y usted es P-piao. De homicidios. Luego en d-desgracia. L-luego en el *Ankang*. ¿Y ahora?

–En Antivicio.

Risas del viejo.

–¿Antivicio? P-parece que usted, hijo, n-no p-podría c-conformarse con una… una existencia f-fuera de la p-policía.

Contra la desconchada pared del fondo de la habitación, bajo un enchufe medio arrancado, el culo del cazo eléctrico hervía.

–Su cazo eléctrico, viejo, antes de que nos haga volar a todos, joder.

Ow-Yang aparta con un soldador el dedo del Grande que señalaba. Gafas caídas hacia delante, dientes cariados, dirigidos al inspector jefe.

–¿Q-quién es esa b-buena pieza de ahí?

–Mi ayudante, Yaobang.

El viejo se volvió hacia el cazo eléctrico. Tazas desportilladas. Una serie de cajas para el té con imágenes del Gran Timonel, sus ojos oscuros relucientes y sus rojos labios sonrientes. A cada ronda de té, las imágenes un poco más pálidas hacia la base de metal plateado de la caja.

–Un hijop-puta b-bastante b-brusco, ¿n-no? Yo n-no s-soporto a los malhablados.

–Estoy de acuerdo con usted, *tong zhi*. Una evidente falta de educación de los de las provincias rurales.

Un delicado sorbo de té. Lluvia de verano.

–«Aspira a seguir los principios, obra con virtud, sé benevolente y sumérgete en las artes.»

El viejo rellena la taza de Piao, el vapor empaña los cristales de sus gafas opacando la luz recién encendida en sus ojos.

–C-confucio, inspector jefe. ¿Es usted un e-erudito?

–Más que un erudito, camarada. Trato de vivir de acuerdo con las ideas y máximas del «maestro de las diez mil generaciones».

–Excelente, P-piao, excelente. M-antendremos c-conversaciones muy interesantes.

Rellena la taza una vez más.

–Y a lo m-mejor algo de la s-sabiduría del m-maestro r-refina a ese z-zopenco al que usted llama su ayudante.

Sigue al viejo hasta el destrozado interior del sótano. Contra el pecho del Grande, que late con fuerza, la palma de la mano de Piao, calmándole.

–Fíjese, f-fíjese en lo que tenemos aquí.

Los brazos de Ow-Yang abiertos, abrazando la desolación y mandando por el suelo una polvorienta botella de cerveza de una patada. Mira cómo gira y se detiene, su gollete abierto hacía mucho tiempo señala el oeste.

–¿Qué coño ha pasado aquí, viejo?

–Olvide eso de v-viejo, ¡c-cerdito r-relleno!

El inspector jefe se sitúa entre los cuernos dispuestos a entrechocarse.

–Camarada, ¿qué ha pasado aquí?

Al *tong zhi* le costó encontrar las palabras de la máxima en su consumida memoria. Cada semana, el peso de los años y su carga estaban menos claros; lo mismo que las imágenes de Mao de la caja de té. Iban borrándose. Se borraban. Pronto sólo una sonrisa. Nada más.

–«El hombre noble se atiene a la rectitud. El hombre mezquino sólo se atiene a su propio interés.»

Una sonrisa, pero pasada por la pisoteada vida de Ow-Yang resultaba una mueca.

–La B-brigada Antivicio fue d-disuelta j-justo hace un año, inspector j-jefe.

Atraviesa el espacio con dificultad, doblándose. Agarra la botella de cerveza pateada y la coloca cuidadosamente encima de una mesa de despacho que no había recibido una llamada telefónica en diez meses.

–L-lamento d-decirle que le han d-dado un t-trabajo que n-no existe, Piao. Ya n-no existe la B-brigada Antivicio.

El Grande se adelantó para encarar a Ow-Yang. Un continente férreo, extraño.

–Mire a su alrededor, viejo. Archivadores llenos de proxenetismo y prostitución. Mesas con carpetas sobre raptos, casas de putas, drogas. Bandejas de entrada llenas de informes sobre enfermedades de transmisión sexual, violencia, tiroteos, sida. ¿De qué está hablando?

Esperando que se calmara la tormenta, el *tong zhi*. En

sus labios unas palabras de Confucio, susurradas, calman el ardiente incremento de su ira.

–«Todo tiene algo bello, pero no todos lo ven.»

Sirve más té, antes de contestar.

–El v-vicio, en la R-epública P-popular, n-no existe, inspector. Lo mismo que la p-pobreza. O las c-clases. O los asesinos en serie. ¿N-no se lo han d-dicho? Es algo oficial, el vicio n-no existe. Eso d-dice el P-politburó.

*

De todas las estratagemas, saber cuándo retirarse
es la mejor...

Había empezado a llover. Una lluvia fina. De las que no tienen cuerpo, sino un alma de acero templado, y la habilidad para sustraerse al deslizante tartamudeo de los limpiaparabrisas. La clase de lluvia que empapa sin el menor esfuerzo la chaqueta, la camisa y alcanza a la piel.

–El cabrón de Zoul. Nos destina a una brigada que no existe, con investigaciones que nunca se investigarán. No nos necesitan, jefe. ¿Qué vamos a hacer entonces?

–Sobreviviremos, como siempre hemos sobrevivido. «La pelota que lancé en mi infancia nunca ha llegado al suelo.» Lo leí una vez en una revista americana. Yo también estoy esperando todavía que la pelota caiga a mis pies. Tiene que haber una razón. He aprendido eso de los camaradas comisarios jefe. Siempre hay una razón. Para eso viven, para dar razones a los demás. Sobreviviremos y esperaremos esa razón para salir a flote.

Dejan el *long* y entran en el seco santuario de una escalera que huele a repollo y sésamo. Subidos los sucios escalones, la tercera puerta de un descansillo habla de cierto descuido.

–¿Se encuentra bien, jefe?

No hay respuesta. Los ojos clavados en la puerta.

–¿El *Ankang,* jefe?

Piao dice:

–Sí –pero sus pensamientos se centran en una mujer perdida hacía tiempo.

–¿Cómo era?

–¿Que cómo era? El *Ankang* era un insulto a la vida y a los que viven allí.

La mirada se desplaza a la palma de la mano, a la llave, que quema, clavada en el centro. Amargos recuerdos que parecen estar a la vuelta de cada esquina.

–En marzo de 1993 una delegación del Comité Olímpico Internacional vino a la ciudad para inspeccionar las instalaciones deportivas, como parte de la propuesta de nuestra República Popular para ser sede de los Juegos Olímpicos. A los sin techo, a los enfermos, a los indeseables políticamente los metieron en *Ankang.* Muchos de ellos nunca han salido. Uno fue Wang Chaoru. Tenía cuarenta y un años y era retrasado mental. Vivía con sus padres, unas personas mayores. Cuando yo estaba en el *Ankang,* conocí a uno que le había tratado...

La mirada de Piao clavada en un punto lejano y desconocido mientras las palabras brotaban de sus labios, incoloras.

–Tras súplicas, permitieron que sus padres fueran a ver a su hijo un 9 de marzo, dos años después de que la delegación olímpica hubiera recorrido las instalaciones deportivas. Los llevaron a un despacho, y un funcionario entró, diciendo: «Esa persona ha muerto». Los padres de Wang solicitaron ver el cuerpo de su hijo. Estaba cubierto de sangre. Tenía los labios cortados. Los ojos parecían arrancados. En la espalda había dos grandes agujeros. El día que incineraron a Wang, a sus padres les entregaron una bolsa con cinco mil yuanes dentro. El precio de una vida. Ciento veintidós yuanes por cada año que había vivido. Así es el *Ankang.*

*

Llevó una hora introducir la llave en la cerradura. Girarla. Otra hora abrir la puerta de la calle y entrar.

Pasada la puerta, barrida hacia atrás por el inseguro girar de la puerta, una avalancha de correo. Agarra cuidadosamente una por una todas las cartas. Incluso después de todo aquel tiempo, sus ojos buscaban sentido en los matasellos que mataban sus sellos. Héroes de la República Popular, flores silvestres de la República Popular, logros económicos de la República Popular. Los examina buscando un matasellos de Beijing, los conocidos trazos de la letra de ella. O mezclado con los olores que despedían el papel y la tinta, un débil aroma de Chanel, Guerlain. Nada. El corazón se le encoge. Sin embargo, ni siquiera sabía qué habría hecho con una carta suya.

Se da cuenta de que debería hacer el duro camino. Recorrer las habitaciones; la última, el dormitorio. El único modo de recuperar aquel territorio. El único modo de recuperar una vida que había estado colgada de un gancho de carne durante demasiado tiempo.

Se centra únicamente en lo que necesita encontrar. Lo que busca sería lo más avanzado en tecnología; inmune a la detección electrónica, controlado a distancia, sin cables de conexión. Permanentemente funcionando, noche y día.

Concentrarse en la sala de estar. Todo nuevo. Cada objeto comprado con yuanes del bolsillo de otro. Nada suyo. Sólo lo que ve por la ventana y el martilleo de la lluvia en las cuarteadas piedras del pavimento. Comprueba todos los enchufes, mira debajo de la alfombra, los interruptores de la luz, detrás de los estantes, en el tapizado de los sillones. Un transmisor de UHF disimulado detrás de la tapa del interruptor general, otro en un plafón de la luz, otro en el rincón más alejado del vestíbulo, debajo de la alfombra. Justo ahora estarían a la escucha, con las orejas entre auriculares de baquelita, sudor, palabras susurradas. O grabando en una cinta que avanza por los brillantes cabezales de una hilera de magnetófonos, para escucharlo y transcribirlo en fecha posterior. Sus palabras, su vida, registradas en óxido férrico y numeradas con un rotulador.

Piao, en voz muy alta, lo más alta que puede, grita en cada transmisor, por turno.

–Joder, uno se va de casa y tiene que registrar sus propias habitaciones en busca de transmisores.

Antes de arrancarlos, intestinos de cables agarrados con la mano cerrada.

Incapaz de evitar el dormitorio por más tiempo. Las cortinas todavía corridas. Una rendija muy pequeña entre ellas. La luz, tan pálida como la piel de ella. Registra el dormitorio buscando transmisores de UHF. Nada. Metido en un cajón, un gran sobre marrón. Guarda dentro los micrófonos ocultos. Cierra rápidamente el sobre, como si temiera que se fueran a salir de él para volver a instalarse en sitios disimulados, en pequeños espacios privados. Escribe la dirección con grandes caracteres en la parte de delante. Una dirección que conocía bien: las oficinas principales de la administración del Comité Central del Partido. Coloca el sobre al lado de las fotografías de ella del estante. La curva de su fría mejilla, la caída de sus ojos oscuros, el estrecho filo, como de cuchillo, de sus cejas. Sabía la fecha, el motivo por el que se las sacaron. Debía de haberlas puesto allí alguien. Un detalle que le sirviera de consuelo. Piao las agarró, una a una, y las colocó otra vez boca abajo. Una muerte en la familia. Un agujero en el corazón.

Agarra la ropa de cama, la tira al suelo encima de la alfombra del cuarto de estar. El corazón le duele por el peso de sus recuerdos. Con todo, como una visión que tuviera tatuada, el brillo del Bandera Roja en el crudo invierno. Por su ventanilla trasera, la cara de ella, que mira, volviéndose. Y luego el brazo de él, el brazo del *tong zhi* septuagenario, rodeándola. La cara de ella, su mirada, se vuelven. Una sonrisa, al otro, luego un beso en sus fríos labios.

Piao baja las persianas de bambú. Demasiado cansado para desnudarse. Se tumba en el suelo con las sábanas a su alrededor como un sudario.

*

Despertó con un hambre que no podía calificar. Lavarse y afeitarse con agua fría para enfriar las ideas. La hoja con mango de marfil de la navaja de afeitar le recorre la cara mientras la adrenalina aumenta. La sangre, tan caliente como el beso de una amante, sale de una herida que no se restañaría. Un cuarto de página del *Diario del Pueblo* colgando del corte en tiras cuidadosamente arrancadas, y seguía sangrando, contra su voluntad, recordándole lo que había perdido.

El Grande ya estaba fuera, un puñado de cacahuetes, un China Brand encendido, y, por encima de su ropa, cenizas y cáscaras de cacahuete.

–¿Se encuentra bien, jefe? Parece que ha perdido la guerra.

La mano de Piao sube a su mejilla. Arranca los trozos del *Diario del Pueblo* de la herida sin secar. Un trozo empapado de un artículo sobre más cifras de producción de tractores, no sólo alcanzadas, sino superadas. Deja caer el papel en la cuneta.

–Sí. Nunca me he encontrado mejor.

Tarde para cuando llegaron al *fen-chu*. Un desayuno a base de fideos y salazones muy picantes, luego entendérselas con la maraña del tráfico. Y luego el abultado sobre cerrado con los micrófonos ocultos introducido con esfuerzo en el buzón de las oficinas de la administración del Comité Central del Partido. Tarde, pero el inspector Yun le esperaba en los escalones de delante. Tira de la manga del inspector jefe como si fuera un cachorro juguetón.

–Venga, venga.

Todo el camino hasta el sótano tirándole de la manga. Una hilera de más agentes les seguía.

–Bienvenido otra vez, inspector jefe Sun Piao. Bienvenido otra vez.

Sus dedos en un interruptor de la luz. Parpadeo instantáneo de la iluminación.

–Trabajamos casi toda la noche para despejar esto. Ow-Yang ha vuelto a conectar los teléfonos y el ordenador.

Una salva de aplausos espontáneos. Estrechamiento de manos y palmadas en la espalda. El Grande suelta un silbido prolongado. Todas las superficies del sótano han sido limpiadas y les han sacado brillo. Las carpetas, guardadas. Mensajes, correo, ordenado y al día. En un armarito del rincón, un brillante hervidor eléctrico nuevo. Tés. Tazas.

Piao recorrió el espacio, pasando los dedos por los tableros de las mesas, los archivadores, el teléfono.

–¿Qué le parece, inspector jefe?

Se desplaza hasta la pared del fondo, hasta una hilera de archivadores. Se apoya en ellos, de espaldas a la puerta y a sus colegas, con la cabeza caída.

–¿Inspector jefe?

–El inspector jefe Sun Piao desea agradecer desde lo más profundo de su jodido corazón.

Yaobang avanza hasta el centro del espacio.

–Se ha quedado sin palabras y está muy contento. En realidad, muy jodidamente contento.

Brazos extendidos.

–Les damos las gracias los dos, pero ahora me gustaría pedirles que nos permitieran retomar nuestras investigaciones. Gracias.

Más aplausos. Los colegas se dan la vuelta, marchándose.

–Y el inspector jefe les da las gracias por ser unos colegas tan buenos. Se siente orgulloso de llamarles camaradas suyos. Gracias.

Yun es el último que se marcha. Un asentimiento de cabeza, una sonrisa, con dientes demasiado blancos para ser auténticos. Sólo cuando ya no se oía el sonido de los pasos, se acercó Yaobang al inspector jefe, pasándole el brazo por el hombro.

–Gracias.

Palabras difíciles de pronunciar.

–Ya está bien todo, jefe.

Da golpecitos al inspector jefe en la espalda.

–Como dice Confucio: «Tener jodidos amigos de fuera es una jodida alegría, ¿no?».

Capítulo 7

En un sótano donde no había sonado un teléfono durante diez meses, suena el teléfono.

–Sun Piao. Yun. Tiene que venir aquí. Ahora.

Al fondo de la llamada, el sonido de sirenas lejanas, pies corriendo sobre madera, voces que gritan. El inspector Yun, alterado.

–Ha sucedido algo terrible. Necesitamos su ayuda.

Yun grita, con la mano encima del micrófono del teléfono.

–Estoy hablando ahora con él. No toquen nada. Se lo pido por los antepasados, no toquen nada.

Pies que corren. Voces altas.

–Un almacén de la zona de Pudong. A la orilla del río, a unos trescientos metros del puente Nanpu. El almacén Yu Yuan, Importaciones y Exportaciones. Dese prisa, por favor, dese prisa.

*

45 minutos…

Destellos de luz azul, roja, blanca en los adoquines, los ladrillos expuestos a la intemperie y las caras demacradas. Cinta de plástico de la policía que corta el paso agitándose con la intensa brisa. Documentos de acreditación pegados al parabrisas por dentro. Señas con las manos.

Yun estaba esperando junto a la abollada puerta de dos hojas del vacío almacén. Su rostro, una máscara ansiosa.

–Gracias, Sun Piao.

–Yo ya no estoy en la Brigada de Homicidios.

Las palabras parecen extrañas en el mismo instante en que han salido de la boca de Piao. Nada que ver con su existencia. El inspector Yun abre las pesadas puertas de un empujón. Un instantáneo hedor a matadero, a vida ignorada y ahora desechada, a sangre vertida con una insensible generosidad.

–A este lado de la puerta puede que usted no pertenezca a la Brigada de Homicidios, Sun Piao, pero a aquel lado de la puerta está otra vez en la Brigada de Homicidios.

Yun, un hombre serio, nunca pareció tan serio.

–El hallazgo se produjo sólo hace una hora, Sun Piao. Un vagabundo que buscaba un sitio seguro para pasar la noche.

Su dedo señala a un hombre harapiento entre un grupo de uniformes verde oliva prensada. Fuera de lugar, un champiñón en una rosaleda. Piao busca cosas sin importancia. Elementos aislados entre una multitud de posibilidades. Cosas que llamen la atención. Estudia al vagabundo. Lo suficiente para enterarse de su secreto, de su gran mentira.

Cruza el umbral, entrando en la oscuridad, y atraviesa el espacioso almacén, sintiendo su presencia catedralicia. La única luz, el pequeño estanque de límites definidos por el foco en el mismo extremo del negro océano.

–Sólo el vagabundo, dos agentes y yo hemos visto esto.

Pasos sobre la madera. A sus pies, dos cuerpos a los que la vida ya no poseía. Extendidos, clavados con pinchos de hierro al suelo de madera.

–He mantenido despejado el escenario del crimen, esperando su llegada. Sabía que usted querría participar.

–¿Querría participar?

–Una extraña elección de palabras para describir algo así.

Algo así... formas desnudas, sujetas por puntos de apoyo de acero, como si sus vidas siempre hubieran girado sobre aquellos puntos iluminados.

El Grande volvió corriendo a la oscuridad. Volvió al santuario de fríos ladrillos rotos. Bilis, en un arroyo dorado, asfixia sus palabras. Se apoya en la cal y el polvo de ladrillo.

Piao avanzó.

–Era un gran amigo. Me he reído con su mujer y he jugado al caballito con sus hijos sentados en mis rodillas.

Náusea en revoloteos de mariposa en el fondo de su garganta. Lucha contra su voluntad que avanza lentamente con alas. Lucha, sentimientos, emociones que se desvanecen. Su sombra sobre los restos crucificados del inspector Di y su ayudante. Cuenta cinco pinchos. Cinco. Uno en cada mano y en cada pie. Otro en el centro de la frente. Cinco pinchos, tantos como los de las estrellas de la República Popular.

El inspector jefe se saca los guantes del bolsillo. Olor a látex y polvos de talco. Durante un instante queda apartada de un codazo la pestilencia de la muerte.

–Tome unas notas.

Las manos de Yun tiemblan. Echa una ojeada por encima del hombro de él a la oscuridad, al sonido de las repetidas arcadas.

–No se preocupe por el Grande. Siempre es así. No ha nacido en la ciudad, es un chico de campo, y sólo está acostumbrado a cosas verdes y que crecen del suelo.

El inspector jefe dirige el vacilante lápiz del inspector al bloc.

–Todavía no se ha acostumbrado a lo que está condenado a volver a la tierra, y de lo que crecerán cosas verdes. Ahora escriba. Escriba, por favor.

Lápiz preparado.

–Pretendían que los encontráramos aquí.

–¿Cómo puede decir eso, Sun Piao? El almacén lleva más de dos años vacío.

Los dedos envueltos en látex de Piao prueban cada pincho, uno a uno.

–Hay un cartel en la fachada del edificio. Pintura reciente. Han alquilado el almacén. Los iban a descubrir. Tenían intención de que los descubriesen. Fíjese en lo que tenemos aquí, es algo práctico y teatral. Su muerte es una advertencia. Pero sólo serviría de aviso si los encontraban. La advertencia ahora ha funcionado.

Dedos que siguen el pincho hasta su ensangrentada base.

–Los pinchos en la frente fueron lo último que clavaron.

–¿Cómo... cómo puede decir eso, Sun Piao?

–Por la sangre. Fíjese, los pinchos ya atraviesan sangre seca de otras heridas. Los pinchos de la frente se los clavaron con intención de matarlos. Estas otras heridas...

Su mano baja suavemente por cada cuerpo torturado.

–Las produjeron tiempo antes. Estas otras heridas fueron hechas para conseguir información. Fíjese dónde están. En partes muy sensibles del hombre. Las zonas que podrían producir dolor y hacer que hablaran.

–Esas quemaduras, jefe, ¿qué se las causó?

Agarra la linterna del bolsillo superior de Yun. Se aleja de la violencia de los haces de luz, retrocediendo a medio camino de la puerta que despide luz amarilla y rostros inquisitivos. El almacén apenas usado. Polvo de semanas, meses, años, pero sobre él, dos conjuntos de huellas discontinuas.

–Di, su ayudante, estaban inconscientes. Los arrastraron hasta donde están ahora. Pesos muertos.

Señala el rastro con el estable haz de luz de la linterna. Pisadas. Muy claras.

–Eran cuatro. Uno a cada lado de cada víctima.

Clasificados ya «víctimas». Compañeros de fatigas. Agentes con los que he bebido, con los que he investigado.

Agentes cuyos culos calentaron las tablas de los retretes del *fen-chu* sólo minutos antes de que me tocara sentarme a mí y leer las pintadas.

Otro, un quinto rastro ligeramente a la derecha... lo sigue. Zapatos, no botas como los otros. Zapatos, de cuero suave, caros. El Grande observa.

–Un *cuadro*, jefe. El que da las órdenes.

Piao se arrodilla, como para rezar, con la linterna mantenida en ángulo obtuso.

–Ruedas. Hicieron rodar algo.

Vuelve al cegador haz de luz, evitando el débil rastro que serviría de prueba. Sus ojos en las heridas.

–¿Un hierro para marcar, jefe?

–No. Usaron un soplete de oxiacetileno. Hicieron rodar entre ellos los cilindros y el soplete en un carrito. Todo planeado como en una operación militar.

El inspector jefe pasea por el círculo luminoso, los ojos clavados en los ojos de los muertos.

Allí es donde se habían parado cuando encendieron el soplete de oxiacetileno. Cuando hicieron las preguntas y obtuvieron las respuestas. Cuando una ardiente llama azul mordió amarilla y negra.

Apenas sale del haz de luz. Se inclina con el haz de la linterna destacando cada detalle. Entre la madera de las tablas, un objeto pequeño. Cuidadosamente, con la espalda vuelta, para que Yun no le pudiera ver. Piao saca unas pinzas de un bolsillo interior. De otro bolsillo, una bolsita de plástico transparente con cierre hermético. Entre las finas hojas de acero, se lo acercó a los ojos y nariz: una colilla. Diferente. Tabaco intensamente perfumado. Caro y extranjero. Un cigarrillo de la boca de un *cuadro*. Lo deja caer dentro de la bolsa y la cierra herméticamente.

–¿Quién odiaba tanto al inspector Di para hacer esto?

Yun mueve la cabeza.

–¿Tenía enemigos conocidos?

–No, no como usted, inspector jefe.

Una sonrisa. No, no como yo.

–¿En qué estaba trabajando?

Yun vuelve a mover la cabeza.

–No lo sabría decir, Piao. En homicidios. Ya sabe, homicidios normales y corrientes.

–¿Algo poco corriente últimamente? ¿Nada en absoluto?

–No, no, nada, sólo...

–Hable, inspector. Hable, aunque sólo sean sospechas.

–Hace unos días Di recibió una llamada de un posible homicidio y se marchó inmediatamente con su ayudante. Algo delicado en las obras del nuevo estadio. Algo que sólo vieron él y su ayudante, mientras los demás se mantenían aparte. Podría haber sido cualquier cosa.

Se afloja la corbata.

–No los volví a ver hasta la mañana siguiente. Ni siquiera quisieron hablar de ello. No quisieron hablar de nada. Y ya sabe usted cómo era, un camarada que opinaba sobre todo y que siempre tenía un chiste que contar. Esa vez, nada.

–Pero eso no es tan extraño, inspector. A lo mejor había discutido con su mujer o le dolía el estómago por culpa del cuenco de *jiaozi* de última hora de la noche anterior. O puede que ya hubiera visto demasiados homicidios y...

–No. No, Piao. Usted conoce a Di, era un hombre metódico...

Sí, metódico. Una orden del día para limpiarse la nariz. Un plan de acción para restregarse el culo. Así era Di.

–Cuando yo le vi a las diez de la mañana, estaba rellenando los impresos de final del servicio, regular como un reloj. Pero aquella vez él y su ayudante tomaban té y susurraban. Yo hice una broma, pero ellos se marcharon. Algo iba mal.

–¿Hizo algún informe Di?

–No creo.

–¿Proporcionó alguna muestra para los forenses?

Niega con la cabeza.

–No pudo. Al mediodía yo estaba en los laboratorios con mis propias muestras. Un homicidio de los de siempre, cuestiones domésticas. Ellos fueron directamente a la parte de delante de la cola, lo que no habrían hecho si Di hubiera tenido algo que entregar.

Todo aquello tiene sentido. Piao se arrodilla una vez más.

–Con una prueba como un soplete de oxiacetileno, tendrían la información que necesitaban. Quién se lo iba a impedir. O quizá todo esto sólo sirva de advertencia.

Durante un momento cierra los ojos. Una media luz naranja con vetas plateadas, él habría jurado que todavía oía los gritos, sin respuesta en la inmensidad oscura del interior del almacén. Como radiactividad que permeaba los mismos ladrillos, madera y cemento del almacén.

Voces, movimiento en el otro extremo del suelo del almacén. Una hilera de agentes que entran por las puertas del fondo, cruzan el suelo.

–Alto. Esta zona está cerrada al paso. Se ha cometido un delito importante. En el edificio no puede entrar ninguna persona más.

Una voz débil por la distancia.

–Tenemos más focos, inspector jefe. También están aquí el agente de la policía científica de la ciudad y el fotógrafo forense del DSP.

–Esta zona está cerrada al paso. No se admite a nadie.

–Pero el agente de la policía científica insiste, camarada inspector jefe. Exige entrar en la escena del crimen.

–Yo soy el inspector jefe Sun Piao. Tengo plena autoridad sobre esta investigación.

–Pero camarada inspector, el jefe de la policía científica…

–¿Tiene usted pistola, agente?

Segundos antes de que la respuesta quedara flotando en la oscuridad.

–Sí, camarada inspector. Sí, tengo la pistola reglamentaria.

–Bien, agente, pues le sugiero que pegue el cañón de esa pistola a la oreja del jefe de la policía científica y se lo lleve fuera de las instalaciones.

–Y dígale que se vaya a tomar por culo.

La mirada burlona del Grande visible incluso con la escasa luz. Muchos segundos antes de que las últimas palabras del agente levantaran ecos en el suelo del almacén.

–Sí, camarada inspector. Gracias, camarada inspector.

Puerta de dos hojas que se cierra. Sólo la oscuridad y la luz del foco. Yun se arrodilla cerca de Piao.

–Deberíamos dejarles entrar, Sun Piao. Habrá una investigación. Esto tendrá repercusiones. No se le puede decir «vete a tomar por culo» a un *cuadro* importante. Yo no soy como usted, me gusta el orden en la vida. Necesito orden en mi vida.

El inspector jefe agarra la mano de Yun; el inspector se resiste, pero Piao le obliga a que la acerque más a la cabeza de Di. Pasa la palma de la mano del inspector por la frente de Di y por su pelo.

–¿Qué está haciendo, en nombre de los antepasados? ¿Qué le pasa a usted?

Deja que Yun retire la mano. El inspector esconde su color rojo en la otra mano.

–Está muerto. La vida ya no le posee. ¿Es eso suficiente orden en una vida?

El inspector jefe se pone de pie, pasea, una frialdad le recorre el interior. Con cada cuerpo caído a sus pies, desaparecen sentimientos humanitarios... desaparece una dosis más de sus propios sentimientos humanitarios, congelados. Por primera vez, evita los ojos abiertos pero muertos de ellos.

–Llevaremos a cabo la investigación de la escena del crimen nosotros mismos. Nosotros sacaremos fotos de la escena del crimen.

Se adentra en la oscuridad, encontrando consuelo en la pérdida de forma. Sólo la voz de Yun le recuerda quién y qué era.

–¿Por qué? ¿Por qué, inspector jefe?

Piao estaba en la puerta antes de responder.

–Porque no quiero ver a ningún camarada más crucificado en el suelo de un almacén, ni ver lo que le puede hacer un soplete de oxiacetileno a otro camarada al que he considerado un buen amigo.

*

Luces de coches patrulla que dan vueltas. Agentes del DSP pegados a las paredes, en escaleras, apoyados en los coches patrulla. Chistes en voz alta sobre tetas y coños sin cuerpo. Risas sonoras, chistes en voz baja sobre los políticos y el Partido. Miradas nerviosas, sonrisas nerviosas.

Rodeado de actividad, Piao ahora se hunde en el vacío de una terrible pérdida que lo impregna todo. Luego, sin avisar y enseñando los colmillos, como si estuviera allí, de vuelta al *Ankang*. Recordando o pensando que recordaba lo que había dicho el viejo de la cama de la esquina de la sala.

–Si de verdad quieres terminar contigo mismo, clava la hoja aquí y tira hacia arriba. Eso les joderá de verdad a los médicos.

Y recuerda la serie de cicatrices pequeñas, y no tan pequeñas, de la muñeca del viejo camarada. Caminos a ninguna parte. Cinco o seis en cada muñeca. Y se fija en que ninguna de las cicatrices se dirigía hacia arriba. Ninguna de ellas.

–¿De verdad cree que también nos matarán, jefe?

Aliento contra un lado de la cara cuando vuelve al aquí y ahora.

El silencio dice más.

–Mierda.

Cicatrices y muerte que todavía se aferran al interior de los ojos de Piao. Se convierten en luz azul. Suficiente, sólo con la mirada. Yaobang consumido por su frío. Se acerca más.

–¿Qué coño más hay, jefe?

–Si Di hubiera querido que le examinaran las muestras para los forenses, pero no en nuestro *fen-chu*, no en nuestros laboratorios científicos, ¿adónde habría ido?

Los ojos del Grande sueltan brillantes diamantes.

–A Nie. Uno de los habituales de los laboratorios científicos del forense, jefe. Le encanta el whisky y las «faisanes salvajes». Hace trabajos *guan-xi* ocasionales.

–¿Es bueno?

–Claro, jefe, el mejor. Di recurría a él a veces. ¿Se acuerda del asesinato triple en los jardines Yu de hace un año, del *cuadro* relacionado con altos cargos del Partido? Di recurrió a él, me lo dijo.

–Entérate de si le dieron algo a ese Nie. Si se lo dieron, lo quiero.

Por la cara de Piao cruza una luz roja como un pimiento.

–Y dale esto. Quiero que lo analice.

Saca del bolsillo la bolsa de plástico con la colilla y la aprieta contra la palma de la mano del Grande.

–Veremos hasta dónde llega su magia. Además, ayúdale a conseguir el equipo que necesite y llévale a lugar seguro.

–Claro, jefe, luego podemos dárselo todo a Zoul. Que se encargue él. Es el jefe supremo. Di y su ayudante trabajaban para él. Podríamos largarnos. Mirar por nuestras vidas.

Cruce de miradas.

–Mierda. Usted no se va a largar, ¿verdad, jefe? Pero ya no estamos en la Brigada de Homicidios. Estamos en la Antivicio, joder.

El inspector jefe enciende dos China Brand. Uno para el Grande, mientras mira un *Hong-qi* que circula por la orilla del río.

–Ya es demasiado tarde. Estamos hasta el cuello, querámoslo o no. Nadie ve lo que hemos visto nosotros sin que haya complicaciones. Es demasiado tarde para dejarlo. Lo sé.

–¿Y por qué nosotros, jefe? Joder.

Piao escupe una brizna de tabaco de la lengua.

–¿Y por qué no?

*

La breve visita del camarada comisario jefe Zoul dura sólo el tiempo que lleva arrancar diez pinchos de acero de carne, hueso y piel, y que bolsas de nailon reforzado para meter cuerpos sean cargadas con su contenido en una ambulancia sin identificación.

Se seca las manos, dedo a dedo, en un pañuelo que lleva su nombre bordado.

–Piao, ¿qué está haciendo usted aquí? Esto es asunto de la Brigada de Homicidios.

–Me informaron los de la Brigada de Homicidios, camarada comisario jefe. Pensaron que yo podría opinar sobre lo que habían encontrado.

Se limpia la boca. Piao le observa, pensando que aquél era el pañuelo más blanco que había visto nunca.

–Opinar. Opinar, ¿eh? Las opiniones son peligrosas, especialmente en un caso como éste.

Le observa. Sus ojos, negro cuervo sin ningún reflejo.

–Lo hizo usted bien, inspector jefe. Entiendo por qué le tienen en tanta consideración. Limitar la observación a lo que se encontró, a los cuerpos del almacén. Notable, notable en grado sumo.

–¿Y ahora qué, camarada comisario jefe, señor?

El pañuelo de Zoul en su frente. Hace frío, pero el camarada comisario jefe suda.

–Ahora. También una palabra peligrosa, inspector jefe. Tiene usted la costumbre, Sun Piao, de usar palabras peligrosas. Esas palabras pueden hacer que uno pierda la capacidad del habla.

–¿Es eso una amenaza, camarada comisario jefe Zoul?

–No, inspector jefe Sun Piao. Constato un hecho. Hay cosas de las que ni yo ni usted podemos hablar. Nos arriesgamos a quedarnos sin lengua. Usted, yo, somos hombres al tanto de las cosas. Conocemos el sistema. Cómo conseguimos que funcione, cómo nos influye. Hay cosas que yo no puedo decir. Hay cosas que usted no puede preguntar.

–Pero a usted le apetece hablar, camarada comisario jefe. Y también quiere que yo pregunte. De algún modo. Lo veo en su actitud. Lo vi en la conversación en voz baja que mantuvo usted con Yun cuando entró en el almacén. Usted sabía que Yun se había puesto en contacto conmigo, camarada comisario jefe. Usted es un buen policía, conoce a sus hombres.

Sus ojos impregnados de la negrura de las aguas del Huangpu.

–Usted tiene ganas de mantener una conversación conmigo, camarada comisario jefe. Tiene ganas de que nos entendamos. Un entendimiento que nos unirá, pero que usted negaría que existiera a los pocos segundos de separarnos.

–Muy perspicaz, Piao. No me extraña que haya quienes le tengan miedo.

–Mantendremos esa conversación, camarada comisario jefe, y usted no hablará por miedo a quedarse sin lengua, ¿no?

Un asentimiento de cabeza, leve y nada tranquilizador.

–Di y su ayudante, la ambulancia iba sin identificación, serán incinerados esta noche. Por la mañana sus familias habrán recibido sus cenizas metidas en una urna.

De nuevo un asentimiento de cabeza.

–No habrá autopsia. Ni examen de los forenses. Ni investigación. Ni informe. Ni expediente.

Zoul tose. Un asentimiento de cabeza cosido a sus espasmos.

–Hay otras cuestiones pendientes. Di, su ayudante, son la guarnición. No los platos principales…

Ninguna reacción.

–A Di yo le conocía bien. Conozco a su familia. He tenido a sus hijos sentados en mis rodillas. No permitiré que su muerte pase sin pena ni gloria. No permitiré que su viuda lleve luto sin saber por qué.

Lágrimas en el borde de los ojos de Zoul. ¿Seguro que provocadas por la brisa que rasga la superficie del río?

–Entiendo, como dice usted, que hay cosas que se pueden decir, y cosas que no. Pero esta investigación seguirá adelante. Será una investigación extraoficial. La que hace un amigo por un amigo.

–Una investigación, oficial o no, no es una buena idea, Piao. No es una buena idea en absoluto.

–¿Y me detendrá usted, camarada comisario jefe?

Por el río pasa el fantasma negro de un barco. Sólo visible el movimiento de sus luces que se estremecen con el motor.

–Yo no digo eso, inspector jefe. Sólo quiero dejar claro que la ayuda que yo, que la ayuda que el *fen-chu* le pueda proporcionar, será…

–¿Limitada?

–Limitada en extremo, inspector jefe.

–Necesitaré algunas cosas, camarada comisario jefe. Necesitaré dinero para *guan-xi*. Necesitaré equipo informático. Acceso privado a internet, ninguna restricción.

Zoul, aceptando con un asentimiento de cabeza efectuado de mala gana.

–¿Por qué internet?

Sabía que no habría respuesta. No recibe respuesta.

–Hay muchas restricciones, inspector jefe. Leyes. Permisos que conseguir. El uso personal de internet sin restricciones es, es tan raro como una mujer sin opiniones.

Los ojos de Piao brillan de furia. Zoul asiente con la cabeza.

–Pero se puede arreglar.

El camarada comisario jefe se abrocha el cuello del abrigo. Piao envidia que tenga alguien que le cosa los botones. Se mueve con Zoul hacia el Bandera Roja. Un conductor de ojos soñolientos tira su pitillo a los adoquines. La puerta se abre, y con ella llega un olor a cuero antiguo y a culos de septuagenarios gordos.

–Camarada comisario jefe, ¿Di le expresó a usted, o a cualquier otro camarada, alguna preocupación?

–No.

–¿Realizó algún informe que pueda arrojar luz sobre los horrores que acabamos de presenciar?

–No.

La puerta se cierra.

–Pero hay un expediente, inspector jefe. Mañana tendrá usted ese expediente.

Y por la pequeña abertura superior de la ventanilla del costado:

–Ese expediente no le llegará a usted por mí. Es una puerta. Nada más, Piao. Una puerta. ¿Entiende?

Al alejarse lentamente, la ventanilla del *Hong-qi* se cierra por completo.

–Sí, lo entiendo –dice el inspector jefe, que camina de vuelta al río.

Capítulo 8

El cielo nos presta un alma. La tierra nos prestará una tumba…

Observa las costumbres, los ritos. No hacerlo traerá mala fortuna. Puede provocar la desgracia en la familia del difunto.

Si eres viejo, no puedes mostrar respeto por una persona más joven a la que la vida ya no posee. Especialmente un soltero. Un *guan guan,* una «rama sin brotes». No se debe traer su cuerpo a casa, sino que hay que dejarlo en la funeraria. No se debe rezar por él, ni siquiera sus padres. Si es un recién nacido el que muere, tu pequeñín… no se celebrarán ritos funerarios. No se susurrarán plegarias. Tu pequeño será enterrado en completo silencio.

Hay mucho que hacer en la casa de alguien a quien la vida ya no posee. Todas las estatuas y deidades han de ser cubiertas con papel rojo, así como no exponerlas al cuerpo o el ataúd. Espejos retirados de la vista. Alguien que vea al ataúd en el reflejo de un espejo tendrá que padecer una muerte en su propia familia. No tardarán en retirarse los espejos de su propia casa.

Se colgará una tela blanca a la entrada de la casa. Si el difunto es hombre, un gong situado a mano izquierda de la entrada. Si la difunta es mujer, un gong situado a mano derecha de la entrada. No se ha de vestir al difunto de color rojo, pues eso lo convertirá en un alma en pena. La ropa debe ser blanca, parda, negra o azul. Su cara, cubierta con una fina tela amarilla. Su cuerpo, con una tela azul claro. El pelo peinado con raya en medio. Una de las dos partes metida dentro del ataúd. La otra parte sujeta por la mano de un miembro de la familia.

Durante el velatorio, no lleves joyas.

No vistas de rojo, el color de la felicidad.

No te cortes el pelo durante cuarenta y nueve días. Durante el duelo, gime y llora. Es señal de respeto, de lealtad. Los gemidos, los lloros, serán más altos cuanto mayor sea la fortuna que dejó.

No llegues tarde al velatorio, o tendrás que acercarte al ataúd de rodillas.

Quema el ídolo de papel, el dinero para las oraciones durante el velatorio, o tu querido difunto no tendrá el suficiente en la otra vida.

Paga al monje que, con su cántico de las escrituras taoístas, durante la larga noche facilitará el camino del alma difunta hacia el cielo. Paga a los músicos; los que tocan la flauta, el gong, la trompeta facilitan el paso a la otra vida. Las almas de los muertos se enfrentan a muchos obstáculos, pruebas, tormentos, torturas. Deben pagar por los pecados que hayan cometido en vida. La muerte no es un viaje cómodo.

Aumento de los gemidos, la tapa del ataúd se clava. Separación entre muertos y vivos. Se vuelven todas las caras. Ver un ataúd cerrado, muy mala suerte. Amarillos, blancos, los papeles sagrados pegados al ataúd. Protección contra los espíritus malignos.

Ofrécete voluntario para llevar el ataúd al lugar donde descansará. El muerto bendice al que lleva el féretro.

No te distraigas. La larga varita encendida del ídolo que simboliza el alma del difunto… a veces el viento apaga su llama naranja. Asegúrate de encenderla inmediatamente.

No te distraigas. Las reproducciones en papel de coches, casas, barcas que se usan para simbolizar la riqueza de la familia del difunto a veces se las lleva el viento. Asegúrate de recogerlas del suelo y volver a ponerlas en las manos de los miembros de la familia.

No te distraigas. Si el entierro debe cruzar un río, debe informarse al difunto. No darle cuenta de eso hará que el alma del muerto quede abandonada en la otra orilla del río.

El *feng shui* establece que el cementerio esté situado sobre una colina. La tumba debe estar en lo alto. Lo más cerca de la cima que permitan las finanzas. Cuando el ataúd desciende a la tumba, deben volverse todas las caras, o la mala fortuna será inmediata. La mala fortuna también será inmediata si no se queman todas las telas que se han usado en el entierro.

Se repartirán paquetes rojos entre los parientes. Dentro, dinero, señal de gratitud. El dinero se debe gastar, no ahorrar. También se reparten toallas. Toallas blancas. Otra señal de gratitud. Pero también para secar el sudor, limpiar el polvo de las manos que se usaron para ayudar a rellenar la tumba.

Asegúrate de guardar luto por alguien a quien quieres durante cien días. Asegúrate de llevar puesta la banda de tela del color adecuado en la manga de tu chaqueta para indicar que estás de luto. Negro por los hijos muertos. Azul por los nietos. Verde por los biznietos. Durante tres años llevarás puestas esas bandas de tela.

Si muere un hijo, no llores su muerte. Si muere tu mujer, no llores su muerte. Espera hasta el séptimo día. El séptimo día el alma del que ha partido volverá a casa. Pondrás una placa roja con una inscripción adecuada en el exterior de la casa. Las almas de los muertos se pierden con facilidad. El séptimo día todos los miembros de la familia deberán quedarse en sus habitaciones. Consuélate ese día. Echa polvo de talco en el suelo de tu casa. Echa harina en el suelo de tu casa. Después del séptimo día, cuando salgas de tu habitación, asiste a la visita de tu alma querida en un campo blanco.

Muy seria, la muerte. Trátala como harías con un melocotón maduro. Un melocotón, sí. Trata a la muerte como a un melocotón muy delicado.

Capítulo 9

MAUSOLEO SOONG CHING-LING,
CARRETERA DE HONGQIAO

Blanco, el color de la muerte

Deudos vestidos como palomas blancas se mueven entre rectángulos marrones. La tierra escarbada hasta una tierra más oscura. Y el olor que tienen los cementerios, a óxido que gotea su vida de hierro, y a tepes recién arrancados con gusanos retorciéndose.

Una visión de hombros por encima de los hombros. La urna introducida, tapiada con ladrillos. Una placa fijada. Un nombre grabado con el año de nacimiento y el de la muerte. Letras de piedra cinceladas en piedra. Un gris más oscuro sobre el gris. Generoso, el DSP. Mira por los suyos y responde de todos los gastos importantes.

Al atravesar el cementerio, de vuelta a casa, el camino más frío que durante la ida. Los entierros, siempre más fríos en el camino de vuelta.

–Esta investigación, tú no tienes que…

Delante, la viuda de Di. Manos, nudillos blancos al agarrar las manos de sus hijos.

–No se preocupe, jefe, ya estoy con ella. Qué coño, no voy a esperar para atrapar al que hizo lo de Di.

Delante, lágrimas y palabras de consuelo. Oraciones y pies fríos.

Piao, mano al bolsillo, pasa una nota. El Grande la desdobla. Lee.

–Zoul estuvo de acuerdo en ayudar…

–Mierda, ¿dijo él que le daría todos esos dólares norteamericanos?

Lee.

–Cinco mil Panda Brand. Dos mil Marlboro. Veinte botellas de Southern Comfort. Veinte botellas de whisky Teacher's.

–*Guan-xi*. Necesitaremos untar a algunos.

–Y refrescar algunos gaznates, ¿eh, jefe?

–Conocerán nuestro Shanghai Sedán. Tendremos que usar otro vehículo.

–Difícil, pero déjemelo a mí, jefe. Nada que no puedan arreglar un puñado de esos dólares y unas cuantas botellas de Southern Comfort.

–A propósito, ¿hasta dónde has llegado con Nie? ¿Tiene algo para nosotros?

–Tiene algunas cosas, jefe. Me dijo. Y ya he quedado en verme con él dentro de dos días.

–¿Está en sitio seguro?

Fuera del piso, los deudos se limpian los zapatos. Se lavan las manos en palanganas de agua. Sacudidos los restos del cementerio. Pero no las señales de lágrimas en sus mejillas, ni sus recuerdos.

–Claro, pero a él no le gustaba. No quería dejar el trabajo. No quería dejar su casa y trasladarse a una dirección segura. No quería hacer nada…

–¿Hasta?

–Hasta que le conté lo que le habían hecho al inspector Di. Cambió enseguida de idea. Recogió sus cosas en un par de minutos. ¿Qué es de ese expediente del que hablaba Zoul, jefe? ¿Sirve de algo?

–Una puerta. Hay cuatro informes en el expediente. Cuatro investigaciones. Di había trabajado brevemente en todas ellas. Cuatro mujeres jóvenes. Los informes establecen que todas eran prostitutas. Todas sufrieron ataques, las cortaron, las mutilaron. A tres las encontraron muertas en las aguas del Wusongjiang. Nada de proyectiles. Ninguno. No hubo testigos. O nadie quiso decir que lo había visto.

–¿Y eso es una «puerta», jefe? Suena más bien a pared, joder.

–El último ataque fue hace una semana. La *yeh-ji* está todavía en el Hospital Popular Principal, en la calle Wu Jin, Hongkou. Iremos a verla mañana.

–Entonces tenemos una testigo, ¿no, jefe?

–Si sobrevive y quiere hablar. Le hicieron cosas con una navaja barbera. Luego la tiraron al río en Suzhou. Es la única que sobrevivió.

Suben la escalera común con sus olores a comida, niños pequeños y tristeza. Lágrimas. Deudos en una tambaleante hilera que se mueve lentamente. Palabras susurradas a una viuda y a unos niños sin padre.

–¿Qué le digo a la viuda de Di, jefe? ¿De qué coño hablo?

Una mano en el hombro del Grande. Palabras en un susurro solemne.

–De lo que no tienes que hablar es de una crucifixión, un soplete de oxiacetileno, ni pinchos de acero.

Imágenes alojadas dentro de la cabeza de Piao, nunca lejos para ser evocadas. Capa por capa.

–Háblale de otras cosas que también sean verdad. De lo buen amigo que era. De que era un buen hombre, un marido atento y un padre cariñoso.

Cada vez más cerca la parte de delante de la cola hacia la viuda. Capaz de oler sus lágrimas de miel dulce y el más amargo de los limones.

–Háblale de otras cosas que también sean verdad.

*

En gelatina, ese momento en que el tiempo todavía se mantiene de puntillas. El día se apaga, las luces se encienden.

Avanzan por donde Xietulu se cruza con Jihueilu. Piao, protegiendo los ojos; una línea de sombra negra sobre una cara que se dora lentamente.

–Si fueras a crucificar a alguien, ¿cuántos pinchos usarías tú?

–Joder, jefe, vaya pregunta. Todavía tengo calientes las lágrimas de la viuda de Di en la cara y me pregunta algo así.

–¿Cuántos?

Un sonido de claxon. Una multitud de plateadas bicicletas Para Siempre se abre, como la tripa de una carpa ante un afilado cuchillo.

–Dos, jefe. No habría perdido el tiempo. Habría puesto una mano sobre otra y habría atravesado las dos con un pincho. Y habría hecho lo mismo con los pies.

–¿Y el de la frente?

Dobla rápidamente hacia Fuzingdonglu. Una mancha de luces piloto sobre el parabrisas.

–Innecesario. Demasiado relleno para el pastel, jefe. Si el pincho de la frente era para matarles, se podría haber hecho de modo mucho más sencillo. ¿Y usted, jefe? ¿Cuántos pinchos habría usado?

–Dos.

Risas del Grande.

–Unos hijoputas prácticos, nosotros dos, ¿eh, jefe? Hijos de los tiempos duros posteriores a la Revolución Cultural.

Verde que inunda el interior del sedán.

–Entonces, ¿por qué usaron cinco ellos, jefe?

–No lo sé. Hacer suposiciones es barato. Hacer suposiciones equivocadas es caro.

Los limpiaparabrisas adquieren vida. Un final a la vista, una especie de final. El apartamento, casa, sombras que se espesan, se aprietan en un anochecer prematuro. Un sitio donde la vida se vivió con la vitalidad de un abrigo colgado del perchero. Se apea del sedán, alejándose de la insistencia de la lluvia. Por la ventanilla un poco abierta, palabras apresuradas.

–¿Quién puede adivinar lo que ronda por la cabeza de unos asesinos así?

Se sube el cuello.

–Son como la lluvia, impredecibles.

Susurro de Piao, al tiempo que el tamborileo rítmico de la lluvia le cae en la cabeza, mientras se dirige andando hacia su apartamento.

–Cinco pinchos. Cinco. Como las puntas de la estrella de la República Popular. ¿Es eso un mensaje?

*

Departamento de Seguridad Pública. Cuartel general de Hongkou
9.30 de la mañana del día siguiente…

En la bandeja del correo de entrada, un paquete cuidadosamente envuelto que lleva la indicación «a la atención personal del camarada comisario Zoul». Un tic, irregular pero persistente, en el ojo izquierdo de Zoul. Quita lentamente el envoltorio, como haría con una cebolla dorada enorme. No se atreve a romper el papel. No se atreve a acelerar el proceso. El último envoltorio, retirado cuidadosamente. El camarada comisario jefe vuelve a dejarse caer en su sillón. El sudor le perla la frente. Dedos temblorosos sacan el pequeño frasco de plástico del bolsillo de su casaca. Quita la tapa con dedos sudorosos, asustados. La píldora en la lengua tremendamente reseca; un sabor azucarado deja paso a un amargor que lo invade todo. Y todo el tiempo sin que sus ojos se aparten nunca del contenido del paquete.

Lentamente, el pánico disminuye. Se levanta, la cabeza inestable, las piernas inseguras. Abre un profundo archivador. Muchos profundos archivadores. Muchas cosas ocultas en sus entrañas de acero cerradas con llave. De sus profundidades, saca un informe breve, un bosquejo, redactado rápidamente. Sobre sus letras, sobre el nombre de la firma al pie, inspector jefe Di... señales de dedos manchados con polvo de cemento.

Se desplaza hasta un armarito gris del rincón del despacho. Clic de un interruptor. Escritura, firma, todo deshecho y convertido en tiras destrozadas. Un suspiro, pero perdido entre la mordedura de la trituradora de documentos.

Vuelve al profundo archivador, agarra el contenido del paquete de encima de la mesa y lo introduce en la oscuridad del cajón. Pero se interrumpe antes de que el cajón esté cerrado del todo. Una última mirada. El contenido del paquete, un brillante pincho de acero y un par de gafas de soldador con los cristales llenos de agujeros. Y en el mismo rincón del fondo del profundo cajón, con manchas de cemento, la insignia de una gorra. La insignia de una gorra del Ejército Popular de Liberación. La insignia de la gorra de un oficial de alta graduación.

*

Marca el prefijo 39. Un número largo, con su propia correa de transmisión. Una carretera segura para los tratos y chismorreos de los *cuadros*. Importantes *guan-xi* e importantes amenazas. Marca el número, pero a cada cifra espera que no respondan al teléfono.

Después de dos tonos, la voz de ella, su filo sólo suavizado por el sonido de las olas rompiendo en la orilla del fondo.

–Señora, soy Zoul.

Silencio.

–El camarada comisario jefe Zoul.

Silencio.

Cierra los ojos cuando pronuncia las palabras siguientes.

–Señora, han surgido complicaciones. Me he atenido a la palabra que le di. Exacta, literalmente. He mantenido nuestro, nuestro...

–¿Acuerdo? Camarada comisario jefe.

–Exactamente, señora. Exactamente...

Silencio.

–Le he proporcionado protección. Incluso le he trasladado a un nuevo departamento para que estuviera seguro. Pero, pero...

–¿Pero qué, camarada comisario jefe Zoul?

–Pero, señora, es un hombre que parece un río que se desborda. Un río que fluye y sigue el camino que quiere. Llevándose por delante, añadiría, todo lo que encuentra.

Silencio.

–Señora, aunque le he trasladado a la Brigada Antivicio, un departamento que ahora está de más gracias a los magníficos logros de nuestro Politburó, el inspector jefe Piao está empeñado en realizar una investigación muy comprometida.

Silencio.

–Los *tai zi* que tiene que investigar son peligrosos. Muy, pero que muy peligrosos...

Silencio.

–Sus métodos, expeditivos. Y para ser franco, señora, su negativa a, a... ¿cómo lo puedo decir con delicadeza?

–Lo que usted está intentando decir, pero con poco éxito, camarada comisario jefe, es que se niega a abandonar la investigación.

–Un gusano en el cuenco de arroz, señora. Se niega a plegarse, como debemos hacer todos. Se niega a sublimar su individualidad por el bien del grupo.

Silencio. Sólo un ruido de estática de voces sin cuerpo.

–Podría estar refiriéndose usted a Mao, camarada comisario jefe.

–La verdad, señora. Debo protestar. Debo…

–¿Qué debe hacer exactamente, Zoul? ¿Hacer trizas los informes para que él no los vea? ¿Ocultar las pruebas, ignorar a los testigos? Demasiado tarde, camarada comisario jefe. Demasiado tarde. ¿Cómo podría usted envolver un fuego con papel?

Silencio.

–Usted no ha conseguido protegerle, como habíamos acordado. Pero nunca podrá decirse que yo no soy comprensiva. Que no soy magnánima. Usted me hará saber los detalles del caso en el que él participa. Me mandará detalles de los *tai zi* que investiga. Por mensajero. Esta noche, Zoul. ¿Entiende?

–Sí, señora. Gracias, señora. Esta noche, sin falta. Esta noche. Gracias. Gracias…

Se disculpaba todavía cuando ella colgó el auricular. Las palabras pegajosas de Zoul todavía le llenaban los oídos, suaves como la fina arena color caramelo que se deslizaba por los dedos de sus pies. Miraba al niño, su hijo, que jugaba en la arena. Una danza de alegría inocente al pisotear castillos de arena. Y sabe que las únicas palabras que le podría decir cuando empezó a notar las frías aguas de la India, de África, que rompían a sus pies, serían:

–Camarada, pequeño camarada, baila sobre tus castillos de arena. Camarada, pequeño camarada, yo conozco a un camarada grande que es justo igual que tú.

Capítulo 10

Piao se despierta exhausto, con la cabeza llena de recuerdos, de sueños, indistinguibles unos de otros. Se lava y se afeita con agua fría; el calentador está estropeado. Se viste. El apartamento, demasiado pequeño para vivir en él, también demasiado grande para no hacerlo. Y tantas cosas que evitar: fotos, pertenencias, recuerdos.

Estático en mitad del cuarto de estar. Mirando el avance de la manecilla del minutero. Siempre a la hora, el Grande. Siempre.

En el minuto acordado, el claxon del Shanghai Sedán. El hechizo roto. Pies sobre el mosaico de papel de las cartas. Cerrar la puerta. Escalones sucios. El coche. Las bromas del Grande. Tráfico intenso, un breve trayecto a trompicones. Una casa de té en Jinlinglu. Té y cacahuetes, salazones, *mantou* y bromas. Siempre las bromas del Grande. Él se acordaba, incluso en el comienzo de las agonías de la desintoxicación; el proceso que suprimiría del todo al *Ankang* de su interior. Una píldora, dulce y rosa, entre las yemas de los dedos sucios del Grande. Se la lleva hasta los ojos. Casi hasta el centro de la frente. Un *bindi* farmacológico. Y las palabras, lentas, tan adecuadas...

–La última, jefe. La última, joder.

La mete en la boca de Piao. Sus dedos, una mezcla de sudor, chile y jengibre.

–Piense en ello como en su virginidad, jefe. Una vez perdida, no se puede recuperar.

*

Un día de neblina. Como si un trapo de cocina blanco, húmedo, hubiera caído sobre la ciudad.

Cruzan el puente Nan Pu y siguen el recodo en «S» del río hasta el Lujiazui, el nuevo distrito financiero. Miles de millones de dólares en revestimientos de mármol, cromo y una efusión de neones puntiagudos. Donde una vez hubo huertos, ahora cristal y cemento en construcciones verticales. Donde una vez hubo arrozales, ahora restaurantes tailandeses de suelo de pino y comercios dispersos de diseño con fríos escaparates. Hasta los peatones tienen aspecto distinto. Un aspecto nuevo: trajes y ropa interior limpia. Relojes de oro Rolex ciñen las muñecas sin aros de jade. Y en su aliento, el olor a *dahu*, los nuevos ricos. Sólo aromas de moda: citronella y tequila, sushi y Jack Daniel's. Donde una vez había habido China Brand y Tsingtao, puestos callejeros de fideos y té del día anterior.

Un pincho por encima del Parque del Siglo; la torre de la televisión Perla de Oriente. La tercera más alta del mundo: 468 metros con once esferas y las columnas de acero que las mantienen en su sitio. Los de la ciudad dicen que parecen «dos dragones jugando con una perla». La Cámara de Turismo dice que tiene aspecto de «collar de perlas que cae en una fuente esmeralda». El inspector jefe, menos poético. Siempre que veía la torre, lo que pasaba todos los días, pensaba que parecía un bolígrafo enorme concebido y realizado dentro de la cabeza de un disléxico.

Había un mirador situado en la esfera superior. En los días soleados se podían ver hasta las islas de Sheshan y Chongming. En un día soleado uno podía ver hasta donde fuera. Aquél no era un día soleado. Un trapo húmedo de neblina en el aire. Sólo se veía el río Huagpu, el Bund, la avenida Long Dong.

También en la esfera superior un restaurante que gira, una discoteca, un piano bar, y turistas que huelen a champú con acondicionador y cheques de viaje, toman cerveza americana, cerveza alemana, todo tipo de cervezas excepto la china.

Bajo un foco púrpura, un pianista vestido de etiqueta sonríe con dientes color cereza. Se extralimita, musical, vocalmente. Balbucea, enfrentado a una torpe competición entre manos y labios. *New York, New York,* cantado por un Sinatra shanghainés.

–Jefe, fuera. Junto al telescopio.

Un hombre mayor. Una persona que, desde su nacimiento, siempre había parecido una pálida imitación de sí mismo.

La puerta oscila, cerrándose con un soplo de aire. Un escalofrío a causa de la niebla. Un apunte de ruido del tráfico. Un conjunto de agudas notas sulfurosas desde el aliento del Dragón Amarillo. Desde trescientos sesenta y tres metros de altura la ciudad parecía un sitio en el que querrías vivir.

–Jefe, le presento al camarada Nie.

El científico se subió el cuello; sus ojos eran como dos abejas encerradas en un tarro.

–Le presento a mi jefe, el investigador jefe Sun Piao.

–Gracias por su ayuda en este asunto…

Piao tiende la mano. El científico la ignora.

–¿Tengo posibilidad de elegir?

–Elegir es un lujo de los que llevan ropa interior de seda y no tienen agujeros en los zapatos.

–*Wangba dan.*

Un insulto salido del alma.

–La tercera vez, inspector. La tercera vez este año que he tenido que dejar mi casa y mi trabajo y esconderme.

Mueve la cabeza.

–Desde que Di me encomendó este trabajo no he hecho más que volver la cabeza. Tuve que estar lejos de mi puesto de trabajo excepto para hacer lo que me pedía él. Incluso estuve alojado en casa de mi tío. Es allí donde me encontró ese mono suyo.

Otro juramento salido entre labios retorcidos.

–No es agradable. Nada agradable.

Un brazo de panda de Yaobang, por encima de los flacuchos hombros del científico.

–¿Qué es agradable, Nie, excepto los pechos perfumados de una *yeh-ji*?

Algo así como una sonrisa del científico. Tan fugaz como la honradez de un político.

–Y ahora, amigo mío, tan listo. ¿Qué tiene usted para nosotros? Estamos aquí para que nos asombre.

Nie, su voz sin fuerza, como cerveza rebajada con agua.

–Eso le costará…

Mira nervioso a su alrededor.

–Dos botellas más.

–¡Dos botellas más! ¿Qué cree usted que somos, una Tienda de la Amistad?

El Grande manifiesta desagrado. Niega con la cabeza.

–¿Qué opina usted, jefe?

–Las dos botellas de Teacher's en que quedamos. Dos más si lo que usted tiene despeja un poco la neblina de esta investigación.

Se pasa la lengua por los labios el científico. Un gato indeciso. Yaobang agita con cuidado la bolsa de plástico que tiene en la mano. Botellas de oro líquido que al chocar tintinean con una música de cuarenta grados.

–Más duro que una concha de ostra su DSP. De acuerdo. De acuerdo.

Bolsillos profundos de su chaquetón.

–Lo que tengo hará más que despejar un poco la neblina.

Saca una cinta de vídeo VHS y un gran sobre marrón del bolsillo. Da unos golpecitos en la carcasa negra de la cinta.

–Aquí hay una sentencia de muerte, inspector jefe. Fue grabado por un sistema de televigilancia…

Vuelve la vista, mirando por encima del hombro; sus ojos buscan algo.

–… que controla las obras del Nuevo Estadio Olímpico. El inspector Di tenía un teléfono pinchado.

Rasga el sobre. Entre dedos con las uñas mordidas, fotos monocolor muy brillantes.

–Obtuve algunos contactos. Calidad pobre, muy pobre. Tengo que mejorar algunas partes, oscurecer otras. No es que yo espere que uno del DSP como usted aprecie esas habilidades.

Foto tras foto. Viendo en silencio la macabra secuencia de la tortura y muerte de una chica. En silencio, hasta el último contacto.

Escupe en el suelo el Grande.

–Llevan uniforme, jefe. ¿Quiénes son estos hijoputas?

–Las fotografías son poco nítidas para ver los detalles, y en nuestra República Popular todo el mundo lleva uniforme. Si eres revisor de tren, llevas uniforme. Si ejecutas a un preso de un disparo en la cabeza, llevas uniforme. Si recoges la mierda de los perros en el parque…

–Ya lo sé, jefe, ya lo sé. Yo llevo uniforme, usted lleva uniforme, joder. Pero estos hijoputas no son revisores de tren, jefe.

El último contacto. Más oscuro. Más gris. Su retícula recordaba las nubes panzudas de una tormenta.

–¿Y éste?

–El que señala, el que manda. Parece su jefe. Aunque se necesitaría un primer plano. Pero es de mala calidad.

Yaobang agarra la fotografía.

–Un camarada feo, ¿eh, jefe? Imagínese tener una cara así.

Acné, una cara destrozada, con agujeros… ni un centímetro que no estuviera lleno de oscuridad de la noche.

–Bien hecho, camarada científico, lo ha hecho usted bien. Pero los otros tres. Deseo verles la cara también. ¿Lo puede hacer?

–Claro, claro. Le conseguiré unos contactos, pero serán...

–Sí, ya lo sé, de pobre calidad.

–Muy pobre calidad, inspector jefe. Y...

Duda, calcula el precio, lo que cuestan; todos los ciudadanos realizan ese proceso.

–Costarán otras dos botellas.

–Una.

–¿Una?

Impávido, Piao, sus ojos fijos como piedras.

–Una.

–Ustedes, los del DSP, más duros que una concha de ostra, en realidad más como el culo de un pato debajo del agua.

La mirada del inspector jefe se desliza por el distrito de Nanshi, el Bund, el río Huangpu... la niebla se levanta como un virginal velo de novia. Barcos perezosos en unas aguas perezosas.

Contactos, cinta, eclipsados dentro del sobre. Bolsillos profundos del chaquetón. Nie saca un segundo sobre. Más contactos. En color, pero con rayas grises como de polvo.

Manos tapándose la boca, el Grande. Sus nudillos blancos. Como nueces sin madurar.

–¿Qué estamos mirando? ¿Qué estamos mirando aquí, joder?

Pero según se suceden los contactos, sabe que no necesita respuesta.

–Los sacó el propio inspector Di. Sólo él, su ayudante y yo sabemos de la existencia de las imágenes, de los cuerpos. Había dos cimientos separados dentro de los que los encontró.

–¿La chica que persiguieron, jefe?

En gelatina de hormigón, mano cerrada, uñas pintadas de un rojo cereza, perfil de la barbilla, mechón de pelo congelado.

–Éste es el otro cimiento que excavaron.

Cada lado del bloque de hormigón fotografiado, cada topografía del horror registrada. El inspector jefe saca una lupa pequeña de un bolsillo interior.

–¿Cuántas, jefe? ¿Cuántas, joder?

–Muchas.

Vuelve a guardarse la lupa en el bolsillo. Se da tiempo para calmarse.

–Hay muchas.

Nie pasea, con el cuello subido otra vez, sus ojos como dardos.

–Qué embrollo. Qué embrollo tan terrible. Me matarán por esto, ¿y por qué? Cuatro botellas de whisky. *Wangba dan*, cuatro botellas.

–Dos –replica Piao, dirigiéndose a la balaustrada.

–¿Qué más cosas tiene, camarada científico? Y quizá entonces sí que le esperen cuatro botellas de whisky.

Bolsillos profundos, cuando el científico extrajo los papeles plegados, preparando ya el marco donde se iban a exponer.

–Yo creo que Di lo sabía. Estoy seguro de que sabía que terminaría de este modo. Me pidió que le guardase esto.

Una fotocopia de un informe; apenas página y media. La firma de Di al pie. Pocos detalles. Ningún hecho. Reunido a toda prisa. Como si no fuera en absoluto un informe, sino simplemente un recordatorio de algo importante. Una última mano extendida fuera del agua que dice: «Me ahogo».

Piao habla el primero.

–¿Es éste el único ejemplar?

–No. Dijo que el original lo tenía el camarada comisario jefe.

Trata de recordar un nombre el científico. El Grande le evita más dificultades.

–Zoul, el puto Zoul.

–Sí, eso es. Camarada comisario jefe Zoul.

El puño del Grande golpea la balaustrada de acero.

–Mierda, ¿le preguntó usted al comisario si Di le había dado algo?

–Sí, se lo pregunté. Él dijo que Di no le había dado nada.

Mueve la cabeza.

–Política interna, camarada científico.

El brazo del inspector jefe sobre el hombro de Nie.

–¿Dónde estaría nuestra República Popular sin política interna?

Sonriendo, Piao, pero sin convencimiento, da golpecitos al informe con los nudillos. En la esquina superior izquierda, una hilera de números poco marcados, pero legibles, escritos con lápiz. Una hilera de números que él había visto antes.

473309169972

–¿Estos números son suyos o del inspector jefe Di?

–No, no son míos, son de Di.

–¿Se refirió él a ellos? ¿Le dijo qué eran?

–No. ¿Por qué? ¿Son muy importantes?

Sonríe nuevamente el inspector jefe. Esta vez, de modo pasablemente convincente. Yaobang avanza, una interrogación en sus cejas.

–El número, el mismo número, está en la portada del expediente sobre Di que me mandó el camarada comisario jefe Zoul. Las tres chicas encontradas muertas en el Wusongjiang. La cuarta está en el Hospital número 1…

–De modo que esta «puerta» ahora es un pasillo. ¿No, jefe?

Un asentimiento de cabeza, Piao se vuelve hacia el científico.

–Ahora dígame, ¿tiene algo más guardado en la manga? Oigo que su whisky le reclama.

Bolsillos más profundos. Nie saca una bolsa de plástico con cierre hermético. Una colilla de cigarrillo aprisionada dentro del polietileno.

–Los bloques de hormigón fueron cargados con grúas en camiones pesados, tapados y llevados a otro sitio. El inspector Di no sabía dónde. La operación fue dirigida por un *cuadro* y sus hombres. Di no le conocía, pero me dijo que tenía la cara marcada. El *cuadro* tiró este cigarrillo poco corriente, francés, Disque Bleu.

Piao agarra la bolsa de polietileno de la mano de Nie. Ante su tacto, un repentino recuerdo de un recuerdo de juventud. Una bolsa de plástico llena de agua, anudada por arriba, que goteaba un poco. Dentro daba vueltas un pececillo dorado. Daba vueltas y más vueltas. Poco a poco, formando un riachuelo muy frío, el agua le corría por la delgada muñeca.

–Un *cuadro* de alta categoría. De muy alta categoría.

–¿Cómo lo sabe, jefe? Si sólo es un cigarrillo, joder.

Tabaco suave. Perfume suave.

–Es caro. Los cigarrillos como éste sólo se consiguen en el Economato de Alimentación Ciudad de Pekín. Se necesita un «pase especial» para conseguir entrar a la tienda. Sólo admiten a los miembros del Comité Central del Partido Comunista, jefes de las once regiones militares y veteranos del Partido con privilegios.

Sus miradas se cruzan y ven que los cuervos de la preocupación alzan el vuelo en el horizonte de los ojos de los otros. Yaobang mueve la cabeza.

Otra bolsa de plástico sacada del bolsillo sin fondo del chaquetón del científico. Piao reconoce al instante su propia escritura en ella. La colilla encontrada en el almacén, a escasos metros de los restos torturados del inspector Di y su ayudante.

–Hay una nueva prueba de ADN. Se la robamos a los americanos.

–Se lo robamos todo a los jodidos americanos. ¿Y qué?

El científico frunce el ceño.

–Esto no es una hamburguesa o un chándal. Esto no es Mickey Mouse. Es una prueba muy exacta. Se puede duplicar el ADN suficiente de una sola célula humana para conseguir la «huella dactilar» del dueño de esa célula y relacionarlo con un delito o con la escena de un delito.

El bálsamo de la jerga del científico le calma.

–Los delincuentes depositan saliva en cristales, teléfonos, víctimas. Con esa nueva prueba, se mide el ADN únicamente en trece lugares específicos, donde las sustancias químicas se repiten. Se puede crear una única huella dactilar del ADN haciendo recuento de esas repeticiones. Excepto en los gemelos idénticos, esos números son extremadamente variables de una persona a otra. Se puede localizar a un individuo con una probabilidad de uno entre varios miles de millones. La colilla que encontró el inspector Di donde se hallaron los cuerpos dentro de bloques de hormigón y la colilla que encontró usted, inspector jefe, junto al cadáver del inspector Di. Son idénticas. Llevan el mismo ADN.

Las manos del científico se extendieron en una súplica sincera.

–¿Y ahora me dará las botellas de whisky, inspector? ¿Mis cuatro botellas de whisky? Tengo mucha sed y creo que he despejado la suficiente neblina de su investigación, ¿no?

*

Van andando, aunque el coche está en la dirección opuesta. Por encima del Parque del Siglo, el sol, rodeado aún de neblina aunque su calor templa el aire, hace brillar los árboles, ondula en el acero de los coches aparcados.

Encuentran el banco más próximo. Los senderos llenos de gente. El ciclo de la vida expuesto con el detalle de una autopsia. Niños que juegan, los más pequeños aprenden a andar, viejos que dan traspiés a cámara lenta.

–¿Se ha despejado la neblina suficiente, jefe?

Un grupo de jóvenes de la Liga del Partido Comunista habían soltado unos globos. El comienzo de la celebración del Festival del Ejército Popular de Liberación.

–*Dao-mei,* jefe. En este caso tenemos mala suerte, joder. *Cuadros* que fuman tabaco caro, que llevan uniforme y asesinan chicas como si fuera un deporte. *Dao-mei.* Especialmente para los estúpidos hijoputas que los tratan de atrapar.

Enérgicas canciones del Ejército Popular de Liberación entre una brisa perfumada de plátanos caramelizados y tubos de escape. Veteranos de dientes negros dirigen a chicos con ojos brillantes. Barítonos y sopranos. Bajo los castaños con muchas hojas, pechos que se llenan de orgullo.

¡Levántate! ¡Levántate! ¡Levántate!
¡En marcha! ¡En marcha! ¡En marcha!

–Deberíamos recoger pruebas de donde podamos y pasar a otra cosa. Pasar a otra cosa, jefe. Mi madre decía con frecuencia: «Sólo cuando consigues que todos traigan leña, se puede hacer una buena hoguera». Esto es cosa de Zoul, dejemos que él se ocupe de ello.

Como respuesta, Piao saca del bolsillo un aplastado paquete de China Brand. Enciende dos pitillos, poniendo uno en los labios de Yaobang.

–Desde el nuevo estadio nacional los camiones han podido seguir muchos caminos. Los comprobaremos.

El humo cae perezosamente entre ellos.

Los tenderos se fijan en cosas como los camiones enormes que doblan esquinas difíciles aunque estén atendiendo a clientes que se quejan. Los oficinistas con zapatos brillantes recordarán unos neumáticos enormes que sueltan barro. Esas mujeres, esas chicas, tenían padres, han sido niñas, han sido hijas de alguien. Las echarán en falta, llorarán su pérdida.

Una profunda calada a la colilla del China Brand, como si su vida dependiera de ello.

–Averiguaremos quiénes eran. Qué fue lo que hicieron. Luego, igual que pulgas en el lomo de ratas, averiguaremos por qué las mataron y quién se benefició con esas muertes.

Durante un instante, cierra los ojos mientras la nicotina le intoxica.

–Seguiremos la pista de la muerte hasta su misma guarida. Seguiremos la pista de un hombre que fuma cigarrillos Disque Bleu y luego crucifica a inspectores del DSP en su tiempo libre.

Ve los ojos del inspector jefe, y el corazón le da un vuelco.

–Mierda, jefe, se va a ocupar de este caso, ¿verdad? ¿Por qué? ¿Porque eran camaradas, amigos?

–Vamos a ocuparnos de este caso porque nadie debería morir como murieron ellos y porque los dos sabemos que los que los asesinaron no llevaban uniformes de revisores de tren.

¡Valientes bajo el fuego enemigo!
¡Adelante!
¡Adelante!
¡Adelante!

–Recogeremos la leña para el fuego nosotros mismos. Nosotros mismos encenderemos la hoguera. Será una hoguera maravillosa. La hoguera más grande que hayas visto nunca. Un fuego que iluminará el cielo.

*

2 de la mañana… el almacén Yu Yuan, importaciones y exportaciones de Shanghai

Cinta de plástico de la policía medio rota. Escalones negros. Puertas con el pestillo echado. Mira su reloj para un cálculo aproximado del tiempo. Un Omega falso, la aguja del minutero se soltó a la semana de comprarlo. Ahora seguía la manecilla de las horas que recorría la esfera como un sabueso fiel que camina al lado de su amo.

–Coño, jefe. Hora de trabajar, ¡y yo todavía no me he ido a la cama, joder!

Piao se da la vuelta, con un dedo en los labios, tranquilizando al Grande. Sólo el sonido de la respiración de la ciudad.

Se mueven por un costado del almacén; barro y objetos desechados. Un coche de niño, neumáticos gastados, una bicicleta y medio saco de cemento seco, un perro muerto. Al rodear la parte trasera del almacén, la única luz es la del neón escarlata de un bar media manzana de casas más allá. Todo con la tonalidad del peligro.

–Allí.

Un susurro. La punta de un dedo. Desde el *long*, entre las ortigas que rodeaban el final del almacén, un oscuro sendero hecho con pisadas. Hierbajos doblados señalan el camino hacia una escalera de caracol que lleva a las salidas de incendios.

–Qué coño…

Nuevamente un dedo sobre los labios. Suben, un escalón negro tras otro. Yaobang detrás, levanta la suela, la parte de abajo del abrigo. Descansillo, los escalones dan a un suelo de enrejado metálico. El primer piso. Un piso bien conocido. Pero el inspector jefe trepa más alto. Le sigue el Grande.

Una puerta al segundo piso, con el pestillo corrido. Un susurro, cuando la mano tanteaba la puerta para probarla.

–Joder, aquí no hay nada, jefe.

Pero Piao vuelve la vista arriba, hacia el techo, las estrellas. Ojos azules que ven lo que estaba buscando. Se estira con cuidado, con los dedos en los salientes de los ladrillos y los pies en la estrecha balaustrada metálica. En la parte de arriba de la puerta cerrada con pestillo, una abertura justo debajo de las vigas del techo del almacén. El inspector jefe se alza con dificultad y pasa por ella en silencio. A los pocos segundos asoma una mano por el agujero. Dedos que hacen señas, como tirando del aire de la noche. Yaobang, no hecho para trepar, se tambalea inseguro subido al acero y los ladrillos. Dedos, con las uñas mordidas, buscan dónde agarrarse. Palmas sudorosas que agarran la mano del inspector jefe, mientras sube lo que le queda de pared y pasa por el agujero. Todavía murmura oraciones de agradecimiento a sus antepasados cuando se tumba en el suelo de madera oscura, callando únicamente cuando notó los dedos de Piao en sus labios; una fría advertencia. La ciudad todavía respira, pero ahora hay un sonido nuevo: el del tumbado tras horas de agotamiento en el refugio frente a la tormenta de la vida. Ronquidos, profundamente sonoros y rítmicos.

Una pequeña linterna surge del bolsillo del inspector jefe. Yaobang, con la mano en el bolsillo, desenfunda su pistola, pero Piao le aparta la mano. Un susurro.

–No.

Vuelve a enfundar la pistola. Le sigue. Piao elige su camino en aquel espacio de catedral derrumbada. Bosques de tuberías. Junglas de sombras borrosas que cambian a cada paso y cada variación del ángulo de incidencia de la linterna. Y a cada paso, los ronquidos más fuertes y el olor más definido. A sudor y a varias capas de suciedad. Y a amargos recuerdos.

–Allí.

Entre tuberías de agua caliente, varios sacos desgarrados. En el centro, un montón de trapos. Sobresaltado, el bulto se levanta, adquiriendo forma. Un hombre, un vagabundo. Se esfuerza por llegar a sus zapatos con agujeros en las suelas. Yaobang bloquea el paso del vagabundo. El hombre se gira hacia el inspector jefe; su cara, iluminada por el haz de la linterna, negra de suciedad. Barba espesa, encrespada y ojos enloquecidos.

–*Tong zhi*, no pasa nada...

Dominado por el pánico, se da la vuelta otra vez. Corre hacia el Grande. Brazos que se lo tragan. Piao se acerca lentamente, con las manos abiertas, enseñando las palmas.

–*Tong zhi*. Viejo camarada. No hemos venido a hacerte daño.

La resistencia da paso a la resignación.

–Tú, *wangba dan*...

Escupe en el suelo.

–*Ganbu*, ladrones. ¿Qué queréis de un viejo? Soy veterano de la Guardia Roja. Fui yo, y otros camaradas, los que detuvimos a Lin Biao.

Boquea tratando de respirar. Fervor e inseguridad incendian su mirada fija.

–Lin Biao, el director de la Academia de Formación Política del Ejército.

Se resiste al firme abrazo del Grande. Fuerte para ser tan viejo.

–El propio Gran Timonel nos dio la orden. Agarró al *ganbu* de sonrisa afectada por las orejas como a un cerdo que chilla.

Escupe nuevamente. Esta vez llega más lejos. El escupitajo cae entre los pies de Piao.

–No hay respeto. No hay respeto. *Wangba dan*. Y ahora venís a por mí. *Wangba dan*.

–Viejo. Del DSP. Somos del DSP, joder.

Vuelve a escupir, entre los pies de Yaobang.

–Del DSP o no, viejo. Un escupitajo más cerca de mí y te abro la cabeza.

Una doble mirada a la cara del viejo *tong zhi*.

–Es el vagabundo que encontró a Di, ¿no?

Piao se adelanta. Descoloridos por la luz de la linterna los rasgos del viejo; desaparecen las arrugas, de pronto cuarenta años más joven. Un guardia rojo sin ninguna arruga en la cara. Al fondo de sus ojos, la luz de una misión. Órdenes, pensamientos, dentro del relicario del Libro Rojo.

–«Todos nuestros *cuadros*, sin importar la categoría que tengan, están al servicio del pueblo, y todo lo que hagamos será al servicio del pueblo. Entonces, ¿cómo dudar a la hora de librarnos de nuestras malas hierbas?»

Una sonrisa que aflora en la cara del viejo camarada.

–*Pensamientos escogidos del presidente Mao Zedong*. Segunda edición, 1967. Hace mucho tiempo que no me citaban las palabras del Gran Timonel, camarada.

–Hace mucho tiempo que yo no citaba al Gran Timonel. Las modas cambian.

–¡Modas! Los pensamientos de Mao no tratan de modas. *Wangba dan*. Tratan de un camino de oro. Un camino de oro por el que se combatió con lágrimas, con sangre. Mis camaradas, mis amigos, muertos en el fango.

La mano de Piao cae en el cuello del viejo, húmedo de saliva. Húmedo de lágrimas que le corren por las mejillas.

–*Tong zhi*, nuestros hijos, sólo uno de cada tres sabe quién fue el Gran Timonel. Los tiempos cambian. La gente cambia.

Un gesto con la cabeza al Grande, y los brazos como troncos de árboles de éste se aflojan poco a poco. El montón de harapos se encoge hacia el agujero maloliente de mantas. Con la cabeza entre las manos, el viejo camarada solloza.

–Demasiados cambios. Demasiados cambios. Te arrojan a una playa desconocida. Tu vida y donde la viviste ahora son irreconocibles.

En la linterna y los ojos de Piao, la mirada del viejo *tong zhi*.

–He visto demasiadas cosas. Demasiadas. Demasiadas para una sola vida.

Su cara con manchas negras y rosas.

–Una de las peores cosas que he visto nunca; a un oficial del *Guomindang* andando por un campo lleno de barro. Andaba por encima de los cuerpos de mis compañeros de armas para que no se le mancharan las botas.

Solloza. Sus hombros suben y bajan al compás de su respiración entrecortada.

–Demasiadas. He viso demasiadas cosas. Me persiguen los espectros de mis camaradas. Ha llegado el momento de que la vida ya no me posea.

El dorso de la mano de Piao pasa por la mejilla del viejo *tong zhi*.

–Todavía no, camarada. Todavía no te ha llegado la hora de la muerte.

Dedos por la otra mejilla.

–Ahora cuéntame la otra cosa peor que hayas visto en el transcurso de tu apasionante vida, *tong zhi*.

–Eso ya lo sabes, camarada policía.

–Sí, ya lo sé, pero necesito la energía de tus palabras.

Al Grande.

–Nuestro viejo amigo vio lo que pasó en el primer piso de este almacén. Vio cómo interrogaban al inspector Di y a su ayudante.

–¿Cómo sabe eso, jefe?

Los ojos del inspector jefe nunca se apartan de los del viejo.

–Un vagabundo siempre está rodeado de sus posesiones. La cruz con la que carga. Lo que yo vi no se correspondía con eso. Entre la gente, allí de pie, no llevaba nada encima. Ni bolsa, ni un bulto. Nada corriente en un vagabundo, que es como una tortuga. Ya había convertido este sitio en su santuario.

Volviendo los ojos, la cara, el *tong zhi,* hacia una manta sucia.

–Tienes una mirada penetrante, camarada policía.

–Sí, pero no tan penetrante como la tuya, *tong zhi.* Cuéntanos lo que pasó aquella noche.

Silencio.

–*Tong zhi,* cuéntamelo. Eso servirá de exorcismo que suprimirá de tu mirada lo que viste. Te podemos proteger, si es eso lo que te preocupa.

–*Wangba dan,* ¿protegerme? ¿Proteger? Yo no necesito eso, yo no. Yo no, ¡un camarada del glorioso Ejército Rojo! No me preocupa nada. Nada. Cuando uno ha visto a lo largo de su vida en la *fanshen* lo que yo, no queda nada por lo que preocuparse.

–«Miles y miles de mártires han dado heroicamente sus vidas por el pueblo; mantengamos la bandera bien alta y marchemos por el sendero regado con su sangre.»

–Muy bien, camarada inspector. Muy bien. *Sobre el gobierno de coalición,* Obras escogidas de Mao, volumen III. 24 de abril de 1945.

–Muy bien también tú, *tong zhi.* Pero es una obra extensa, olvidaste decir de qué página es. Es de la página 318. Las palabras de Mao se supone que son más que sólo palabras. Entonces, ¿por qué no hablas, *tong zhi?* ¿Lo que viste aquella noche no es aquello contra lo que luchaste todos esos años atrás?

Minutos antes de que hable. Palabras amortiguadas por la manta agujereada.

–Me despertó su ruido. Pasos; algo que arrastraban, que rodaba, y luego gritos.

Devuelve la claridad a sus ojos con su bocamanga deshilachada.

–Los habían puesto en el suelo. A los dos hombres. Tus dos hombres. Metieron clavos en cada mano. En cada pie. Los gritos. *Wangba dan*, los gritos. Como cerdos cuando los castran. Suficientes para despertar a la propia noche. Pero no lo hicieron, sólo me despertaron a mí. Los vi por un agujerito del suelo. Cuando metían los últimos clavos, los vi. Hombres vestidos de oscuro. Uno, su jefe, hacía preguntas...

–¿Preguntas?

–Preguntas, principalmente al mayor.

–¿Qué preguntas le hacía?

–Una y otra vez, sobre una investigación. Quiénes más participaban. Nombres. Informes, si habían archivado algún informe. Una prueba. Una prueba. No dejaba de preguntar sobre una prueba. ¿Dónde estaba? ¿Quién la tenía? ¿Con quiénes habían hablado?

Las palabras, más rápidas, pero menos claras.

–Dijo poco, el hombre. Sólo un nombre, Zoul, creo que fue. Y cosas que no tenían sentido. Sobre una cinta de vídeo, o algo así. Luego encendieron el soplete. *Wangba dan*, el soplete. Tan brillante como el sol, aquel soplete...

Movió la cabeza.

–Sus gritos. Y cuando los soltaba, el sonido de su piel quemándose. Y el olor a cerdo quemado. Gritaban y gritaban. *Wangba dan*. ¿Cómo no se oían sus gritos desde el otro lado del río...?

Se seca la boca y la barba con el extremo húmedo de la manta.

–El jefe, el que tenía la cara con marcas, se estaba impacientando. Ordenó que los quemaran más. Y más profundamente. Hasta yo sabía que aquellos hombres no tenían nada más que decir. Lo que quería el jefe no estaba dentro de sus cabezas ni de sus corazones.

Cara hundida, sólo la coronilla en el haz de la linterna; su pelo, espeso, rizado, una cortina que le oculta la cara.

–El jefe dio una orden, y de pronto todo se interrumpió. Sus camaradas apenas lo notarían. Los martillos eran muy pesados, y los pinchos, muy afilados.

Piao se arrodilla, una mano en el hombro tembloroso del *tong zhi*.

–Ese hombre, ese jefe con la cara marcada...

–Un *ganbu*. Un *ganbu*. *Wangba dan*...

–¿Cómo sabes que era un *cuadro*, camarada?

–Su mirada. Su modo de andar. Su olor.

Levantó la cara a la altura de la del inspector jefe, cada palabra abrasada por la ira.

–¿Crees que no iba a reconocer a un *ganbu*? Gusanos en un cuenco de arroz. *Wangba dan*.

–¿Qué me puedes decir de ese «gusano», *tong zhi*? ¿Qué más vieron tus atentos ojos?

Pensamientos lejanos. Recuerdos lejanos de otro *ganbu* que le habían pedido que describiera. Juzgado por su testimonio, condenado por sus palabras. Las paredes contra las que le habían puesto, muy frías. La descarga de fusiles, muy caliente. ¿Qué es uno más que un alma ya agujereada?

–El *ganbu* era joven. Más joven que yo. Más joven que tú. Puede que de treinta años. Nacido en Shanghai, por sus palabras. Pero con un acento extraño. Había estudiado fuera.

–¿Estás seguro de eso, papaíto?

Una mirada disparada hacia el Grande. Aquel *tong zhi* ahora era viejo y aplastado por el peso de la vida, pero en su juventud ningún hombre habría querido que su sombra se cruzara con la suya.

–Yo no soy tu papaíto, señor policía. No lo dudes, soy un camarada que ayudó a liberar esta ciudad y la sangre de cuyos camaradas inundó los desagües de esta ciudad al hacerlo. Un hecho que harías bien en recordar.

Inquietante la luz en el fondo de los ojos del viejo. No era la primera vez que Piao había visto aquel resplandor ámbar en los ojos de los antiguos guardias rojos.

–¿Volverías a reconocer a ese *cuadro*?

El *tong zhi*, con una mano agarrando el cuello de Piao y tirando de él hacia delante. Cerca. Mezcla de alientos. Cada palabra de la boca del viejo camarada, una fruta que se pudre en la rama, ácida y dulce.

–Sí, reconocería a ese *ganbu*. No hay un *ganbu* que se haya cruzado en mi vida al que no pueda recordar.

Yaobang se ríe. Se arrodilla junto al inspector jefe.

–Estaba oscuro, viejo. Un *cuadro* se parece a otro *cuadro*. La ropa, el calzado, gordo, grasiento. Visto uno, los has visto a todos, joder. ¿Cómo puedes estar tan seguro de que reconocerías a éste?

–*Wangba dan*. Dije que lo reconocería y sé lo que digo. Ese *ganbu* una vez fue como soy yo.

Piao calmando al *tong zhi*. Acariciándole la cara.

–¿Qué quieres decir con que una vez fue como eras tú, camarada?

–Fue una vez como yo. Mira, mira...

El viejo agarra la mano de Piao. Dirige el haz de la linterna directamente a su cara. A su boca, labios. Con la otra mano se alisa el pelo del desordenado bigote, de la barba, hacia arriba, apartándolos de su labio superior. Los frutos de su boca al descubierto. Un labio leporino colgaba como tomates maduros. El paladar partido por un valle divisorio.

Las manos del *tong zhi* caen a su regazo. Muchos segundos antes de que se secara la boca con la manta y volviera a hablar.

–En mi aldea, en mi vida, nunca existió el privilegio o el dinero para corregir un defecto de nacimiento. Eso no le pasó a él.

Sonríe. Por primera vez sonríe.

–Imagina, un *ganbu* y un vagabundo unidos por la misma maldición. Una declaración política en eso, ¿no?

Da palmaditas en la cara del anciano.

–Sí, *tong zhi*. Algo que ni siquiera previó el Gran Timonel.

Sonríe el anciano.

–Creo que identificar a un *ganbu* así, camarada policía, estará dentro de tus capacidades.

–Estoy seguro de que sí, viejo. Pero de noche yo dormiría mejor si nos dejas que te protejamos. Son delincuentes peligrosos, delincuentes poderosos.

–¿Crees que me preocupa tu sueño, camarada policía, cuando me has despertado tan bruscamente del mío?

Una profunda risa con flemas. Dedos sucios que se tapan la cabeza con la agujereada manta.

–Y ahora que te den por culo y déjame en paz. Hasta un *guang guan*, hasta uno con el labio leporino como yo, necesita coger el sueño.

Capítulo 11

Entrada al túnel Yanandonglu, Pudong

Edificio Jin Mao, 420 metros de cristal esculpido y acero moldeado. El hotel más alto de la República Popular.

Pisos 3 a 50, alojan a 10.000 oficinistas. Los pisos siguientes hasta el 87 los ocupa el hotel de cinco estrellas más alto del mundo, el Hyatt, con 555 habitaciones. En el piso 86 hay un club sólo para empresarios. En el piso 88, el punto más alto desde el que se ve la República Popular. Vistas hasta la bahía de Hangzhou, el mar Amarillo, el mar de la China Oriental, y, si uno está dotado de imaginación, el océano Pacífico.

Pero era una casa de té de barrio en la que estaban sentados, a la sombra del edificio Jian Mao. Oscura y alargada sombra. Un enorme cuchillo de ébano que iba dividiendo poco a poco en porciones el nuevo centro financiero de la ciudad.

Olvidada entre el cromo y el mármol, la casa de té, que se agarraba con uñas mordidas a un sitio al que ya no pertenecía. La casa de té, una vieja tía soltera cuyos mejores tiempos habían pasado hacía mucho. Un tanto ajada. Con un maquillaje algo excesivo. Un tanto desmejorada por el alcohol. Pero algo parecida a como era Shanghai antes de la invasión de dólares, antes de que funcionaran las excavadoras y que las grúas subieran más aún. Con todo, la misma casa de té, la mejor de Shanghai. Todavía el mejor té y el mejor *baozi*, el pan humeante relleno de carne.

Pero ahora, sea día o noche, la casa de té diez grados más fría que los edificios circundantes. Ahora, sea día o noche, la casa de té a oscuras. Como si hubiera sido desterrada a otro país. Un país más oscuro, más frío.

*

Un menú de luminosas sonrisas para bolsillos dispuestos a vaciarse. Ningún *fen* extra por la vista, porque desde allí no había ninguna, ni por el mantel blanco, porque los tableros de las mesas no los tenían, ni por revestimientos de mármol, cromo brillante, la sonrisa del pianista, porque la casa de té carecía de todo eso. Sólo un té como uno no lo había probado nunca. Y el contoneo de las enormes caderas de la señora entre las mesas y su amplia sonrisa cuando dejaban una propina de unos pocos *fenes*.

Un cigarrillo, un té.

–¿Es lo único que desayuna, jefe?

Piao apartó el cenicero lleno, acercando uno limpio.

–No, a veces varío. Tomo una cerveza y fumo un cigarrillo. Y otra cerveza, otro cigarrillo.

Una seña, un guiño hacia la señora de la ventanilla de la cocina. Formica y vapor. Su mejor sonrisa, el Grande. Cacahuete pegajoso y macerado.

–Señora Lau, más especialidades de las suyas. Y más sonrisas deliciosas de las suyas.

Minutos de impresionante actividad. Tazas desportilladas, vasos sucios en una bandeja inestable, movimiento entre las mesas de las caderas de la señora Lau en contoneos sincrónicos. Platos descargados. Verduras en vinagre, cacahuetes, *mantou,* relleno de pasta de judías rojas. *Doufu,* queso de soja. Cervezas Tsingtao, y *hongcha,* té rojo, tan amargo como las lágrimas de una viuda.

Un destello deslumbrante de dientes postizos cuando la señora pasa como un petrolero entre las mesas de vuelta a la cocina, seguida por la mirada admirativa de Yaobang.

–Más sólida que un bloque de pisos, ¿eh, jefe? Justo como a mí me gustan.

–Que te gusten, pero que nunca las consigas.

–Vamos, vamos, jefe. Estamos algo gruñones hoy, ¿no? ¿No ha dormido bastante? Coma, coma, jefe. Un hombre necesita comer, en especial si es un camarada activo como usted. Tiene que mantener altos los niveles de energía.

Té que elimina el amargor con dulzura; en dos sorbos, la taza vacía. Las entrañas, la lengua del Grande, recubiertas por el líquido de hojas de *hongcha*.

–Me refiero, joder, a que en este trabajo uno nunca sabe lo que le espera a la vuelta de la esquina.

Piao vuelve a revolver el té, tres veces, y luego otra para tener más suerte.

–Quiero que vayas a ver al camarada comisario jefe. No le cuentes nada de lo que sabemos ni de lo que hemos visto. Háblale únicamente de lo que necesitamos ahora. El ordenador. La conexión con Internet. Usaremos mi piso como base.

–¿No supone eso correr algunos riesgos, jefe? ¿Por qué no en una casa segura de fuera de la ciudad? A esos asesinos no les intimidará un maldito uniforme del DSP.

–Por ahora nos quedaremos aquí. Un panda no es nada raro entre un grupo de pandas, pero ponlo entre una manada de búfalos. Luego vete a ver a Mai Lin Hua, el director de la cárcel Bosque de la Virtud. Rentang. Quiero que lo suelte enseguida para que haga unas cuantas cosas para nosotros. Mai Lin Hua lo puede arreglar. Me debe. Me debe un gran…

–El Mago. ¿Por qué está encerrado ese hijoputa otra vez, jefe?

–Vende fotos porno por Internet. Tráele a mi casa mañana a primera hora. Puede instalarse allí.

–¿Cree que me pasará algunas a mí, jefe?

Una mirada sobre la desportillada luna creciente de la taza. El Mago, no un hombre, como diría cualquier vieja de Shanghai, que te diera nunca «las sobras».

–De todos modos, ¿para qué le quiere, jefe? Ya sabe cómo es. Le cagaría en el bolsillo de atrás y diría que son monedas sueltas.

–Tiene mucha habilidad. Puede llegar a sitios que nosotros no. *Cao-mu jie-bing* siempre es una buena táctica si le das la oportunidad.

–«Darle la vuelta al gato muerto», y una táctica jodidamente peligrosa, jefe.

Silencio cuando la señora retiró los platos, rellenando los espacios vacíos de la mesa con más comida, más bebida. Conservas en vinagre, *hongcha,* el vapor del *mantou* recién hecho... la combinación de olores dulces, olores a tierra, a Piao le recordó los entierros. Demasiados entierros. Pocas veces la bendición de un recién nacido.

–Las carreteras desde las obras, el Estadio Nacional, ¿las comprobaste?

–Claro, jefe. ¿Qué otra cosa tenía que hacer en la vida? Dos carreteras. En una, nada. Pregunté en tiendas, panaderías, oficinas. Nadie vio nada. La segunda es una carretera de poca categoría. Corre paralela a la autopista A-20 por el distrito de Nan Hui. Discurre junto a los cultivos de Sun Qiao y se dirige al norte, hacia el Huangpu, hasta justo pasar el puente Yang Pu. La inspeccioné de arriba abajo. Ni un garaje, casa o tienda en la que no preguntase. Una carretera de poca categoría, pero da más rodeos y revueltas que una jodida puta que atraviese la ciudad un sábado por la noche.

Abre otra Tsingtao en el borde de la mesa.

–Dos camiones enormes. Todos los de la carretera los vieron, no pudieron pasárseles por alto. Los hijoputas. Se atascaron en cada cruce, en cada jodida curva. Destrozaron un jardín, la vieja se fue como una fiera hacia ellos.

La sed de un perro callejero en un charco. Termina la botella de tres tragos.

–La carretera lleva a un muelle de hormigón, un viejo desembarcadero casi debajo del mismo puente. Inspeccioné el sitio. Las grúas todavía funcionan y han sido engrasadas y usadas recientemente. También colillas en las cabinas. Y latas de cerveza.

–¿Alguna colilla de cigarrillo extranjero?

Una negativa de cabeza cuando Piao se sirvió otra taza de *hongcha*.

–Hice preguntas por allí. Un bloque de oficinas del otro lado del río. Algunos de los que trabajan allí... ya sabe, traje, corbata y el culo cuadrado... vieron que cargaban dos grandes barcazas. No pudieron ver mucho más, jefe. Todo envuelto con lonas.

El Grande agarra otra cerveza, su enfado rodea su abollada chapa.

–Tienes algo más que contarme.

–¿Cómo lo sabe, jefe?

El inspector jefe sorbe el té, el *hongcha*. Una, dos, tres veces. Hojas húmedas. Cálidas noches de verano.

–«Una investigación se puede relacionar con los largos meses de embarazo, y resolver un problema con el día del parto. Investigar un problema es, en realidad, resolverlo.»

–¿Quién dijo eso, jefe?

–Mao Zedong.

–Mao dijo muchas cosas, ¿verdad?

Dedos preocupados por quitar la chapa de la botella de Tsingtao, el Grande.

–Debería haber pasado de este trabajo, jefe. Un error, un tremendo error.

Mueve la cabeza. Por fin abre la botella, su brillante chapa cae al suelo dando vueltas.

–Los dos camiones, jefe, lo he comprobado una y otra vez. Todos los testigos lo dicen. Tenían matrícula del EPL. Los camiones tenían matrícula del Ejército Popular de Liberación.

Capítulo 12

«LO QUE DE VERDAD CUENTA EN EL MUNDO
ES LA ESCRUPULOSIDAD, Y EL PARTIDO COMUNISTA
ES ESPECIALMENTE CUIDADOSO CON LA ESCRUPULOSIDAD»

Presidente Mao, Moscú, 17 de noviembre de 1957

República Popular China.
56 millones de usuarios de Internet.
17 millones de ordenadores conectados a Internet.
250.000 páginas web en chino.
200.000 cibercafés...
Muchos abiertos las 24 horas del día...
Muchos con 1.000 ordenadores conectados a Internet.

Es tanta la avidez...

*

Es tanta la avidez que todos los proveedores de servicios a Internet tienen que instalar un software especial. Registrar todos los mensajes enviados y recibidos. Los mensajes que transgredan cualquier ley; se informará de ellos y se pasarán a tres agencias gubernamentales. El Departamento de Protección de Secretos del Estado. El Ministerio de Seguridad Pública. El Ministerio de Información. Entonces el mensaje se borra.

Es tanta la avidez que todos los proveedores de servicios a Internet han firmado un compromiso con 31 artículos para fomentar la «autodisciplina». Para fomentar el «patriotismo y el cumplimiento de la ley». Navegar, suprimiendo las ventajas que pueda suponer Internet, mientras se crea un cortafuegos que salvará a los habitantes de la República Popular de lo que está más allá. Ideas que puedan corromper. Placeres que puedan hacer la boca agua. Puntos de vista que puedan contaminar.

Es tanta la avidez que se han promulgado sesenta conjuntos de estrictas reglas para controlar los cafés con Internet, impuestas por ocho ministerios, dirigidos por el Ministerio de Seguridad Pública. Un local debe estar cerrado entre las doce de la noche y las ocho de la mañana. Un local no puede estar situado a menos de doscientos metros de un colegio. Un local debe comprobar los documentos de identificación de sus clientes antes del uso del ordenador. Un local no debe permitir a sus clientes el acceso a material «subversivo». Un local debe mostrar sus registros y detalles de los clientes a las autoridades que lo soliciten. En todos los cibercafés hay «vigilantes» de empleados. Miran por encima de los hombros. Controlan a cada usuario de Internet. A qué tienen acceso. Qué envían. Qué abren.

Es tanta la avidez...

Capítulo 13

Las 9 de la mañana. En la cerradura, una llave que gira. Despierto instantáneamente. Una descarga de adrenalina. La puerta se abre. La cara de ella, su residuo todavía en los ojos de él.

–¿Se encuentra bien, jefe?

Decepción, un duro peso en el corazón. Deseando, y al mismo tiempo no deseando, que hubiera sido ella.

Yaobang se agacha, recogiendo el correo. Detrás de él, Rentang, el ex genio de los ordenadores del DSP al que habían apodado «El Mago». Su cara pálida dominada por la gran montura cuadrada de sus gafas.

–Aquí le traigo lo que quería, jefe.

Yaobang señala con la cabeza detrás de él.

–Es un jodido idiota. Le pone más nervioso venir aquí que seguir en el Bosque de la Virtud. Hay personas que no saben si sus empanadillas están rellenas o no.

Se envuelve en una manta el inspector jefe. Dorsos de las manos restregando los ojos. Los ojos de almendra de ella y sus labios pintados, desvanecidos. Pero las palabras, todavía demasiado difíciles de encontrar. Demasiado calientes para la boca.

El Grande arrastra a Rentang hacia el cuarto de estar. Un niño obstinado impelido hacia el beso que le va a dar su tía. El Mago se sienta de mala gana en el borde del gastado sofá, con los brazos cruzados sobre su áspera camisa de presidiario.

–Número uno, inspector gordo, a mí no me trae nadie, y ni tú ni tu inspector jefe sois empanadillas rellenas. En cuanto me des la espalda, me vuelvo directamente a Gongdelin.

Se quita las gafas y se limpia los cristales con el puño de la camisa. Sus ojos, increíblemente pequeños.

–La gente tiene la costumbre de morir cuando está cerca de vosotros. No me apetece ser uno de ellos. *Dao-mei.* Eso es lo que sois. Unos jodidos *dao-mei.*

–No ha perdido su sentido del humor, ¿verdad, jefe?

–No. No lo ha perdido.

Piao agarra las cartas una por una de la mano del Grande. Una por una las rompe y las tira en el frío fogón.

–¿Y el equipo?

Mirando a Yaobang.

–Zoul lo prometió para esta tarde, jefe. Todo lo que necesitamos. También líneas telefónicas y una conexión con Internet. Podremos empezar el trabajo esta tarde.

Sonríe. Los restos de un apresurado desayuno de cacahuetes y verduras en vinagre todavía en la parte delantera de sus dientes.

–Podrás trabajar a gusto, camarada Rentang.

–Que te den por culo, gordo. Yo sólo quiero cumplir mi condena en Gongdelin y empezar de nuevo. Una persona con mis habilidades siempre está muy solicitada. Soy el mejor que hay. El mejor.

Piao va al cuarto de baño. El sonido del agua. Fría. Amarga.

–Harás lo que te pidamos. Queremos nombres. Un *cuadro.* Nacido en Shanghai, pero que estudió fuera. Posiblemente del EPL. Posiblemente del DSP, pero mira también en otros departamentos. Le gusta matar chicas, violarlas. Disfruta torturando a sus camaradas.

Los ojos del Mago se dilatan detrás de los cristales de las gafas.

–Puede que ya sea conocido por su violencia o por sus actos sexuales depravados. Pero tiene amigos en las altas esferas y éstos ya se lo han hecho saber a nuestro camarada comisario jefe, de modo que esos datos podrían no estar en los sitios habituales. Así que mira en sitios no habituales... y tiene el labio leporino.

Rentang mueve los pies.

–¿Labio leporino? ¿Tortura? ¿Asesinatos? ¿Amigos en las altas esferas? Tu madre es un «huevo de tortuga», Piao. Yo no hago nada por ti. *Ta ma de.*

Se da la vuelta, dirigiéndose hacia la puerta. El Grande le obliga con una mano a sentarse de nuevo. Piao, con la camisa cayéndole al suelo; agua, con cierta resistencia, empapando el poliéster.

–Lo quiero todo. Historias personales, datos personales, registros en el *danwei*, situación financiera, socios...

Vuelve al cuarto de estar y enciende el último cigarrillo del paquete. El primero del día. El mejor del día. El último del día. Saca una camisa limpia.

–También hay otros datos que necesitaré. Datos para añadir al expediente que ya tengo del inspector Di y que estoy investigando. Tres prostitutas asesinadas; una cuarta, que sobrevivió, con navajazos.

–Entonces deja que lo haga él. *Ta ma de.* Di, ese hijoputa tan vago, el cabrón.

–Está muerto, carapijo. Crucificado con unos pinchos de acero, y luego ese del labio leporino jugueteó por su cuerpo con un soplete de oxiacetileno.

Palideciendo visiblemente, Rentang. Su cara, tan gris plomo como la montura de sus gafas.

–Un buen hombre, Di. Un buen hombre. Me hizo unos cuantos favores. Miró hacia otra parte unas cuantas veces.

Piao lanza un block encima de sus piernas. Papel blanco virgen, excepto por un número escrito en el centro.

473309169972

–Ese número está en ese expediente. Descubre qué significado tiene.

Incapaz de encontrar un peine, el inspector jefe se pasa los dedos por el pelo mojado.

–Podría ser el número de un informe. Posiblemente el número de un caso. ¿Un número de pasaporte? Empieza con lo más cercano, el DSP, los archivos del Partido, la *Luxingshe*, y trabaja a partir de eso. Vivirás aquí, dormirás aquí, cagarás aquí, hasta que se termine el trabajo. El subinspector Yaobang ampliará lo que acabo de decir con su elocuencia habitual.

Los ojos del Mago evitaron los de Piao.

–Tres meses más en Gongdelin y seré un hombre libre. Un empleo en la otra orilla del río o en los Nuevos Territorios. Una vida por delante y dólares a paladas. Y entonces, *wangba dan*, inspector. Quédate con tu cabrona vida, yo no tengo nada que ver con la mierda en la que estáis metidos el gordo de tu ayudante y tú.

Intenta ponerse en pie, pero la palma de la mano del Grande en su pecho le obliga a sentarse.

–También quiero saber cómo conseguí que me soltara una mano que nunca suelta presa: el *Ankang*. A dónde lleva la pista. Quién me metió allí, quién me sacó.

–No me estás oyendo, Piao. ¿Te quedaste sordo en el *Ankang*, o la medicación te volvió idiota? Estás mal informado, no sabes las últimas noticias. Eres peligroso, inspector jefe. Mis días de hacer trabajos de mierda para ti se han terminado.

Intenta volver a levantarse, pero le empujan con fuerza a su asiento. El inspector jefe coloca cuidadosamente su China Brand en el cenicero. Saca un sobre grande de un cajón y derrama su contenido encima de las piernas del Mago. Agarra las gafas de los dedos y se las coloca, sí, con mucho cuidado, en el puente de la nariz. Fotografías, muy conocidas, adquieren forma. Las enfoca. Imágenes que se traducen en un pulso que aumenta.

–Tu mejor trabajo, si es que lo puedo llamar así. Claro que el tribunal no tuvo la oportunidad de apreciarlo, ¿verdad? Ellos nunca llegaron a ver estas fotografías más personales.

Una por una les da la vuelta sobre las piernas de Rentang.

–Ésta es del camarada Bai, del Tribunal Supremo Popular.

Otro contacto.

–El *tong zhi* Lu Shiying. Director del Instituto de Sociología Legal y Delincuencia Juvenil.

Otro contacto.

–Camarada Yang Chun Xi, profesor asociado del Instituto para Prevención de la Delincuencia del Ministerio de Justicia.

Yaobang mira desde atrás, con las manos sujetando los huesudos hombros del Mago.

–Que me den por culo, ¿Quiénes son las *yeh-ji*, jefe?

–A las prostitutas las trajeron especialmente de Hong Kong. Ésa tiene dieciséis años. Esa otra, dieciséis también. La de rodillas sólo tiene catorce años.

–Está muy bien esto de saber que nuestros apreciados camaradas se mantienen en cabeza de la delincuencia juvenil y de la prevención del delito, ¿eh, jefe?

Piao recoge los contactos y vuelve a meterlos en el sobre.

–Valiente juerga, ¿eh? Tus socios organizan una fiesta. Bebidas gratis, drogas, enfermedades de transmisión sexual. ¿Qué *cuadro* podría rechazar una oferta así?

Las mejillas del Mago, con los arreboles escarlata de los besos con pintura de labios de una «faisán silvestre».

–¿Cómo conseguiste las fotos? ¿Desde dentro de un armario? ¿Una cámara con teleobjetivo?

Vuelve a cerrar el sobre. Los ojos del Mago nunca se apartan de él.

–Yo no me meto en un armario por nadie. La tecnología más a la última. Fibra óptica, con control remoto.

De pie sobre él, Piao.

–Te he salvado la vida, camarada Rentang. El chantaje supone una condena a muerte. Trabajar para mí en este piso sólo supone el riesgo de que te piquen unas cuantas chinches.

En sus ojos de renacuajo, cálculos. Valoraciones y balances.

–Ese sobre, ¿lo recuperaré? ¿Será mío si hago lo que me pides?

–Del todo.

–¿Para hacer con él lo que quiera?

–Absolutamente.

Matemáticas. Las matemáticas de yuanes, dólares, euros. Dentro de su cabeza una multiplicación instantánea al hacer los cambios de moneda. El Mago sonríe.

–De acuerdo. El trato no es malo para ti, inspector.

–No, Mago, no es malo para ti. «¿No es también negro el culo de un cuervo?»

Tiende la mano para estrechar la de Piao, pero el inspector jefe ya se vuelve hacia la puerta con el sobre de fotografías debajo del brazo.

Capítulo 14

HOSPITAL PRINCIPAL DEL PUEBLO,
CALLE WU JIN, HONGKOU

Al borde de la calle Wu Jin, como si estuviera demasiado nervioso por intentar cruzarla, el hospital. Vasta extensión de piedra blanca descolorida, con algunos ángulos que parecen hacer señas. Desde otros ángulos más obtusos lo protege todo. Y hasta delante de sus boquiabiertas puertas exteriores, los olores que parecen poseer todos los hospitales. Y con ellos, el recuerdo del *Ankang*. Agua con desinfectante en un cubo abollado. Mierda reciente, vómitos antiguos, colonia de los médicos, pechos lechosos de las enfermeras y, por encima de todo, vidas pudriéndose en la parra.

Una habitación al final de un pasillo que tuvo las paredes blancas, no amarillas por la nicotina.

Un China Brand retirado rápidamente de los labios, guerrera abrochada, un saludo con una cabeza de ojos soñolientos del agente del DSP cuando pasaron por delante Piao y el Grande. El agente corre a abrir la puerta que tiene detrás y lleva a la habitación de la chica. El inspector jefe se fija en que tiene las botas manchadas de barro. Una buena señal. Uno nunca se puede fiar del todo de los agentes con las botas impecables, brillantes.

Una luz quirúrgica, dura, y desaparecen todos los tonos intermedios. En el mismo centro de la habitación, una cama metálica. Brillantes barrotes de cromo a los lados. Envuelto en una tela que lo protege, un bulto de vendajes y gasas oculta totalmente una cara y una cabeza.

Piao se sienta, agarrando con cuidado una de las delicadas manos con la suya. Sus índices sobre el secreto lenguaje Braille de los puntos. Los ojos cerrados durante un momento; aprecia el acero que había cortado aquella carne suave, perfecta. La chica había usado la mano como escudo. Él aparta la mano con el cariño de un amante. En las muñecas de ella, cruces de vías férreas de suturas. Un repentino dolor dentro de sus propias muñecas. Deposita cuidadosamente la mano de la chica en la tela blanca, con la muñeca hacia abajo. Se da la vuelta bruscamente, sin querer ver las imágenes que se le empezaban a formar en la mente.

–¿Se encuentra bien, jefe?

El dolor disminuye lentamente.

–Sí. Alguien acaba de dar unos pasos sobre mi tumba.

Los labios heridos de la chica murmuran. Las palabras en voz más alta, sus ojos se mueven de un lado a otro frenéticamente. Un ataque de pánico, piernas que dan patadas al metal cromado. Brazos que se agitan.

–Todo va bien...

La mano de Piao en su resistente hombro.

–Hemos venido a ayudarla.

Pies que golpean contra la cama metálica en vibrante convulsión. La mano de Piao agarra la de la chica, calmando la tempestad.

–Somos del DSP. Hemos venido a ayudarla. A protegerla.

De pronto los ojos de la chica ven. Lanzan venablos negros al reconocer el uniforme del Grande. Pupilas que se dilatan al distinguir las hombreras doradas y rojas, el brote púrpura de la estrella roja. El cuerpo de la chica se yergue. Una repentina erupción de brazos y piernas. Desde debajo de los vendajes, abre la boca, labios que se tuercen con un aullido penetrante.

–Malditos chulos. Chulos, malditos chulos.

Más fuerte su pataleo, sus brazos se rasguñan contra el acero de la cama. Una aterradora pérdida de sí misma.

–El timbre, llama al timbre.

Yaobang aprieta un descolorido botón. En la lejana sala de enfermeras se enciende una luz. Tazas desportillas de *lucha* resuenan encima de la mesa. Historias de novios ligeros de manos y cuentas bancarias con escaso saldo interrumpidas de inmediato. Pies que corren, puertas que se cierran violentamente girando sobre bisagras resignadas.

El Grande, Piao, con la espalda pegada a la fría pared cuando la enfermera irrumpe en la habitación. Sigue un médico con una jeringuilla ya en la palma de la mano. La enfermera sujeta a la chica.

Piao al oído del médico.

–¿Cuándo le podrán quitar los vendajes?

–¿Por qué, inspector jefe?

–Necesito ver lo que le han hecho.

–¿Un *voyeur*, inspector jefe?

La mirada de Piao se clava profundamente en los ojos inexpresivos del médico.

–Hasta en casos de gran violencia queda una firma. No quiero que le duela, pero necesito verla.

–*Dao-mei*, inspector jefe, a usted y a ella.

El médico, demasiado joven para afeitarse, pero suficientemente mayor para amputar una pierna, se dirigió hacia la puerta.

–Pero para satisfacer su curiosidad, inspector jefe, mañana le quitaremos las vendas.

La puerta se abre. Mueve la cabeza.

–De todos modos, ¿qué valor tiene una *yeh-ji* que ha pasado por la tabla de un carnicero? ¿Quién pagará sus buenos yuanes por follar con ella?

Cruza la puerta y llega al pasillo.

–Deberían haberla dejado morir.

La puerta se cierra.

*

El día siguiente…

–El psiquiatra la vio ayer a última hora de la tarde. Quedó impresionado.

Impresionado. Nunca es difícil impresionar a un psiquiatra, como sabía Piao. Cordura, locura, las dos cosas producían la misma impresión dentro de la cabeza de un profesional cuyo material de trabajo consistía en interpretar cómo se entrelazaban las palabras.

–Consideró, sin embargo, que quitarle los vendajes, como ha solicitado usted, inspector jefe, podría traumatizarla aún más.

Unos dedos como patas de cangrejo alinean la ordenada hilera de plumas de su bolsillo superior.

–Está tranquila, mucho más tranquila. Ahora está muy sedada.

Sí, el inspector jefe se recordó más tranquilo. Babeando, arrastrando los pies, mirando las horas vacías que constituían el paso de un día a otro. Sí, se recordaba más tranquilo. La cosa venía en un frasco de plástico, en forma de bonitas píldoras pequeñas color rosa.

Se echa hacia delante, sonríe, y añade innecesariamente.

–En realidad, lo que en realidad dijo el psiquiatra era que se oponía a permitir que este número fuera más allá.

Piao recorre la sala de espera, contando los pasos para disminuir el enfado.

–La chica es testigo de un delito brutal al que sometieron a muchas otras *yeh-ji* que no sobrevivieron.

–Pero el trauma psicológico, inspector jefe. El psiquiatra no permitirá…

–El psiquiatra…

Piao busca en el bolsillo interior los documentos de acreditación. Arroja la pesada cartera sobre la mesa. Lo que protege de la intemperie se abre; documentos sobados y la estrella de la República Popular.

–A los psiquiatras se les puede convencer para que digan cualquier cosa, doctor. Lo sé personalmente.

Deja la cartera sobre la mesa. La pavesa de la estrella de la República Popular es muy persuasiva.

–La chica también tiene derechos, aun en su situación. Uno de ellos es ver lo que le ha hecho una hoja de afeitar. ¿Le han preguntado usted o el psiquiatra cuáles eran sus deseos?

–¿Sus deseos, inspector jefe?

–Sí, doctor, los deseos de la paciente. Preguntarle si está preparada para que le quiten el vendaje de la cara y el cuerpo. Si dice que sí, usted y el psiquiatra se marcharán, y no volverán la vista. Si dice que no, yo agarraré mi placa y me largaré.

–Eso es algo muy irregular, inspector jefe.

–Pues cometa una «irregularidad», doctor. Pregúntele, insisto.

El doctor se marchó, para consultarla, el tiempo que se tarda exactamente en dar cinco vueltas completas a la sala. Piao cuenta cada paso. Cuando el médico vuelve a la sala de espera, no sonríe. Su mirada se clava en los documentos de acreditación de Piao, como si fueran una cuchillada que exige su completa e inmediata atención. Unas palabras breves.

–La *yeh-ji* quiere verse la cara o lo que queda de ella –fue todo lo que dijo.

*

Últimos vendajes. Cuando más cerca de su cara y de su piel estaban las vendas, más intensos, más oscuros los matices de color desagradable. Un visillo de gasa con manchas, pegajoso, blando. Una enfermera le lava suavemente la cara. Riachuelos color cereza como lágrimas le caen por mejillas y barbilla abajo.

–Inspector jefe...

La enfermera, con un cuenco de acero inoxidable en las manos, se levanta con cuidado entre Piao y el Grande. Un agua del color que tiene la violencia madura. Las palabras del médico con aliento a coca-cola contra la barba incipiente de Piao.

–Es toda suya. Sea amable con ella. Volveré en un momento.

Se dirige a la puerta, seguido por la enfermera; se cierra con una tranquilizadora bocanada de aire.

La paciente, con la cabeza inmóvil. Poco a poco el inspector jefe se acerca hacia ella. Sus ojos nunca se apartan de lo que había sido una cara bonita, ahora sólo pálidas secciones de carne, recorridas por los raíles entrecruzados de los puntos. Pero algo en ella. Un brillo en los ojos. Incluso en un estado intermedio de sopor, una postura de desafío.

Por algún motivo que él no entendía del todo tenía el corazón encogido de dolor. Va a hablar, pero la chica, Lan Li, habla primero. Unas palabras tan torpes como los primeros pasos de un niño. Y tranquilas, con la resignación de un mal que se ha superado, dominado.

–El espejo. Mi cara. Quiero verme la cara.

Desde el fondo de la habitación, Yaobang trae el rayado espejo.

–Quiero ver lo que me hicieron.

Una mirada en dirección de Piao. Un asentimiento de cabeza. Primero una mirada de desconcierto en los ojos, como si viera un reflejo que no era el suyo, pero donde debería estar su propio reflejo. Y luego se da cuenta. Lágrimas silenciosas en dos senderos plateados resbalan desde los ojos. Llora al hablar. Lágrimas silenciosas, las que más duelen.

–Me persiguieron. Recuerdo que perdí un zapato. Me alcanzaron junto al río Wusong. No pude escapar.

Sus dedos exploran la realidad de su nueva cara, como si no pudiera fiarse únicamente de sus ojos.

–Eran tres y un cuarto con una navaja de afeitar. El cuarto se reía. Hasta cuando me cortaba. Se reía. Me acuerdo. Me acuerdo, pero no quisiera. Me sujetaron. Me cortaron varias veces. Recuerdo que alcé la vista. La cara de aquel hombre ante el cielo, y el puente de hierro sobre el río con gente que pasaba. Pero nadie acudió. Nadie ayudó. Recuerdo que miré hacia arriba, el cielo azul se volvía rojo. Me sujetaban las manos. Me pasó la hoja de afeitar por las muñecas. Recuerdo la frialdad de la hoja.

Su mano se mueve hacia la muñeca opuesta. Sólo cuando la chica vuelve a hablar, se da cuenta el inspector jefe de que él ha hecho lo mismo. El dolor de su interior casi ahoga las palabras de ella.

–Empujó a otro hacia mí, como si yo fuera un desafío, un juego. Lo sujetó encima de mí. Y todo el tiempo los ríos de sangre fluyendo de mis muñecas.

Piao le seca los ojos. Le da unos toquecitos en las mejillas. Ahora calmada, un horizonte acerado en sus ojos.

–Y luego yo corría. No sé cómo. Corría por el sendero del río. El ruido del tráfico por encima de mí. El sonido de sus pasos en la grava al perseguirme. Y risas. Y luego yo estaba en el agua. El Wusongjiang, su corriente alejándome de ellos hacia el arroyo Suzhou.

Piao agarra un algodón y le seca con cuidado las lágrimas de la cara. Muchas lágrimas. Sólo ahora es capaz de ver su belleza y mirar por encima de las heridas toscamente cosidas. Su cara, una de las más perfectas que él hubiera visto nunca. Una belleza infrecuente que le deja sin respiración.

–Recuerdo el agua, muy fría pero acogedora.

Cruza la puerta el médico. Luego se detiene, manteniéndose al alcance de la mirada del inspector jefe.

–¿Reconocerías a los hombres que te hicieron esto, Lan Li?

–Lo reconocería a él….

–¿A él?

–Al que empuñaba la navaja de afeitar… reconocería su risa. Reconocería su cara agujereada.

–¿Cara agujereada?

–Marcas de acné. Su cara parecía la luna.

Los ojos de Piao buscan los del Grande. Una mirada breve, pero en el transcurso de la cual compartieron una conversación. Un susurro, menos… cuando Piao se dirige a su ayudante.

–Las puertas desembocan en pasillos.

Los ojos del inspector jefe se volvieron hacia los de la chica.

–¿Hay algo más por lo que le reconocerías?

–Su labio. Tenía el labio de arriba cosido. Una cicatriz. La piel brillante…

Una repentina resonancia la empuja hacia atrás; piensa en su propia piel, sus propias heridas. El inspector jefe le acaricia la cabeza. Se la acaricia con suavidad.

–Y tenía el olor de un delfín del EPL.

–Un delfín del EPL, ¿cómo lo puedes decir?

Sobre los ojos de ella una neblina. Los ojos de la puta clavados en el techo, y más allá, en otro sitio, en otra vida, mientras el cliente hace subir y bajar su peso en una búsqueda frenética de sexo cálido en una vida fría.

–Llevaba un traje de seda, de la tienda de ropa Peiluomen. Su camisa de Paramount, en Beijing. Su colonia era

Gucci, no una imitación. Zapatos de cuero italiano. Le habían hecho la manicura y llevaba gruesos anillos de oro.

Una breve pausa, como dolorida, al recordar.

–Había comido faisán y huevos de codorniz. El aliento le olía a eso.

–Un delfín, podría ser. Pero ¿cómo puedes estar segura de que era del EPL?

Por primera vez los ojos de ella se encuentran con los suyos.

–Yo soy puta. Conozco a los hombres de un modo que sólo los puede conocer una *yeh-ji*. Era del EPL.

Dedos delicados, largas uñas rojas, ahora partidas, desabrochan el camisón. Corren lágrimas, pero ningún sonido de llanto.

–Y hay más que recordaré de él...

Sus grandes pechos, una vez descanso del alma, ahora una vía de tren de puntos, cortes, heridas. Debajo de su ombligo, una gran tela acolchada.

–Enfermera.

La enfermera avanza silenciosa desde la puerta.

–¿Está segura?

Un asentimiento de cabeza. Lenta, cuidadosamente, los dedos de la enfermera despegan el esparadrapo que sujeta los vendajes. El último vendaje retirado. Riachuelos color cereza le bajaban por el interior de los muslos. Sobre su estómago, dibujada con precisión con el corte geométrico de la navaja barbera, la sangre escarlata de una estrella de cinco puntas. La estrella de la República Popular.

Piao le sujeta una venda nueva al estómago mientras la enfermera aplica esparadrapo. Lucha para contener su ira. Ácido que le arde en la boca del estómago.

–De momento, somos como «ranas dentro de un pozo que sólo ven el cielo». Pero eso cambiará.

Los ojos del inspector jefe se reflejaron en los de ella. Con el dorso de la mano, las lágrimas secadas.

–Eso cambiará.

Piao se dirige a la ventana, entre las rendijas de las persianas ve la calle con la circulación de los que vuelven a casa. Muchos coches. Muchas casas.

–¿Tienes familia con la que puedas ir?

–No tengo familia. Me crié en un orfanato estatal. Tuve unos padres adoptivos, pero no quiero que se enteren de esto. No quiero que se enteren de a lo que me dedico.

–¿Nadie a quien recurrir? Tu seguridad debe ser nuestro objetivo principal.

–Es demasiado tarde para pensar en mi seguridad.

El inspector jefe cambia, de preocupación a investigación. Investigación, la base sobre la que él había construido su vida. Recuerda que un antiguo colega se lo había advertido, cuando le destinaron por primera vez a la Brigada de Homicidios. Palabras, también olores, tabaco liado a mano, bolas para la polilla, camisa tres días puesta.

–Investiga tu propia vida, Piao. Las investigaciones para buscar dentro de uno mismo llevan algún tiempo.

Recuerda el calor de la mano del viejo inspector en su hombro huesudo.

–Conocerse a uno mismo es también conocer a cada víctima. Y a cada asesino.

Fue un consejo que nunca siguió. Le apeteció haberlo hecho. Percepción, indigestión con la rica comida de la vida. Amarga dentro de la tripa, peor en el retrete.

–¿Dónde trabajabas? Puede que ese delfín del EPL te conozca de allí.

A Lan Li le limpian la cara, la vuelven a vestir. Gasas nuevas, guirnaldas de vendas nuevas.

–El Ming Ren.

–El club Gente Famosa, en la calle Beijing, jefe. Un sitio elegante. Caro. Exclusivo. Sólo altos cargos y *tai zi*.

Piao se acerca a la cama. Ve la transformación de la cara de ella.

–¿Tienes algún acuerdo con el club, con el dueño?

Los ojos de ella muy oscuros, pero como si no entendiese sus palabras.

–Lan Li, necesito saber esas cosas. Me hago cargo de que para ti debe de ser doloroso, pero esos detalles podrían ayudarnos en la investigación. ¿Quién era tu chulo, Lan Li? No le detendremos. Sólo quiero hablar con él. A lo mejor conoce a ese delfín del EPL.

La contestación a disgusto, susurrada.

–Usted, inspector jefe. Usted es mi chulo.

–No entiendo, Lan Li. ¿Qué quieres decir?

–¿Es que no sabe cómo funciona la Brigada Antivicio, inspector jefe?

–Somos nuevos en la brigada, recién llegados.

Palabras, más oscuras. Más rojas.

–Entonces aprenda, inspector jefe. Aprenda rápido. El Ming Ren es propiedad del Departamento de Seguridad Pública. Yo soy propiedad del Departamento de Seguridad Pública. Por tanto, usted es mi chulo, inspector jefe.

Capítulo 15

KU-HAI YU-SHENG...
«VIVIR EN EL MAR AMARGO»

Cavas la tierra hasta que te sangran las manos. Una ampolla tras otra; tan numerosas como las Montañas del Oeste. Trabajas en el calor de una fundición, cada colada de hierro tan caliente como el sol. La piel se te cuartea, como el reseco lecho de un río. Ojos deshidratados como albaricoques, arrugados y guardados para los mediodías de agosto. Siembras arroz hasta que tienes la espalda tan rígida como el hormigón. Te tumbas en la cama doblado, como un signo de interrogación humano, incapaz de estirarte.

Y después llega el día siguiente, y el siguiente, y el siguiente... *Ku-hai yu-sheng*... «Vivir en el mar amargo.»

¿Y qué pasa con los *cuadros* importantes, y con sus hijos, los *tai zi*, los «delfines»? ¿Hasta qué punto es amargo su mar?

En las tiendas que atienden empleadas de edad madura con gafas de montura de concha y pelo corto a capas no te dejarán entrar. Te pedirán «tu tarjeta para compras especiales». Y tú dirás: «¿Y este sitio qué es?». Y te contestarán: «Un sitio que no es para ti». No es un sitio para ti porque es un local para los *cuadros* de mayor categoría. Ellos enseñarán su tarjeta. Ellos comprarán lo que tú no puedes comprar.

En la calle Dong Hua Men, número 53, productos alimenticios extranjeros, chocolates selectos, vinos, whisky escocés, jamones italianos, quesos franceses. También productos alimenticios elaborados en el país que los ciudadanos normales de la República Popular tienen en alta consideración pero raramente ven. Cangrejos gigantes del mar de Bohai, corvinas, lomos de cerdo enteros. Los mejores y más delicados tés en hoja, no el polvo y los restos que quedan después de barrer los depósitos.

Ellos enseñarán su tarjeta. Comprarán lo que tú no puedes comprar. Calle Chao Yang Men, número 83. Vídeos, libros y revistas occidentales. Y para los especialmente favorecidos, los que tienen yuanes de sobra y cuyo poder se extiende como una larga sombra, pornografía occidental.

Ellos enseñarán su tarjeta. Comprarán lo que tú no puedes comprar. Las Tiendas de la Amistad. Perfumes, artículos de lujo, ropa de diseño, zapatos de suave cuero, joyas.

Les cortarán el pelo en peluquerías en las que tú no puedes entrar. El Hotel Peking. ¿Ves sus *Hong-qi* aparcados delante del hotel con sus escoltas de uniforme gris? En la entreplanta, los peluqueros, los estilistas de mujeres; está repleta de sus caras bien alimentadas con leche y carne. Sus grandes papadas.

Mandarán a estudiar a sus hijos a países cuyos aviones de alas plateadas que se reflejan en las aguas de tus arrozales ves pasar volando. Estados Unidos, Gran Bretaña, Suiza. Importantes puestos les esperan a su regreso; en la Universidad de Fudan, en la Universidad de Beijing. Importantes puestos les esperan dentro de la estructura del Partido. Dentro del Ejército Popular de Liberación. Dinastías de hijos, de padres, de abuelos.

Incluso al morir, hay que enseñar una tarjeta. En el cementerio de Babaoshan, donde están enterrados tantos líderes políticos de la República Popular, el espacio está muy solicitado. Mueren muchos, y el cementerio es pequeño. No es infrecuente ver a deudos luchando por un espacio para sus seres queridos recién desaparecidos, pero si tienes una tarjeta que puedas enseñar, hay panteones especiales sólo para los *cuadros* más importantes. Panteones que están bien diferenciados de los de las categorías inferiores. En esos panteones pueden descansar para siempre sus restos después de incinerados. Si no eres un *cuadro* importante, a los cinco años retirarán las cenizas de tu ser querido.

Y clubes con luces de neón en la calle del Bocado Exquisito donde juegan los *cuadros* y sus hijos «delfines», con opio servido en pipas de plata. Una botella de vino por 200 dólares. Whisky por 500 dólares. Una habitación privada por 1.000 dólares. Y una puta para que lo pasen bien entre 1.000 y 15.000 dólares, dependiendo de lo que quieran que les haga.

Así es la amargura de su mar.

Capítulo 16

El Ming Ren, Club Gente Famosa,
Beijinglu, 240

–Joder, ¿es esto una buena idea, jefe?

Tarde. Las dos de la mañana. Suben los escalones. Colores nocturnos de la calle sustituidos por las tonalidades que poseen los locales nocturnos secretos. Intensos, vivos colores, manos que agarran brillantes yuanes. Carteras rebosantes de dólares dorados.

Yaobang, en lo más alto de la escalinata, se siente fuera de lugar. Una cola con hombres de traje, rayas bien planchadas, hechos a medida. El inspector jefe, acreditación ya en mano, se abre paso con dificultad hasta la cabeza de la cola. Lino fino gastado se frota al pasar con el algodón más fino. Poliéster que se roza contra las sedas más caras.

Un susurro de respuesta a la pregunta del Grande.

–Para insultar no se necesita hacer un borrador antes.

Pisa zapatos impecablemente brillantes. Yaobang, una sucesión de disculpas cuando su jefe pasa sin miramientos entre ellos, abriéndose paso hacia la pesada puerta. Una recepcionista de pie junto a un mostrador. Él nunca había visto a una mujer tan guapa, pero algo en el fondo de su mirada mate, sin vida. A cada lado, dos guardias con cascos ligeros que llevan plumas en las cintas caqui no le pierden ojo. Ya se están hinchando como neumáticos de tractor.

El inspector jefe se vuelve, un guiño al Grande, pocas palabras, pero suficientes.

–No te preocupes, ayudante, volverás a comer más veces. Nosotros sólo somos las comadrejas que vienen a desearles feliz año nuevo a los pollos.

La mano de Piao ya en la cara de los guardas. Una estrella roja en reflejos fragmentados delante de espesas cejas. Su mirada se cruza con la de ellos.

–Soy el inspector jefe Sun Piao, de la Brigada de Homicidios del DSP. Sé que vengo con meses de retraso, pero, por favor, díganle al encargado que me gustaría desearle un muy feliz año nuevo.

*

El encargado, inmaculadamente vestido, lleva un traje que le costó lo que un Shanghai Sedán de segunda mano y unos zapatos en los que se gastó lo que una familia en comer durante seis meses. Pero una serpiente dentro de una piel de león. Nada noble ni atractivo en él: sólo lo que hay en un desagüe. Desde su agrio aliento hasta la pegajosa y dulzona peste de su sudor. Manos, dedos que nunca han tocado a una mujer a no ser de modo violento u opresivamente sexual. Labios que nunca han dicho una palabra amable y que nunca han besado sin pagar por ello.

–¿Quién cojones eres tú?

–Del DSP...

Y contra su suave y brillante mejilla.

–Brigada Antivicio.

Risas.

–¿Antivicio? ¿El DSP tiene una jodida Brigada Antivicio?

Yaobang contra su otra mejilla.

–Ahora tiene esa jodida brigada.

Sonríe el encargado.

–Tú no puedes entrar aquí. El jodido DSP entra. No me importa quién coño seáis. Inspectores jefes, comisarios. No me importa, joder. A no ser que las putas sean hermanas vuestras, joder.

Una boca tan sucia como una cloaca la del encargado. La ira aumenta dentro de Piao, una amarga oleada salina. Ya siente un odio personal hacia él.

Atildados, perfumados *cuadros* importantes en grupos que conspiran. El encargado los mira cuando cruzan puertas enteladas, acolchadas, y entran en salas privadas. Una rendija de luz dorada y roja... una risa burlona de mujer cuando se cierra la puerta. Otros *cuadros* importantes con traje de seda ocultan la cara tras manos suaves, blancas, y salen rápidamente del club ignorando los educados «buenas noches» de la recepcionista.

El encargado se enfrenta a Piao.

–Me estás echando a perder el negocio, joder. Mis clientes no esperan que los traten así, joder. Se les han dado seguridades, joder.

Se vuelve hacia Yaobang.

–¿Qué coño ganáis al mes, cerdos? ¿Doscientos? ¿Trescientos?

Risas. Dientes de oro. Lengua sucia, gris.

–¿Sabes lo que cuesta entrar aquí? ¿Lo que cuesta una jodida entrada? Claro, no lo sabes porque tienes cerumen en las orejas. Cuesta entre cinco mil y diez mil, depende de a lo que suba tu *guan-xi*. Y tu *guan-xi* no te daría ni para ir al retrete. Así que largo, coño.

Su mano en el pecho de Yaobang.

–Fuera. Fuera ahora mismo o llamaré al presidente de tu *danwei*. Él sí que puede pagar cinco mil por la entrada. No le gustará que su club favorito se lo estropee un pies planos comemierda como tú.

Un gesto con la cabeza a los de seguridad. Se adelantan, arrojando sombras delante de ellos. El Grande aparta al encargado y saca su pistola. La aprieta en las costillas del encargado. Le dobla, como una patada a un saco lleno de manzanas podridas.

–Nadie empuja a un agente del Departamento de Seguridad Pública de servicio. ¿Lo he dejado claro, coño?

Una sonrisa zalamera, pero asustada. El encargado suelta un aliento, con evidente dolor.

–Camarada agente, entre, entre. Todos estamos del mismo lado.

Piao a su oído.

–No, camarada encargado, estás mal informado. Yo no estoy de tu lado, ni del de ninguno como tú. Y ahora, que todo siga tan agradable y normal. Diles a tus hombres que se echen atrás, o mi ayudante te estrellará contra ese papel pintado tan caro de las paredes de tu club.

Hace un gesto con la cabeza hacia el Grande.

–Debes hacerte cargo de que no puedo responder de lo que hace mi ayudante cuando le empuja alguien. Es un policía muy especial con quien le toca.

–¿Qué coño queréis, agentes del DSP? ¿Qué coño queréis aquí, cerdos?

–Una cosa poco frecuente. Información.

–Yo no tengo información.

–Sí, camarada encargado. Sí, nos darás información.

Un gesto con la cabeza. El grueso pulgar del Grande quita el seguro.

–Ahora mándales que se echen atrás –apuntando a los guardias.

–Atrás…

–Atrás, joder. Vale. Nada que no pueda arreglar yo, joder. Volved al puto trabajo. Volved al trabajo. ¿Para qué coño creéis que os pago, hijos de puta?

Las sombras de los de seguridad retroceden cuando se retiran hacia la puerta principal. En el oído del encargado, cada palabra con el cañón de acero apretado contra las costillas.

–¿Dónde han nacido, en una cuadra? Diles que cierren la puerta.

–Oíd, comemierdas. Cerrad esa jodida puerta.

La pesada puerta cerrada. Miradas curiosas eclipsadas por el cuero tachonado.

–Gracias, camarada. Muy servicial. Es lo que necesitamos para el asunto que queremos tratar contigo. Cooperación y trabajo en equipo.

–Que te den por culo, hijo de la gran puta. Yo no coopero con nadie.

Una azafata de piernas largas, labios rojos abiertos, sale de una de las salas privadas con una bandejita con cigarrillos extranjeros, condones vistosamente envueltos, pastillas en tonos pastel. La boca de Piao se llenó de una dulzura imaginaria de caramelo. Su lengua arañada por la medicación amarga. La puerta se cierra lentamente. Atisbos de dos cuerpos flexibles montando pollas septuagenarias.

El encargado, recuperada su confianza, guiña el ojo al Grande.

–Te gusta, ¿eh? Claro que te gusta.

Risas.

–Dame lo que ganas en un año y haré que te la chupe una de las chicas, cabrón. O a lo mejor prefieres algo un poco más, como lo diría yo... exótico. Sí, exótico. A lo mejor que te follen ellas. Una fantasía que tengas. O a lo mejor un chico para ti, agente. Un chico de culo bien apretado.

Risas, el interior de su boca tan roja como ciruelas masticadas.

–Se puede arreglar.

La azafata se dirige a una puerta junto a una barra recubierta de cobre. A cada suave paso, los ojos ansiosos de Yaobang siguen la abertura de su vestido, lo que deja ver de su pálida pierna bien proporcionada. Un barman, con esmoquin, pajarita, arrastrando los pies, asiente con la cabeza cuando ella empuja la puerta. Ruidos de cocina, la puerta batiente se cierra. Piao se dirige a la barra por la misma puerta.

–Por aquí.

Yaobang, empujando enfadado con la pistola.

–Claro, jefe. Lo que usted diga.

El encargado vacila, empujado hacia delante. Siguen el perfume de la azafata hasta la barra, cruzan la puerta y entran en la cocina. Dos cocineros sirven delicados alimentos en bandejas de plata. *Feilong*, gallina con avellanas, con acompañamiento de semillas de gingseng. Servida en los cuencos de porcelana más delicada. Huevos de hace cien años, huevos de pato conservados en arcilla, paja y cal viva. Lo blanco y la yema del huevo mezclados, con aspecto de una seda negra tornasolada. Huevos con mil años, conservados y cocidos en una mezcla de sal, alcohol, pimienta.

En un fregadero, un ayudante de cocina lava copas de cristal, platos de porcelana blanca. Otro ayudante, hombro con hombro, echa restos de peladuras de verdura en un depósito para desperdicios con una trituradora. Gruesos tallos, ásperas pieles, cáscaras, conchas, el sonido de hojas que giran… convertidas en una pasta acuosa.

Se abre una puerta al apestoso *long* trasero. Entran los olores de la ciudad: el aliento del Dragón Amarillo, los tubos de escape de los coches, lo que dejan las patas levantadas de los perros, y junto a eso una azafata y dos más apoyadas en la desigual pared de ladrillo del callejón. Humo que se escapa lentamente de gruesos labios púrpura y serpentea sobre ojos que han visto demasiadas cosas para que ningún alma quede sin magullar.

–Diles que se tomen un puto descanso.

–Tienen trabajo que hacer. Clientes que atender.

–Díselo o te vuelo las pelotas de un tiro.

La mirada del encargado se cruza con la de Piao.

–Hay muchos *liu-mang* en nuestra ciudad que se han quedado cojos para siempre por culpa del dedo nervioso de mi ayudante. Sugiero que hagas lo que pide.

Lee la verdad en los ojos de Piao.

–Podéis descansar un poco, joder.

Cocineros, ayudantes, azafatas, ojos inexpresivos, pasos lentos, salen a la noche fría y al *long*.

–Fuera. Fuera. ¿Estáis sordos, joder?

Pasos más rápidos, encogimientos de hombros, conversaciones susurradas. El inspector jefe cierra y echa el pestillo a la puerta. Se vuelve hacia el encargado.

–Gracias, camarada. Es mejor que nadie oiga nuestra conversación y lo que nos tienes que decir. Las lenguas largas pueden llevar a la tumba.

–Yo no tengo nada que decirte a ti ni a tu perro faldero, joder. Tengo amigos que son dirigentes de las provincias. Clientes que son ministros del gobierno, miembros del Politburó. No tengo miedo de vosotros, hijos de la gran puta. Una llamada mía y os degollarán.

Al avanzar hacia el encargado, la sombra del Grande cae sobre él.

–Ahora concéntrate, porque vas a contestar a todas nuestras jodidas preguntas.

–Que os den por culo, mierdas del DSP. No tengo nada que decir.

Piao se introduce entre los dos.

–Aquí. Tráelo aquí.

Señala el gran fregadero lleno de restos de verdura y hojas partidas. Los brazos de Yaobang sujetan al encargado, arrastrándole por la cocina. Le empuja contra el fregadero. En la chaqueta negra de su traje, manchas de azafrán.

–Ahí.

Piao señala con la cabeza el centro del descolorido fregadero. Un agujero negro manchado con restos de verduras. La trituradora.

–Claro, jefe. Ya lo tengo agarrado.

Sujeta el brazo del encargado con las manos. Se lo mete a la fuerza en la boca del agujero recubierta de goma. Una peste a cosas podridas se eleva de los desagües.

–Cabrones, cabrones. ¿Qué cojones estáis haciendo? Estáis locos. Ni siquiera sé quiénes sois.

Lo mantiene con firmeza en aquel sitio. Le suelta los gemelos de los puños. Tela, de seda, cara, desgarrada.

–Os daré dinero. Es lo que queréis, ¿verdad? Es lo que siempre queréis los del DSP. Yuanes. O dólares. ¿Sí?

–Información. Es lo único que te salvará los dedos.

El pulgar de Piao da vueltas en torno al agujero de la trituradora.

–Empezaremos con cosas poco importantes, camarada encargado. Puede que para ti sean insignificantes, pero para mí son las piezas de un rompecabezas. Este sitio, este club Ming Ren, ¿qué es?

El encargado levanta la vista, riendo.

–¿Hablas en serio, joder? ¿Y dices que eres de la Brigada Antivicio? Una casa de putas, policía gilipollas, eso es lo que es. La mejor. Las putas más selectas de la ciudad. Vamos a tener que enseñarte muchas cosas, agente de la Brigada Antivicio.

–¿Entonces admites que infringes la ley, que no has roto con los «viejos»?

–¿Los «viejos»? ¿Infringir la ley? Que te den por culo, hijoputa de mierda. Entra en nuestras salas privadas. A un miembro muy importante del comité local del Partido le están dando por el culo en la sala cinco. Un juez está follándose en la sala tres a una niña de diez años. A un comisario del DSP que está de visita le están meando dos putas en nuestro jacuzzi.

Risas.

–Deja que os ponga al tanto de unas cuantas putas cosas, agentes de la Brigada Antivicio. ¿Sabéis a quién pertenece este club y media docena más? Al DSP en asociación con un consorcio de Hong Kong. Al DSP, joder. La ley, eso es lo que nos da permiso para infringir la ley.

Más risas con dientes de oro.

–Un buen negocio. Son dueños de la mitad de los clubes, de la mitad de las casas de putas de la ciudad. El EPL es dueño de las demás, y todas controladas por oficiales de alta graduación de la *Kan Shou Jingbei Si Ling Bu*, de Shanghai.

Piao mueve la cabeza.

–Los de la guardia armada de la guarnición de Shanghai, ellos son los dueños de esta ciudad, son los dueños del vicio, o de la mayor parte de él. Son tus amos, joder. ¿De verdad que no lo sabías?

Evita su mirada burlona el inspector jefe.

–Así que ¿qué vas a hacer, follarte a un coronel jefe del EPL? ¿Entrar en el cuartel y detenerle? Joder, están fuera de tu alcance, policía. Fuera del alcance de todos.

–¿En qué otros negocios tiene intereses el EPL?

–¿En qué negocios no tiene intereses, joder? Los del DSP son unos aficionados comparados con el EPL. Hacen grandes negocios. Están asociados con las tríadas, la Sun Yee On, los Cuatro Mares de Taiwán y la Banda del Bambú. Los hombres de negocios ponen el jodido capital y el EPL se ocupa de llevar los negocios y los clubes.

Risas.

–Joder. Me deberías pagar por este cursillo acelerado. Todos los clubes de la calle Yanan, todos los que hay camino del aeropuerto Hongqiao, son todos del EPL, además de los de alrededor del hotel Shangri-La, en la calle Beijing y en la calle Nanjing, cerca del Parque del Pueblo. Todos los clubes de la calle Siping, en Hongkou, todos del EPL. ¿Sabes lo que les proporcionan sus operaciones?, treinta mil millones de putos dólares al año.

Risas, pero sus ojos nunca se apartan del pulgar de Piao, que da vueltas alrededor del botón de goma de la trituradora.

–Y tienen la bendición de nuestros queridos dirigentes de Beijing. Órdenes de que las agencias gubernamentales se deben volver financieramente más autosuficientes. Claro que han hecho eso, joder. Pero no muchos miembros de los más altos niveles gubernamentales y del Partido saben exactamente cómo lo han hecho.

–Tenías una chica que trabajó aquí. Una chica muy guapa, hasta que la rajaron con una navaja de afeitar...

La actitud del encargado cambia; la otra cara de la Luna. Se esfuerza por retirar la mano de la negra boca de la trituradora, pero la mano del Grande aprieta con mayor fuerza.

–Ya veo que sabes a quién me estoy refiriendo. Háblame de ella.

Silencio. Sólo una risa lejana procedente de una sala privada.

–Lan Li. ¡Háblame de ella!

–No la conozco. Que le den por culo a tus abortos de puta.

–Lan Li. Trabajó aquí. Háblame de ella.

–Que os den por culo, perros, volved a vuestra perrera. Yo no conozco a esa puta.

Aprieta el botón, como si introdujera un cuchillo en la tripa de un cerdo para destriparlo. Motor, hojas, un ruido a algo que muele; entrelazado con él, un grito gutural. Como los que hay en una granja o en un matadero.

–Y yo soy testigo, jefe. Usted sólo intentaba ayudar en las tareas de la cocina, y el idiota empezó a meter ahí hojas de repollo con los dedos.

Gimotea el encargado.

–Son accidentes horribles que se producen en la puta cocina. Pero nada que unos cuantos puntos de sutura y unas vendas no puedan arreglar. No como lo de la chica, ¿eh, jefe?

Palabras, cada una bordeaba por los delicados dientes afilados de la ira.

–Y ahora háblame de Lan Li, camarada encargado.

–Que te den por culo.

Un gesto con la cabeza a Yaobang.

–Vale. Vale. Una puta de las nuestras, joder. Muy buena. La mejor que tuvimos, joder…

Saca el papel del bolsillo el inspector jefe. Lo coloca en el borde del fregadero. Estrellas de escupitajos y sangre. Diluidas, pero atravesando el barato papel. Unos nombres con bolígrafo negro. Tres nombres, tres chicas muertas.

–Estos nombres. ¿Reconoces alguno?

–Putas. ¿Por qué molestarse por unas putas, joder?

–Hay que tener un poco de respeto. Mujeres. Joder, ellas sostienen la mitad del cielo, ¿eh, jefe? Es lo que dijo Mao.

–Que le den por culo a Mao. Yo no las conozco, joder... es la verdad, joder... la verdad. Ahí tienes. Ahí encima. El menú...

Sobre un estante, una docena de cuadernos tamaño folio encuadernados en cuero.

–Mira, mira tú mismo, joder.

El inspector jefe agarra uno de los menús y, apartando verduras a medio preparar, lo deja encima de una de las encimeras. Recorre rápidamente las páginas. El menú, brillante y detallado. El menú de prostitutas. De chicas vendidas y vueltas a vender. *Mei ming*… chicas robadas, secuestradas. Chicas de la legión de orfanatos de la República. *Mei ming*… chicas «sin nombre». El menú… sus especialidades, sus «trucos» especiales. Las mujeres más hermosas que él hubiera visto nunca, ojos y caras brillantes, y cuerpos trémulos, pero como cerdas gordas en el mercado que van a ser vendidas al carnicero, un ligero golpe en el cuello, a la espera de que las sangren. En la parte inferior de cada página, un nombre. En la parte inferior de cada fotografía, un número con lo que había que pagarles y el precio por una noche entera. Lan Li era la puta más cara del menú.

Cierra el menú y vuelve al fregadero. Los olores se alzan de la boca de la trituradora, de la boca del encargado… una y la misma.

–Tenemos una descripción del hombre que atacó a Lan Li. Un *tai zi*.

–Todos los que vienen aquí son *tai zi*… todos son delfines. ¿Quién si no podría pagar mil dólares por una jodida botella de whisky?

Piao agarra una fotografía. Un hombre, su boca, como un tajo con las suturas descosidas. Risas.

–Este *tai zi* tiene cicatrices en la cara. Una mala fotografía, pero es al que queremos interrogar.

Acerca la foto a la cara del encargado.

–Este *tai zi* es también un asesino en serie. Eso nos autoriza a conseguir información del modo que podamos. Se lo debemos a aquellas a las que la vida ya no posee. ¿Quién es este camarada? ¿Quién es este delfín?

–No lo sé, no le conozco, joder.

Yaobang, agarrando la mano ensangrentada del encargado con la suya.

–Sí le conoces, camarada encargado. Le conoces tan bien como conoces a tus prostitutas.

El Grande aprieta los dedos heridos. Espera a que el grito se apague.

–Del EPL. Es del EPL, joder. Un alto mando. Su padre es un pez gordo del EPL. Alguien muy importante. Es lo único que sé. Es lo único que necesito saber, joder. Los hombres de este *tai zi* ofrecen protección. El dinero llama al dinero.

Ahora Piao lee verdad, aparte de miedo, en los ojos del encargado.

–Las cosas iban bien, demasiado bien. Nosotros hacíamos nuestros negocios, el EPL los suyos. Ahora este delfín lo quiere todo. Todo. No sé más que eso.

El Grande venda la mano del camarada encargado con un paño de cocina. Piao descorre el pestillo de la puerta. Un olor instantáneo a cigarrillos extranjeros robados y a meadas de la semiderruida pared de ladrillo del *long*. Cocineros, ayudantes, azafatas, entran con desgana. El inspector jefe tiende al primero un paño de cocina limpio.

–Su encargado, la verdad, es que debería tener más cuidado con los aparatos de la cocina.

Se adentra en la noche, queda congelado al instante, con el Grande andando pesadamente detrás. Dos empanadillas sustraídas de la bandeja que está junto a una azafata de labios muy rojos.

–Supongo que no hacéis descuentos a los que trabajan en el DSP, ¿verdad?

–Que te jodan –dijo ella.

Él nunca había oído un taco dicho con tanto sentido.

–Tú te lo pierdes.

Camina un poco más deprisa detrás del inspector jefe; la segunda empanadilla ya deslizándose en el interior de su boca.

Todo el camino hasta el Shanghai Sedán el encargado gritó insultos y obscenidades como si fuera mierda que salía de una cloaca abierta. Pero Piao piensa sólo en una cosa, como si esa cosa fuera un escudo que le defendiera de todo aquello; una estrella de cinco puntas grabada en el estómago de una joven. La misma estrella roja de cinco puntas que hay en el centro de una insignia del uniforme del EPL.

*

La lluvia, que había parado, empezó otra vez; el aire, cargado de electricidad. Para cuando se pusieron a cubierto en el sedán, estaban empapados. Lluvia por todas partes. Bajándoles por el cuello, los puños, empapando la tela barata de sus guerreras y pantalones hasta la piel. Limpiaba la enfermedad, eliminaba la pestilencia. Y en sus ojos todavía la chica, Lan Li, antes tan perfecta.

Las palmas de la mano de Piao tamborilean en el volante. El sedán da una sacudida violenta. El Grande enciende un China Brand, arrojando el paquete encima de las piernas de Piao. Tabaco no tan suave como los cigarrillos extranjeros que habían olido, pero exento de cualquier vínculo con la suciedad del chulo.

–La chica tenía razón, jefe. Un *tai zi* del EPL, joder...

Mueve la cabeza.

–Una puta conoce a sus clientes mejor que un campesino a su cerdo. Ahora sabemos por qué desmanteló el *fenchu* la Brigada Antivicio. Son los dueños de la mitad de las casas de putas.

Los limpiaparabrisas zumban poniéndose en acción a desgana.

–Un problema muy jodido, y un delfín del EPL que conocerá a todos los *cuadros* en los cargos más importantes.

Respirando el oxígeno con humo, el Grande mira a lo lejos, más allá de los edificios agrietados y los destrozados *long*.

–Si quieren, podrían encerrarlo otra vez en el *Ankang* antes de que usted pueda actuar contra los altos mandos del EPL con sus amigos en el puto Politburó. Protegen a los suyos, aunque sean asesinos.

Piao sonríe. Recordaba un chiste que había oído en el *Ankang*. Un buen chiste. Un chiste muy viejo.

«Dos presos están contra una pared frente
al pelotón de fusilamiento.
Ofrecen vendarles los ojos. Uno se niega,
soltando palabrotas.
El otro preso le susurra:
"¡Chss! Sé un buen camarada y no crees problemas".»

Pero la sonrisa de Piao sólo dura unos segundos, el recuerdo del *Ankang* es más intenso que cualquier chiste.

–A lo mejor esta vez es diferente, ¿eh, jefe? Juegue su juego y no vaya tan a las claras.

Se seca el sudor de la frente con el puño el inspector jefe. El regusto a *Ankang* se desvanece con las profundas caladas al China Brand. Llegaron a Jinlinglu antes de que él pudiera encontrar palabras para responder a la pregunta del Grande, y entonces sólo lo hicieron las sabias palabras tomadas de prestado a otro.

–«Cuando atravieses un melonar, no te ajustes las sandalias.»

Capítulo 17

«No merece la pena sentirse desgraciado
por culpa de una relación. Entrégate a la lucha
por la producción, y tus heridas se irán curando.»

Editorial del *Noticias de la Juventud China*.

Dentro de la inmensa jungla del idioma chino, no existe término para el amor entre hombre y mujer. El amor romántico, dentro de la República Popular, siempre se ha considerado poco respetable.

Dentro de China no hay una expresión educada aceptable para «hacer el amor».

Una relación, un matrimonio. Sólo se consideran un prudente acuerdo entre dos familias. Asegura la prosperidad y proporciona hijos. Es un asunto demasiado importante para dejárselo a los jóvenes. El amor va después de las cuestiones diarias. ¿Y el sexo? El sexo es algo que pasa. Como comer, dormir o mover las tripas. El sexo es algo que pasa, como las relaciones. Pero las dos cosas, por ese orden, están en segundo lugar después del Partido. De las necesidades de la República Popular. El resultado, un puritanismo rígido con Beijing dando forma a la vida sexual de millones de camaradas chinos. El noviazgo, el matrimonio, la procreación, el número de hijos que puede tener un camarada, su divorcio, sus relaciones sexuales; todo, sujeto a los dictados del Partido.

Un código de conducta conocido, sencillo pero efectivo.

Las camisas de los hombres siempre deben estar abrochadas hasta arriba. Más incluso en el caso de las mujeres. Un botón desabrochado se considera indecente, señal de que la que lo lleva debe de ser una prostituta.

En invierno se espera que las mujeres lleven puesta chaqueta en público siempre. Hasta dentro de casa se deben poner chaqueta si se abre la puerta de entrada.

En los institutos las chicas se sientan aparte de los chicos.

Las mujeres no deben usar maquillaje.

Besar a una mujer equivale a una proposición de matrimonio.

Los chistes con contenido sexual nunca se cuentan en público.

Por disposición gubernamental, el matrimonio no debe tener lugar hasta los veintiocho años.

Para casarse, uno debe conseguir el permiso del *danwei*. Si en tu ficha consta una «incorrección política», pueden denegar el permiso.

Capítulo 18

«Aunque la muerte cae sobre todos los hombres
del mismo modo, puede ser más pesada que el monte Tai,
o más ligera que una pluma.»

SZUMA CHIEN, antiguo escritor chino.

Colonia italiana de imitación, Southern Comfort y una delicada peste a sudor; el piso olía a todo eso en una compleja mezcla. Como si un grupo de *yeh-ji* hubiera usado el lugar para conseguir sus arrugados yuanes.

Rentang. El cuarto de estar, un despacho, un almacén. El Mago sentado delante de la pantalla de un enorme ordenador con sus dedos de cangrejo en pausada coreografía por el teclado y un vaso al alcance de la mano.

Su pregunta dirigida al Grande, pero sus ojos todavía fijos en la pantalla.

–¿Dónde habéis estado? Ayer no aparecisteis en todo el día. No me acosté hasta las tres de la mañana y todavía no habíais vuelto a casa.

–Que me follen. Es como estar casado pero sin el sexo correspondiente.

Piao se quita la guerrera y la camisa mientras mira el correo. Siempre mira el correo, pero sobres marrones, sólo sobres marrones siempre. Cartas del *danwei*, el comité de calle, una carta del *fen-chu*; la única carta que no convirtió en una bola y tiró al fogón. Dentro de tres días, una entrevista con Zoul y el psiquiatra, Tu. Había auténticas posibilidades de que le dieran de baja por razones médicas. La vida pronto se viviría por medio del *guan-xi*... mercado negro y tratos bajo cuerda. Las investigaciones pronto se realizarían por *xiao-dao xiao-xi*... «por el caminito de las noticias»... canales informales de transmisión de noticias... rumores. Su inevitable indigestión ya le llenaba con una ardiente acidez. Ya lamentaba la dislocación diaria de todo lo que él sabía.

Pliega la carta, una, dos veces. La guarda en el ya muy lleno bolsillo trasero de los pantalones.

–Bien, camarada Mago, déjame asombrado. ¿Qué tienes?

–Uno no hace milagros en Shanghai, especialmente en esta zona. Así que no esperes ninguno.

Caracteres blancos se extendieron por la pantalla del monitor y sobre los cristales de sus gafas. Rentang se estira hacia su copa, sus finos labios brillando con «The Grand Old Drink of the South». El dulzón fuego se cuela entre sus dientes mientras sus dedos se deslizan por el teclado.

–Como digo, nada de milagros. Se producen con un poco más de tiempo y mucho más Southern Comfort.

Clic. Un archivo seguro. Su primera página, un penacho dorado y rojo. Estrellas tan ardientes como carbones con puntas. Caracteres muy firmes.

SHANGHAI KAN SHOU JINGBEI SI LING BU

–Joder. La Guardia Armada del Cuartel General de la Guarnición de Shanghai.

–Eso mismo, Gordo, el Ejército Popular de Liberación. Como señala tu jefe.

Una ojeada al inspector jefe.

–Espero que esto te guste, Piao. Es mejor que si hubiera pirateado la base central de datos del EPL. Usé un programa para superar el código y luego atravesé una especie de puerta trasera. Pasé una mañana entera intentando entrar ahí.

Toda la mañana y media botella de Southern Comfort. Eso es lo que estamos haciendo ahora. Cruzar la puerta trasera y llegar directamente hasta su culo desprotegido.

Expedientes personales, nombres, grados, páginas y páginas de caracteres, como ganchos negros de los que cuelgan a la vista los datos de la carrera de todos los oficiales y jefes del EPL destinados a la guarnición de Shanghai.

–He estado el día entero centrado en esto. Como en un parque de atracciones. *Ta ma de*. Con esto podría iniciar una carrera nueva. Hasta he tenido tiempo para piratear el banco de datos del DSP. Tu propio *fen-chu* y tu propia ficha, Sun Piao. Una pena, una auténtica pena, tu ficha, casi me hace llorar. Prometías tanto y la has jodido tanto.

La mano de Piao, por encima de la de él; páginas que se deslizan cuando aumenta la presión.

–Has olvidado lo bien cogido por los cojones que te tengo, camarada Rentang. A lo mejor deberíamos mandar algunas de las fotos al camarada Bai, del Tribunal Popular Supremo, o al *tong zhi*, Lu Shiying, director del Instituto de Sociología Legal y Delincuencia Juvenil.

–Sé a dónde quieres llegar, inspector jefe.

–No. No. No creo que lo sepas. Pero me estás meando en la cabeza y me dices que es que llueve.

Piao retira la mano y se sirve un whisky.

–Ahora enséñame lo que tienes.

Una débil sonrisa del Mago.

–Bien, inspector jefe Piao, ¿dónde quieres ir hoy?

–Al del EPL con el labio leporino. ¿Hubo suerte?

–Palos de ciego hasta que pirateé los historiales médicos del EPL. Buscaba constantes. Se me da bien la búsqueda de constantes. A eso se le llama pensamiento lateral.

Clic. Un nuevo dominio. Un nuevo archivo. Petición de una contraseña. Dedos sobre el teclado en una coreografía ensayada. Dedos en las teclas, buscando una contraseña que sirva… «PQWAK.»

–No es tan complicado, joder.

Puertas virtuales que se abren. Páginas virtuales que pasan. Nombres. Lista tras lista.

–Historiales médicos. Historiales médicos confidenciales.

–Mierda, jefe, nos podrían pegar un tiro por esto.

La botella en la mano del inspector jefe, su cuello acanalado adaptándose perfectamente entre el pulgar y la palma de la mano. Con exactitud. Demasiada precisión. Sirve en el vaso de Yaobang.

–Bebe, ayudante. ¿No es preferible que te peguen un tiro a que te crucifiquen y te besen con un soplete de oxiacetileno?

Junto a la cara del Mago, las palabras empañan uno de los cristales de sus gafas.

–Enséñame más.

–Más. Tu jefe quiere más, Gordo. Lo cual es, claro, un placer para mí. Estamos de suerte, la ficha es tan grande y contiene tantos datos que han instalado su propio sistema de búsqueda.

Teclea, con cuidado, con precisión.

LABIO LEPORINO… FISURA PALATAL

Veintidós nombres. El dedo de Rentang da golpecitos en la pantalla.

–Todos del EPL, todos con el labio leporino y fisura palatal. Tú querías el vértice de la pirámide. Espero que no tengas miedo a las alturas, inspector jefe.

Un dedo que da golpecitos en el monitor.

–Éste no. Estudia en Inglaterra, en Sandhurst. Este otro tampoco, murió hace un mes. Un accidente de barco. Ni éste, ni éste. Uno en el hospital, para una operación de testículos. Otro en los Nuevos Territorios. Tampoco éste. Ahora es director de una fábrica, en Chengdu, que produce tablas de retrete...

Golpecito con el dedo.

–Éste tampoco. Ni éste. Rotundamente no. En el Bosque de la Virtud esperando a que lo ejecuten por fraude.

Quedan seis nombres.

–Uno de éstos es tu delfín. ¿Reconoces alguno de estos apellidos, inspector jefe? Sí, estoy seguro de que los reconoces. No hace falta ser inspector para reconocer algunos de estos apellidos. Bao, de una familia con gran tradición en el EPL. Uno de los contemporáneos de Mao, el abuelo, Pi, coronel jefe del EPL, Territorio del Oeste, actualmente en el Tíbet. Niu, de una familia de altos mandos del EPL, todos coroneles. Su padre tiene ambiciones políticas y está tratando de que lo elijan para el Politburó.

Pasan más páginas conforme se sirven más Southern Comfort.

–Qi, hijo de un coronel jefe del EPL, jefe del Ejército de Guardia del Cuartel General de la Guarnición de Shanghai. Xiong, lo reconocerás, claro. ¿No tuviste un enfrentamiento con un sobrino suyo hace unos años?

–Lo detuve por participar en el asesinato de una niña, hace cuatro años. Habían abusado sexualmente de ella y luego la habían asesinado.

–Degollada. Lo recuerdo, jefe, de oreja a oreja. Sí, lo recuerdo. Estuve una semana sin poder dormir.

Mueve la cabeza. Da un trago.

–¿Y qué pasó? El caso está enterrado en un profundo fichero. Se han perdido pruebas importantes. Siempre lo mismo. Siempre lo mismo cuando se trata de un *cuadro*. ¿Qué es una chica muerta? Sólo agua derramada, joder.

El Mago se ajusta cuidadosamente las gafas.

–Entonces, supongo que a éste lo mantendremos en nuestra lista, ¿no? Ese tipo de cosas se heredan. Leí un artículo sobre eso en Gongdelin. Tiene algo que ver con los genes, los malos genes.

Piao asiente con la cabeza.

–Y el último, inspector jefe. A éste lo conocerás bien. Zhui. Uno del EPL que fue jefe del Cuartel General de la Guarnición de Beijing hasta el año pasado. Lo dejó en circunstancias difíciles, pero ahora es miembro del Politburó.

–No prometen nada bueno ninguno de ellos.

–Puede repetir eso, joder. Cualquiera de ellos podría conseguir que se entierre este caso. Y a nosotros con él, probablemente en los cimientos del Nuevo Estadio Nacional.

La uña de Piao recorre los nombres. A lo mejor entiende algo si avanza sobre las separaciones entre los caracteres, algo sobre qué tipo de hombre podría crucificar a dos agentes del DSP y asesinar a prostitutas, hacerles profundos cortes como por una apuesta.

–Imprime todo aquello de lo que dispongas de cada uno de ellos. Sobre todo de Xiong y Qi.

Mucho en las fichas, lo dicho, lo no dicho, los antepasados, el parentesco. *Cuadro* o campesino, ¿y desde hacía cuántas generaciones? Historia en el Partido: ¿voluntarios del Partido o reclutados? Y en la lucha por establecer el sendero luminoso, el camino del Gran Timonel, ¿qué papel habían desempeñado los antepasados en la existencia actual de aquel *cuadro?* Esos detalles, incluso muchas décadas después, podrían determinar la categoría de un *cuadro*. Su grado de influencia, su propio carácter.

–Los otros nombres que te di, las tres putas muertas y la chica del Hospital número 1...

Sus dedos secan las lágrimas de las mejillas cortadas como un rompecabezas de la chica. Eso era lo que todavía quedaba de ella en su interior, como el sabor del jazmín una vez has terminado el té.

–¿Qué has conseguido?

–Yang, Deming Da, Tsang, y la chica del hospital, Lan Li. No hay registro de ninguna de ellas, oficialmente nunca nacieron. Y por tanto, oficialmente nunca vivieron ni murieron.

Piao mueve la cabeza. El Mago sonríe, su dedo se desplaza arriba y abajo por la pantalla, recorriendo la parte de los datos que habrían acompañado la vida de una chica desde la cuna hasta la tumba.

–Más limpia que tu conciencia, ¿eh, inspector jefe?

Ojos que se encuentran a la luz de mercurio. El Mago es el primero que aparta la mirada.

–Y el número que te di...

El Mago levanta la mano, una tinta roja casi borrada en su palma.

473309169972

–La parte más difícil fue encontrar el sitio, así que probé cerca. *Ta ma de*. Demasiado cerca.

Un ballet, los dedos del Mago. Píxeles que esprintan. Las raíces profundas de otro banco de datos del EPL. Los tres miran fijamente el monitor.

MINISTERIO DE SEGURIDAD

473309169972

Este archivo codificado contiene información altamente secreta del Estado.
El permiso para entrar en este archivo sólo se puede conseguir por medio de solicitud escrita al Ministerio de Seguridad, en Beijing.

–¿Qué cojones es esto?

–Un número importante, un archivo importante. *Ta ma de*. Traté de entrar. Sin suerte. Un código de cuarenta dígitos. Si se han molestado en ponerle un código de cuarenta dígitos, es importante.

Piao se mueve hasta la ventana, sus dedos abren una rendija en la persiana. El sol se alzaba a regañadientes entre los agrietados *longs*. Al volverse, la persiana se vuelve a cerrar. Yaobang alarga su vaso.

–Joder, esto no se limita al asesinato de unas *yeh-ji*, jefe.

Pero la mente de Piao ya estaba en el siguiente problema.

–Un número que supone una barrera. Una barrera que podría echar perfectamente abajo una hormiga. Si averiguamos qué significa el número que las relaciona entre sí, averiguaremos lo que significan sus muertes. Mago, encuentra a alguien que entienda de números. Alguien que pueda descifrar su secreto.

Rentang ya se volvía hacia el monitor. Unos dedos que ya buscaban el modo de hacerlo.

–Voy a entrar en unas cuantas redes piratas. Dentro de ellas hay todo tipo de cosas extrañas. No te preocupes, tendrás lo que quieres, Piao. ¿No te lo proporciona siempre el Mago?

*

Anexo del Registro del Partido Comunista de Shanghai, depósito 4, Bansongyuanlu

El depósito yace hundido entre el agua del río y los nuevos edificios de hormigón, como si cargara con los secretos de muchas decenas de millones de vidas. Incluso fuera de sus espesos muros, y con el hedor del río llenando las narices, uno podía oler otras cosas más sutiles. El olor que tiene una carrera profesional interrumpida por culpa de las insinuaciones de un vecino. El hedor que tiene una vida obligada a seguir un camino sin salida por culpa de los antecedentes de un abuelo o de mil millones de ciudadanos, cuando son obligados a mantenerse callados con las palabras soldadas a la lengua y las frases clavadas a los labios.

Una puerta cerrada protegida por dos miembros fieles del Partido: una vieja cuyos pechos hacía mucho que dejaron de tener leche y un hombre maduro con conjuntivitis y licenciado en política por la Universidad de Pekín. El inspector Yaobang les hizo un gesto con la cabeza, ellos se lo hicieron a él. La puerta se abrió, él entró, la puerta se cerró.

La petición fue escrita a máquina en papel oficial del DSP. Una lista de nombres de mujeres y de las fechas en que habían nacido en la República Popular China. Al oficinista, uno de tantos con chaqueta idéntica reforzada con parches de cuero en los codos, le llevó un total de cuarenta minutos volver de las oscuras tripas de un depósito que sólo consistía en largas hileras de estantes. Sobre cada una, apiladas de arriba abajo, una generación de vidas de nacidos en Shanghai. En sus páginas de bordes polvorientos, un registro de cada acontecimiento de la vida de un ciudadano y datos sobre su valor para el Estado, el Partido, de nacimiento a muerte, y aun después.

–Lo siento, inspector Yaobang, debe de haber un error. Los nombres que me dio usted, Yang, Deming Da, Tsang y Lan Li, pertenecen a personas que no existen. No son ciudadanas. No tenemos datos ni del Partido ni del *danwei* sobre esas mujeres.

El Grande se echó hacia delante, con los codos apoyados con fuerza en el mostrador de áspera madera, y su voz se atenuó.

–Los registros de esas no ciudadanas estarán en la habitación del fondo, camarada.

Un guiño, un gesto con la cabeza en dirección a la oscuridad.

–No entiendo lo que quiere decir, inspector Yaobang.

Su cara más cerca de la del oficinista. El hombre olía a papel, polvo y una vida dedicada a ocuparse de la mierda de los demás.

–La habitación del fondo, camarada. Las tres cajas de seguridad en las que se entra y que están permanentemente abiertas porque las jodidas llaves para cerrarlas se perdieron durante la Revolución Cultural.

Un guiño. Un gesto con la cabeza. El oficinista da un paso atrás. El aliento de Yaobang despedía chile, ajo, cerveza y palabras que no quería oír.

–Está equivocado, inspector. El anexo de registros del Partido Comunista no tiene cabida así.

–Pero, camarada oficinista, sí la tiene. Tiene varias habitaciones como ésta. Ésta no es la primera vez que he estado aquí. Yo, como usted, no soy un camarada normal y corriente. Yo, como usted, conozco esas habitaciones.

–Pero si no las hay…

–Chss. Chss, camarada oficinista. Ni siquiera aquí dentro se puede saber quién podría estar escuchando.

Pasea los ojos furtivamente a su alrededor, sus palabras susurradas.

–Y ahora vaya y tráigame las fichas de los nombres que le he dado. Estarán en una de las cajas fuertes, junto con las de otros camaradas que oficialmente no existen.

El oficinista echa una ojeada hacia atrás.

–Yo no tengo autoridad para proporcionarle esas fichas.

–Esta carta le da esa autoridad, joder, camarada funcionario. Esta carta insiste, camarada funcionario.

–Pero yo no puedo proporcionarle esas fichas. Son no camaradas. No existen.

Los dedos de Yaobang recorren la ordenada y polvorienta mesa de despacho. Sus ojos se clavan en los del oficinista.

–Si no son camaradas, entonces sus fichas no se habrán perdido, ¿verdad, camarada funcionario?

Mueve la cabeza.

–No lo puedo hacer, inspector Yaobang. Una petición así puede llevarme a perder el cargo o a algo peor.

–¿Éste es un rotulador indeleble, camarada funcionario?

El Grande agarra un rotulador con tapa negra de la ordenada mesa de despacho.

–Sí. Lo es, ¿por qué lo pregunta? Por favor, es el único rotulador que tenemos. Déjelo donde estaba.

Con un rápido movimiento agarra la mano del oficinista. La mantiene sujeta, antes de golpear la mano en el mostrador. Con dos claros trazos negros, señala la parte de arriba de la mano con una gruesa «X».

–¿Qué está haciendo? ¿Qué es esto?

Yaobang deja que se suelte. Pone la tapa al rotulador y lo deposita cuidadosamente en la ordenada mesa, mientras habla.

–Eso es para distinguirle de sus colegas, camarada funcionario. Así cuando vuelva con más agentes del DSP y la orden oficial para detenerle acusado de entorpecer una investigación que un departamento de Seguridad Pública realiza en nombre de la República Popular China, podré decir que es usted, joder.

El poco color que quedaba en la cara del oficinista desaparece. Yaobang se vuelve hacia la puerta, y con un susurro que estaba seguro de que podría oír el oficinista:

–Una importante acusación, camarada oficinista. Muy importante. Puede que hasta su propia ficha termine en una de esas habitaciones sin llave.

Una mano en el hombro del Grande. Un susurro en su oído.

–Veré. Veré lo que puedo hacer, camarada Yaobang.

Y con un susurro de un susurro.

–Hay una puerta en el *long* del extremo del depósito. Estaré allí dentro de treinta minutos. ¿La podrá encontrar, inspector?

La puerta se abre.

–Es una puerta que conozco bien, camarada oficinista. Demasiado bien, joder.

La puerta se cierra.

*

Fueron más bien cerca de cuarenta minutos que de treinta, pero ninguno supuso una pérdida de tiempo. Cuarenta períodos de sesenta segundos, fumando China Brand y viendo los remolcadores tirar de un carguero Huangpu abajo.

Una serie de cerrojos descorridos al otro lado de la madera reforzada gastada por el tiempo. La puerta se abre lentamente. El oficinista, con los brazos cargando con unas carpetas rebosantes. Sus palabras apresuradas y susurradas. Apenas audibles por encima del sonido del agua que subía y bajaba.

–Lo siento, camarada Yaobang, llevó tiempo encontrar estas tres carpetas. Las mujeres a las que la vida ya no posee. Están en el depósito de cadáveres de la ciudad, en Zaoyanglu, y les han asignado los números 35774324, 35774341, 35774352. Colocamos las fichas de los no camaradas muertos en sitio diferente de los no camaradas vivos.

Maldiciendo interiormente el Grande. El nada deseable sabor de la muerte le llena la boca. Agarra las carpetas de los brazos del oficinista. La puerta ya se empezaba a cerrar.

–Camarada Yaobang, ¿no dirá nada de esto ni de mí?

–¿Y usted no dirá nada de esto ni de mí, camarada oficinista?

Un asentimiento de cabeza responde a un asentimiento de cabeza. La puerta se cierra. Los cerrojos vuelven a su sitio.

Capítulo 19

Depósito de cadáveres de la ciudad, Zaoyanglu

La primera vez que Piao había visto la disección de un cerebro humano, con el patólogo sujetándolo como un trofeo entre las manos, se había preguntado qué sería lo que quedaba atrapado bajo las uñas del médico. ¿Tal vez un recuerdo, desgarrado y aislado? ¿O tal vez la pequeña porción que dicta las reglas? ¿Observa las leyes… transgrede las leyes?

*

–¿Saben qué hora es?

La puerta, acero y madera reciclada; la mano de Yaobang entre ella y el marco. Nudillos blancos que agarran los documentos de acreditación. Una estrella roja ardiéndole en la palma de la mano.

–Los pies me están matando. Tengo dolor de cabeza y necesito cagar. Y tengo un agujero jodido en el zapato y el calcetín mojado, porque diluviaba cuando venía aquí.

–¿Saben qué hora es?

Empuja la puerta, pero el empleado del depósito de cadáveres, un hombre menudo y encogido, vacila, aunque aún resiste.

–Sé la hora que es, joder, hora de irse a casa. Y ahora abra esa puerta o…

–Sólo voy comprobar su documentación, inspector, y su permiso para examinar los cuerpos. Necesito comprobarlos, ¿sabe? Tenemos a todo tipo de pervertidos que quieren entrar en un sitio como éste.

El empleado se seca los mocos de la nariz en su brillante manga. Mira fijamente a Piao y al Grande por la abertura.

–Sí, todo tipo de pervertidos que les harían cosas inimaginables a los muertos. Hubo uno que incluso se puso el antiguo uniforme del ejército de su padre sólo para entrar aquí y hacer de las suyas. Y claro que hizo de las suyas. Lo atrapé con una vieja que llevaba una semana muerta.

Devuelve la documentación por la abertura.

–Hacen de las suyas. Claro que hacen de las suyas. Uno nunca tiene el suficiente cuidado, camaradas. Gracias por su paciencia.

La puerta se abre. El empleado, casi luminiscente en su palidez, ya se apartaba.

–Entren. Entren. ¿Saben qué hora es? Y cuidado con mis suelos, con esos pies mojados que tiene, inspector. Hay gente que se ha matado al resbalar en un suelo de mármol mojado. De hecho nos trajeron a uno hace un par de días. Un viejo de ochenta y cinco años, o es lo que aparenta. Los huesos del cráneo tan finos como la cáscara de un huevo de codorniz. Se lo enseñaré si quieren.

Piao deja atrás al ayudante, que renqueaba.

–No será necesario, camarada. Ya es suficiente con tres cadáveres en una noche. Pero gracias por su generosa oferta.

El empleado sonríe torcidamente. Nunca, en quince años, le ha dado nunca las gracias un inspector jefe.

–Es una pena. Merece verse. Un cerebro como una nuez escabechada.

Una puerta de dos hojas se abre con un jadeo asmático.

–No importa, inspector jefe. No importa. Pero mientras ustedes examinan a esas a las que la vida ya no posee, yo prepararé té.

Una mano baja por la parte delantera de sus raídos pantalones, y el empleado se pone en su sitio las pelotas.

–Sí, *xunhuacha*. Nunca es lo mismo ver a un muerto sin una buena taza de té bien fuerte en la mano.

*

Tres cajones del depósito de cadáveres. Tres zumbidos de aire. Tres chicas, Yang, Deming Da, Tsang, ahora números: 35774324, 35774341, 3574352. Tres hijas. «Agua derramada.»

–Tome, inspector jefe, *xunhuacha*, nunca ha probado usted nada igual.

–Le tiende una taza, negra, con el barniz saltado y decorado con caracteres dorados que pronto se borrarían...

LA OLIMPIADA DEL PUEBLO... 2008

El jazmín suprime el olor a muerte de sus narices y le purga la boca de su sabor. Mientras sorbe, baja la vista a los tres cajones abiertos. Tres chicas con cortes de navaja de afeitar. Ni una extensión de cinco centímetros de su piel exenta del enloquecido enrejado de feas heridas. Y entre los caóticos cortes sanguinolentos, las cuidadosas y metódicas líneas del bisturí usado en la autopsia. Puntadas abultadas y espesas como de obrero.

El *xunhuacha* de un profundo trago. La nuez del empleado del depósito de cadáveres como un balón de fútbol barrido hacia el mar.

–Un promedio de cincuenta y cinco cortes en cada cuerpo. La cifra exacta está en los informes completos del patólogo.

–Igual que la *yeh-ji* del hospital, jefe.

El empleado del depósito de cadáveres recorre con el dedo una de las heridas más profundas de una de las jóvenes.

–¿Hay otra muerta en el hospital?

Apartándose rápidamente, el Grande pronuncia unas palabras entrecortadas.

–No, no muerta, *dao-mei*. Sólo lo que quedó de ella. Lo que quedó está en el Hospital número 1.

Sonido de toses en el vestíbulo.

–No se preocupe, camarada. Mi ayudante es originario del campo y eso explica que tenga un estómago débil. Me temo que existen muchas posibilidades de que vomite.

–Ese gordo estúpido. Sólo hace media hora que fregué el suelo. Será mejor que no vomite.

Más *xunhuacha* deslizándose barbilla abajo en su prisa por hablar.

–Algunos de los cortes son tan profundos que llegan al músculo. Aquí, aquí y aquí incluso alcanzan el hueso. Y éstos son un tanto especiales. Los cortes tienen siete milímetros de profundidad, y aproximadamente quince milímetros de anchura. La intención fue cortar y luego hacer trizas la carne entre los cortes.

El té removido con una cuchara sucia. Removido más veces de lo necesario. Un sonido desafinado como de una campana, un pincho que rompe la concentración del inspector jefe.

–Al que lo hizo le llevó su tiempo. Un artista. Un perfeccionista. El patólogo calcula que por lo menos seis minutos con cada chica.

Más toses desde el vestíbulo.

–La verdad, creo que debería hacer algo con mi ayudante, camarada. Un vaso de agua podría venirle bien.

–Claro, claro, le llevaré uno enseguida. Ese gordo estúpido. Si mancha el suelo o la pared, el DSP tendrá que pagar lo que cueste. Yo me ocuparé personalmente de ello. Mármol italiano, nada menos. Italiano. Ese mármol viene de muy lejos. Esté donde esté Italia.

Piao se arrodilla, como para rezar, mirando dentro de los cajones. Los olores que la muerte reclama cuando ha desaparecido la vida le inundan. Sus ojos, fijos en los cortes. Una sucesión de rojos cortes sanguinolentos dibujaban una estrella de cinco puntas entre el ombligo y la vagina, atrayendo la mirada mientras la aguja tira del hilo. Puede que el asesino quisiera exactamente eso, atraer la atención, teñir el olor. O quizá sólo disfrutaba usando la navaja de afeitar como un pincel.

El inspector jefe agarra la mano de cada chica con la suya. Tan pequeña y tan pálida. Uñas mordidas y sin pintar. Nada parecidas a las de la *yeh-ji,* a los inquietos peces escarlata que eran las largas uñas pintadas de Lan Li. Los pies de cada chica, las uñas, el mismo color rosa, con el tono azul de la muerte; no el escarlata de cerezas maduras. Sus dientes irregulares, sin empastes, unos dientes vulgares, no perfectos como los de la *yeh-ji* Lan Li.

Da un paso hacia atrás y las mira de verdad por primera vez. Dejado a un lado el pálido sudario que otorga la muerte, jóvenes que uno podría ver en cualquier mercado callejero, en cualquier lavandería, en cualquier tienda de té. Si acaso, destacaban por su propia vulgaridad. No *yeh-ji,* esas tres no. Recepcionistas, camareras quizá, pero no prostitutas.

Los informes del patólogo eran extensos y estaban encantadoramente escritos en el idioma secreto que utilizan los que interpretan la coreografía de la muerte. Sin embargo, lo no dicho era tan importante como lo dicho. E incluso en el salón de la muerte, un oído para la llamada en la puerta a medianoche, el camarada patólogo.

Sobre el cuerpo más cercano a él, el de la chica ahora conocida como 35774324, el dedo de Piao sigue la incisión en «Y» desde la zona púbica hasta los pechos, que había dejado al aire el diafragma y abierto el pecho para reconocerlo como una ciruela demasiado madura. Sigue cada paso del reconocimiento del patólogo, ahora detallado en tinta sobre papel y señalado por largas líneas de suturas que no llevaban a ninguna parte.

Se acerca para examinar el exterior del cuerpo desde más cerca. Cada herida, su longitud, anchura, profundidad calculada. Su situación, traducida en un perfil de gruesa tinta negra con forma humana en el papel. Cada herida, ahora exactamente indicada con señales de tinta roja.

Y todo el tiempo, como un sarpullido que uno no alcanza para rascárselo, un picor constante. Deja un informe en el suelo. Recorre las páginas del informe siguiente y del siguiente. Cada informe abierto por la misma página. Se arrodilla junto a ellos. El frío de la refrigeración que corre de rodillas a piernas. No eran *yeh-ji*; aquellas tres no.

Mueve la cabeza, Piao. Errores grandes, errores elementales. El inspector Di… ¿otras cosas en su mente? ¿Una mujer que se queja por tener que comprar ropa de segunda mano? ¿Zapatos de mercadillo callejero que le hacen ampollas en los pies? Di no había leído los informes del patólogo o al menos no los había leído con ojos de investigador. Los informes y las fichas de las cuatro jóvenes le fueron entregados juntos sujetos con una banda elástica. Lan Li, una prostituta, su ficha presidiendo el montón. Las había considerado a todas igual. Lan Li una *yeh-ji*, de modo que las cuatro *yeh-ji*.

Relee los informes del patólogo. Vidas, y cómo se habían vivido, al desnudo gracias al corte de plata del bisturí. Ninguna de las chicas muertas daba la impresión de haber tenido nunca una enfermedad de transmisión sexual; algo habitual entre las *yeh-ji*. Ninguna de las chicas muertas parecía haber abortado nunca; de nuevo, algo habitual entre las *yeh-ji*.

Una de las chicas muertas todavía era virgen. Las otras dos tenían semen reciente dentro de la vagina, pero demasiado contaminado por el agua del río para un análisis del ADN determinante. Prueba de que también eran vírgenes antes de que las violasen y matasen.

Cierra los informes con cuidado el inspector jefe. La muerte, perdida en el anonimato. Tres chicas muertas, ahora números que descansaban en un documento impreso en negro.

*

Desde el pasillo, olores decentes; uno fuerte a sudor, otro a desinfectante con aroma a pino. Olores que nunca molestaban a Piao. Sólo el agua de colonia con tapón plateado de los *cuadros* le ofendía siempre. Sólo las diatribas de las bocas mentoladas de los camaradas políticos le daban ganas de vomitar.

–¿Se marcha, inspector jefe? ¿Ya?

Piao, con los informes bajo el brazo, ya salía del depósito de cadáveres.

–¿Le sirvió de algo ver a esas a las que ya no posee la vida? ¿Ha conseguido lo que quería?

–Sí. Gracias, camarada. Me sirvió.

–¿Y cómo, inspector jefe?

Piao se dirige hacia el Grande guiñando el ojo.

–Fue de gran ayuda, gracias. Ahora quiero que entreguen los cuerpos de esas chicas a sus familias para que las entierren.

El empleado del depósito de cadáveres les gritó cuando se iban:

–Me alegra que le sirviera de algo, inspector jefe. Me alegra mucho.

Puertas pesadas, con tres cerrojos, se abren a Zaoyanglu y a los sonidos de la noche. Corren al sedán. Yaobang sonríe, con la boca abierta. La lluvia, con sabor a fábrica, con sabor a vidas que nunca arrancaron, elimina el último vómito amargo de su lengua.

–¿Consiguió lo que quería, jefe? ¿Y ahora, qué? ¿Llamamos al *fen-chu*, hablamos con Zoul, solicitamos vigilancia, apoyo?

–No, con Zoul no. Unos pocos agentes de fiar, sin uniforme.

–¿Está seguro, jefe?

–Estoy seguro.

–Depósitos de cadáveres, más putas meadas que las de borrachos en un urinario. ¿Cree que el mensaje se filtrará?

–Se filtrará.

–*Cao-mu jie-bing*, ¿eh, jefe?

–Sí, «darle la vuelta al gato muerto».

*

El número, largo, complicado. Aquel no era un número normal. Sólo al tercer intento consiguió conectar. Incluso a aquellas horas descolgaron el teléfono al segundo timbrazo. La voz de una recepcionista del EPL. Una voz, cada sílaba separada y como cortada de hielo. Dice la graduación, el nombre que aparece en el arrugado trozo de papel. La llamada es desviada al instante, reenviada a un limbo de estática electrónica. Un millón de llamadas, voces sintetizadas en un zumbido de brisa entrecortada. Un tono de llamada de un tipo que él nunca había oído. Suena. Suena. Justo cuando va a colgar el auricular, responden a la llamada. Una voz. Un carraspeo.

–*Ni nar*.

–Camarada oficial, señor, me pidió que le llamara para informarle de si alguien quería ver a las putas acuchilladas.

Silencio. Pero al fondo, música occidental, voces, risas de mujeres.

–Soy el empleado del depósito de cadáveres, camarada, señor. Se acordará de que me pidió…

–Sí, ya sé lo que le pedí.

–Claro, camarada oficial, señor. No trataba de dar a entender que tuviera usted mala memoria.

Silencio. Excepto el susurro de una chica. Un cigarrillo que se enciende. Vasos que tintinean.

–Estuvo aquí un inspector del DSP. Un inspector jefe. De homicidios.

–¿Nombre?

–Sí, tengo su nombre, camarada oficial, señor. Se llama Piao. Inspector jefe Sun Piao.

Silencio.

–Vio a todas las víctimas. Las examinó con mucho cuidado. Dijo que verlas le había sido de «ayuda». Sí, «de gran ayuda». Su ayudante, un gordo imbécil, dijo que venían directamente del Hospital número 1. Allí había otra víctima. Otra víctima. Una *yeh-ji*. Pero está viva, camarada oficial, señor. Sí, dijo claramente que estaba viva.

Silencio. Palabras susurradas. Pechos perfumados pegados a una mejilla perfumada.

–Gracias por haberme atendido, camarada oficial, señor. No quiero parecer interesado, camarada oficial, señor. Pero cuando nos vimos, usted dijo que recibiría una recompensa por la información. Una importante recompensa, camarada oficial, señor.

Pasaron segundos antes de que el empleado del depósito se diera cuenta de que la llamada telefónica había terminado. Muchos segundos más escuchando los latidos del corazón antes de aceptar el silencio. Incluso más segundos antes de que tuviera el valor de decir, enfadado, al auricular:

–Cabrón, jodido miembro del EPL. Tu madre era la más puta de las putas.

Pero a cada palabra se aseguró de que la mano tapaba bien el teléfono.

*

Pisadas silenciosas. El miembro del EPL avanza por el largo pasillo hasta una habitación privada del fondo del edificio de la calle Bocado Exquisito. Muchas puertas, muchas maneras de llevar a cabo los negocios del amor.

Según se acercaba a la habitación, oía los gemidos de la puta pagados con dólares. Oía risas y el flic, flic, flic de la película de súper 8 avanzando rollo tras rollo. Oía unas palabras mal grabadas que él no podía entender.

Olor de perfume excesivo, alcohol, cuerpos ardorosos. Luces titubeantes, cargadas de humo de cigarrillo. Avanza entre ellas, hasta el centro de su atención, atravesando su danza pornográfica. Una chica tailandesa tras otra, largas piernas abiertas, boca abierta.

Apoya la espalda en la pared, mirando, atraído por las caricias del mullido sofá. Tres camaradas en sombra y tres *yeh-ji*. Mira. De su bolsillo saca billetes en un apretado manojo, dólares verdes a millares. La ironía no le había abandonado, dinero de putas para putas. Un instante de destellos de colores primarios cuando cayeron en la luz del proyector. Caen sobre las espaldas desnudas de las putas, cuyas caras eran tan frías como la sonrisa de un magistrado.

Por encima de los susurros en tailandés, los gemidos en tailandés... su voz rasposa.

–Chupádselas.

Caen entre las perfumadas manos de las *yeh-ji* dólares suficientes para dar de comer a sus hijos durante un año. O dólares suficientes para pagar a sus chulos, sus camellos.

–Chupádselas. La puta que consiga que uno de ellos se corra primero tendrá una bonificación.

Se quita el reloj.

–Cinco minutos. Tenéis cinco minutos.

De un bolsillo interior saca una navaja barbera con el mango de marfil y abre su hoja plateada.

–Tenemos asuntos de los que ocuparnos, asuntos importantes y urgentes. Cada minuto que pase de los cinco, haré un corte.

Dólares en las manos de las putas, confusión en sus ojos. La mirada de él se centra en la esfera del reloj.

–Han pasado treinta segundos. El dolor se os echa encima.

Ve cómo se ponen frenéticamente de rodillas. Dólares, como lluvia, caen de sus dedos. Bajan los pantalones de los agentes en sombra hasta las pantorrillas. Agarran su erección. Ve cómo una boca pintada, la acaricia, la besa, la chupa.

–Sesenta y cinco segundos.

Una fascinación en sus ojos, mientras miraba, como si estuviera completamente ajeno a aquello, a los frenéticos movimientos que iban en aumento.

–Quedan tres minutos.

Las cabezas de las putas adelante y atrás. Con un ojo en los dólares y en la navaja barbera.

–Dos minutos…

Susurros y gemidos en tailandés. Susurros y gemidos en chino. Más rápida, más frenética la actividad de las putas.

–Un minuto.

El avance a saltos de la película sobre la hoja de la navaja que avanza.

–Treinta segundos.

Mira y se pregunta si mucho después de que los labios de una puta te suelten, todavía los sientes en la polla. Todavía como una parte de ti. Una mirada a su reloj. Segundos que pasan. Que transcurren.

–Se acabó.

La hoja en un resplandeciente arco.

Capítulo 20

«Cao-mu jie-bing»... «darle la vuelta al gato muerto»

Cuatro hombres se apean de un *Hong-qi* de costados resplandecientes. Individuos plateados que atraviesan la grisura. Sus gestos confiados, en ellos todo parece relegar lo demás a un telón de fondo.

Puertas que se empujan. Cruzan puertas de goma. Más puertas de goma. Una enfermera hace la cama; su culo, tan grande como la luna llena sobre el parque Huangpu. Una enfermera lo bastante experimentada para reconocer el olor del peligro. Su sonrisa florece dulce como la miel.

–*Ni nar*.

La voz de él tranquila, brutal.

–Se lo preguntaré una vez, y sólo una vez. Había una chica en esta habitación, ¿dónde está ahora?

–Se ha ido del hospital, le dieron el alta, pero no se dónde. El médico que la atendía se lo podrá decir.

–¿Cómo se llama?

–Foong. Doctor Foong.

La mujer se miró el reloj. La correa, demasiado apretada, muerde su gordezuela muñeca lechosa.

–Estará en la unidad de cuidados intensivos. Segunda planta.

El hombre se queda todavía muchos segundos mirando intensamente los ojos de la enfermera, acechando algo en lo más profundo de ellos. Pero ni una palabra más. Gira sobre sus talones. Abandona la sala. Una negra falange se cierra en torno a él. Hasta que no los pierde de vista, la enfermera no se dirige a un teléfono de baquelita. Resbaladizo en su sudorosa mano. Marca dos números. Se da cuenta de que se le doblan las piernas y tiene la parte interior de los muslos mojada por orina. Atienden su llamada a los dos timbrazos. Silencio al otro lado de la línea.

–Doctor Foong. Doctor Foong. Dile que hay un problema. Dile que salga del hospital inmediatamente.

*

Atraparon a Foong entre dos pisos. Ojos desorbitados por la ansiedad, brillo de sudor aceitoso; todo demostraba quién era. Eso y la placa con el nombre, grabado profundamente en blanco sobre negro, presidiendo la hilera de plumas de su bolsillo superior. Ni una palabra, sólo manos fuertes que le empujan escalera abajo. Al otro lado de los grandes ventanales, las calles de la ciudad, *longs*, vida; piensa que podrían ser las últimas imágenes de verdad que percibirían sus ojos. La vida que estallaba, que titubeaba con su propia vibración. Eso y las caras de ellos.

Una sala de reconocimientos desierta; en el suelo, gasas estériles desgarradas. Sobre una de las superficies de trabajo, un recipiente con bolas de algodón usado, una taza de té medio llena. Le empujan sobre la silla de reconocimiento negra y cromo. Palmas de manos sudorosas rechinan contra su funda de plástico. Sujeto con manos fuertes. Un chiste; no comprende las palabras. Una carcajada, y luego un hombre que se adelanta. Su aspecto, uno que no se olvidaría. Y sólo ahora advierte que entre sus dedos de uñas bien cuidadas hay una jeringuilla. Ninguna palabra todavía, sólo el tacto frío del cristal sobre la cara del médico. Dedos perfumados que hacen rodar cuidadosamente la jeringuilla por la mejilla de Foong, cruzando, volviendo a cruzar su campo de visión. Sólo cuando el hombre de la cara agujereada habla, se da cuenta de que en aquella cara hay labios. Salen de su granito cuarteado frases tan sin aristas como una corriente sobre guijarros; pero el tono es culto, educado.

–¿Dónde está la chica, Lan Li?

–No lo sé.

La rúbrica plateada de la aguja hipodérmica atraviesa su campo de visión.

–Se la llevaron de noche. No sé a dónde.

–¿Dónde está?

–No lo sé. Estoy diciendo la verdad, no lo sé.

El hombre de la cara agujereada se dirige a la superficie de trabajo, a la taza de té olvidada. Mete la aguja en las hojas negras de su *lucha*. Una profunda sed; bebe hasta que la jeringuilla se pone negra con su color. Pasos medidos al volver hacia Foong. Susurra una orden.

–Sujetadle.

Manos que le agarran la cara, la cabeza. Punta de la aguja, como una penetrante estrella que brilla, sólo a milímetros del ojo de Foong. El tono de las palabras contradiciendo otra vez su contenido.

–Por última vez. La puta, Lan Li, ¿dónde está?

–No lo sé. Por favor, créame. Por favor. El inspector jefe, Piao, se la llevó. El inspector jefe de homicidios…

La aguja avanza los pocos milímetros que quedan hasta su pupila. La uña de un pulgar que ya se pone blanca por la presión sobre el émbolo de la jeringuilla.

Una repentina cacofonía que estalla en un fragmento de segundo. Una puerta que gira hacia dentro sobre sus bisagras. Cuerpos que cargan. Pies sobre un suelo de goma. Pistolas, recortadas y oscuramente obscenas, se aprietan cruelmente en el hundimiento óseo entre el pabellón de la oreja y el cráneo.

–Quítele la aguja del ojo.

Se acerca más.

–Quítele la aguja del ojo o le dejaré seco de un tiro ahí mismo donde está. Les ahorraré un tiempo valioso a nuestros camaradas jueces. Hágalo ahora mismo. No se lo volveré a pedir, camarada delfín.

Presión en el gatillo. Tan cerca, que los dos oyen el sonido de acero que se tensa. Los dos notan que el sueño de la bala en la recámara está a punto de terminar. El ojo de uno clavado en el del otro. La aguja plateada pasa lentamente por la cara del médico. La jeringuilla, arrebatada de su mano. Brazos sujetos a la espalda. Esposas que se cierran en torno a las muñecas. Pertenencias personales, teléfonos móviles del *tai zi,* confiscados. Empujado escalera abajo. Empujado por pasillos hasta la calle. El único sonido, la sirena de una ambulancia aullando en un choque frontal en el cruce de Xietulu y Tianyajiaolu, y las palabras del Grande.

–*Cao-mu jie-bing,* jefe. Tenemos a los cabronazos.

*

Cuatro hombres, cuatro coches. Piao sentado al lado del miembro del EPL con la cara agujereada. Avenidas, *longs,* atravesados a toda velocidad. Se fija en la luz que cruza por la cara del otro. Sólo cuando llevan diez minutos completos de trayecto, un movimiento. La ventanilla lateral bajada. Su olor a colonia cara cae como un tiro sobre el estómago vacío del inspector; demasiado para soportarlo. Sólo cuando llevan diez minutos completos de trayecto, palabras.

–¿Su nombre, camarada del EPL?

La voz del otro como una brisa apagada al atravesar unas espesas ramas.

–Lo sabrá pronto, inspector jefe.

Piao, dando rápidos meneos a la cara del miembro del EPL.

–¿Su nombre, camarada del EPL?

Los dedos más tensos.

–¿Su nombre?

Sus ojos recorren al del EPL.

–¿Bao? Su abuelo, un camarada que se mantuvo a la sombra de Mao. No, quizá no. ¿Qué tal Pi? Un padre que es un *cuadro* importante y un coronel que impone nuestra voluntad en el Tíbet. O quizá sea el camarada Niu, cuyo padre ansía ocupar un escaño en el Politburó. ¿O es Qi? Hijo delfín del coronel jefe cuya guardia armada protege nuestra ciudad...

En la negrura de su pupila, un reflejo. Un parpadeo de sorpresa; un relámpago sobre un lejano horizonte.

–Sí, es el camarada Qi, ¿no?

Aparta su cara el del EPL, las persianas del control vuelven a caer.

–Yo soy el inspector jefe Sun Piao, de la Brigada de Homicidios del Departamento de Seguridad Pública.

En una mano su pistola; en la otra, sus credenciales cerca de la cara del *tai zi*.

–Le detengo por sospecha de participación en el asesinato de la camarada Yang, la camarada Deming Da y la camarada Tsang. También de una mujer, todavía desconocida, en las obras del Nuevo Estadio Nacional. Además, por sospecha de participación en el asesinato del camarada inspector jefe Di y de su ayudante, el inspector Tan, en el almacén de Yu Yuan, Importaciones y Exportaciones.

Qi, impasible. El silencio atravesado únicamente por una aguda alarma de su reloj de pulsera.

–Usted no me puede retener. Esta noche me dejarán en libertad.

Con dificultad, debido a las esposas que le sujetan las muñecas, aprieta un botón, y la alarma calla. Pero los timbres de un centenar de bicicletas aplazan la contestación de Piao. Radios de ruedas brillantes. Manillares brillantes. Timbres brillantes. Giros plateados de un banco de peces fabricado en acero les rodea en Beijingxilu, donde esta calle choca con Xizanglu. Semáforos y cosas habituales, calles laterales y destinos alcanzados.

*

En la esquina de Beijingdonglu con Sichuanlu, una ambulancia aparcada. Ventanillas opacas, ojos ciegos al mundo que reflejan. Desde dentro, entre las rendijas de las vendas, ojos alertas miran, ven. El coche patrulla del DSP se detiene al lado de la ambulancia. Sucesión de luces de semáforo rojas, amarillas, verdes, ignoradas. Piao atraviesa la circulación desde el coche patrulla hasta la ambulancia, como estaba dispuesto de antemano.

Barras de una camilla con espesas capas de cromo a las que se aferran unos dedos suturados con puntos. El inspector jefe acaricia la mano que contiene esos dedos. A cada caricia, una palabra. Señala la cara que la firme mano del Grande aprieta con fuerza contra el cristal de la ventanilla lateral del coche patrulla del EPL.

–¿Es él?

Sin vacilación.

–Sí.

–¿Está segura? ¿Lo confirma?

–Lo confirmo.

Lágrimas silenciosas. La mano de Piao en la de ella, acariciándole los dedos.

–¿Cómo se llama? Quiero saber cómo se llama.

Varios segundos antes de que el inspector jefe responda.

–Tenía razón, es del EPL. Es un *tai zi.* Coronel Zhong Qi. Pero ahora estará segura. Se lo garantizo con mi propia vida. No le volverá a hacer daño.

Un minuto entero antes de que Piao salte fuera de la ambulancia y haga un gesto con la cabeza al conductor. Un gesto con la cabeza también al coche patrulla del DSP. El sedán se aleja a gran velocidad, saltándose un semáforo en rojo y girando al norte lejos del Huangpu y hacia el *fen-chu*.

*

Una hora y media dejando que los conejos del Ejército Popular de Liberación se cocieran en su propio jugo. Yaobang, incluso en un coche patrulla del Departamento de Seguridad Pública, toma aquel *long* para volver al apartamento y recoger el informe. Y del apartamento, de vuelta al *fen-chu*.

Con *lucha* delante, el inspector jefe lee el informe. Por encima de sus hombros, el vapor amargo del té y la cara del Grande.

Zhong Qi, nacido el 21 de abril de 1971. «Dragón celeste.» Lugar de nacimiento: Nanchang... lugar donde nació el Ejército Popular de Liberación. Surgido con el levantamiento, con la masacre de los miembros del Partido Comunista. Ahora una ciudad de fábricas, productos químicos, una fábrica de conservas, tractores, motores diésel. Se trasladó a Shanghai a la muerte de su madre, cuando tenía dos años de edad. Su padre, Gu Qi, entonces sólo era coronel, tuvo un nuevo destino en la guarnición militar de Shanghai.

Expediente académico: Las más altas calificaciones en la academia militar del EPL, de Shanghai. Espada de Honor. El primero de su promoción. Una beca del Ejército Popular de Liberación para ir a Inglaterra, Universidad de Oxford. Seguido de formación militar en la academia de Sandhurst. De los primeros de su promoción. Destinado posteriormente a Londres. Dos años en la embajada de la República Popular. Regreso a China, a la Universidad de Pekín. Título con las más altas calificaciones en Ciencias Políticas. Destino en la Unión Soviética, con el apoyo del Partido Comunista de Shanghai. Otro título en la Universidad de Kiev, donde estudió Filosofía e Historia Militar. Regreso a Shanghai, destinado al *Kan Shou Jingbei Si Ling Bu,* de Shanghai, con el grado de coronel. Uno de los mejores aviadores que haya habido nunca. El mejor.

Danwei: Recibos de compra. Una casa en Beijing. Una dacha cerca de la bahía de Hangzhou. Hace seis meses ascendido a *cuadro* de grado once. Asciende de forma fulgurante los escalones de *cuadros.* Copias de permiso y recibo de compra de un Bandera Roja, una lavadora, un televisor. Concedida una tarjeta de compra en la Tienda de la Amistad. Permisos de viaje, internos y externos. Inglaterra, Unión Soviética, Pakistán.

Genealogía: Nieto de un camarada que había conocido al propio Gran Timonel. Su abuelo y Mao estudiaron juntos en Chansha, lugar de nacimiento del presidente. Aquí pasó su adolescencia, estudió, y fue revolucionario a edad temprana. Provincia de Hunan con campos de arroz, cultivos de té y estanques de lotos. Un paisaje tan agradable, tan delicado, ¿cómo pudo haber forjado tales palabras, tales pensamientos, tal intolerancia? La abuela, una apreciada camarada que había desempeñado un papel en la Larga Marcha. Genealogía impecable; del campesinado a los *cuadros* más elevados.

Expediente del Partido Comunista: El camino de quien se ha dedicado plenamente al Partido Comunista. Asiste a reuniones, mítines, con su padre desde los cuatro años. Destacado miembro de la Juventud del Partido local. Presidente a los quince años. Asciende de categoría como un cometa de cola resplandeciente.

Historial clínico: Vacunas, tos ferina a los ochos años, apendicectomía a los quince, pero curiosamente escasas referencias a su labio leporino, sólo cuatro palabras. Ningún material de apoyo. Ninguna mención a la operación para corregírselo que evidentemente le habían hecho.

Yaobang termina la taza.

–Mierda, jefe, ¿por qué hay algunos que lo tienen todo? Inteligencia, privilegios. Un expediente perfecto, joder.

–Demasiado perfecto, como si él mismo hubiera escrito sus informes. Nadie puede ser un camarada tan perfecto, incluido el propio Mao.

Recuerda los enfados del Gran Timonel; incluso escupía entonces. Y lo que le gustaba, especialmente en sus últimos años, la compañía de camaradas femeninas mucho más jóvenes.

El inspector jefe sirve más té.

–Fabricar un expediente como éste le resulta fácil a un delfín tan poderoso. Especialmente si su padre es el coronel jefe Gu Qi.

Pasea, el Grande.

–Un coronel jefe, el padre de este delfín. Un ejército acantonado en el jardín trasero de su casa. ¿Qué coño podemos hacer contra algo así?

–Lo que podemos hacer es lo que podemos hacer. Empezaremos por pedirle al Mago que encuentre algo fuera de lo normal. Quiero conocer a fondo a este delfín. Situación financiera, relaciones, sus idas y venidas, puntos fuertes y débiles. Especialmente los débiles. Todo.

–Pero investigar a camaradas como éste hará que nos maten, jefe. Nos encontrarán en el Huangpu, y yo no sé nadar.

El inspector jefe le da una palmada en la espalda.

–Nadar no te servirá de nada cuando estés encadenado.

–Gracias, jefe, un gran consuelo.

Pero los pensamientos de Piao estaban en otra parte.

–Dile al Mago que si no puede encontrar lo que buscamos en los archivos del EPL, lo encuentre en otro sitio.

–¿Dónde, jefe?

–En los archivos del *danwei*. En los archivos del Partido. Historiales médicos. Expedientes de la universidad. Estudió en el extranjero, en Inglaterra. Deben de haber solicitado muchos detalles suyos antes de permitir que estudiara en su academia militar.

–Y cuando encontremos algo, lo que sea, ¿será ojo por ojo, jefe?

Piao se dirige a la puerta. Madera, una vez pulida por diez mil manos con prisa y ahora pintada por encima con esmalte marrón a prueba de humedades. Empuja la puerta. El pasillo de más allá huele a plástico reciente y entrepiernas sudorosas.

–Un ojo por ojo nos dejará ciegos a todos, ayudante.

*

–¿Qué hay?

Yun manifiesta el tic familiar. Trata de disimularlo con actividad. Informes y formularios de detenciones por triplicado.

–No puedo dar con él.

Trazos de pluma con dedos de uñas mordidas.

–Zoul ha estado en la conferencia del *danwei* ayer y hoy. No se le puede molestar por nada de nada.

–¿Por nada de nada?

Ojos que se desvían. Un movimiento brusco de la cabeza.

–¿Ni siquiera por esto?

Una mirada hacia la mesa. Un círculo de uniformes del DSP, y en el centro de ese círculo color verde oliva los cuatro *tai zi* del EPL.

–No lo sé, no puedo llegar a tanto. Pero le dejaré una nota.

Los dedos del inspector jefe encuentran un clip. Recorren sus espirales de acero.

–Para serle franco, Piao, estoy sorprendido. Bueno, quizá no sorprendido, después de todo es de usted de quien se trata...

Su cara, como si hubiera comprado una empanadilla por cincuenta fenes y hubiera visto que en la tienda de al lado las vendían a veinticinco.

–Pero no decirnos la identidad y graduación de estos camaradas *tai zi*, especialmente del coronel del EPL, bien, para ser sincero, es, es...

–¿Es, qué, inspector Yun?

–Es muy inquietante. Sí, en efecto, muy inquietante. Este *tai zi* tiene un padre muy poderoso. Podría, podría...

–¿Podría, qué, camarada inspector? ¿Trasladarnos? ¿Hundir nuestra carrera? ¿Puede que *lao jiao*? ¿Acaso un viaje en un solo sentido a las orillas pantanosas del Huangpu una noche en que no haya luna llena? ¿Acaso crucificarnos y jugar con sopletes de oxiacetileno con nosotros?

–No suba la voz, Piao. Las paredes tienen oídos, incluso las paredes recién construidas.

Una mirada de preocupación hacia atrás.

–Con un *cuadro* del EPL como éste, Piao, es todo posible.

–Sí, está en lo cierto, mi buen amigo, inspector Yun. Está, como siempre, en lo cierto.

–Entonces quizá deberíamos...

–¿Deberíamos qué, Yun? ¿Pedirle nuestras más sinceras disculpas? ¿Decirle que su detención fue un error, un error humano, o que le tomamos por otro? Invitarle a té y luego acompañarle de vuelta a la guarnición de Shanghai en la que su «muy poderoso padre» manda?

–Justo lo que yo pienso, inspector jefe. Justo lo que yo pienso.

–Deje que lo plantee del modo correcto, Yun. Lo que usted propone es que soltemos a un *tai zi* que ha asesinado a tres jóvenes camaradas y mutilado a una cuarta. Un *tai zi* que ha crucificado a nuestros compañeros, el inspector Di y su ayudante. Que usó un soplete de oxiacetileno con el inspector Di y su ayudante para torturarles. Y que luego los asesinó atravesándoles la frente con unos pinchos. ¿Es un planteamiento adecuado de lo que piensa usted?

–No, no, no, Sun Piao. Ha confundido las cosas, como siempre.

Pompas de saliva en su labio inferior.

–Ese delfín, ese Zhong Qi, ¿cómo sabe usted que ha hecho esas cosas? No hay pruebas.

–Pues las hay, Yun. Pruebas que le relacionarán indudablemente con esos delitos.

–¿Y no sabe cuántas?

–¿Testigos?

–Testigos, sí. No hay testigos de lo que según usted hizo ese coronel del EPL. De los espantosos crímenes que según usted ha cometido.

–Pues los hay, inspector Yun.

–Ta ma de. Ta ma de.

–Es un asesino en serie, inspector. Aunque en la República Popular «oficialmente» no existan esas criaturas tan raras. Un asesino en serie. Pero arrogante. Y la arrogancia, como sabe, Yun, es una comida sin sal.

Yun deja su silla. Da una vuelta en torno a la mesa donde están los detenidos. Preocupado, sus ojos evitan al del EPL cuando los llevan a la sala de interrogatorios. Regresa a su silla. Un minuto o dos antes de que sea capaz de hablar.

–Es usted un huracán, Sun Piao. ¿Es que no deja ni una casa con techo?

–A los tres del EPL quiero interrogarlos en la sala uno. Al *tai zi*, el coronel del EPL, en la sala cuatro él solo.

Yun mueve la cabeza.

–Los tendrá listos en cinco minutos, Sun Piao.

–Bien. Estaré allí en treinta. Pueden esperar por mí. No hay prisa.

Una sonrisa.

—«No conseguirás que los brotes crezcan más deprisa tirando de ellos con los dedos.»

*

Veinte minutos. Piao se lava y se relava la cara, las manos. Como si tratara de limpiarse y desprenderse de algo que le mancha. Una mancha en el alma. Entre cada bautismo de agua fría examina su reflejo en el espejo. Busca algo que ya no está. Pero lo peor de todo es no saber qué está buscando. Sólo su dedo recorre la señal color rosa de su cicatriz de la ceja; tira de los hilos de algo que buscaba, y con ello la dura punzada de los recuerdos. Durante la dura desintoxicación, de pie en una bañera, se movía al ritmo de alguna anónima melodía interna. El agua tan fría, como un amargo bautismo sobre la cabeza. Como una lámina que le cae cuerpo abajo. Yaobang se balancea sobre una silla, hace gimnasia de mala gana, anda cautelosamente por el suelo inundado, rellena el cubo de metal, ocupa su puesto, con un gemido de timbre estresado. Un violento balanceo de la silla y el agua por encima. Seis cubos por encima, seis violentos balanceos. Piao, con los brazos a los lados, recibe el agua con algo de cinc. Nada más. Sólo el agua. Sólo la sensación de que le cae por el pelo, la piel. Por los ojos con un diluvio de claridad. Más agua, más fría que la anterior. Dolorosamente fría. Y entre su dolor, en la lengua, un sabor, a almendras ardientes y acero. Y luego el mundo en un sudario forrado de satén. Se inclinan, las paredes, el techo y el Grande. Muy despacio, al principio... pero se aceleran. Los grifos, metálicos y de latón y con ángulos, se encabritan, aceleran para llegar a él. Pero no importa. Incluso cuando chocan, no importan. Imposible que importen. Sólo oscuridad y el sabor a sangre en cada rincón de su boca. Miel y pimienta. Le baja por la barbilla en un caliente espumarajo. Nota, incluso en las sombras, un pánico activo a su alrededor. Voces sin cuerpo que gritan. Pero las palabras se pierden en el insistente abrazo del ataque. No contienen nada para él. Sólo una constante en medio de la oscuridad: la mano del Grande agarrada a la suya. Apretada, apretada y segura. Un ancla al otro lado de la tempestad epiléptica. Su única ancla.

Hasta que otro agente entra en los servicios, Piao es incapaz de librarse de aquello. Cierra los grifos. Se seca la cara y las manos. Borra los recuerdos al moverse con rapidez, con demasiada rapidez para que no lo puedan volver a agarrar. Sólo el pasillo, la escalera, otro pasillo, y luego la sala de interrogatorios...

*

Sala de interrogatorios uno

Tres miembros del EPL en un rincón de la sala. Charla animada. Ojos alerta, gordos, caras bien alimentadas con leche.

Silencio cuando Piao entra seguro de sí mismo. Junto a la puerta, un gran magnetófono. Aprieta el botón brillante. Cabezales espejeantes a punto. Un carrete del magnetófono en arcos pausados, la cinta adquiere vida. El otro carrete en rápido esprint para atraparla. De un sobre salen tres contactos. Los coloca meticulosamente, equidistantes, sobre el tablero de la mesa. De una carpeta saca tres hojas con acusaciones. Las compara y luego relaciona las caras con las fotos ampliadas electrónicamente.

–Usted, vea. Venga aquí. Éste es usted, ¿no?

Golpetea la primera foto con los nudillos.

–Sí.

–Más alto, por favor, para que conste.

–Dije que sí, que soy yo. Pero ¿qué es esta foto? ¿Dónde hicieron...?

–Nombre.

Grueso rotulador rojo en la mano.

–Nombre.

–Ang.

Rotulador rojo que escribe el nombre en la parte inferior de la página.

–Siéntese.

Ningún ruido de las pisadas del miembro del EPL.

–Usted, venga. Éste es usted, ¿no? He dicho que éste se parece a usted, camarada del EPL. ¿Lo es?

Silencio. Sólo el flic-flic de la cinta magnetofónica en lentas órbitas.

–No estoy seguro.

Una mirada a su espalda del *tai zi*, con ojos nerviosos.

–¿Es usted o tengo que traer a su madre para que identifique al de la fotografía?

–Se parece a mí. Soy yo. Sí.

–Más alto. Nuestro magnetófono es antiguo.

–Parece que soy yo.

Palabras gritadas. Casi una orden.

–Dije que más alto. Mucho más alto.

–Sí, soy yo, camarada inspector.

Una voz más amable. Una orden zalamera.

–¿Y quién soy yo, camarada? ¿Cuál es su nombre?

–Tsung.

–Siéntese, Tsung. Siéntese.

Se dirige andando al otro lado de la sala, evitando el contacto ocular con sus compañeros.

–Usted, venga.

No hay movimiento.

–He dicho que venga. Ahora.

No hay movimiento. Piao se dirige a la puerta. Susurra una palabra. Treinta segundos después, dos enormes agentes del DSP llenan la puerta. Guerreras demasiado tirantes sobre estómagos que son demasiado grandes. El inspector jefe señala:

–A ése. Lo quiero aquí.

El del EPL sólo se pone de pie cuando están casi encima de él. Se alisa una guerrera perfecta hecha a medida y se dirige a la mesa.

–Gracias, camarada del EPL.

La tercera foto. La foto más clara. Piao da unos golpecitos con los nudillos encima de ella, como para abrir una cerradura de la puerta de la memoria que lleva mucho cerrada.

–Creo que éste es usted.

Unos dedos con las uñas muy cuidadas dan la vuelta a la foto.

–¿De dónde ha sacado esta foto?

–¿Qué importa eso? Una cara es una cara. Tanto si esa cara está en una Tienda de la Amistad comprando buenos vinos franceses o en una casa de putas de la calle Beijing bebiéndolos. ¿O es que un oficial como usted, que indudablemente procede de una familia muy apreciada, tiene tantas caras que ahora ya no puede recordar aquella con la que nació?

Sólo el girar del magnetófono y el tictac del reloj.

–Vamos a ver. Uno, una cara para saludar a sus queridos padres. Dos, una cara para cortejar a las hijas de los amigos de la familia que son *cuadros* importantes. Tres, una cara para solicitar los servicios de una puta en el club Luna de Shanghai, de la calle Zhaujiabang.

El odio aumenta.

–Cuatro, una cara para sujetar a una puta cuando le cortan el cuello mientras usted la viola. ¿Una sensación especial, eh, camarada del EPL, esa de violar a una joven que está a punto de morir? ¿Seguro que recuerda esa cara, verdad?

Da rienda suelta a un odio abrasador, especiado.

–No tengo idea de qué me está hablando, pero soy yo el de la fotografía. Oficial Huan del Ejército Popular de Liberación. ¿Está satisfecho?

–No, oficial Huan, no estoy satisfecho del todo. Pero lo estaré pronto. Ahora siéntese. Siéntese antes de que le parta esas jodidas piernas y le obligue a sentarse.

Dentro de una carpeta marrón, las fotos, las hojas de cargos.

–Les acuso formalmente a los tres de participación en el asesinato de una mujer todavía desconocida llevado a cabo en las obras del Nuevo Estadio Nacional, donde se consiguieron estas imágenes.

El inspector jefe se mueve hasta el magnetófono.

–También estoy investigando su posible participación en los asesinatos del camarada inspector Di y del subinspector Tan, del DSP, en el almacén de Yu Yuan, Importaciones y Exportaciones, de Shanghai.

Piao los mira uno por uno.

–En su debido momento se les asignará un abogado defensor.

Tres pasos y Piao ha dejado la sala de interrogatorios. Se detiene sólo una vez, brevemente. Vuelve a mirar la sala por el espejo que se ve desde el otro lado. Ha empezado una discusión entre los tres. Recriminaciones. Amenazas. Pero no escucha las palabras; el inspector jefe sólo se fija en el lenguaje corporal. El segundo de los tres, el oficial Tsung, ojos nerviosos, siempre una buena señal. Años de experiencia pueden ayudar a elegir la manzana más roja, la más jugosa cuando sólo es un simple brote, como le dijeron a Piao de niño.

Sí, habría que vigilar al oficial Tsung.

*

Cinco minutos

Termina apresuradamente una taza de té que sabe al cacharro de metal donde lo prepararon. Mientras lo toma, observa al viejo *tong zhi* Ow-Yang, que está muy atareado. Dedos enterrados entre el cableado intestinal de un ordenador gravemente enfermo.

Marca el número escrito con bolígrafo en la palma de la mano. El número de teléfono que le ha dado el Grande. Un primo de un primo de un primo. Descuelgan el teléfono a los pocos timbrazos.

–*Ni mar.*

–Inspector Yaobang, quisiera…

Dejan el auricular haciendo gran estrépito. Al otro lado de la línea, gritos interrumpidos, un grito que responde. Pasos, pesados y lentos.

–Jefe, ¿todo bien?

–¿Cómo sabes que era yo el que telefoneaba?

Una risa, la boca llena. Casi huele la llovizna de ajo que soltaban los labios del Grande y nota el sabor al chile ardiente de su lengua.

–Tengo una secretaria muy buena, jefe. Téngalo en cuenta. Bien, ¿qué quiere?

–Comprobar si habías llegado ahí sin incidentes, que todo fue bien.

A Piao las palabras siguientes le resultan extremadamente difíciles. Su forma no parece encajarle en la boca.

–Comprobar si la chica, Lan Li, está bien.

–Claro, jefe. Claro. Está bien y en lugar seguro.

–Bien, bien. Sólo quería comprobarlo. Ahora me tengo que ir.

–¿Jefe?

Guasa en las palabras escupidas por una boca llena de fideos a medio tragar.

–Jefe, ¿por qué nunca llama usted para comprobar si yo estoy en lugar seguro, joder?

No se molesta en contestar, aunque podría. Devuelve el auricular al soporte. Prepara más té. Rellena más documentos. Pero todavía tiene la sensación de que dentro de su cabeza da vueltas una avispa metida en una botella. La sensación de que él nunca llamó para preguntar si alguien estaba en lugar seguro, sólo por ella, la chica, Lan Li.

*

Sala de interrogatorios cuatro

Hay muchas cosas en una cara, pero no en aquélla. Las pasiones humanas se parecen mucho a las condiciones atmosféricas. Seis pasiones: amor y odio, satisfacción y enfado, tristeza y alegría. Seis condiciones atmosféricas: frío y calor, lluvia y sol, oscuridad y luz.

Una cara sin atmósfera, impasible.

El camarada coronel Zhong Qi del Ejército Popular de Liberación está sentado en la esquina del fondo de la gran sala de interrogatorios, con los ojos fijos en la blanca pared con manchas.

Piao entra en la sala. Seis pasos hasta la mesa. Alarga la mano hasta el gastado interruptor de cromo del magnetófono y lo aprieta. Un minuto entero antes de que hable. Sólo el sonido de cinta que se enrolla en otra cinta.

–Inspector jefe Sun Piao, de la Brigada de Homicidios del Departamento de Seguridad Pública, interroga al camarada coronel Zhong Qi, del *Kan Shou Jingbei Si Ling Bu,* de Shanghai. Hoy es 21 de febrero. La hora...

Mira su reloj.

–Hacia las once y media.

–La hora exacta son las once y cuarenta y dos de la mañana.

Piao tapa el reloj con la bocamanga. Una basta base metálica asoma desde el fondo del delgado metal amarillo que quiere pasar por oro.

–Gracias, camarada Qi. Al menos ustedes los del EPL resultan útiles para algo.

Una insignificante sonrisa del camarada, pero sus ojos clavados en unos objetivos lejanos. El inspector jefe lee la hoja de cargos. El silencio, tan profundo, tan imponente, hace que sus palabras parezcan frágiles.

–Camarada coronel Zhong Qi, del Ejército Popular de Liberación, estoy obligado a repetir las acusaciones contra usted. Camarada coronel, está usted acusado de participación en los asesinatos del camarada inspector Di y de su ayudante, el subinspector Tan, del DSP, en el almacén Yu Yuan, Importaciones y Exportaciones, de Shanghai.

Una mirada de fastidio del *tai zi* a su reloj de pulsera.

–También se le acusa de participación en el asesinato de una mujer sin nombre en las obras del Nuevo Estadio Nacional. Puede que se agreguen algunas acusaciones adicionales una vez se completen nuestras investigaciones.

Un silencio tan opresivo como un invierno prematuro.

–Debo informarle también de que sus compañeros en el EPL, Tsung, Ang y Huan, ya han confesado.

Qi se ríe.

–Han confesado su nombre, graduación y número, sin duda. No caeré en la vieja trampa. Y ahora terminemos con esta farsa.

–Su categoría, camarada coronel, es tal que el Partido se siente obligado a dar un ejemplo con usted. Una advertencia a otros *cuadros* que puedan cometer delitos semejantes. Será un juicio breve. Siempre lo son. Pocas palabras, justicia rápida. El viaje hasta el montón de sacos terreros también será rápido. Un montón bajo de sacos terreros, por supuesto. Hay que dejar que el público vea cómo se arrodilla usted. Querrán ver el momento en que la bala sale del fusil. El remolino de humo gris azulado. Y, por supuesto, la sangre extendiéndose por el aserrín.

Risa del *tai zi* coronel. El tipo de risa que uno recordará pero desearía olvidar. Da golpecitos a su reloj.

–Juicio. No habrá juicio, inspector jefe. Me iré de su *fenchu* pronto, muy pronto.

De un grueso archivador salen fotos, copias de notas, la declaración de un testigo, una grabación de una cámara de televigilancia. Piao lo deja todo cuidadosamente encima de la mesa.

–Sí, camarada coronel, habrá juicio. Unas pruebas tan evidentes lo exigen. El asesinato de ciudadanos de la República Popular lo exige. Usted no está por encima de la ley.

Los ojos del *tai zi* se vuelven hacia él.

–Sus pruebas no serán suficientes, inspector jefe Sun Piao.

Su voz, un chirrido grave. Un susurro, sin duda demasiado bajo para que lo haya registrado el magnetófono. Piao se estira hacia él. Incluso a cierta distancia, el aliento dulzón del delfín le produce mareos.

–No entiendo, camarada del EPL. ¿Le importa explicarse? ¿Le importa hablar más alto?

Una sombra de sonrisa cruza la cara del *tai zi*.

–Sus pruebas no serán suficientes.

Piao, con la cólera a punto de estallar, se pone de pie, rodeando al delfín. Sólo la idea de que su puño dejaría señal impide que dé forma física a su cólera.

–El camarada del EPL ha dicho: «Sus pruebas no serán suficientes». Camarada del EPL, deje que le recuerde que las leyes de la República Popular China se aplican a todos sus ciudadanos.

–Unas bonitas palabras, unas palabras de buen comunista, pero no entiende nada, inspector jefe.

Piao cerca de la mejilla del *tai zi*, pero lo bastante alto para que lo grabe el magnetófono.

–«Nuestro punto de partida es servir al pueblo de todo corazón y no apartarnos ni por un momento de las masas, para obrar en todos los casos a favor de los intereses del pueblo y no del propio interés o de los intereses de un pequeño grupo, e identificar nuestra responsabilidad para con el pueblo con nuestra responsabilidad para con los órganos dirigentes del Partido.»

–Su conocimiento de Mao no le ayudará, inspector jefe. Las antiguas categorías están muertas. Yo, y otros como yo, estamos a favor de nuevas categorías. Trabajamos para un objetivo superior.

Piao se sienta una vez más. Ahora su cólera es fría, concentrada y táctica.

–Es usted muy poco atractivo, camarada Zhong Qi. Cada vez que se mira en el espejo, el espejo se lo confirma. Lo confirma hasta el punto de que ahora usted evita cualquier superficie que le refleje, y por eso se ha puesto de espaldas a nuestra ventana.

Por primera vez el delfín manifiesta signos de incomodidad.

–Usted es un fenómeno de la naturaleza. Por muchas operaciones de cirugía estética que se haga, nunca podrá disimular la fealdad de su cara, de su alma.

Entre la colonia, su olor, el del EPL… de animal, de fiera.

–Por eso mata usted con tanta libertad. Su furia ante su propia fealdad le produce un asco hacia sí mismo que se derrama desde su interior. Tenemos un psiquiatra excelente en nuestro *fen-chu*, camarada del EPL. Le recomendaré a él. Hará que se sienta más cómodo con su fealdad, aunque no consiga suprimirla. Sólo es un psiquiatra, no un dios. Su fealdad permanecerá, pero su furia por culpa de ella puede que no.

Violencia, repentina y sin aviso. El *tai zi* explota, saltando de su silla, que estrella contra la pared con un choque estruendoso. Luego agarra la mesa, lanzándola de lado. El magnetófono se estrella violentamente contra el suelo. El delfín lo agarra y lo lanza contra la puerta.

Se vuelve; su cara, fría y húmeda, su respiración, trabajosa, palabras fracturadas.

–¡Cómo se atreve a insultarme, usted, que es carne de *Ankang!* Yo trabajo por un objetivo más elevado, por una República Popular nueva y mejor. Si unos mierdas, como esas putas o sus inspectores, interfieren en ese proceso, se consideran simplemente bajas de guerra. Yo no me disculpo por servir a los intereses de nuestra gran nación.

Da una patada al magnetófono.

–Bajas de guerra, y habrá muchas más antes de que se haya completado ese proceso.

Se calma; luego se seca la cara usando un pañuelo inmaculadamente blanco con sus iniciales.

–Usted necesita un signo que le muestre el camino, el nuevo sendero luminoso, inspector jefe Sun Piao. ¿Ha mirado últimamente su correo?

Se acercan pasos. El *tai zi* se estira la guerrera. Se alisa el pelo.

–Se ha terminado el tiempo, inspector jefe.

El *tai zi* ya se dirige a la puerta. Pasos más cerca. La puerta de la sala de interrogatorios se abre girando sobre sus bisagras. El inspector Yun tiende a Piao la orden de puesta en libertad. El del EPL sonríe cuando sale al pasillo, hacia su libertad. Piao cierra la puerta de una patada. En el suelo, los restos del magnetófono todavía emitiendo un profundo zumbido gutural. Lo desenchufa, y el ruido se va apagando, muere. Sólo quedaba el sonido de unos pasos lejanos, que acompasan el latido de su corazón. Piao, de rodillas, recoge papeles, fotografías, los rostros de los asesinos y de los asesinados. Arroja violentamente una pata rota de la silla contra la pared.

Debería haberte llevado a un puente alto y oscuro sobre el del Huangpu, camarada delfín. No al *fen-chu*. Nunca al *fen-chu*.

*

Zoul pasea, grita. Ojos inexpresivos que miran fijamente a Piao.

–Estúpido. Estúpido. Estaba haciendo usted una investigación extraoficial. Detener a un *cuadro* así, a un *tai zi* así... Debe de tener ganas de que lo maten, inspector jefe. ¿O no?

No espera la respuesta.

–Y las posibles consecuencias para el *fen-chu*. Para sus camaradas. Para mí, su camarada comisario jefe. Un hombre como Qi tiene mucho poder. Conoce a otros, a otros muchos, que tienen incluso más poder.

–Es culpable, camarada comisario jefe. Aquí están las pruebas.

Documentos, tendidos al alcance de la mano de Zoul, que los ignora.

–Pruebas, pruebas.

Palabras escupidas con desdén.

–Esto es lo que importa. Esto es lo que importa, inspector jefe, no las pruebas.

Sobre la mesa, roble con cuero y dibujos de oro, un montón de papeles, faxes, emails, mensajes telefónicos, cartas por mensajero. Las manos del camarada comisario jefe los agarran. Zoul lee mientras anda.

–Este email es del Ministerio de Seguridad insistiendo en que se debe poner inmediatamente en libertad al coronel Qi. Dos mensajes telefónicos. Dos presidentes de *danwei* ordenando que el interrogatorio del coronel Qi sea interrumpido inmediatamente.

Los papeles caen revoloteando sobre el tablero de la mesa.

–Diez, veinte faxes: del Departamento Político Central, el Secretariado Central, la Federación de Sindicatos Toda China, el Cuartel General de la Guardia Armada de Shanghai. El mando central del Ejército Popular de Liberación.

Agarra otro montón.

–Mensajes telefónicos. Éstos son del Partido local. Éstos de Beijing, del Comité Central, el departamento político. Ésos son de la Federación de Jóvenes Toda China y el Comité Central de la Liga de Jóvenes Comunistas.

Zoul mueve la cabeza.

–¿Por qué aquí? ¿Por qué trae a esos miembros del EPL aquí? Usted iba a hacer esto lejos del *fen-chu*, clandestinamente. Ahora todos quedamos salpicados por este asunto, todos salpicados.

Rodea al inspector jefe antes de que éste conteste.

–*Cao-mu jie-bing*.

Zoul se ríe. No más que un leve gruñido.

–«Darle la vuelta al gato muerto.» Muy ingenuo, inspector jefe. Con hombres como ésos, usted será el gato, el gato muerto al que ellos dan la vuelta.

Otro gruñido. La cara se le arruga.

–Usted utiliza el poder del *fen-chu* para tratar a esos hombres como delincuentes comunes. Los humilló al detenerlos, fotografiarlos y tomarles las huellas dactilares. Y lo peor de todo, les hizo un análisis de ADN. Y como respuesta a toda esa mierda…

Faxes, emails, mensajes telefónicos, que resbalan entre sus dedos.

–¿Qué obtuvo de ellos? Tres nombres, graduación y número. En cuanto a Qi, hasta se perdieron sus palabras cuando se estrelló el magnetófono. No tiene nada, Piao. Nada. Sólo las palabras que le dijo a usted y a las paredes de la sala de interrogatorios 4. Los ladrillos, inspector jefe, no hablan.

Piao saca del bolsillo superior de su guerrera un pequeño magnetófono plateado.

–Tomé precauciones adicionales, camarada comisario jefe.

Zoul, sorprendido.

Piao coloca el magnetófono encima de la mesa. Rebobina la cinta. Palabras… aceleradas, comprimidas, invertidas.

Aprieta un botón, palabras hacia delante, deprisa. El sonido cortado, otro botón, el sonido de una silla estrellándose contra una pared, seguido del de una mesa tirada al suelo. Plástico que se rompe cuando el magnetófono se encuentra violentamente con el cemento de la pared. Y luego una voz, ronca y colérica.

«¡Cómo se atreve a insultarme, usted, que es carne de *Ankang*! Yo trabajo por un objetivo más elevado, por una República Popular nueva y mejor. Si unos mierdas, como esas putas o sus inspectores, interfieren en ese proceso, se consideran simplemente bajas de guerra. Yo no me disculpo por servir a los intereses de nuestra gran nación.»

El sonido de Qi pateando el magnetófono. Más palabras cargadas de cólera.

«Bajas de guerra, y habrá muchas más antes de que se haya completado ese proceso.»

Ahora la voz más tranquila. Las palabras, menos fracturadas.

«Usted necesita un signo que le muestre el camino, el nuevo sendero luminoso, inspector jefe Sun Piao. ¿Ha mirado últimamente su correo?»

El sonido de pies en el pasillo más allá de la sala de interrogatorios.

«Se ha terminado el tiempo, inspector jefe.»

Se abre una puerta, pies en la sala de interrogatorios, luego el sonido de la puerta de la sala de interrogatorios cerrada violentamente de una patada y Piao que desconecta el magnetófono.

–Buenas pruebas, inspector jefe, pero necesitará más, mucho más que eso para empapelar a un *cuadro* como Qi.

Pero el inspector jefe sólo había oído a medias a Zoul cuando volvía a escuchar la cinta. Se concentra en las palabras de Qi, en cada una de ellas. No sólo en las respuestas que él quería oír.

–Es una triste realidad de la vida que en nuestra República Popular los excesos de esos *tai zi* queden sin investigar, sin castigo. Todos tenemos que aprender un juego, Piao. Un juego en el que hay que ser muy preciso y andarse con mucho cuidado, o se sufrirán las desagradables consecuencias.

Escucha. La cinta gira lentamente. Las palabras de Qi sin matices.

«Usted necesita un signo que le muestre el camino, el nuevo sendero luminoso, inspector jefe Sun Piao. ¿Ha mirado últimamente su correo?»

El camarada comisario jefe, de espaldas a Piao, mira por la ventana.

–¿Qué es eso, inspector jefe?

Un botón apretado violentamente. Otra vez. Otra.

–¿Qué pasa, Piao?

«¿Ha mirado últimamente su correo?»

Otra vez.

«¿Ha mirado últimamente su correo?»

–¿Hay algún problema, inspector jefe Piao?

Zoul se da la vuelta, pero la puerta de su despacho ya está abierta. Fuera, en el pasillo, sólo el sonido de una limpiadora enfrascada en sus cosas y el sonido de pies. Unos pies que corren.

*

Una caja, quizá de unos cincuenta centímetros cuadrados, bien envuelta en papel marrón y atada con bramante blanco. Con cuidado, como si llevara a un recién nacido en brazos, Piao la traslada al cuarto de baño. Su instinto y las palabras del miembro del EPL le llevan a la bañera, donde deja el paquete en el mismo centro.

–¿Cuándo llegó?

–Hará un par de horas, por mensajero. Firmé por ti.

Ahora sólo Rentang nota el brillo del sudor en la cara del inspector jefe. El pesado alzarse y el descenso brusco de su pecho.

–¿Qué pasa, Piao?

Suelta el bramante y lo tira. Dedos bajo la cinta adhesiva que lo cierra. Papel marrón arrancado como piel de cebolla.

–Sal del cuarto de baño. Llama al DSP. Quiero que venga alguien de la oficina del forense. Ahora mismo.

–¿Qué es eso? ¿Una puta bomba?

–Llámalos. Ahora. Ahora mismo.

Piao ya la conocía, la parte peor de todo aquello.

Rentang sale del cuarto de baño, casi corriendo. El inspector jefe se apoya en la puerta. Un súbito impulso, casi incontrolable, de correr. De escapar.

Arranca la cinta del plástico y el envoltorio con burbujas. Súbitamente consciente del color de la sangre que se filtra por el descascarillado esmalte de la bañera, que forma charcos en el agua que queda del grifo. Y, entre una abertura del envoltorio con burbujas, un mechón de pelo, enmarañado, ensangrentado. Y el olor... olor al puesto de un carnicero, a carne con la fecha de caducidad pasada.

Deja con cuidado la cabeza cortada en la bañera. Alisa el enredado mechón de pelo. Ventanas del alma, sus dedos por encima de los ojos del viejo. Se deja caer al suelo. Pero la mirada de Piao nunca se aparta de la cara del viejo vagabundo. Los de la oficina del forense estarían ya en camino. Látex y polvos, bolsas para pruebas con autocierre y distanciamiento profesional. En camino. Pero al menos treinta minutos para sentarse, esperar, mirar.

Estrella el puño con violencia dos veces en el borde de acero colado de la bañera.

–Cabrones. Cabrones.

El dolor, la purga para un intenso dolor, mitiga parcialmente la culpabilidad al darse cuenta de que no sentía la muerte de un buen camarada, sino que lamentaba haberse quedado sin un testigo, el único testigo. Que le dieran por culo a la vida que era capaz de depararle un trabajo así. Siempre el trabajo. Habría llorado, llorado por el viejo camarada, llorado por sí mismo. Pero no estaba seguro de cómo hacerlo. El trabajo le robaba hasta las lágrimas.

Capítulo 21

De noche todos los gatos son pardos

No dejes sola a tu hija. No la pierdas de vista. Que no quede fuera de tu alcance. Lejos de tu influencia. Aunque una chica sea «agua derramada», tiene su valor.

Que trabaje duro del alba al crepúsculo en los campos sembrados de piedras. Y luego en casa hay cosas que hacer. Y lavar, siempre lavar.

Naturalmente que tu hija puede proporcionarte dote. Puede que si es lo bastante guapa se convierta en concubina de un funcionario del Partido. Regalos, puede que un coche, un pequeño apartamento. Aunque él huela mal y no te respete, pensarás en la familia y en la obligación que tienes de mantenerla.

¿Y si es una *yeh-ji*? Hay muchos turistas, mucho dinero en sus perfumados bolsillos. Dólares, yenes, euros. Otra vez, mucho por tan poco. Haces lo que te han dicho. Cierras los ojos, si lo tienes que hacer. Durante esa hora perteneces a hombres, eres propiedad de ellos. Durante las horas posteriores eres propiedad de la familia. Sí, una «faisán salvaje». Una hija así te puede proporcionar dinero: yuanes arrugados y muy usados a paladas.

No dejes a tu hija sola. Como ves, una hija puede tener mucho valor. No la pierdas de vista, protégela, o una sombra puede salir de una sombra y robarte a tu hija en la noche.

*

Los «cuatro viejos». Costumbres, hábitos, cultura y modo de pensar. Mao Zedong quería forjar una identidad china nueva, libre de las restricciones de los «cuatro viejos». Sus guardias rojos erradicaron otros usos «viejos»: prostitución, concubinato, venta de esposas, esclavitud. Todo ello abolido. Pero el tiempo pasa. No sólo con el movimiento de unas manecillas por la esfera de un reloj, también en los corazones, en las mentes de las personas. El tiempo pasa. Ahora dos de cada cuatro estudiantes chinos de primera enseñanza nunca han oído hablar de Mao. Enséñales su cara en una taza, una chapa, una fotografía monocolor con mucho grano, y te mirarán con asombro.

«En el Rojo Oriente se alza el sol,
allí aparece Mao Zedong.»

El tiempo pasa. En un parpadeo. Ahora existen nuevos alicientes económicos. Se promulgan nuevas leyes.

Vete a las regiones pobres, no a los rascacielos con hoteles que dominan el Bund. Nada del cromo, el neón y el olor a Aramis de los bares cercanos a la orilla del río. Vete a la provincia de Guizhou. Treinta y siete millones de habitantes luchando por ganarse la vida. Los Miao, Dong, Bai, Shui, Yi, Bouyei. Las manchas de terreno de cultivo entre escarpadas formaciones kársticas, suciedad entre los dedos de los pies, trabajadas para alimentar a demasiados «estómagos con dos manos incorporadas». Vete a las regiones pobres. Los «cuatro viejos» son los «cuatro nuevos». Tener dinero contante y sonante, y un «estómago con dos manos incorporadas» menos es un aliciente tentador para vender a la hija de uno como esposa, como prostituta, como esclava.

Vete a las regiones pobres. En ellas, ni una calle ni un *long* que no sepa de una chica que haya sido secuestrada. Atrapada cuando iba camino del mercado del pueblo de al lado o de la casa de su abuelo. Trasladada más allá de las montañas que parecen impedir que se salga de Guizhou. Será esposa por ocho mil yuanes, esclava por diez mil yuanes. Siendo prostituta, sale un poco más cara. Trabajará mucho y duro para ti. Y cuando los turistas hayan vuelto a sus casas en reactores plateados, regresando con sus esposas de boca de uva pasa. Y cuando los trabajadores inmigrantes ya no tengan yuanes... te traerá cigarrillos. Medio paquete por meneársela con la mano. Un paquete entero por una mamada. Nunca hay escasez de clientes. Vivirás bien con una hija así, con una puta así que trabaje para ti.

*

En sólo un año las autoridades encontraron a ciento diez mil mujeres y las devolvieron a casa. En la pequeña ciudad de Zunyi, donde Mao casi obtuvo el poder sobre el Partido Comunista, en la década de 1930, liberaron a ochenta y cuatro de una banda que las había secuestrado. Los jefes de la banda, ejecutados. Y piensas: ¿cuántos conocerían las palabras del Gran Timonel sobre la igualdad de las mujeres en el nuevo sendero luminoso de la República Popular?

«Las mujeres sostienen la mitad del cielo...»

En sólo un año, 1999, mil ochocientos niños robados volvieron con sus familias.

En sólo un año, 2003, trece mil niños rescatados, y esto, por un gobierno central que incluso se resiste a reconocer que existe el problema. La pobreza machaca la provincia de Guizhou, que nunca destacó por exportar nada, y ahora es conocida como centro de la industria del secuestro.

No dejes a tu hija sola. «Agua derramada», difícil de encontrar una vez que son camareras en los bares de Hong

Kong, los burdeles de Shanghai. Difíciles de encontrar. Una puta se parece a otra. Pregúntale a cualquier comisario del DSP. Coincidirá en lo que dice y en cómo lo dice.

«De noche todos los gatos son pardos.»

Capítulo 22

Cuatro informes
Una cinta magnetofónica…

El *xunhuacha*, té de pétalos de rosa, sabe a ciruelas caídas al suelo y lluvia de última hora de la tarde. Otra taza, luego otra. Extendidos ante él, cuatro informes, cuatro mujeres jóvenes, tres muertas, una todavía viva. Pero todas marcadas por la navaja barbera del *tai zi*.

Piao busca qué cosas tienen en común. A veces, cosas sin importancia tienen importantes consecuencias.

Una prostituta, Lan Li, y otras tres chicas que son cualquier cosa menos eso. Estudios en centros caros, privados. Buenas estudiantes, buenas chicas con un estilo de vida sin ninguna relación con el arroyo. Nada que pueda haber atraído hacia ellas la atención de los *tai zi* del EPL.

Fechas y lugares de nacimiento, diferentes. No fueron al mismo colegio, no vivían en el mismo barrio, no tuvieron las mismas amigas. No tuvieron intereses ni historia política comunes. Todas habían sido miembros de la Liga de la Juventud del Partido, pero en distintas ciudades o barrios. Todas buenas chicas comunistas, que habrían hecho que los labios rojos de Mao esbozaran una sonrisa.

Mueve la cabeza.

Otra taza de *xunhuacha*, otro China Brand. Lee hasta que los ojos se le cierran por agotamiento. Pero no quiere dormir. Sabe que allí tiene que haber algo que permita establecer relaciones. Algo que había atraído la hoja de un *tai zi* a su suave piel.

Pero no quiere dormir por otro motivo al margen de su insomnio autoimpuesto... en lo más oscuro y profundo del sueño sin duda estarían los ojos sinceros del viejo vagabundo.

Ficha del *danwei:* datos desde la cuna hasta la tumba, cada uno examinado y vuelto a examinar. Semejanzas, pero nada que las ligase entre ellas en vida o en muerte, excepto la muerte misma.

Fichas del comité de barrio, fichas del Partido, fichas personales.

Se pasa el dorso de la mano sobre sus ojos cansados en busca de algo ordinario que señale lo extraordinario. Fichas finales, fichas insignificantes, fichas que en absoluto se ocupaban de las jóvenes, fichas sobre los antepasados, padres, detalles, fechas. Cuatro informes. Los examina todos por turno, uno después de otro. Sabe que lo que tenían en común debe estar allí.

Derrama el té cuando se inclina para agarrar la ficha de los padres de Lan Li, diferente de las otras que han matado, pero no sólo porque ella aún poseía vida, mientras que ellas no. Lan Li, una chica, «agua derramada», abandonada por sus padres, ricos y con buenos contactos, que deseaban un hijo... «diez mil onzas de oro». Lan Li, ahora una *mei ming*, una «sin nombre». Entregada al instituto de Asistencia Social número 2 de Shanghai, en la isla Chongming, una cinta continua que llevaba directamente a la muerte o a una casa de putas. Mientras que las otras tres, también de origen social políticamente correcto y estilo de vida relativamente privilegiado, habían llevado unas vidas regaladas, lo único que conoció Lan Li fue el rechazo y el abuso. Nunca volvió a ver a sus padres, pues ellos nunca te vuelven a ver. Piao mueve la cabeza. Un agua de la que él había bebido.

Agotado, toda su atención centrada en lo que ve. Nombre del padre. Fecha de nacimiento. Edad. Ascendencia. Profesión... profesión. Taza en el suelo. Cigarrillo apagado. Ojos que examinan frenéticamente las fichas. Los dedos recorren rápidamente páginas en busca de un detalle dentro de los veinte mil que ha leído. Releído. Sabe que tiene que estar allí. Lo sabe.

Las tres chicas a las que la vida ya no poseía. Sus padres, cada uno de ellos, científico. Lan Li, su padre original, desaparecido hacía tiempo, pero ahora recordado por los lazos de sangre, también científico.

Piao, ojos cerrados, calibra sus acciones, que desembocarán en ciertas consecuencias y en otras acciones.

El *tai zi* seguramente usaba a las hijas para coaccionar a los padres. Y él no cede, mientras que a lo que crece de su propia semilla lo siegan mucho antes de que llegue el momento de la cosecha. Eres el que ha llamado a la muerte a su lado. Tú. El sabor de la muerte ahora presente en todo lo que haces. Arraigado hasta a nivel genético. Persiguiendo la propia sombra. Y valía, ese servicio para salvar la cara, ese servicio a tus amos, al Estado, al Partido... ¿valía tu hija?

*

–¿N-nunca d-dejas de comer?

Una barra de pan, que el Grande mastica enérgicamente con un lado de la boca.

–Mi madre dice que todavía estoy creciendo.

Ow-Yang, el patólogo de cosas que no tenían partes en movimiento, que tenían chips por corazón y programas por ADN, echa el agua a punto de hervir. Vapor en los cristales de sus gafas, un perfume a rosas secas.

–¿T-tu m-madre es una m-mujer grande? ¿Una m-mujer voluptuosa, subinspector?

Yaobang, la cara fruncida al pensar.

–¿Voluptuosa? ¿Puede considerarse voluptuosa una mujer de ciento treinta kilos?

–Sí, subinspector. Yo p-puedo d-decir que ciento t-treinta k-kilos son voluptuosos.

–En nuestra familia todos tenemos los huesos grandes. Lo llevamos en los genes.

Yaobang se dirige al ordenador sobre el que estaba inclinado el viejo.

–¡C-cuidado con las m-migas! ¡C-cuidado con las m-migas! Éste es un equipo d-elicado. ¡T-ten c-cuidado!

–Vale, abuelo. No pierda los papeles, joder.

Ow-Yang, moviendo un dedo manchado de nicotina.

–Ya vale con eso de «abuelo», p-pulga de la c-acabeza de un calvo. T-ten r-respeto p-por tus m-mayores.

–¿Qué está haciendo?

Ninguna reacción. Yaobang levanta los auriculares de las orejas del viejo.

–Dije que qué está haciendo, joder.

Ow-Yang aparta la mano del Grande. Se quita los auriculares. Aprieta un botón del teclado. Una representación de un altavoz. El sótano se llena instantáneamente de sonido. Ajusta el volumen.

–M-me lo d-dio tu j-jefe. Es lo que se g-grabó en un magnetófono. El interrogatorio de un *tai zi* del EPL.

–¿Qi?

–Sí. Ése es el m-mierda del EPL. D-dijo algo c-uando se m-marchaba. T-tu j-jefe quiere saber qué.

–¿Y lo puede hacer usted?

–Sí, p-pero es un t-trabajo delicado. Lo que d-dijo ese del EPL estaba en los m-mismos límites de la sensibilidad de g-grabación del m-micrófono. T-Tengo que elevar unos c-canales, f-filtrar otros, amplificar a-quí, r-reducir r-ruido allí. Delicado, lleva m-mucho t-tiempo.

Al no haber nada para él en aquella conversación virtual, Yaobang se dispuso a salir.

–Abuelo, algo me dice que a usted no le gusta el del EPL.

Ow-Yang se vuelve, mirando por encima de los cristales de sus gafas, con los ojos brillando con una vida secreta que existía más allá de los límites del *fen-chu*.

–El EPL asesinó a mi m-m-mujer y me condenó a *lao jiao*. R-redujo mi g-grado de c-camarada comisario j-jefe a esto. ¿Son m-motivos s-suficientes p-para que odie al EPL? ¿Hay algo m-más que quieras saber?

El Grande se seca la nariz con la bocamanga.

–Sí, abuelo. Entonces supongo que no pensará alistarse en el EPL para ascender.

*

Se rasca la nariz. Prepara té, más té. Justo cuando Yaobang estaba afilando un surtido de lápices, el viejo, Ow-Yang, le llama.

–Esto es lo m-mejor que p-puedo c-conseguir. P-pero n-no entiendo lo que ese hijoputa del EPL está d-diciendo.

Ajusta un botón. Otro.

–S-suena a c-canción. ¿Qué opinas t-tú, s-subinspector?

Oreja pegada al altavoz.

–Mierda, tiene usted razón, abuelo. Es una canción. El del EPL está cantando una canción.

–N-no p-puede ser. Los del EPL nunca cantan. Hacen que c-cantemos n-nosotros sus c-canciones.

–Se lo aseguro, abuelo, es una canción.

Yaobang escucha, escribe.

–Póngala otra vez.

Toma notas frenéticamente, con el papel apoyado en la rodilla.

–Otra vez. Vale. Lo tengo. Lo tengo, joder.

El Grande extiende el papel con dedos grasientos encima del tablero de la mesa. Sólo ahora ve lo que ha escrito.

–Mierda.

–¿Q-qué es lo que c-canta ese del EPL?

El Grande lo lee en voz alta.

–«Les haremos que padezcan los tormentos del fuego del infierno. Cada vez que se les abrase la piel, que se les queme del todo, la remplazaremos por una piel nueva, para que sufran todavía más tormentos…»

Ningún sonido durante varios segundos.

–Ese del EPL, ¿q-quiere expresar algo c-con esas p-palabras, subinspector?

Yaobang se dirige al teléfono, marcando el número mientras habla. El número que hará que el inspector jefe Sun Piao deje cualquier cosa que esté haciendo.

–Sí, abuelo, el del EPL expresa algo con esas palabras. Lo que pasa es que no son palabras de un *tai zi*. Las he oído antes. Son del Corán. Nuestro coronel del EPL, el camarada Zhong Qi, es musulmán, abuelo. Un musulmán enfurecido, joder.

Capítulo 23

Dos entierros

«Que todos los seres se llenen de alegría y paz...»

Barro y lluvia. Deudos de blanco sobre tierra removida siguen los pasos de las sandalias del monje. La mitad de sus palabras caen sobre corazones abatidos; la otra mitad se las lleva el viento.

Cerca de la cima de la redonda colina, la tumba. El *feng shui* requiere que se compren lo más grande que sea posible, con yuanes o *guan-xi*. Los deudos se protegen tras los parapetos de paraguas batidos por el viento. Caras lacrimosas desvían la mirada cuando bajan el ataúd al interior de la tumba. Tendrán mala suerte si no lo hacen.

Palada a palada, los deudos llenan la tumba de tierra. Sólo el sonido del barro cayendo sobre la madera, y oraciones, y súplicas meditabundas. Las narices gotearán, la ropa estará empapada, antes de que los cánticos de los monjes, de negro y con bocas de dientes de oro, las sequen del todo. Al fondo del grupo, bajo la negra nube protectora de un paraguas, un hombre demacrado y una mujer rolliza, los padres de la chica ahora conocida por la etiqueta del depósito de cadáveres atada a un dedo del pie como 35774341.

–Perdone, camarada. Soy el inspector jefe Sun Piao y éste es mi ayudante. Pertenecemos a la Brigada de Homicidios y nos estamos ocupando del caso de su hija, Xia.

Agua por las mejillas, por los labios de Piao, en un frío bautismo parlante. Él y el Grande, más allá de la gracia salvadora del alcance del paraguas. Nada cambia en la relación entre *cuadro* y campesino. Durante milenios nunca cambió nada.

–Hemos venido a presentarles nuestros respetos. También hemos venido a hacerles unas preguntas.

Miradas de asombro. La madre se lleva la mano a la cara. Le brotan lágrimas de los ojos y caen silenciosas por el espeso maquillaje.

–¿Ahora? ¿Quiere interrogarnos ahora, mientras están dando descanso eterno a nuestra hija?

–Reconozco que esto no es lo habitual, pero lo mismo pasó con la muerte de ella, camarada.

La palabra «muerte» provoca un sollozo de la madre. Yaobang se saca un pañuelo sorprendentemente limpio del bolsillo del pantalón y se lo ofrece. Un rechazo de manos gordezuelas.

–Tome, señora...

El brazo del Grande en torno a la cintura de la mujer la guía a ella y al paraguas hacia un oasis de más paraguas.

–Deje que esos dos hablen un poco. Yo escucho bien. Cuénteme lo guapa que era su hija, Xia, de pequeña.

El marido observa los pasos inseguros de su mujer al cruzar el barro hacia la tumba. Piensa en la frialdad de los sepulcros. Piensa en lo delgada que era su mujer cuando se casó con ella.

–¿Tengo otra elección que no sea contestar a sus preguntas, inspector jefe?

–Siempre hay elecciones, camarada científico. Hasta los presos en *lao gai* pueden elegir que les peguen con el palo o con la correa de cuero. ¿No es eso un buen ejemplo de principios comunistas bien aplicados?

Ya inquieto, como todos en cuanto ven los brillantes botones metálicos de la guerrera del DSP, y consciente de que el inspector le había llamado «camarada científico».

–¿Qué es exactamente lo que quiere, inspector jefe?

–Exactamente. Una palabra excelente. Eso es lo que me gusta de los camaradas que han pasado por los rigores de una licenciatura en ciencias en la universidad. Exactitud. Pero deje que yo sea exacto con usted, camarada científico. Por lo menos tan exacto como pueda en un caso que nos mantiene como ranas que miran el cielo desde el fondo de un pozo. Cuatro hijas de padres científicos, atacadas, mutiladas. Tres a las que la vida ya no posee. Padres científicos cuyas fichas están llenas de datos, atiborradas de detalles, excepto sobre el proyecto al que se dedican en la actualidad. ¿Qué le pidieron, camarada científico?

Silencio. Sólo la lluvia y los cánticos de los monjes.

–Le amenazó un *tai zi,* un delfín del EPL. Se llama Qi. Harían daño a su hija. A una hija tan guapa. Usted acudió a su superior, que le hace promesas. Le dice categóricamente que no haga nada, que no diga nada. Que no tenga miedo, le tranquiliza. Su hija estará segura. La protegerán. Pero en el rincón más oculto de su corazón, usted no le creyó, ¿verdad, camarada científico? Tenía razón en no creerle. Su hija no estaba protegida. Ese *tai zi,* tengo sus palabras en una cinta. ¿Sabe cómo describió la cruel muerte de su hija? La llamó «una baja de guerra».

Silencio, palabras que cesan, deudos que se alejan de la tumba, siguiendo al monje colina abajo. Una mirada inquisitiva de los negros ojos de la mujer al marido.

–Ella no lo sabe, ¿verdad? Camarada científico, ¿su mujer no sabe que su hija murió porque usted no le dio a ese delfín lo que quería?

–No, no lo sabe.

–Un duro precio, camarada. Un pesado secreto con el que cargar. Pero yo aliviaré algo de ese peso. Esos hombres, el delfín, los *tai zi,* no escaparán de las manos de la justicia. Se lo prometo por los antepasados.

El camarada se gira, la mirada de su mujer se desvía.

–El servicio que ha prestado usted a su profesión y a nuestros jefes del Ministerio de Seguridad, los secretos que ha mantenido y el alto precio que ha pagado al hacerlo, no puedo prometerle que sea reconocido nunca. Pero será vengado.

Silencio.

–Pero para conseguir eso me tiene que ayudar. Debo saber qué es lo que mereció la vida de su hija. Debo saber qué es lo que mereció la vida de otras tres jóvenes. ¿Qué importancia tiene? Camarada, estamos parados cerca de la tumba de su única hija. Ella era inocente. Ayúdeme, por favor. Debe ayudarme.

Silencio.

–Estoy aquí para ayudarle.

–Eso es lo que dijo mi *tong zhi* superior. Y ahora yo no soy más que un *guang guan*.

–Camarada, las «ramas secas» no tienen la información precisa para hacer daño a esos miembros del EPL. Cuénteme el secreto que guardan usted y sus camaradas científicos, y yo seré su puño en un guante de acero.

Silencio. Sólo la lluvia y su recorrido cíclico. El inspector jefe se desabrocha la guerrera, buscando en los bolsillos más profundos, y saca una pequeña agenda.

–Este número. ¿Sabe qué es este número?

Silencio. Nerviosos, los ojos del camarada científico. Busca una escapatoria. En él todo se balanceaba sobre un precipicio.

–Uno de nuestros inspectores puede haber muerto por culpa de este número.

–Yo no puedo hablar de eso.

–Sabe qué es este número. El hecho de que no pueda hablar me dice que sabe lo que es, camarada científico.

El camarada científico ya se alejaba. En la cuesta de la colina quedan sus pasos, que vuelven a la parte más antigua del cementerio. Lápida junto a lápida, como fichas de dominó a punto de caer. Los nombres ya medio borrados. Lo devuelven a la estilizada chica de campo a la que había cortejado; han pasado treinta años y ahora es una mujer rolliza con gustos caros.

Piao, empapado y cegado por la lluvia, sacude la cabeza. Una última petición gritada contra la furia del viento.

–Por la memoria de su hija, dígame algo. Lo que sea. Cualquier cosa, camarada.

Se vuelve desde donde está, junto a la oscura mirada inquisitiva de su rolliza mujer. Vuelve la vista entre la lluvia, entre las lágrimas, y sus labios se mueven. Sus palabras, con el fuerte viento, sólo un susurro dentro de un rugido.

–Mao Zedong. Sur de Kiangsi. 20 de agosto de 1933.

*

Dos entierros

La Gui Ji Li Bai Tang, la iglesia comunitaria de Shanghai, se alzaba en la calle Henshang. Una esquirla de cristiandad en el blando muslo de dioses extranjeros y sus profetas orientales.

A un miembro fiel de un partido que se describe a sí mismo como «más importante que Dios» le resulta difícil entrar en una iglesia. Es casi imposible. La regla, todavía en los estatutos escritos del Partido, es que a los ciudadanos que tengan creencias religiosas no se les permita formar parte del Partido. La estrella roja de la República Popular lo eclipsa todo.

*

Una pequeña antesala, oculta en las entrañas de la iglesia. Una pequeña y nerviosa congregación. Los ojos se vuelven cuando entran ellos. Un instantáneo olor a incienso, disimulos y dioses secretos. Las palabras del sacerdote vacilan, se detienen. Ojos que reparan en las estrellas que relucen en las hombreras, en los botones metálicos de las guerreras. Piao se sienta, asiente con la cabeza, la liturgia de la eucaristía continúa. Palabras sembradas de inquietud en un improvisado altar, una tela blanca bordada que cubre la astillada mesa.

–Esto no está bien, jefe.

–Trata de esforzarte para que los pies te entren en un zapato nuevo. Es religión, nada más que religión.

Una mujer completamente vestida de negro de la primera fila de la congregación deja su asiento. Camina apresuradamente hacia el fondo de la sala, hacia el inspector jefe y el Grande. Sólo levanta la cara cuando casi está encima de ellos; los rasgos de un pájaro atrapado en una red casi invisible. Un reconocimiento en los ojos de cada uno, necesidad y deber, atrayéndolos como polos opuestos de imanes. Piao abre la puerta automáticamente. La mujer pasa entre ellos. Huele a lágrimas secas y bolas de naftalina. La siguen. Espera, la mujer, hasta que las puertas se cierren del todo para escupir. Desde el fondo de la garganta, con corazón y alma. Ardiente, amargo escupitajo; en la cara del inspector jefe, un veneno con jengibre y ajo. Yaobang se adelanta para interponerse entre ellos. Mano en el hombro de la mujer que interrumpe la proximidad. Ahora todo es posible.

–Ya está bien.

El inspector jefe da un paso atrás, secando con la bocamanga el caliente escupitajo de su cara.

–Ella no me escupe a mí. No me conoce. Escupe al uniforme, al Partido, a la estrella de la República Popular. Escupe al asesino de su hija. Y esas cosas merecen que se las escupa. ¿No es así, señora? Usted y su marido, el camarada científico, han sido tratados mal, olvidados. Ningún mensaje de simpatía, ningún apoyo. Su hija está muerta y ahora su marido gravemente enfermo, y es una molestia para las autoridades.

Caen lágrimas por las marchitas mejillas de la mujer.

–Ninguna explicación de por qué la vida ya no posee a su querida hija. Veintiún años de cariño, de amor. Eso es toda una vida, toda una vida. Ninguna explicación de por qué su marido, el camarada científico, no fue protegido de las amenazas que recibió referentes al bienestar de su hija. Y ahora también él desfallece, abatido por la pérdida y la mala salud.

La mujer, una vez madre, cae hacia delante, manos en cada hombro de Piao.

–Una carta de condolencia de su jefe. Pero nada acerca de encontrar a sus asesinos.

Sus ojos se alzan hacia los de Piao, rebosando lágrimas y preguntas.

–Una madre, una esposa, necesita saber esas cosas. Mi marido cumplió con su deber y ahora ya no tenemos hija.

Sus lágrimas ardientes le atraviesan la blusa hasta la piel. Demasiadas lágrimas, demasiada tristeza. ¿Cuántas más antes de que le diluyan por completo a él?

–Una misa por mi hija. Oraciones por mi pobre marido enfermo. ¿Hay derecho a esto?

–No, señora, no hay derecho. Pero estamos aquí para investigar su muerte, para vengarla.

–No, no.

Su cara se alza desde el pecho del inspector jefe.

–Yo no quiero que se vengue su muerte. «Mía es la venganza, yo daré el pago, dijo el Señor.»

Golpecitos para que se calme. Piao le pasa la mano por el pelo. Como habría hecho su marido, de haber estado presente, y no en casa, adormilado a causa de la medicación.

–¿Y la justicia? Seguro que su religión admite la justicia, ¿no?

Lágrimas amargas, como si nunca fueran a parar.

–Señora, prometo solemnemente que se hará justicia con los que perpetraron ese crimen sin motivo contra su hija y su familia.

Muchas preguntas escritas en los labios de la mujer. La bocamanga de Piao le seca las lágrimas.

–Las preguntas de sus ojos, señora. No las haga ahora. No me pida que le cause dolor con las respuestas que le podría dar. Pregúnteme únicamente cuando haya encontrado a los asesinos de su hija. Cuando ese bálsamo haya curado las heridas. Por ahora, señora, lo que necesito es su ayuda. Su marido participaba en un proyecto especial de algún tipo. No hay notas, no hay archivos a los que tengamos acceso. Raro, muy raro. No sabemos qué era ese proyecto. Pero necesitamos saberlo. Puede que la naturaleza de ese proyecto fuera lo que le produjo tanto dolor. Las presiones a su marido, las amenazas a la vida de su hija.

–Pero es que yo no sé nada. Nada en absoluto. Un hombre tan callado, mi pobre marido. Un hombre tan responsable. No hablaría de esas cuestiones. Nunca habla de su trabajo. Nunca.

–Me gustaría verle, señora. Hablar con él. Puede que él quiera...

–No. No. Mi marido está demasiado enfermo. Ahora no habla de nada, de nada. El silencio ha ido penetrando poco a poco. Los médicos dicen que ha perdido el habla y con ello la cordura. Nuestra hija está en el cielo. Al haberse ido, sólo queda el infierno.

–¿Era biólogo?

Ella asiente con la cabeza.

–¿Se reunía con sus colegas? ¿Los otros que participaban en su trabajo?

–Un hombre callado, un hombre responsable. Mantenía su trabajo y a sus colegas separados de su vida en casa.

El Grande continuó con las preguntas.

–¿Hay algo más que nos pueda decir, señora?

Ella niega con la cabeza.

–Señora, es importante. Por favor, aunque esté sumida en un profundo dolor, trate de pensar en algo que haya dicho el camarada científico.

–Pero si ya le he dicho que no había nada. Hay…

Un balbuceo. Palabras que se hunden en el silencio. Piao le pasa la mano por el pelo. En otro tiempo negro, ahora gris.

–Estaba fuera durante días. A veces semanas. Yo me preocupaba por él. Le preparaba comida para que se la llevase. Un escrupuloso a la hora de comer, mi marido. Muy escrupuloso. Pero siempre se negaba. Siempre. «¿Para qué llevar arena a un desierto?», decía. «Es lo único que hacen allí, cultivar alimentos. El mejor terreno de la República Popular…»

–¿Dónde, señora? ¿De dónde estaba hablando?

–De Shuihuzhuan.

–*A la orilla del río*, ¿no, señora?

–Era su libro favorito. Y ahora…

Piao al Grande.

–Los ciento ocho héroes de *A la orilla del río* vivían en las regiones pantanosas cercanas a los grandes lagos, Dongting y Poyang…

–Los «dos cuencos de arroz», jefe. Las llaman así porque las llanuras cercanas a esos lagos son muy fértiles.

Las lágrimas de la madre se calman al haberles dado algo que servía.

–Su marido no se equivocaba, señora. No necesitaba llevar comida a un sitio como ése. El treinta por ciento del arroz de la República procede de allí. Pero la cuestión es, ¿por qué llevaban a un sitio como ése a un camarada científico durante semanas seguidas?

Piao empuja para abrir las puertas de la antesala. La mujer, la madre, escoltada a cada lado por los servidores de un Partido «más poderoso que Dios».

Los ojos de la pequeña congregación se vuelven del sacerdote a las guerreras con botones dorados, a las hombreras con estrellas rojas.

–Siéntese, señora, póngase cómoda. Hay mucho consuelo en un hijo de la sangre de Dios. Mucho en un hijo del cuerpo de Dios.

–¿Es usted cristiano, inspector?

Piao y el Grande ya se volvían hacia la puerta entreabierta. Más allá, sonidos del mundo a todo volumen ya en sus oídos.

–No, señora, soy comunista. Sea lo que sea eso.

*

La Plaza del Pueblo, una hora contemplando los primeros ensayos del Festival del Ejército Popular de Liberación. Camaradas de las granjas colectivizadas traídos en autobuses. Cerdos, tractores dejados de lado por un día. Mujeres con leotardos demasiado pequeños o demasiado grandes. Bragas, blancas, rosas, azules, asomando por los agujeros del elástico. Desfilan, giran a la izquierda cuando se les ordena que lo hagan a la derecha; a la derecha cuando se les ordena que lo hagan a la izquierda. Sobre el estrado, una crisis artística; el frustrado grito del coreógrafo.

–Prestad atención. Prestad atención a lo que digo. ¿O es que sólo estáis acostumbradas al gruñido de los cerdos?

El Grande se da la vuelta, quitándose ceniza del cigarrillo de la corbata.

–A lo mejor ser un buen comunista consiste en esto, ¿eh, jefe?

Piao enciende un cigarrillo con la colilla del que acaba de terminar. La vida, la muerte; su ciclo está en todo. Da una profunda calada al China Brand. Como si fuera la primera. O la última. Pero seguro de que el Gran Timonel no había hablado de leotardos demasiado pequeños o demasiado grandes en sus pensamientos sobre la «flor fragante» que era la ideología marxista.

*

La nota pegada al teléfono de la Brigada Antivicio en el sótano del *fen-chu* era breve. Dos nombres en neutros caracteres negros escritos a máquina. Los dos últimos científicos, biólogos, cuyas vidas habían caído del cielo al infierno con el paso a la otra vida de sus hijas.

El Grande arranca la nota del auricular. Se entera de una sola mirada, y con ella, el sonido de puertas que se cierran con violencia. Dos puertas. Al padre del cuerpo ahora conocido como 3577434 la vida ya no le poseía. Suprimida por su propia mano mientras la tinta todavía se secaba en la ficha que se había abierto en la investigación sobre la muerte de su hija. Y el padre del cuerpo ahora conocido como 35774352, desaparecido. Perdido de vista por su familia, amigos, colegas. Lejos de su cariño. ¿Por qué temer la negra noche cuando se ha apagado la luz de tu mundo?

Aprieta la nota formando una apretada bola, el Grande, y la tira hacia la papelera más cercana. Falla. Dos vidas perdidas escritas en un papel que rueda por el suelo para unirse a muchas otras notas de papel arrugado.

Capítulo 24

La camarera puede que tuviera diecinueve años. Bragas rosas que quedaban a la vista cada vez que servía una mesa. Cada vez que su micromini abandonaba ligeramente el plano horizontal. Diez mesas que servir, y los mismos idiomas saliendo de sus brillantes labios escarlata. Francés, inglés, alemán, japonés, italiano, ruso; ni un idioma en que no pudiera decir, con la entonación y el acento correctos:

–El servicio no está incluido.

Ni una mesa que no atendiera antes que la de ellos. Al del rincón más alejado, el *dahu*, dos teléfonos móviles, una boca. Al *cuadro* bañado en colonia más cercano a la barra, los empresarios entre palmeras, comparando megabites. A las esposas de los funcionarios del Partido, doctrinas en varios idiomas, Dolce y Gabanna en el cuerpo.

–Tres Tsingtao.

Los ojos de la camarera, muy pintados, se alzan hacia los focos del cielo.

–No servimos Tsingtao.

–Tres Suntory.

–No servimos Suntory.

–¿Y Reeb?

Niega con la cabeza, su pelo en punta con laca no se mueve. Los ojos de Yaobang buscan la ayuda de su inspector jefe. O si todo lo demás fallaba, de Rentang, «el Mago». Piao en un susurro.

–Prueba con Heineken.

El Grande, tímidamente.

–¿Heineken?

La camarera le pone una lista de bebidas negra y dorada en los dedos manchados de salsa de pimienta picante.

–Somos un tequila bar. Sólo servimos tequila.

La cara de Yaobang, tan vacía como la página del bloc de pedidos de la chica. Sus hombros de panda se encogen.

–¿Qué es tequila?

El Mago se hace cargo de la situación y agarra el menú de bebidas de su mano.

–El tequila es una bebida típica de México.

–En México también tienen disentería. Eso no significa que la quiera también.

–Es la bebida nacional mexicana.

–Entonces, ¿cuál es nuestra bebida nacional, jefe?

–El té.

–¿El té? Eso da una imagen muy emocionante de la República Popular. El propio Mao se debe de estar removiendo en su reverenciada tumba.

Mueve la cabeza.

–Mandamos cohetes Larga Marcha al espacio, la nación más poderosa y prolífica de la tierra, y nuestra bebida nacional es el té.

En su cara, una mezcla de agravio y sed.

–Debería ser por lo menos el *Maotai* o el *Dukang*. Voy a escribir al presidente de mi *shiqu*. No, joder, a mi representante del Partido en el Comité Central.

La tranquilizadora mano de Piao en su hombro. Unas palabras incluso más tranquilizadoras a su oído.

–Piensa en Estados Unidos, subinspector. Piensa en su bebida nacional.

–¿Cuál es, jefe?

–La coca-cola.

Se ríe. Té y coca-cola… no hay competencia. Se siente instantáneamente mejor. La camarera empezaba a guardarse el lápiz. El dedo de Rentang se cierne sobre el dorado.

–Yo tomaré tequila Cuervo Especial con sal y limón. Doble.

Los ojos de Piao se encuentran con la pintura de los de la camarera.

–¿Tienen Perrier o Evian?

–Sí.

–Tomaré la que sea más barata.

La camarera mira a Piao como si alguien se lo acabara de quitar de la suela del zapato de diseño.

–La más barata es Evian.

–Entonces tomaré Evian.

–Yo también tomaré otra.

El Grande recupera la confianza.

–En realidad, que la mía sea doble, joder.

La chica se aleja deprisa, el *dahu* atrae su atención. Labios con la sequedad de una conversación a dos bandas por ambos Nokia. El Grande mira, pero el destello de la braga no llega a producirse.

–Un bar agradable. Estamos ascendiendo en el mercado, ¿eh, jefe?

–Lo que quiere decir es que por qué nos trajo aquí, a no ser que se trate de malas noticias. Y conociéndote, Sun Piao, noticias peligrosas –le interrumpe el Mago.

Llegan las bebidas. Rentang, con su lengua gris, chupa la sal blanca del pálido dorso de su mano. Un trago de tequila. Muerde el limón. Su voz, varias notas más aguda.

–Bien, sorpréndenos, inspector jefe. Sólo tenemos seis personas a las que la vida ya no posee. Seguramente podrás mejorar eso.

–Siete.

El Mago se atraganta. Tequila, limón, sal, por la mesa.

–¿Qué?

–Siete. En el cuarto de baño, el paquete que tú le firmaste al mensajero. Era la cabeza del viejo, el vagabundo. Nuestro único testigo.

–*Dao-mei. Dao-mei.*

El inspector jefe vierte la Evian sobre el hielo. Sobre el limón. Bebe despacio. Yaobang sigue todos sus movimientos. Escupe violentamente la Evian en el tablero de la mesa.

–Mierda, es agua, joder. Yo no he bebido agua desde que tenía doce años.

Piao se lleva el vaso a la frente. Su frescor aporta algo de claridad, algo de cordura a la demencia que se acelera dentro de su cabeza.

–Sí, agua cara con una etiqueta. La etiqueta al parecer es la parte más importante.

Yaobang aparta su vaso.

–Entonces, jefe, ¿qué coño va a pasar?

–Estamos en Antivicio, y tenemos unas fauces poderosas.

Piao da sorbos de agua.

–Tenemos un asesino en serie, el coronel Zhong Qi, el *tai zi* hijo del comandante en jefe de la *Kan Shou Jingbei Si Ling Bu*, de Shanghai. El asesino probable de dos compañeros del DSP. El que mutiló a una joven y es el posible asesino de al menos otras tres. Y el que probablemente también ordenó el asesinato del vagabundo que era nuestro testigo principal de la muerte y tortura de Di y su ayudante.

El dedo de Piao traza rayas en la condensación de su vaso.

–Su padre, el coronel jefe, no podrá estar orgulloso de un hijo así.

–O a lo mejor sí, jefe. Ese hijo de *tai zi*, una bebida de la misma botella de la que me han hablado.

–Las pruebas que tenemos contra ese *tai zi* son éstas. La declaración del viejo vagabundo, la declaración de Lan Li, las pruebas en el vídeo de las obras del Estadio Nacional. Durante mi breve entrevista con él ese *tai zi* admitió también los asesinatos de las jóvenes y de nuestros compañeros. Los llamó «bajas de guerra».

–Entonces lo tienes, Sun Piao. Tienes a ese arrogante *tai zi*, el hijoputa. ¿Qué más pruebas necesitas?

Alza el vaso para brindar.

–Buen trabajo, inspector jefe. Ahora todos podemos irnos a casa.

Piao baja cuidadosamente el brazo del Mago.

–No es tan sencillo como eso. Nunca es tan sencillo como eso. Al menos en la República Popular.

–*Ta ma de*. ¡No es tan sencillo! ¡No podría ser más sencillo!

El Grande rodea con el brazo el escuálido cuello del Mago.

–Amigo mío, el jefe tiene razón, no es tan sencillo como eso, joder. Las pruebas no son suficientes, uno también debe saber de política.

Rentang se libra de las atenciones del Grande.

–De lo único que sabes tú, gordo, es de tu estómago.

Mueve la cabeza. Con cada movimiento, el susurro de un conjuro contra la mala suerte.

–*Dao-mei. Dao-mei.*

Termina su copa.

–¿Qué es lo que está pasando? Las pruebas no son suficientes. ¡Mierda! Las pruebas fueron suficientes para que me hicieras caer en la trampa. Para que me hicieras chantaje y conseguir que te ayudase.

–Parece, lo reconozco a regañadientes, que ese *tai zi* tiene razón. Nuestras pruebas no son suficientes para cargarle con esos asesinatos. Ese asesino en serie tiene amigos en las altas esferas, muchos amigos en muy altas esferas.

Rentang hace señas una vez más a la camarera. Yaobang coloca los vasos vacíos en el extremo más alejado de la mesa. Un destello de rosa de recién nacido cuando la chica repara en ellos. Ignora la sonrisa, el guiño del Grande. Pide más tequila.

–Tengo que preguntárselo, jefe. Todo eso musulmán, ¿qué coño es?

Un asentimiento de cabeza del inspector jefe.

–Es del Corán. Un sura, una oración, una súplica. Sura 4: 56.

La palma de la mano del Mago hacia la cara del inspector jefe. Que se olvide de las palabras.

–Te lo dije. No quiero oír más palabras. Seis muertos…

–Siete –corrige el Grande.

–Siete muertos. Yo no quiero ser el octavo.

Piao le ignora.

–También sabemos de las tres chicas y de Lan Li, de los padres de todas ellas, que son, o eran, científicos. Todos biólogos.

–Eso tiene que ser drogas, jefe. Yuanes fáciles. Especialmente para esos jodidos *tai zi.* Viajan a donde quieren. No necesitan permisos de viaje del *danwei.* Son un sueño para la distribución.

Termina su vaso el Mago.

–*Tai zi* del EPL, asesinatos en masa, oraciones musulmanas, *cuadros* en las altas esferas. Ahora drogas. Somos muertos andantes. No escucharé más. *Dao-mei.* Nada más.

–Tienen que ser drogas, jefe. Esos *tai zi* tienen más dólares que células en el cerebro. Son famosos por eso. Probablemente cocaína.

Un asentimiento de cabeza del inspector jefe.

–Podría ser.

Unas palabras para sí mismo, de Piao. Apenas un susurro. Palabras, el armazón del que colgar unos pensamientos.

–«Bajas de guerra.» Pero ¿bajas de qué guerra?

–A lo mejor de una guerra por drogas, jefe. Puede que esos camaradas científicos ya participaran en el tráfico de drogas. A lo mejor proporcionaban ayuda como expertos a una tríada.

–Podría ser. Podría ser. Zoul quiere todo lo que tenemos. Quiere que se lo entreguemos todo. Fotografías, vídeos, cualquier prueba de los forenses, archivos. Que le digamos dónde está la chica, Lan Li.

Las palabras del Mago, sin matices debido a la mordedura del tequila.

–Bueno, pues hazlo, Sun Piao. O dejas el caso o destruyes las pruebas. Quítatelo de encima.

El Mago niega con la cabeza.

–Pero no vas a renunciar a este caso, ¿verdad? Vas a hacer que nos maten, joder. ¿Y por qué? ¿Por qué?

Yaobang no necesita pensarlo antes de replicar.

–Por Di y su ayudante. Por todas esas jóvenes llenas de cortes. Por el viejo cuya cabeza mandaron por mensajero. Por eso. Todos fueron hijos de alguien, joder.

El brazo del inspector jefe cae sobre los hombros de Yaobang.

–Aciertas. No dejaré el caso. Esos camaradas asesinan con tanta libertad como nosotros respiramos. Hacen pedazos a la humanidad como si fuera papel higiénico. Se consideran por encima de nuestras leyes porque son *tai zi*.

Da unas palmadas en la espalda del Grande.

–Yo represento la ley. Sean *cuadros* o campesinos, yo no hago distinciones. Les demostraré que no quedan fuera del alcance de nuestro largo brazo. Pero no os obligaré a ninguno de vosotros a que me acompañéis por ese camino. Si no queréis participar en lo que estoy haciendo, marchaos ya.

Saca del bolsillo interior un sobre marrón enrollado. Lo deja con violencia encima de la mesa.

–Las fotografías y negativos que tengo están dentro de este sobre. Todos. Ya os podéis marchar. Llevadlas con vosotros. No habrá reproches.

Rentang se pone de pie, empujando con fuerza su silla contra la mesa.

–No pasa nada. Sólo voy al servicio. ¿Qué le pasa a nuestra República Popular cuando un camarada honrado ni siquiera puede ir a echar una meada?

Ven al Mago perderse de vista.

Quince minutos viendo ocasionalmente las bragas rosas de la camarera. Yaobang es el primero en hablar.

–Se está tomando su tiempo, jefe. No volverá. Probablemente se habrá largado por una ventana de atrás. ¿Qué opina usted, jefe? ¿Cree que volverá?

–Estamos en la República Popular. Aquí dejamos que los ciudadanos elijan, o algo parecido, a diferencia de algunos otros países.

–Cierto, jefe. Pero puede que en ciertas situaciones fuera mejor que no eligiésemos, joder.

Sonríe cuando la camarera se inclina sobre una mesa para retirar un vaso.

–Entonces, ¿qué hacemos ahora, jefe?

El inspector jefe ignora la pregunta.

–Nos están siguiendo.

–Ya lo sé, jefe, los vi pegados a nuestros talones. Un Beijing negro, un BJ 750.

Asentimiento de cabeza.

–¿Quiénes cojones son, jefe?

–Podría ser cualquiera, menos alguien que nos desee larga vida. Por cierto, necesitaré algo de ayuda con Tsung, el oficial del EPL. Me fijé en él. Es un huevo con moscas alrededor.

Yaobang sonríe torcidamente.

–Y las moscas nunca acuden a un huevo que no esté algo roto, ¿eh, jefe? Veré lo que puedo hacer, jefe.

Piao agarra un cubito de hielo del vaso. Lo funde con el calor de sus dedos. El agua se desliza por su mano, su muñeca, recordándole el *Ankang*. Su corte helado le recuerda las marcas de suicidio de un anciano.

Se abre una puerta, se cierra una puerta. Rentang con paso medido, digno, vuelve a la mesa. El inspector jefe ya sabe cuáles serían sus palabras.

–Seguiré ayudándote. Soy un idiota, pero te ayudaré. ¿Qué quieres que haga?

–Lo que mejor haces, Mago. Encontrarnos cosas en tu ordenador que nos informen de nuestro coronel Qi. Cosas que tengan pinchos para clavárselos en la yugular y en la yugular de otros. Encuentra también el modo de entrar en ese archivo que está tan protegido.

–El del código de cuarenta bits. Ya tengo a uno para que lo veas, Sun Piao. Un pirata informático, el mejor.

–¿Y...?

Hasta la idea de decir el nombre le produjo un amargor en la lengua, como si una píldora estuviera deshaciéndose en su interior para sumirle en un sopor.

–*Ankang*. Necesito saber quién fue el que consiguió que me soltaran. Quién fue el que hizo que me encerraran.

–Será difícil. *Ta ma de*. Muy difícil.

–Pero con esas cosas es con lo que eres bueno, Mago. Con las cosas difíciles.

Se saca un papel del bolsillo. Piao lo deja sobre la mesa.

–Esto también. Escribí estas palabras pronunciadas por la boca de un camarada científico.

Mao Zedong... sur de Kiangsi... 20 de agosto, 1933

–Encuentra algo relacionado con ellas.

Un gesto de cabeza a la camarera. La pluma de la chica recorre rápidamente la hoja de su bloc de cuentas.

–De eso se trata, Mago. Eso es lo que debes hacer.

Cuenta en mano, se acercó la camarera sin siquiera molestarse en mencionar en ninguno de los diez idiomas que el servicio no estaba incluido. Decidió que eran una causa perdida en cuanto los vio entrar en el bar.

Un cementerio de dientes. El Grande sonríe, echándose hacia delante con un susurro confidencial.

–Supongo que a una chica como tú no le apetecerá ir al cine con un hombre como yo, ¿eh?

Un movimiento de su melena, un tirón al dobladillo de su minifalda cuando empieza a alejarse, hacia la mesa del *dahu*, con la vista fija en el color de las lentes de contacto del hombre.

*

Visión de una tribuna desde el sedán. Breve e interrumpida por el flujo del tráfico. Quinientas jóvenes en leotardos; más ensayos del Festival del Ejército Popular de Liberación. Una bolsa de empanadillas de chile muy picante en el regazo que suponen una hemorragia de grasa para sus pantalones. Un trocito de cielo detrás de Nanjingxilu, pero Yaobang no disfrutaba de nada. Cemento en la boca del estómago.

–Lingling, jefe. Fue Lingling la que quiso sacarle del *Ankang*.

–¿Mi mujer?

Con sólo esas palabras se activan un centenar de cintas sin fin. Recuerdos de recuerdos. Los aparta con dificultad. Pero en su nariz todavía permanece su perfume, en las puntas de los dedos, la seda de su piel. La mirada del inspector jefe regresa a la Plaza del Pueblo.

–Lingling quería que usted saliera del *Ankang*. Me llamó por teléfono. Me dijo que cuidara de usted. Como si necesitara que me lo dijera, joder. Fue su *guan-xi* lo que le sacó de allí. Pero Zoul debe de saberlo también.

Ninguna respuesta del inspector jefe.

–Le pregunté el precio. «No hay precio para un marido», dijo ella…

–¿Por qué no me lo contaste antes?

–Lo siento, jefe. Creo que se lo conté. Pero estaba usted tan débil cuando lo soltaron del *Ankang*. Y…

–¿Y?

–Ella dijo que decírselo a usted pondría en riesgo nuestras vidas.

Un espasmo al arrancar el sedán. Sacudida del chasis, vibración de las ventanillas.

–En todo lo que interviene Lingling siempre hay riesgos.

En el espejo retrovisor, un cuadro del Gran Timonel con un ojo, y un grupo de rostros confusos asomándole por la boca.

–Lo siento, jefe. Debería darme cuenta de esas cosas, joder.

Fuxingdonglu, antes de que el inspector jefe fuera capaz de hablar otra vez. Y entonces sólo recurriendo a un ejercicio de respiración circular que le había enseñado una psicóloga en el *Ankang*. Tres segundos respirando por la nariz. Tres segundos conteniendo la respiración. Tres segundos expulsando el aire por la boca. La psicóloga era joven, guapa. Él todavía la recordaba joven, y guapa, incluso en el *Ankang*. Él no se fiaba de las que no tuvieran pechos que se moviesen o se balanceasen.

–Tenías que habérmelo contado. Entre amigos las palabras son diamantes y fáciles de intercambiar.

Una profunda exhalación cuando se detuvo en un stop. Como un exorcismo. La mano de Piao dentro de la oscura bolsa grasienta de empanadillas que rodaba pringosa por encima del salpicadero.

–¿De Mama Lau o del puesto de la calle Jingling?

Sonriendo, el Grande levanta una gruesa empanadilla grasienta hacia el parabrisas, como si estuviera buscando un defecto en un diamante poco frecuente.

–De Mama Lau, naturalmente, jefe. ¿Quién se cree que soy, un muerto de hambre, uno que despellejaría a una jodida pulga?

Capítulo 25

No sabes cómo suena un violín hasta que lo tocas.
No sabes lo profundo que es un río hasta que lo cruzas.
No sabes si un recipiente nuevo pierde agua hasta que lo llenas.
No sabes si tu amante te quiere o no, pero ¿cómo comprobarlo?

Canción de la montaña de los chinos hakka

Piao, el Grande, con los días, cuentan cuatro BJ 750; idénticos en pintura, matrícula y conductor. Pero para el ojo adiestrado, cuatro diferentes Beijing, cada uno con sus señales y rasgos distintivos propios.

El coche que ellos llamaban Mao. Una pequeña abolladura en forma de uve en mitad del parachoques trasero del Beijing. Encima del faro delantero derecho, dos mellas dejan ver la pintura gris de abajo. En la ventanilla lateral del conductor, un arañazo horizontal en el ahumado del cristal.

El coche que llamaban Breznev tenía un ligero hundimiento en la parte del conductor y un arañazo en forma de «S» debajo de la manilla de la puerta del copiloto. Aparte de un par de abolladuras en el mismo centro del parachoques trasero.

El coche que llamaban Nixon. En la luz lateral trasera del lado del pasajero, una pequeña grieta. Matrícula trasera, inclinada a un lado, de izquierda a derecha.

El coche que llamaban Zhou Enlai. Le faltaba la goma al limpiaparabrisas izquierdo. En la puerta del pasajero, hundimiento justo debajo del marco de la ventanilla. Parachoques posterior, dos abolladuras, ambas en el lado del conductor.

Por la esquina de la cortina, Mao, una calle más allá, en sombra. En su interior de terciopelo, ojos atentos miran por unos prismáticos muy potentes. Olor a cigarrillos fumados hace mucho, sobacos apestosos, entrepiernas sudorosas, y charla sobre el trabajo bien hecho, quizá sobre una chica que gritó mucho por los cortes de la navaja barbera.

Se dirigen al sedán, arrancan y se ponen en marcha. Obrar con normalidad, pero preguntarse qué es lo normal. ¿Debo andar así? ¿Debo conducir así? ¿Mirar a ese lado?

Una velocidad constante, la sombra del Beijing sin despegarse, nada de movimientos bruscos, pie en el acelerador. Al cruzar el Wusongjiang, ocho puentes como cajas torácicas, venas que entran en la arteria, aumenta la circulación. Delante, vibración de luces rojas, circulación en incómodos tirones y sacudidas. Un hilo con un nudo que pasa por el ojo de una aguja. Xizanglu. Beijingxilu. Xinzhalu. Beijingdonglu. Una bruma, calor y gasóleo... metal plegado, cristal, alquitrán combado. Luces que brotan. La circulación se despeja y Piao avanza con más comodidad. Detrás de un Taxi de la Amistad y un viejo y machacado Fiat, el Beijing; sujeto como un perro negro por una cadena de eslabones metálicos. Pasan en verde los últimos semáforos del mismo borde del cruce, la circulación de delante se mueve. Piao pisa el freno, revoluciones, velocidad, indicadores disminuyen. El coche de delante pasa en amarillo. Piao detiene suavemente el sedán junto a los semáforos.

Desde Beijingxilu, un camión se mueve con rapidez, entre la muerte de luces amarillas.

Piao hace avanzar el sedán, girando cuando el semáforo cambia a verde. Sólo el sedán, el Taxi de la Amistad, hacen el giro. El camión Liberación los pierde, ruedas traseras que patinan, ruedas delanteras que se bloquean. Una máscara de concentración en la cara del conductor, manos frenéticas. El viejo camión se balancea violentamente deteniéndose y bloqueando el flujo del tráfico desde el extremo de Xizanglu del Hongkou. Un coro de cláxones apretados por una multitud de codos. Manos que salen por ventanillas de cristales bajados en frenética gesticulación. Detrás del viejo Fiat, unos ojos observan desde un Beijing 750 negro cómo se pierde cómodamente de vista un Shanghai Sedán bajando por Beijingdonglu hacia el parque de Huangpu.

Ojos vigilantes en el Beijing 750 negro cuando el conductor de un camión Liberación salta de su cabina. Se lleva las manos a la cabeza. Examina los daños a la carga que se ha derramado y aplastado. Al menos veinte minutos para discutir y luego barrer a un lado de la calle el revoltijo. Veinte minutos, si tuviera escoba. Los palés astillados, las bandejas rotas, cinco mil cruasanes aplastados, los mejores de la antigua concesión francesa. Sí, por lo menos veinte minutos si hubiera tenido escoba, que, naturalmente, no tiene.

Sólo cuando pasan junto al parque Huangpu comenta el Grande:

–Un montón de yuanes todos esos cruasanes. Habrá que pagar a los primos.

Piao asiente con la cabeza, las matemáticas de la situación ya dan vueltas en torno a su cerebro. Cruasanes a diez fenes cada uno, traducidos en botellas de whisky. Muchísimo whisky por muchísimas migajas.

*

Beidaihe, mar de Bohai

Un «día de bandadas», cuando miras hacia el cielo y ves el rito de generaciones y generaciones. La confluencia de rutas aéreas sobre Beidaihe y sus hoteles parques temáticos. Sobre sus palacios de la Ciudad de los Destellos Nocturnos y sus *zhau-dai-suo* rodeadas de cortante alambre. Ríos estacionales de aves que unen el nordeste de Asia, el sur de China, Indochina, Australia, África. Hileras de cintas negras, galones que se entrecruzan. Grullas grises, grullas siberianas blancas, grullas de corona roja, lejos de casa y volando hacia más lejos. Un susurro, no susurrado, las llama a un lugar que sólo conoce la hélice de su ADN. Ningún idioma en esa voz. Ninguna palabra, sólo una llamada que dispara acciones y respuestas.

Una nostalgia. Una nostalgia de la que ni siquiera sabías que tuvieras nostalgia.

*

–Hay que joderse. Vaya sitio, jefe.

Susurros, aunque estén por lo menos a treinta metros de distancia. Observan la casa desde las entrelazadas sombras color aceituna oscura de los castaños. Una *a-yi* con joroba. Un control de seguridad, construido como un cuartel general del Partido, macizos ladrillos y una sensación de permanencia. Una puerta exterior claveteada encajada en una cerca de cinco metros de altura con alambre afilado por arriba que protege la *zhau-dai-suo* del mundo exterior. Un timbre, un sistema de intercomunicación y, encaramada encima de la puerta, una cámara de videovigilancia.

–Cuanto más alta la cerca, más poderoso el *cuadro*.

–O aquellos con los que duerme, jefe.

De sombra en sombra, al moverse entre árboles, hierba exuberante, rodean la cerca oeste, alcanzando el frente de la *zhau-dai-suo* y la cerca este, en busca de un punto débil que no existe.

Se acercan a la esquina y oyen, antes de verlos, el mar y la playa; con prisa como uno en los inciertos minutos de un día que va penetrando en la noche. La *zhau-dai-suo*, su acceso privado a la playa, podría ser su punto débil. Al bajar por el camino pavimentado, pasa una corriente constante de personas. Ahora sobre la arena, a la luz, se desvanece, y de pronto están allí, como si las olas que se habían alzado del mismo vientre del mar ahora estuvieran adquiriendo una forma líquida que se mueve. Dos siluetas a las que sigue una silueta más oscura. La silueta de una mujer delgada, muy delgada. Su largo y gracioso brazo se estira, su mano se apoya cariñosamente en la cabeza de un niño muy pequeño. Los dedos se mueven por su delicado pelo. Incluso desde muchos metros de distancia, el placer sensual del sencillo acto, evidente, y para Piao un momento de dolor casi insuperable. *Nemma bai nemma pang*. Debería ser mi niño, mi hijo.

Justo tras ellos una tercera figura. Pelo negro, traje, zapatos, del tipo de zapatos que se llevan a un entierro.

Más cerca. Pensando en comida caliente, en bebida caliente, ya preparadas, que esperan. La mujer, animada, habla al niño, pero las palabras se pierden entre el sonido de olas metálicas que rompen en la playa metálica. Mira directamente a Piao cuando se acercan uno a otro. Ella no le conoce, pero él la conoce a ella como uno conoce su propio reflejo en un espejo.

En los ojos de ella asoma el reconocimiento, se forma una pregunta en sus labios. Él, el inspector jefe, mira al vigilante de seguridad que le sigue los pasos. Los ojos se dilatan. Él también nota la descarga de adrenalina. Su sabor, quizá de años que van a ser interrumpidos inmediatamente. Un retiro que nunca se va a cobrar.

La mano de ella pasa de la cabeza del niño a su propia cara. Movimiento de barrido de la guerrera del vigilante de seguridad cuando los dedos de éste buscan el acero. Una pistola frente a otra pistola. Piao, una mano encima de la otra mano, apunta. Un obsceno dedo anodizado en una posición intransigente. Gritos.

–Tírela.

Yaobang se mueve lentamente hacia el flanco, pero no se atreve a sacar su pistola. El vigilante de seguridad, atento a cualquier posible movimiento. Piao, consciente de que se había encogido como una bola, convirtiéndose en un blanco más pequeño. Ya recibiendo la bala. Grita lo más alto que puede.

–Tírela.

Y ella, todo el tiempo callada, paralizada. Su hijo se le agarra protectoramente. El cuerpo de ella le envuelve, un algodón húmedo, refugio materno.

–Tírela.

Una mirada desesperada a la mujer. El vigilante de seguridad busca una señal. Derramar sangre o perdonar. Un gladiador con un traje barato a la espera de que los pulgares señalen arriba o abajo.

–Tire la pistola. Tire la jodida pistola.

Luego la voz de ella.

–Haga lo que le dice.

Un sonido, en aquel instante el mejor sonido del mundo: la pistola cae a la arena. Yaobang se precipita a recogerla. Saca su propia pistola, su negra boca crispada en la nuca del huesudo cráneo. No se necesitaban palabras.

Durante unos segundos Piao mira hacia el mar. Se recupera, desgarrado por pensamientos opuestos. Enfunda su pistola. Se dirige a la mujer; sus palabras sin ensayar suenan estúpidas.

–No hay necesidad de gritar, Lingling.

–¿Por qué iba a gritar asustada una mujer cuando ve a su marido?

*

Ahora oscuro, casi incapaz de verle la cara. Las palabras que decía él, en la oscuridad, parecían al margen de todo.

–Vete al videocomunicador de la entrada. Dile al otro vigilante de seguridad que salga de la casa. Dile que te preocupa un agujero de la cerca en la entrada trasera a la playa. No digas nada que le alarme. No hagas nada que le alarme.

El videocomunicador pulsado. En alguna parte del interior de la *zhau-dai-suo,* un monitor ocupado por la cara de una mujer.

–*Ni nar*.

–Hay un agujero en la cerca. Necesito enseñársela al vigilante de seguridad, mándelo aquí fuera.

–Naturalmente, señora.

La voz frágil, de vieja. Quince segundos después se abre una puerta, se cierra. Pasos pesados en el sendero de guijarros. Más cerca. La puerta exterior, abierta. Un instantáneo olor muy desagradable a Tabac falso, mezclado con sudor avinagrado. Un brazo que sale de la oscuridad le rodea el cuello. Otro con una pistola se aprieta contra su sien.

–Respira demasiado alto y será la última vez que respires.

El inspector jefe en su otra oreja.

–Yo haría caso de lo que está diciendo. Últimamente ha estado muy estresado.

Sudor en la cara de cerdo del vigilante de seguridad.

–¿Dónde está la *a-yi*?

–En la cocina.

Le registra. Una navaja. Una pistola, con la culata gastada por el violento uso.

–¿Dónde está la cocina?

–La última puerta a la izquierda, al fondo del pasillo.

–¿Alguien más en la residencia?

Nada. Una presión más intensa, un arañazo.

–Pregunté si había alguien más en la residencia.

–No.

Se mueve hacia la mujer en sombra. Inalcanzable por la videocámara de vigilancia.

–Tenemos que hablar, en privado, de modo extraoficial.

–¿De modo extraoficial? ¿Hay algo que sea «extraoficial» en el DSP, en ti, Sun Piao?

–¿Tienes un sótano o una habitación sin ventanas para encerrar a éstos y la *a-yi*?

–Y si no te lo digo, Sun, ¿qué harás? ¿Romperme el brazo? ¿Tratarme como le trataste a él?

Los ojos de ella, sólo un instante, miran al gordo vigilante de seguridad. Sangre en su oreja y en el cuello de la camisa. Las cortantes palabras de Lingling dan en el blanco. ¡Que ella llegara a pensar aquello de él! Pero a lo mejor esa violencia siempre había estado en el horizonte de su visión. El refugio final frente a las palabras.

–Limítate a decírmelo, y a decírmelo ahora.

En los ojos de él algo que ella nunca había visto antes. Algo rastrero. Un feo residuo del *Ankang*.

–Hay un sótano debajo de la escalera principal.

Yaobang hace bajar a golpes a los vigilantes de seguridad por el doble tramo de escalones hasta el sótano sin ventanas. Un tintineo de llaves contra madera con muchas capas de pintura. La mujer y el niño avanzan con Piao por el pasillo con moqueta roja hacia la cocina. Cajas por todas partes, cajones de embalar. Pasan junto a ellos en silencio. Dentro de la cocina un chillido, apagado, calmado. Un cacharro cae al suelo. La mujer lleva a la *a-yi* por el codo, con el Grande, al sótano. Durante unos minutos el niño se queda con Piao en la cocina. Un niño pequeño, pálido, pero con la fría belleza de su madre. No inspiraba simpatía, pero impedía que se apartase la vista de él debido a su perfección. El niño observa al inspector jefe con mirada seria, sin pestañear, de modo inquietante, haciendo que Piao piense en sus zapatos sucios, en el agujero del calcetín, las lunas crecientes negras de suciedad debajo de las uñas. Que un niño pudiera hacer eso le desconcertaba. La mujer que todavía era su esposa regresó a toda prisa. Un brazo protector sobre los hombros del niño como para defenderle de una amenaza innombrable pero terrible. Para el inspector jefe, el dolor no disminuía. *Nemma bai nemma pang*. Debería ser mi niño, mi hijo. ¿Pensaría lo mismo ella?

–Tenemos que hablar. Creo que deberías acostar al niño.

–Se llama Kang, igual que su padre.

Meados y trajes estrechos. El septuagenario miembro del Politburó cuya cama había calentado ella. Cuyo encogido miembro había endurecido para conseguir una vida mejor para ella, alejada de la pobreza. Lejos de un inspector jefe que sólo podía ofrecer ideas variables y poco prácticas del amor.

–Reconozco el nombre de su padre cuando lo oigo. Mete al niño en la cama. Ahora.

Escalones de madera sólida, tan oscuros como el chocolate negro. Paredes forradas de seda con cuadros, originales, colgados. Flores de los «Intimistas del jade», Wang Shimin y Wang Yuanqi. Un paisaje de Yun Shouping. Pintado usando los «cuatro tesoros del artista»: tinta en piedra, tinta en barras, recipiente para el agua, pincel. En los descansillos, hornacinas decoradas con valiosos objetos de porcelana. «Famille rose», capullos de rosa, «empolvados» por el mismo aliento del artesano. El color marrón, soplado al objeto con la ayuda de una caña de bambú obturada por un trozo de gasa. Pero principalmente se fija en las cajas llenas de objetos envueltos en papel de seda. Cajas por todas partes, como si alguien se estuviera mudando de casa. No un traslado impulsado por el pánico, no una huida, sino una retirada planeada, organizada. Con cuidado, con tiempo.

En el primer piso, el dormitorio del niño. Por la ventana, el mar y el cielo color tinta, en una aguada continua. Observa cómo ella se ocupa del niño, le prepara para el viaje nocturno. Un beso. El niño sigue con la vista la sombra de su madre que se hace más pequeña según salen de la habitación. Su universo, y ella lo único dentro de él.

El dormitorio de Lingling es espacioso. Un espacio femenino, delicadamente vulnerable. Encima de un antiguo tocador, un grupo de fotografías con marcos de plata y dorados. En cada fotografía, ella del brazo de un hombre. Cada hombre, del brazo del poder; un miembro del Politburó, un capitoste de la industria, un dirigente provincial, un ministro del gobierno.

Una puerta con dos hojas lleva a la terraza. La noche llena de vida por el sonido del mar, las olas invisibles que rompen en una playa invisible. Cortinas que ondean con la brisa nocturna embalsamada con hogueras de madera de alcanforero y perfume de jazmín. Encima de la gran cama con colcha de raso, almohadones indios con cuentas. Almohadones tailandeses de seda. En la pared sobre la cama, otro cuadro original de Yun Shouping. Su precio equivalente a lo que Piao y todo el *fen-chu* se gastarían en cerveza durante los próximos diez años. Pero lo único que atrae su atención de verdad son más cajas pegadas a la pared del fondo. Más papel de seda a la espera de envolver recuerdos entre sus suaves pliegues. En la hilera de arriba de la caja, a medio envolver, un pequeño y sólido marco de plata antigua contiene una fotografía de Lingling y el niño… la familia que podría, debería haber sido la suya. Entre ellos, un hombre de aspecto llamativo, perfecto en todos los sentidos. Un brazo sobre los hombros de Lingling, la otra mano en la cabeza del chico. Los dedos largos, suaves, con anillos de oro de un *cuadro* entre el pelo del niño. Incluso después de tanto tiempo le sorprendió la profunda quemadura del dolor. Se libra de ella, como ha hecho siempre. Se libra de la quemadura.

Cuando alza la vista, ella se ha sentado en el borde de la cama; su pareo entreabierto dejaba verle las piernas. Granos de arena de matices dorados en olas estáticas por sus pantorrillas. Ahora le costaba recordar las veces que él había pasado las manos por la sedosa suavidad de aquellas piernas, recorrido con unos labios de respiración anhelante hasta donde la parte interior del muslo se une a la parte interior del muslo en un dulce beso salado. Le costaba recordar algo de su vida en común, excepto el dolor. Sí, el dolor. Lo recuerda. El primer recuerdo, el último recuerdo.

–El *Ankang*.

Ella sonrió, estirándose hacia un cuenco de lichis. Unas garras escarlata a las que habían hecho la manicura eligen entre el dorado, el rosa, el moreno. Su otra mano rechaza la palabra como si le repugnara.

–No hablaré de eso.

–Tengo que saber, y tú me lo debes contar porque…

–¿Por qué? ¿Porque todavía soy tu mujer?

–Sí, mi mujer.

Los lichis, carne suave en los labios de ella.

–Sólo nominalmente, Sun. Y el matrimonio es más que un simple nombre que se comparte, ¿o no te habías dado cuenta de ello?

Del sanctasanctórum de su boca sale la pepita del lichi.

–Aquí no conseguirás las respuestas. Sun, ¿se supone que tengo que darte las gracias por asustarnos a mí y a mi hijo? Por amenazarnos con una pistola. ¿Darte las gracias por entrar en mi casa con el pretexto de hacerme unas preguntas?

Tira la pepita del lichi a la alfombra, sabiendo que eso le indignará a él. Un hombre, Sun Piao, que siempre pensará en los que trabajan para limpiar lo que ensucian otros.

–Creí que habías venido a matarnos.

Piao se dirige a la ventana. Su cara, en un pálido reflejo, una creación de la oscuridad.

–¿Eres capaz de pensar esas cosas de mí?

Ella no contesta.

–La razón por la que estoy aquí no tiene que ver con lo que fuimos alguna vez. Eso pertenece al pasado.

–¿Al pasado, Sun? ¿Estás seguro de eso? ¿Al pasado?

La intensa oscuridad de la mirada de Lingling le atraviesa.

–Necesito respuestas a muchas preguntas. Te las haré aquí. Si no las quieres responder, te las volveré a preguntar en Shanghai, en el *fen-chu*.

–Si hubieras sido tan enérgico cuando eras mi marido de verdad, Piao. Pero sobrevaloras tu autoridad en un sitio como éste. En Beidaihe eres un inspector dentro de un mar de gente que hace cuanto le apetece. Puedes pasar por listo entre aquellos a los que normalmente investigas, los que viven en *longs* y huelen a alcantarilla, pero en mi mundo, con las personas a las que trato y considero amigos míos, eres sencillamente un ingenuo.

Sonríe, pero no con los ojos. Nunca con los ojos.

–En la *zhau-dai-suo* de al lado, al pasar los árboles, vive un miembro del Comité Central. Pasea por la playa conmigo y me cuenta lo poco que le gusta el sexo a su mujer. Más allá de ésa, está la *zhau-dai-suo* cercana al promontorio. Pertenece a un ministro del gobierno bien considerado. Tienen tres Bandera Roja y cuatro *a-yi*. Juego al *mah-jongg* con su mujer y ella me habla con lágrimas deslizándose por sus mejillas de los chicos jóvenes con los que le gusta jugar a juegos más íntimos. Las dos *zhau-dai-suo* de más allá de la colina. El presidente de la provincia y la casa de su ayudante. Voy de compras con sus mujeres y sus amantes. Tengo amigos influyentes, Sun. No llegarías conmigo a cien kilómetros de un *fen-chu*.

Piao se pone de pie, sin saber qué hacer con los brazos, con los pies. Se siente parte de un sitio que apesta a meados y vómitos, y sabe que es su sitio y que nunca lo dejará. Ni hablar de una vida con sedas, con vistas a paisajes que acarician los sentidos, con cuadros originales, con los olores que emanan de frascos con tapón dorado. No, no una vida como aquélla.

–Contestaré sólo lo que yo quiera contestar.

Piensa incluso en cuando ella dijo que «los que sacrifican su conciencia por ambición queman una imagen para conseguir cenizas».

–El *Ankang*, ¿has hecho tú que me suelten?

Silencio.

–Las preguntas que te hago forman parte de mi investigación sobre unos asesinatos. Muchos asesinatos. Los amigos en puestos importantes pueden recurrir a un elevado *guan-xi*. Pero los amigos en las altas esferas no desean que se les asocie con un asesinato.

Un paso más cerca.

–Mi puesta en libertad del *Ankang* coincidió con esa investigación. Vinieron seguidas una de otra con demasiada rapidez para ser una coincidencia. Tú has hecho que me pusieran en libertad del *Ankang*, lo que me hace suponer que por algún motivo estás relacionada con esos asesinatos.

Ella todavía sonríe, pero en sus ojos cálculos, valoraciones, un toma y daca.

–El *Ankang*. Sí, yo influí para que te pusieran en libertad.

–¿Por qué?

Silencio. Sólo el mar. Sólo el corazón de él.

–¿Por qué?

–No hay motivo. Fue sencillamente algo que hice.

–No, Lingling. Tú eres una persona que siempre planea las cosas.

Ella se encogió de hombros.

–No es lo que tú crees, Sun.

–¿No? Fíjate en los hechos. Dos compañeros del departamento crucificados y quemados con un soplete de oxiacetileno. Un viejo, un vagabundo, decapitado. Tres jóvenes muertas, acuchilladas con navajas barberas. Una cuarta dada por muerta en el Wusong. Una joven violada. La degollaron, como si fuera un cerdo al que iban a asar. Enterrada en un agujero que estaba lleno de hormigón.

Un paso más cerca, la sombra de él cae sobre la de Lingling.

–Y eso cuando me ponen en libertad del *Ankang*. Repito, ¿qué tienes que ver tú con ello?

En la puerta de al lado llora un niño. Se pone a llamarla inmediatamente. En la brisa de la mujer, perfume, mar, secretos. Lichis, conchas, piedras caen al suelo. Piao de rodillas recoge lo que ha caído. Los dedos de ella, sus labios, cerca de aquellas cosas. Su mujer, lo más cerca que ha estado de ella en años. Y su enfado quiere disiparse en el acto. Necesita disiparse.

Al volver al dormitorio, ella sonrie, dándose cuenta de que ha recogido lo caído en el suelo.

–Siempre tan ordenado, Sun. Casi compulsivo. Obsesivo. También en tu trabajo.

Y un susurro, un aparte, que se pierde en la noche. Se pierde para Piao.

–Esa obsesión. Será la causa de tu muerte.

Se dirige a la terraza. En su cara, brisas de África, Rusia y la India. Sitios que él nunca visitará.

–Tu *a-yi* es jorobada, sólo quise ayudarla.

Lingling no oye las palabras de él, ni siquiera se ha fijado nunca en la joroba de su *a-yi*. Regresa a la habitación desde la terraza.

–¿Por qué me pusieron en libertad del *Ankang*? La coincidencia temporal es demasiado perfecta. Mi primer caso, un embrollo con participación del EPL, el Estado, planes ocultos, y muchos a los que la vida ya no posee.

–Yo creía que ésos eran los casos que te gustaban, Sun.

–¿Conoces al *tai zi*, el coronel Zhong Qi?

Silencio.

–¿Conoces a ese *cuadro*?

–Ándate con cuidado, marido mío. La próxima vez no será tan fácil conseguir que te desentierren del *Ankang*.

–¿Qué quieres decir? ¿Es eso una amenaza, esposa mía?

Se pone de pie, pasando junto a él camino de la terraza. Piao la acompaña, le habla al oído; su susurro mezclado con la voz del mar. Como si no quisiera que nadie más del universo lo compartiera. Sólo ella, sólo las brisas de países lejanos.

–Tus peligrosos juegos traerán situaciones peligrosas, esposa mía. Ese *tai zi*, ese miembro del EPL, ¿qué sabes de él?

Trata de alejarse, pero los brazos de él la sujetan, apretándola fuerte contra la barandilla y su cuerpo. Nota la respiración de ella, enfurecida, entrecortada, contra su pecho, en contraste con las exhalaciones rítmicas del mar.

–Sólo sé que se llama así, Sun, y que es muy peligroso.

Hace esfuerzos contra el muro del cuerpo de él.

–Todos los del EPL son muy peligrosos. No les importa más que su riqueza, su poder.

–Se podría decir lo mismo de tu mujer.

–No, ellos son diferentes. Crean otro país dentro de la República Popular. Los tiempos son difíciles, muy difíciles.

–¿A qué te refieres? En esta República Popular, para nosotros los tiempos son siempre difíciles. El destino de la mayor parte de nuestros camaradas es vivir dentro de un mar amargo.

Agotada por los esfuerzos, queda fláccida contra él. Sus palabras, como una brisa demasiado débil para mantener en el aire una cometa de larga cola.

–El ministro de Seguridad está... está intentando reducir el poder del EPL. Y también la influencia de los *tai zi*, los niveles de corrupción, tráfico de drogas, prostitución, secuestro de niños.

Fugaz mirada de unos ojos negros hacia el dormitorio de al lado. Un niño, su hijo, seguro.

–Pero el ministerio está encontrando fuerte resistencia. Enfrentarse al EPL del modo que sea. Poner en cuestión cualquiera de los actos de un *tai zi*. Son cosas peligrosas, Sun.

–Entonces, ¿vuelvo la espalda a mis investigaciones y dejo que sigan libres esos asesinos en serie?

El dedo de ella le pasa por los labios; un dedo frío y suave, muy perfumado. Un impulso, insondable, a metérselo en la boca.

–Sé que eso no es propio de ti. Tú eres la tormenta que derrama lluvia en todos los tejados. Lo sé. Como lo saben tus superiores. Eso es lo que les asusta tanto, especialmente en las circunstancias extraordinarias que se imponen en este momento.

Ella no quita el dedo. Las palabras de él selladas en escarlata por su presencia.

–Tienes que andarte con mucho cuidado. Si te puedo ayudar, lo haré.

Los labios de él se disponen a hablar. Pero un segundo dedo los silencia.

–Ya has dicho lo que tenías que decir, Sun. Ahora es momento de escuchar el sonido que hace tu lluvia en los tejados de otros. Sí, yo hice que te liberaran del *Ankang* y volvieras al DSP, en lo que creía que sería un puesto seguro para ti. Hablé con Zoul y me prometió que cuidaría de que estuvieras seguro. Fracasó.

Sus ojos en los de él.

–Pero, ¿cómo impedir que sople el viento?

Los ojos de ella en los suyos y diez mil recuerdos que vuelven a la vida.

–Tienes enemigos, Sun, por tus investigaciones anteriores. Muchos enemigos en cargos importantes. No todos aprecian que la lluvia de la tormenta caiga sobre sus tejados. Arranca tejas, inunda sótanos. Tus enemigos están casi encima de ti. Están tan cerca que tú ni siquiera los ves.

Sobre los labios de él, los dedos de Lingling, pero todavía sin poder hacer la pregunta que, como la séptima ola, se alza en su interior.

–Fuiste tú, mujer mía. ¿Fuiste tú la que hizo que me internaran en el *Ankang?*

En los ojos de ella, resistencia, secretos en rincones oscuros de lugares ocultos.

–El *Ankang* fue duro, lo sé. Pero te ofrecí una protección, un sitio donde ni siquiera te pudiesen alcanzar sus brazos y los de dentro te mantuvieran protegido de los peores horrores del *Ankang*. No tengo nada más que ver, Sun. No sé nada de esas muertes ni de ese *tai zi*.

Los dedos de ella, aplacándole la fiebre de los labios, impiden las preguntas.

–Chsss. Esto no está planeado, Sun. Nunca estuvo planeado.

Sus dedos dejan lentamente los labios de él. Una sensación de pérdida instantánea. Se pregunta si se los tocaría alguna vez más. Va a hablar, pero ella le interrumpe.

–Dejaré que me hagas otra pregunta, Sun, y te contestaré sinceramente.

Y él, dándose cuenta de que ya no era un inspector, sino un marido, hace la pregunta más sencilla, y sin embargo más compleja, de todas.

–¿Por qué?

Ella sonríe, y los ojos de él ven todo lo que había que ver y que estaba oculto. Lingling vuelve la cabeza a medias, sus ojos ocultos por la noche. Mira la oscuridad del mar y del cielo. Ningún testigo de a donde besaron. Unos minutos antes de que hablara ella. La pregunta respondida sinceramente.

–Una relación no es como un informe firmado. ¿No sabías eso, inspector jefe Sun Piao?

*

Más allá de la península Shandong, avanzando desde el mar de Bohai, ensombreciendo el mar Amarillo, la lluvia, como lanzas grises, raya la oscuridad. Piao se queda dormido con la molesta nana del limpiaparabrisas.

Se despierta con un sobresalto cuando cruzan el Gran Puente. El Yangtzé del color de monedas gastadas. La luz, en un ángulo obtuso, alcanza el parabrisas entre las ramas de los árboles, como si el mismo mundo se estuviera haciendo rodajas.

Yaobang sólo se atreve a hablar ahora.

–Bueno, jefe, ¿cuál diría usted que es exactamente el secreto de un matrimonio que funciona bien?

Capítulo 26

En la República Popular China tres elementos superpuestos proporcionan al Partido, al Estado, un radar que puede seguir a cualquier camarada vaya donde vaya. Todas las veces que decida ir. El Partido, el Estado, organizan a la sociedad como un sistema de seguridad, igual que como un sistema económico o social.

El *danwei*, de la cuna a la tumba, proporciona la casa donde vives, el colegio donde estudias, la clínica para cuando estás enfermo. La adquisición de cupones para arroz, aceite para cocinar, sopa. Necesitarás su autorización, su permiso escrito, para casarte, divorciarte, tener un hijo. Un permiso de viaje para salir fuera de los límites de la ciudad. Un certificado para comprar, si tienes dinero, un coche, una nevera, una lavadora. Un certificado para enterrar a tus muertos. Un certificado para registrar a los vivos.

Los *xiao-xu*, los «grupos pequeños». Basados en las técnicas desarrolladas en las cuevas donde estaba el cuartel general de los comunistas en Yanan, en la década de 1940, adoctrinaban a los miles de diferentes miembros nuevos que se unían a la causa. Miles, separados en grupos de no más de diez, eran sometidos durante meses a lo que los comunistas llamaron «reforma del pensamiento». Estadio 1, documentos específicos del Partido que había que estudiar. Estadio 2, crítica mutua de actitudes y actividades del pasado. Estadio 3, una temporada para sometimiento y renacer. No muy distinto de la conversión religiosa. Cada individuo redactaba y volvía a redactar una confesión personal. Una y otra vez, hasta que la aceptaba el Partido.

¿Y ahora? Los «pequeños grupos» se reunirán en tu colegio, tu universidad, tu barrio, una o dos veces por semana. Los comunicados y directrices del Comité Central se leen y estudian. Cada miembro de los *xiao-xu*, por turno, escribirá un informe sobre sí mismo al Partido. Contendrá los «tres niveles» de conciencia. El primero, lo que piensas de ti mismo. El segundo, las cosas que sólo dices a los amigos íntimos. El tercer nivel, los sentimientos que te ocultas a ti mismo.

El tercer elemento del control, el «comité de calle», proporciona al Partido, al Estado, un mecanismo para vigilar a cada camarada en su casa. Sus miembros, un cruce entre inspector del edificio, confidente de la policía, asistente social y espía. Los habrá en cada *long*, en cada edificio de apartamentos. Tomarán nota de cada entrada, cada salida. Serán estrictos sobre la limpieza de los residentes, reconviniéndolos si llevan los zapatos sucios, si no barren su descansillo. Entran y registran tu apartamento siempre que les apetezca. Cuentan a los miembros de tu familia, buscando a parientes del campo que se puedan introducir ilegalmente en la ciudad. Te riñen si no lavas platos y vasos después de una comida. Un informe escrito al Partido si no tienes una fotografía del presidente del Partido en el lugar destacado del cuarto de estar.

A cada provincia, cada ciudad, se le asignan cuotas del número de niños que se les permite tener cada año. Los miembros del comité de calle deciden qué familia debe tener un hijo y qué familia no. Una persona del comité de calle se dedica a controlar el ciclo menstrual de una mujer. Si una camarada a la que no se le ha dado permiso para tener un hijo no tiene el período, se le ordena abortar. Se nombra a un miembro del comité de calle para que te acompañe a la clínica. Está presente durante el reconocimiento y luego te acompaña de vuelta a tu *long*.

Capítulo 27

Sus ojos en tu cara. Su mano en tus manos. Sus labios te acarician la piel. Es más de lo que puedo soportar

Oscuro, más oscuro, al atravesar el túnel de la calle Yanan Este. Nixon, el Beijing negro, seis coches detrás. A la salida, la parte norte del río, los semáforos en rojo. Coches que se detienen. Todo del color de tomates secados al sol. Piao sale con dificultad por la estrecha abertura de la puerta y el volante. Agachado, avanza tras el parapeto de hormigón. En sus paredes caqui descoloridas las huellas de manos, las huellas de las botas de los trabajadores que han trabajado duro para construirlo. Los semáforos en verde y pasa Nixon con un eructo de tubos de escape de gasóleo. Ojos llorosos, sale del túnel, el Grande los mantendrá en dirección oeste, Piao corre hacia el este. Un Taxi de la Amistad lo recoge en el Bund; su conductor, muy tieso, se queja incesantemente del tiempo y de que tiene que esperar para que a su mujer le hagan una histerectomía. Piao saca un billete arrugado de diez yuanes y se dirigen muy rápido al norte de Daminglu. Avanzan entre los *longs* de los alrededores del Haininglu. Neblina del río bordea la confluencia del Wusongjiang y el Huangpu, suavizando muros cuarteados, apagando cualquier sonido. Sigue las instrucciones del Grande; escritas con un bolígrafo en la palma de la mano. El Estadio Shanghai, un anfiteatro de luz, un crisol de sonidos, esta noche no hay ejecuciones, sólo fútbol. Sesenta mil voces alegres al unísono. Avanzan entre zonas superpobladas, lejos de la sombra zanquilarga del estadio. Ahora sonidos aislados, un mosaico de vida en apartamentos identificables. Niños molestos, amantes juguetones, borrachos perdidos. Fichas de *mah-jongg* que resuenan. *Renao,* vida, caliente y picante.

En el cuarto piso, el apartamento. Se mueve en silencio. Fideos que hierven, empanadillas que humean, las partes más baratas del cerdo asándose. Sube la escalera, con la boca hecha agua. Tsingtao, China Brand, pero incapaz de recordar la última vez que ha comido. Llama suavemente, la puerta del fondo a la izquierda. Tres golpes con los nudillos, una mirilla y una voz insistente.

–*Ni nar.*

La voz de una vieja. Piao susurra su propio nombre, grado.

–*Ni nar.*

Otras dos veces antes de que el inspector jefe saque su placa y la deslice, chirriando, por debajo de la puerta. Segundos de silencio y luego una, dos, tres cerraduras que se abren. Por la estrecha ranura, olor a comida, recién hecha y con especias de Sichuan, y las arrugas de la cara aterciopelada de una vieja. Un dedo en los labios, palabras susurradas.

–Rápido, el comité de calle.

Una mano tira de él.

–Mi nieto dijo que le esperara. Dice que es usted un buen hombre.

Cierra silenciosamente la puerta. El brazo de la mujer, un hueso apenas recubierto, enlazado ya al suyo, le guía al cuarto de estar. Telas ricas, alfombras tejidas a mano. Sillones mullidos, tapizados, tapetes de encaje, almohadones de tela delicada. Y olores: lavanda y árbol del té, *xunhuacha* y jabón desinfectante. La habitación, la habitación de una madre, la habitación de una abuela. Pezones que ya no tienen leche, pero todavía nutricios.

–Un buen jefe también, dice él.

Señala con un dedo retorcido hacia la cocina. Sonido de que friegan cacharros. Alguien canta una canción lánguida.

«Cuando han florecido los melocotoneros,
echado flor los crisantemos.
Mi amor quiere algo que es mío.»

–Yo fui una buena enfermera, una enfermera muy buena. Las cosas eran mejores como eran antes. Ya lo verá.

Con ayuda de él, se deja caer lentamente en un sillón. Los cojines tienen esculpida su forma después de horas sentada. En la mesita al alcance de la mano, un vaso medio lleno de *Dukang*, unas gafas bifocales de montura metálica y un libro encuadernado de cuero, ya abierto. Piao reconoce la obra, la página del *Shijing*, «El libro de las odas». La oda, *Dong Fang Zhi Ri*.

«Brilla el sol en el oriente,
esa bella mujer
está en mi alcoba.
Está en mi alcoba.
Conmigo vino a acostarse
en la esterilla.»

–Vaya usted mismo. Vea cómo está.

Una sensación de preocupación se apodera de Piao, le pica como un mosquito en agosto. Se dirige a la puerta semiabierta. La ve desde atrás. Un vestido de flores, ajustado a su busto, caderas y cintura. Su figura perfecta, la de la ola que en verano rompe lánguidamente en la orilla. Se mueve al ritmo de la samba mientras friega. Durante un tiempo sólo la mira. Escucha la letra que sale revoloteando de sus labios en un susurro desafinado.

«Primero quiere mi almohada,
y luego quiere mi cama,
y luego cree que soy su medicina.»

Al notar su presencia, Lan Li se da la vuelta lentamente. Piao tiene por primera vez la sensación de que ve de verdad cómo había sido, cómo era ahora. Puntos de sutura quitados y retirados como agujones de avispas. Vendas, gasas, desaparecidas. El cambio desde que la había visto por última vez casi le deja sin respiración. Las cicatrices aún visibles, pero como las líneas imaginarias que se trazan entre las estrellas para formar las constelaciones. Pero ahora sólo veía la pincelada curva de la ceja, la extensión de la boca, el brillo de avellana de los ojos y el fruncido de los labios.

Ella sonrió, su cara viva. Brisa de crepúsculo que cruza un campo de dorado maíz. Se seca las manos. Todavía aquella sonrisa. Labios para soñar con ellos. Bajó la vista.

–Quiero darle las gracias por instalarme aquí con la abuela de su ayudante. Me he sentido como en la casa que nunca tuve. Cuando sólo se han conocido orfanatos, residencias y...

Las palabras se van arrastradas como el agua de fregar que sale por el desagüe.

–Ha sido tan agradable estar aquí, estar a salvo. Y mire...

Se lleva las manos a la cara.

–Fíjese cómo me ha ayudado. Sabe tantas pociones secretas la señora. Siempre hay algo cociendo en el fuego.

Su sonrisa se borra. De pronto, un escalofrío recorre aquel espacio.

–Ha pasado algo malo. Lo sé.

La mano en el hombro de él, porcelana fría.

–¿Qué es? ¿Me lo tiene que decir?

La intuición, el talento más importante de la puta. Ve el espectro en el fondo de los ojos de Piao.

Éste siente culpabilidad por no ser más poderoso, no ser un *cuadro* fuerte y en un puesto elevado, y capaz de proporcionarle seguridad, de protegerla.

–Hemos detenido, acusado al hombre que le hizo esto. Tenía razón, era un *tai zi* del EPL. Tiene poder gracias al *guan-xi*, y amigos en las altas esferas.

Piao aparta la vista. Unas palabras que sabía que la iban a herir.

–Tuvimos que soltarle.

La mano de ella se retira de su hombro. Él echa en falta instantáneamente su contacto. Ella se aleja, volviéndole la espalda.

–¿Después de lo que me hizo a mí y a las otras?

Su espalda, tan suave como la suave ondulación del sauce. Un impulso a tocarla, abrazarla, como habían deseado tantos hombres y, con los yuanes suficientes, cumplido esos deseos.

–Es malvado, pero es poderoso. El asesinato no es suficiente, al parecer, para encerrar a un delfín como él.

Los brazos de ella cruzados, abrazándose a sí misma.

–Necesitamos asegurarnos de que está a salvo. En los próximos días tendrá que irse de la ciudad. La llevaremos a casa de uno de los primos del subinspector Yaobang. Estará segura, se lo prometo. Son buena gente.

–Para usted yo sólo soy una testigo. Claro que me mantendrá a salvo, hasta que le haya servido.

Se vuelve con lágrimas rodando por sus mejillas. Él había visto llorar a muchas mujeres en su vida, pero nunca tanto. Le pasa la mano suavemente por la mejilla, esperando que eso diga más que sus palabras, signifique más que sus palabras. Palabras, la tinta menos clara.

–Quiero que esté usted bien. Quiero que esté a salvo. El primo de Yaobang se asegurará de eso.

–¿Adónde me llevarán?

–No lo sé, ni tampoco mi ayudante.

Sus ojos se encuentran. Pasan muchas cosas entre ellos.

–Tiene miedo a saberlo, ¿verdad?

–Es mejor que por el momento no lo sepamos.

–Tiene miedo de que ese *tai zi* le utilice a usted para conseguir esa información. Para enterarse de dónde estoy. Para hacerme daño.

–Un delfín así tiene mucho poder y cuenta con métodos para ser persuasivo. No quiero que le vuelvan a hacer daño, nunca jamás.

Silencio, los pasos de ella. Una sacudida en su columna vertebral cuando las manos de ella encontraron sus hombros. Tan cálido su cuerpo contra él.

–¿Nunca jamás? Eso es muchísimo tiempo, inspector jefe.

Tira suavemente de él. Sus manos de nuevo en sus hombros. Electricidad. El cuerpo de ella más firme, más caliente contra el suyo.

–¿Vas a ser mi protector personal del DSP?

De pronto, los labios de ella en los suyos. Su sabor inesperado. No a billetes por miles, no a fantasías de otros hombres encarnadas en un menú encuadernado y realizadas en las curvas de su cuerpo. Sólo su sabor sin complicaciones, entregado libremente. Le devuelve el beso, suave, con fuerza. El sabor de una mujer, cómo lo ha echado de menos. Pero, ¿qué es un beso para una mujer así, cuando tantos lo han pagado?

–Tenemos mucho en común, inspector jefe. Cuando termine esto, compararemos nuestras heridas.

Sus dedos en el botón que falta en el cuello de él.

–Veo complicaciones en tu vida, inspector jefe.

–Sun.

El dedo de ella da vueltas al hilo amputado allí donde estuvo el botón.

–Complicaciones, Sun. Cuando no se tiene a nadie que le cosa los botones de la camisa y conoce a otra persona que nunca ha tenido a nadie a quien coserle botones...

Las yemas de los dedos de él recorren la curva de su cara en una despedida prematura. Ella entiende el mensaje.

–Te tienes que ir.

–Sí, me tengo que ir.

Le besa una vez más. Un segundo beso. ¿El último beso? No de neón de última hora de la noche y de labios pintados, sino de futuras esperanzas unidas a preocupaciones actuales. Lo ve alejarse, volver la vista, asombrado por la belleza de ella. Pero Lan Li ya se daba la vuelta. Letra de una dulce canción cantada fuera de tono, entrelazada con la caída del agua muy caliente.

«Cuando han florecido los melocotoneros,
echado flor los crisantemos.
Mi amor quiere algo que es mío.»

La anciana le alcanza cuando él llegaba al pequeño vestíbulo.

–Dígale a mi nieto que se ponga chaleco. Las noches son frías. Le hará caso porque le admira. La chica es una buena chica. No se preocupe, inspector jefe. Estará segura. Ahora asegúrese de que el que está seguro es usted.

Durante varios segundos examina los ojos de Piao.

–Usted tiene mucho en común con ella. Lo veo.

La mano de la mujer le empuja en la espalda obligándole a cruzar la puerta y salir a la escalera. La puerta se cierra, pero no antes de que él alcance a oír las últimas palabras de su canción. El lamento desafinado de Lan Li se apaga lentamente conforme él se marcha.

«Primero quiere mi almohada,
y luego quiere mi cama,
y luego cree que soy su medicina.»

Capítulo 28

Favor con favor se paga. Guan-xi, el aceite que lubrica las ruedas. Whisky Teacher's, el aceite que lubrica la garganta

La lancha era pequeña. Insignificante en el anchuroso río, atraviesa la prematura medianoche de la tempestad. Conscientes, incluso dentro de la protección de la mínima caseta, de las aguas del Huangpu. Un agua que debería ser dulce, pero sabe a cualquier cosa excepto a agua: vertidos de gasóleo, aliento de fábricas y huesos roídos de la humanidad.

Con la bocamanga goteando río, Yaobang señala. La tripulación de la lancha, un mongol con cara de pedernal gruñe cuando ajusta el timón.

–¿Sabes adónde vamos?

–Claro, jefe. Allí. Hay que bajar todo el río, joder.

Un relámpago, la cara le gotea cromo.

–Traté de hacerlo como es debido, documentación, jefe de puerto. El muy cabrón, invisible. De modo que probé del modo realista; testigos, oficinistas, barqueros, estibadores. La Empresa de Importación y Exportación La Cerda Alegre. Un antiguo almacén lleno de despojos de cerdo, hasta hundir el mercado.

El redoble de un trueno. Tambores lejanos.

–El empleado de un almacén de unas manzanas más allá lo vio todo. Bueno, vio la actividad y una lona que era una montaña. Tiene un juego de llaves de la Empresa de Importación y Exportación La Cerda Alegre.

Da un golpe en el hombro al mongol, gritando, señalando enfurecido.

–Oye, oye. Vira, joder. Vira o llegaremos a Taiwán.

Una violenta corrección de rumbo. Cabezas luchando contra las náuseas. Olas en atronador aplauso contra la borda de la lancha.

–Le han dejado un juego de llaves de recambio hace años. Por cuestiones de seguridad, pero no consta en ninguna parte.

–¿No lo sabe nadie?

–Exactamente, jefe.

–¿Ha estado él dentro del almacén? ¿Le ha echado una ojeada?

–Está muerto de miedo, jefe, cagado.

–Uniformes del EPL. Cuando los ve, la gente siempre se dirige en dirección opuesta.

–Se encontrará con nosotros en la orilla del río, cerca de su almacén.

Surgen viejos neumáticos colgados del hormigón, masajeados por los fuertes dedos negros del río. Un vómito nauseabundo de gasóleo sin quemar cuando al motor le ponen marcha atrás. Un intenso hedor cuando las aguas del Huangpu son batidas como en un molde de queso.

–Le dije que yo sabía adónde iba, jefe.

Cabo en mano, el mongol salta al muelle de hormigón. Mano sobre mano, lo ata frenéticamente.

–¿Y usted, jefe? ¿Sabe a dónde coño va? Lan Li, jefe. Una mujer como ésa podría ser un problema. Ya sabe lo que dicen, jefe, nunca mezcles los negocios con la jodienda.

–¿Quiénes son los que lo dicen?

–No lo sé, jefe. Probablemente los del Partido. Siempre dicen «nunca». Saben cómo decir «nunca» de diez mil modos distintos.

El inspector jefe salta al muelle de hormigón. En terreno sólido las náuseas desaparecen. Contesta con una sola palabra.

–Exacto.

Desde la sombra llega otra sombra; un hombre que hace gestos con las manos. Yaobang le responde con otros gestos.

–Ya veo lo que quiere decir, jefe. Entonces, ¿no me debería preocupar?

–No, subinspector Yaobang. Gracias, pero no te deberías preocupar.

Sigue a la figura hacia el cuarteado callejón entre las paredes del almacén. Peligro. Repentinamente consciente de la vulnerabilidad de la blanda carne y del frío calor de una pistola dormida contra una camisa de poliéster.

Sin respiración, el hombre, sus palabras furiosas entre la apertura de sus labios.

–Mil yuanes por llevarles dentro. Sin yuanes no hay trato.

El Grande se ríe. Se vuelve, tirándose un pedo.

–Quédate con el cambio de eso, gilipollas. Eso es todo lo que conseguirás de mí.

Vuelve caminando hacia el mongol y el río. Piao, al oído del encargado del almacén.

–Habla en serio, camarada. Mi ayudante no es un hombre que se ande con chiquitas. Si yo fuera usted, bajaría el precio. ¿Qué tal una botella de whisky? ¿Teacher's? Se lo preguntaré mientras esté todavía de buen humor. No recomendaría preguntárselo cuando está de mal humor.

Grita al viento.

–Whisky, haré que entren. Whisky.

Yaobang se detiene, dándose la vuelta.

–Una botella, y nada más.

Mueve la cabeza.

–Joder, mil yuanes. ¿Quién te crees que soy? Debes de

creer que soy presidente del Partido para que te pague mil yuanes. Bien, ¿y ahora por dónde?

–Por aquí. Es seguro. No hay nadie cerca. Nadie.

Pero las pistolas ya en palmas de manos sudorosas; sus sombras se desbordan sobre los ladrillos y las persianas de los muelles de carga. Llaves que salen, tintinean, y luego se introducen en una cerradura. Un negro espacio rectangular que se abre. Se meten con dificultad por él; sensación inmediata de una enorme extensión que se abre delante. Sus ojos se esfuerzan por ver en una oscuridad en la que no se puede ver nada.

–Aquí dentro descargaron. Aquí dentro. Necesitamos luz.

Ruido sordo de un foco. La espaciosa zona iluminada, pero no se ve más que un suelo lleno de cicatrices.

–Los vi cargar desde la barcaza. Aquí. Los vi. Dos bultos.

Piao sigue la baba de un caracol, gris, casi plateada con la luz. Hormigón aplastado, en polvo, desde el centro del suelo del almacén hasta donde caían las persianas metálicas. Un botón verde profundamente hundido. El inspector jefe lo aprieta. El gemido de un motor y el chirrido de una persiana que se enrolla trabajosamente.

–¿Qué está haciendo? ¿Qué está haciendo?

El almacenista corre hacia la pared de acero que se alza.

–No sea imbécil, nos verán.

Palma de la mano que busca el gran botón rojo en forma de champiñón. Piao le agarra la muñeca.

–Se han marchado hace tiempo, camarada, hace tiempo.

Recorren el muelle de carga y el foco ilumina los adoquines que llevan a donde la pista se une con el muelle y el río... un rastro discontinuo en el hormigón.

–La noche pasada es cuando estuvieron aquí.

Botón rojo. Silencio. La pared de acero se atasca.

–Es cuando movieron las cargas. La noche pasada. *Wangba dan*. Yo no estaba aquí la noche pasada.

El botón verde, un agónico quejido. La pared de acero vuelve a caer.

–¿Quién podría haber estado aquí la noche pasada?

–Nadie.

–¿Quién los podría haber visto?

–Nadie. Todos los almacenes están vacíos. No hay nadie, nadie.

–¿Nadie? ¿Está seguro?

Paseos. Palmas de la mano apretadas contra la frente.

–Yap. El viejo Yap.

–¿Quién coño es Yap?

–En la otra orilla del río. Yap. Juego al *mah-jongg* con él. El hijoputa liante.

–¿A qué se dedica?

–Yap es Yap. Recoge cosas de la orilla. Trozos de metal, plásticos, cualquier cosa que pueda encontrar, o robar...

–¿Lo ha visto él?

El almacenista ya se dirige al interruptor de la luz, la puerta. Ya saborea el fuego del whisky. De whisky japonés, Yamakazi, sólo ingerido ocasionalmente. Pero hacía muchos años que no notaba el fuego del auténtico whisky con su sedienta lengua.

–¡Lo habrá visto Yap!

Risas, toses del almacenista.

–¿Fue comunista Mao Zedong, joder?

*

–¿Cuánto me pagan, joder?

Yap, el viejo, se calentaba las manos delante de una estufa. Una chabola de trozos de madera vieja, acero corrugado, pegada a un almacén abandonado; un solo diente podrido dentro de una boca negra. Apenas espacio para ellos. A su alrededor, montones de periódicos, cajas con trozos de metal, plásticos, en cascadas estáticas.

–¿Pagar? ¿Pagar?

El encargado del almacén, ofendido; le brillan los ojos cuando se arrodilla.

–Es nuestro deber de ciudadanos, nuestra responsabilidad social, ayudar a nuestros camaradas del DSP.

Yap arroja otro trozo de madera a la estufa. Chispas amarillas se elevan a un cielo de acero corrugado.

–¿Cuánto me pagan, joder?

Con la cabeza entre las manos, el del almacén lo valora de nuevo.

–Media botella de whisky. Del bueno. No mierda de esa japonesa.

–¡Hecho!

Yap escupe en la palma de una mano dura como el cuero y la extiende. El encargado del almacén la estrecha de mala gana. Lamenta que media botella de su whisky tenga que ir ahora a aquella mano.

–Entonces, abuelo, ¿qué viste?

El profesional de la rebusca se calienta las manos, mirando a Yaobang con ojos aburridos.

–*Ta ma de*. Tienes un buen tamaño. A tu madre no le costó ni nada empujarte fuera.

–Déjame en paz, abuelo. Piensa en el puñetero whisky y cuéntanos lo que viste.

–No es japonés el whisky, ¿eh? ¿Estás seguro?

–Seguro. Ahora suéltalo.

Los ojos se le llenaron con el fuego blanco y ámbar de las brasas.

–Ayer por la noche, a última hora, yo estaba cagando ahí detrás. Había un barco, grande el cabrón, amarrado junto al almacén, el de la Empresa de Importación y Exportación La Cerda Alegre. Raro, muy raro. Una actividad tremenda. Hombres dando saltos por allí. Paisanos. Otros de uniforme... del Ejército Popular de Liberación.

–¿Estás seguro de que eran del EPL, abuelo?

–Tan seguro como que tú eres un gordo de mierda. Claro que estoy seguro, joder, ¿por quién me tomas? Total, que todos con mucha prisa y dando saltos como monos. En el almacén se alza la persiana. Cuerdas, poleas, y empujan esa carga por el suelo de hormigón. Por encima del muelle de carga y los adoquines. Buen ruido el que hicieron, joder.

Piao mira al otro lado del río, frotándose las manos y acercándose más a la estufa; el intenso calor de ésta le atiranta la piel de la cara.

–Camarada Yap, por esta parte el río es ancho, ¿viste todo eso sólo con los ojos?

–Tengo buena vista. Buena vista.

Apunta furiosamente a las órbitas inyectadas en sangre, antes de rebuscar en un gran cajón justo detrás de él.

–Buena vista y esto.

Unos pesados prismáticos de Alemania Oriental, no diferentes de los del inspector jefe. Yap limpia los cristales con su sucia manga.

–Lentes Carl Zeiss, los encontré en la orilla, este agosto hará seis años. Los mejores, los mejores con mucho. Con ellos uno puede ver Clavio. Hasta se puede distinguir Copérnico con detalle.

–¿Qué coño son Clavio y Copérnico?

Piao, una mano en el hombro del Grande, un susurro en el oído.

–Son cráteres de la Luna.

Yap sonríe.

–«Cuando el dedo señala la luna, el idiota mira el dedo.»

–Bien, camarada Yap, ¿qué más pudiste ver con tus Carl Zeiss?

–Todo.

–¿Todo?

–Todo, joder.

Piao se calienta las manos una vez más. Un escalofrío, una frialdad que no le abandona.

–Bien, camarada Yap, cuéntame qué era ese «todo, joder».

–Desde el muelle izaron las cargas a la cubierta usando una grúa. La primera no tuvo problemas. La segunda...

Mira con más atención dentro de la estufa.

–Había un viento fuerte como ahora. Una de las cuerdas que ataban la pesada lona se soltó del cable de la grúa. Volvieron a bajar la carga al muelle. Entonces empezó lo divertido.

–¿Qué fue «lo divertido»?

–Él mandó que todos los trabajadores y los que llevaban uniforme del EPL dejaran la cubierta y fueran abajo. Luego, él y otros desenredaron el lío, ataron la lona dejándola como estaba. Luego llamaron a los de uniforme para que volvieran a cubierta. Levantaron la carga y la metieron en el barco.

–«Él», camarada Yap. Has dicho «él».

–Su *ganbu* jefe. Un *cuadro* de los altos. Bien vestido, elegante.

–¿Puedes recordar algo más de él?

–Elegante, pero muy feo, el hijoputa. Tiene la cara llena de cráteres, como la Luna. Su cara, Clavio y Copérnico.

–¿Estas seguro, abuelo?

–Claro. Claro.

Observa la cara del camarada, la llama que jaspea sus ojos. Más. Había más información. Información que se resiste.

–«Todo, joder», dijiste, camarada Yap.

Una mirada dubitativa a Piao.

–Entiendo que te resistas, pero dime lo que viste con tus Carl Zeiss, viejo camarada.

El viejo vuelve la cara al fuego.

–En el muelle, cuando el equipo estaba bajo cubierta, la lona era un auténtico lío. Enredada, desgarrada, volando al viento. Tuvieron que desatarla, quitarla completamente.

Empezar de nuevo. Llevó unos quince minutos. Vi lo que estaba debajo de la lona durante por lo menos cinco, seis, de esos minutos. Cuerpos. Un gran bloque de hormigón con cuerpos dentro. *Wangba dan*. Cuerpos de chicas; varios o trozos de ellos.

Maldiciendo el día en que se le ocurrió mirar con los gemelos, escupe al fuego.

–En cuanto volvieron a asegurarlo todo, soltaron vapor y soltaron amarras. Fueron río abajo hacia el mar.

–Ése es el final del trayecto, jefe. Se dirigieron mar adentro y tiraron las cargas por la borda. No estaría mal averiguar qué barco era. Debe de haber centenares que pasan por aquí todos los días, joder.

–Cierto –interrumpió el camarada.

–Centenares y centenares. Pero no todos han sido del EPL. Barcos de la armada con las identificaciones de la armada despintadas. Y no todos tienen un nombre vuelto a pintar en la proa.

Ojos que han visto los cráteres de la Luna llenos de fuego.

–*SONRISA DE MAO*, eso llevaba pintado en la proa. La jodida *SONRISA DE MAO*.

Piao saca de la chaqueta otra botella de whisky tan dorado como las muelas de un *cuadro*. Yap y el del almacén, sus rasgos dorados por la luz naranja de la estufa.

–Una gratificación si contáis lo que habéis visto a los jueces de un tribunal popular.

Las duras manos de Yap extendidas.

–Por una botella así, camarada inspector, hasta me casaría con los jueces del tribunal popular, joder.

Capítulo 29

El Mago, gafas vivas, mil millones de píxeles que surgen, caen como una cascada. Un mar electrónico que se alza, domesticado y ondulante al mando de las yemas de sus dedos en el teclado.

–Cuando uno no puede conseguir legalmente lo que quiere. Piratea. Piratea. Piratea.

–¿Qué estás haciendo?

–Piratear. Una organización o empresa puede ser un poco más difícil, pero no excesivamente para un genio como yo.

Una sonrisa tan ancha como el monitor de diecinueve pulgadas de la pantalla.

–Un ordenador personal resulta más fácil. La mayoría de los usuarios son personas sin complicaciones y no valoran los archivos que guardan en sus ordenadores. Puede que nuestro camarada Qi conduzca un Bandera Roja y lleve gemelos de oro. Pero apostaría mi colección de pornografía en Internet a que tiene tanto cuidado con su ordenador como una *liu-mang* con sus piernas. Abiertas a todas horas.

Bebe de su vaso dorado con labios secos.

–Hasta tú, inspector jefe, podrías piratear con este método. El NetBios. El modo más fácil de piratear a distancia. Lo único que necesitas es la dirección IP de la víctima.

Piao, perdido ya, sacude la cabeza. El Mago sonríe.

–Por lo que veo, nuestro inspector jefe de la Brigada de Homicidios ya se ha perdido. Haré las cosas más fáciles.

Cada ordenador tiene su propia dirección IP. Es única para ese ordenador. Si dos ordenadores tuvieran la misma dirección IP en la red de área local, entonces los demás computadores no serían capaces de saber con qué ordenador se deben comunicar. Tú eres inspector jefe, piensa en una dirección IP como en una huella dactilar. Para piratear un ordenador debes tener su dirección IP. Ése es el problema principal, pero no insoluble.

Una risita. Un traguito.

–Si uno sólo quiere jugar, robar un archivo o dos, y que no se enteren de que entras los del ordenador, puedes piratear al azar a una víctima. Inventas una dirección IP, ves si funciona. Si no tienes suerte, sólo tienes que inventar otra dirección IP, y otra, hasta tener suerte. También puedes usar un Port Scanner. Un Port Scanner es simplemente un software que puede buscar direcciones IP por bloques con las que puedes probar a ver si entras. Uno puede descargar el Port Scanner de Internet.

Otra risa. Otro trago.

–Si quieres la dirección IP de un sitio concreto de la red, es fácil. Entras en Internet, así...

Dedos por el teclado. Flechas virtuales aprietan botones virtuales. Clic, zumbidos, ordenadores que se cantan entre ellos una canción de ballenas digital.

–Ahora se hace esto...

Números y más números.

Botón de INICIO... MARCHA... Teclear CTRL o CONTROL... ENTRAR...

Una caja negra se apodera de la pantalla con sus garras. MS-DOS Preparado. El Mago teclea.

Pinchar www.yahoo.com.

–Yahoo es un proveedor de servicios de Internet, pero puedes teclear en cualquier sitio de la red.

ENTER.

–Ahí, ¿ves?

Southern Comfort en sus labios. Perfume azucarado en su aliento. Su dedo señala. Letras blancas sobre negro.

Pinchar yahoo.com (216.115.108.245).

–Ésa es su dirección IP. ¿Ves? Cuatro conjuntos de números. En cuanto a nuestro querido camarada Qi, del EPL, ya tengo la dirección IP de su ordenador.

Saca del bolsillo un trozo de papel cuidadosamente plegado. Bordes agudos, esquinas agudas, que él despliega con precisión.

–Un poco de ayuda por la puerta de atrás, inspector jefe. Un socio en un importante servicio proveedor de Internet. El *guan-xi* hace girar el mundo, ¿no?

–¿Y qué le estoy pagando a tu «socio» por su información por la puerta de atrás, si no lo sé ya?

–No, no, no. Inspector. Nada de Marlboro. Nada de Southern Comfort para un hombre como él...

Dedos que dan golpecitos en el monitor.

–Algo mucho más dulce.

Sonríe.

–Ahora empezamos, ¿ves? Pirateo NetBios. Veremos lo sofisticado que es nuestro camarada. Esta forma de pirateo a distancia sólo funciona si la víctima que queremos piratear ha permitido que se compartan los archivos y la impresora de su ordenador personal. Ese Puerto 139 lo han dejado abierto. Veamos si nuestro estimado camarada...

Dedos, con movimientos precisos. Ratón, con coreografía inquietante.

Botón de INICIO... MARCHA... Teclear CTRL o CONTROL... OK...

MS-DOS Prompt. Su negra boca, letras blancas, se abren en el monitor.

Al lado de c:/windows teclear... nbtstat-a... seguido de la dirección IP.

ENTER.

Blanco sobre negro, cabecera. Nombre. Tipo. Categoría. Los dedos del Mago bajan por la segunda columna... cifras entre paréntesis. Su dedo da golpecitos en el monitor. Un alfabeto morse de excitación.

–Vamos, vamos, camarada Qi. Veamos el número 20. Nuestro miembro del EPL ha permitido la opción de compartir el archivo y la impresora. No tan listo, nuestro camarada que conduce un Bandera Roja.

Bebe con ganas, se enguaja la boca como un boxeador entre asaltos. Pero no escupe. Traga la ardiente zarza en llamas.

–Puedes saltarte esta primera fase si quieres y seguir a lo que estamos yendo ahora.

Sobre el teclado, unos dedos seguros. Blanco sobre negro.

–Ahora vamos a ver el disco duro que la víctima, en este caso el camarada Qi, comparte.

Teclea otra vez, junto a c:/windows... net view//.

Teclea la dirección IP del camarada Qi. Apretar... ENTER.

Blanco sobre negro. Nombres compartidos que surgen.

–Entonces sabemos, viendo los nombres de los recursos compartidos que han aparecido, que el disco duro de la víctima se llama CDISK. Ahora tenemos que pinchar una letra que no se use. La mayoría de los ordenadores personales sólo usan las letras E o F. Pincharemos M, por Mago...

Una carcajada. Un trago.

–Lo que vamos a hacer es conectar nuestro ordenador al disco duro del ordenador de la víctima. Una vez que hayamos conseguido conectar, se creará un *drive* en nuestro ordenador, que será el *drive* M, y podremos ver su contenido. Nuestro *drive* tendrá el mismo contenido que el de la víctima.

Teclea junto a c:/windows... net use w://.

Teclea la dirección IP del camarada Qi.

–Ahora se teclea en CDISK, lo que nos permitirá compartir el disco duro de la víctima. Así...

CDISK.

ENTER.

Ninguna medida de seguridad. No se requiere ninguna contraseña. Caramelo de un niño pequeño muy ingenuo. Confirmación.

ORDEN COMPLETADA CON ÉXITO

–Ya estamos dentro, inspector jefe. Indoloro, ¿eh? Un procedimiento de pirata informático que incluso tú podrías dominar.

Un clic.... Mi ordenador.

–No hay duda, Piao. Soy brillante...

Un logotipo. Una caja. Creado el nuevo *drive*, M.

–Muy brillante, joder...

Un doble clic en el *drive* M. El contenido del disco duro del ordenador del camarada Qi. Piel despellejada, carne arrancada. Huesos expuestos y blanqueados. Archivos. Carpetas.

–Y ahora dime, amigo mío inspector de homicidios, ¿dónde quieres ir hoy?

Segunda Parte

Capítulo 30

En la lengua china no hay un equivalente exacto de la palabra «conformismo». ¿Por qué lo iba a haber? En la República Popular no hay otra cosa. En la República Popular lo que uno hace es conformarse.

En la República Popular te enseñarán a que ocultes tu talento, a que no tengas individualidad, a que no destaques de la multitud. A no darte importancia. A no hablar de ti mismo. A no mencionar lo que has conseguido. Te dirán...

> «Un árbol alto será derribado por el viento;
> una piedra que asome en la orilla será llevada
> por la corriente.»

Mejor pasar sin hacerse notar, sin que te vean. Mejor que te pulan las aguas, ser moldeado por el fluir de la voluntad del río.

Estar «tan desgastado y liso como un adoquín» es una gran bendición. Una bendición a la que se debe aspirar. Significa que no has estorbado el avance de nadie, que tu carácter, tu personalidad, tus cualidades, no han destacado, no han infringido las antiguas reglas del rito y la etiqueta.

Ni siquiera debes sobresalir por tus expresiones faciales. Debes esforzarte por conseguir el anonimato del lago tranquilo, y de ese modo lo serás todo para todo el mundo. Tu expresión y lo que ésta refleja de cómo te sientes por dentro, de cómo piensas, de lo que piensas... borradas.

Te dirán que aprendas a mostrar «ocho caras pulidas como el jade». Y con el tiempo, aprenderás a dominar la técnica. Lo que eres, lo que sientes, oculto detrás de ese aspecto pétreo, pulido.

Capítulo 31

La nota enviada por mensajero, en papel con encabezamiento del DSP, era breve. Inconfundiblemente escrita por el camarada comisario jefe Zoul. La danza de tinta, confusa, de un polluelo.

Centro de masaje curativo a ciegas Jing Xuan
Calle Yi Shan, 670-674
Hoy, 6.30

Piao miró la hora en el cuadradito de la esquina derecha de la parte inferior de la pantalla: 5.25. La calle Yi Shan, en el otro extremo de la ciudad. Eso significaba que tendría que conducir contra una marea de vehículos que volvían a casa después del sonido de diez mil sirenas de fábricas. Piao vuelve la vista por última vez cuando se introduce el CD-Rom en el bolsillo del abrigo.

–Gracias.

Rentang asiente con la cabeza. Sonrisa de Southern Comfort. Un dorado que refleja su boca cuando levanta el vaso para saludar.

–No, gracias, de verdad.

El Mago, ligeramente desconcertado e inquieto. Un inspector del DSP que dice «gracias» dos veces en la vida de uno, ¿no se caerán los pájaros de las ramas de los árboles?

*

Centro de masaje curativo a ciegas Jing Xuan, calle Yi Shan, distrito de Pu Xi

Entre el vapor, visiones momentáneas de un enlosado recargado, las elevadas arcadas del techo, las columnas y los pilares. Todo en gradaciones de blanco y gris claro. Formas desnudas que se mueven entre la neblina, entran y salen del agua. Sobre altares de mármol, carne pellizcada, amasada, aporreada. Los firmes dedos del masajista en rítmica danza. De treinta a setenta *shou fa,* en tirones y golpecitos sedantes... *yin*. En pasadas, palmadas, empujones estimulantes... *yang*. Dedos como agujas en puntos *ashi*. Siguiendo el flujo de los canales, contra el flujo de los canales. El cuerpo físico en armonía con el cuerpo emocional. El *yin* equilibrado con el *yang*. Todo con tacto unido a saber, unido a las bendiciones de los antepasados. Todo hecho por masajistas entrenados desde la infancia. De niños ciegos a adultos ciegos.

*

El camarada comisario jefe Zoul alzó la cabeza de la cama de mármol. La mejilla blanca con su frío beso.

–Jing Xuan, el centro de masaje curativo a ciegas. ¿Nunca había estado aquí, Piao?

–No, camarada comisario jefe.

–El sueldo de una semana sólo por entrar. Claro que no. Lo comprendo, inspector jefe. Yo llevo viniendo muchos años. Siempre el mismo masajista maravilloso. Un lujo, lo sé, pero necesario. Estrés, tensiones, tiranteces. Nuestra vida es complicada. Más complicaciones cada día.

–Sí, camarada comisario jefe.

–Un buen sitio para verse, Piao. Aquí se hacen muchos negocios. Buen sitio para hablar, llegar a acuerdos. Llegar a entenderse.

Zoul hace una mueca ante el ballet del masajista. Carne, piel con manchas, como una gruesa ola avanzando hacia la orilla.

–Sí, llegar a entenderse. ¿En qué consiste la vida sino en llegar a entenderse?

De nuevo la séptima ola, la ola más alta. Las palabras de Zoul escapan de unos labios teñidos de púrpura. Parecen silbadas, como aire que escapa de un neumático pinchado.

–Y un lugar así tiene sus ventajas. Los masajistas, como son ciegos desde la infancia, no ven las caras, no saben cómo son las caras.

Fantasmas de blanco desvaneciéndose en el blanco. Y susurros que disimulan el *guan-xi*. Deudas, tratos, favores, sellados con los apretones de manos más breves.

–Camarada comisario jefe Zoul, ¿qué quiere usted de mí?

–Siempre con prisas, Piao. Relájese, disfrute de este lujo. Un vislumbre de su futuro, quizá.

Un movimiento de cabeza en dirección a la pared más alejada. Gradaciones de neblina, incrustada en neblina; formas que se visten y se desvisten.

–Mire, el presidente del Partido local.

El gastado armazón sobre la lámina de mármol.

–Y allí, el secretario de nuestro *danwei*. Ésos, los *tai zi* de nuestros señores de la industria, nuestros amos de Beijing. Poder y dinero. Se puede oler, Piao, ¿no? Respire a fondo. Una inhalación profunda, profunda.

Pero Piao sólo huele lo que despiden viejos corruptos. Un aroma a fruta podrida y semen revenido, a colonia y al sudor almizclado de los billetes de banco.

–Sí, puede que un vislumbre del futuro, aquí, Piao.

–¿Qué es lo que quiere, camarada comisario jefe?

Un fluir ante las manos del masajista... carne, pies, como los michelines blancos de una embarazada.

–Me interpreta mal, Piao. No es lo que yo quiera. Yo me conformo con poco, Piao. Sólo busco una vida tranquila, una existencia sin complicaciones. Pero con un inspector jefe como usted bajo mi mando, Sun Piao, eso no es fácil de conseguir. No, nada fácil. Una tormenta que descarga sobre todos los tejados, inspector jefe. Eso es usted.

«Unas palabras que ha dicho otra persona. Sí, exactamente lo que ha dicho otra persona», pensó Piao.

–Usted no es un adoquín que se haya dejado desgastar, sacar brillo, Sun Piao. Un rasgo que puede originarle enemigos. Hay muchos que no desean que las piedras interrumpan la quietud de los lagos en los que se bañan.

Zoul se seca la frente.

–No, no se trata de lo que yo quiera, Sun Piao. Se trata de lo que quiere uno que nada en un lago al que usted ha estado tirando piedras. Grandes piedras...

Un dedo señala la neblina.

–Se trata de lo que quiere él.

Entre la neblina, se concreta una forma, endureciéndose.

–Parece usted sorprendido, Piao. Me decepciona que un investigador con su reputación se haya sorprendido.

–Entonces se decepciona usted con mucha facilidad, coronel Qi.

El *tai zi* impecable incluso cuando está medio desnudo, con una toalla sujeta a la cintura. Todo entonado, dorado, flexible y en su sitio. Una fotografía de revista ilustrada en carne y hueso. Piao, desconcertado. Tan diferente de su propio mundo. Una vida con agujeros en los calcetines y en las suelas de los zapatos. El elástico de los calzoncillos, dado de sí, no aprieta.

Zoul llama a otro masajista.

–Coronel, túmbese en el mármol. Deje que el masajista le elimine las tensiones del día.

–Demasiado lejos, Zoul. Va usted demasiado lejos. Yo no dejaré que me toque un ciego. Quítemelo de encima.

Un aparte destinado únicamente a que lo oiga el camarada comisario jefe.

–No se sobrevalore, Zoul. Nosotros somos compañeros de armas. No somos viejos amigos. Usted sirve a un objetivo, nada más.

Un timbrazo chillón de su pesado reloj de pulsera. Sin siquiera bajar la vista, lo desconecta. Lo vuelve a poner para que suene dos horas después. Sonríe a Piao.

–Querrá saber usted por qué estoy aquí, ¿no? ¿Por qué he dispuesto que tenga lugar este encuentro?

–No le decepcionaré otra vez, camarada Qi. Pero le sorprenderé. Sé por qué deseaba usted que viniera.

–Así que lo sabe, ¿eh? Entonces cuente, inspector jefe. Cuente.

–Cuanto más alto sea el *cuadro*, camarada *Tai Zi*, más bajo caerán usted y su protector, su padre. Usted quiere sobornarme. Si con eso no consigue el resultado que busca, me amenazará. Mi sorpresa sólo venía motivada por el hecho de que se le permitiera hacerme la invitación a través de mi camarada comisario jefe.

–Me opongo a...

Un afilado cuchillo corta las palabras de Zoul, como si éstas fueran tocino de un trozo de cerdo.

–Conseguí «convencer» a su camarada comisario jefe de que éste era el mejor modo de progresar. Pero volvamos al asunto, inspector jefe. El tiempo, como se dice, son yuanes.

Manos unidas en una torre de anillos de oro a la que han hecho la manicura.

–Usted es una molestia, inspector jefe. Nada más. Pero yo tengo, como se dice, más tela que cortar que usted. Los asuntos que debo dirigir cuentan con la bendición del Ejército Popular de Liberación. Para plantearlo sin rodeos, lo que yo hago produce los muy necesarios fondos para aumentar el poder de un ejército al que nuestro gobierno no financia lo suficiente. Estoy al servicio de unos importantes intereses nacionales. A veces en procesos así es necesario suprimir las molestias. Los bultos de la carretera que necesito seguir hay que alisarlos.

–¿Las jóvenes son bultos en la carretera? ¿Dos de mis camaradas son bultos en la carretera, camarada *Tai Zi*?

Al sentarse, la cabeza del inspector jefe le da vueltas. Los dedos del masajista se retiran. Ahora sólo era otro ciego que no sabía qué hacer con unas manos que le sobraban.

–Habla usted de esas vidas humanas como si fueran insignificantes. Meros inconvenientes. Yo dudo de que sus padres, maridos, hijos, estuvieran de acuerdo, camarada *Tai Zi*.

–Usted no entiende lo importante que es mi trabajo.

–¿Más importante que esas vidas, coronel?

Silencio.

–No, coronel Qi, es usted el que no entiende lo importantes que son esas vidas.

Silencio.

–Y usted, coronel *Tai Zi*, es musulmán. Yo creía que un musulmán traía pureza a la tierra. Entendería el valor de la vida. El Corán tiene mucho que decir sobre el valor de la vida. «Todo es de Dios», sura 4: 80.

–Yo no soy musulmán.

–Un musulmán que desgarra jóvenes como si fueran ejemplares antiguos del *Diario del Pueblo*. «El juicio sólo pertenece a Dios», sura 6: 57.

–Yo no soy musulmán.

–Un musulmán que usa y comercia con prostitutas. Que encabeza un grupo de perros que llevan a cabo los actos sexuales más depravados. «Pórtate bien con los padres, y los niños, y los huérfanos, y los pobres, y los vecinos, sean éstos parientes o desconocidos, y con los compañeros de viaje, y los caminantes, y los esclavos a los que mantiene tu mano derecha; en verdad, Dios no ama al que es orgulloso, al que se vanagloria», sura 4: 40.

–Yo no uso putas y tampoco soy musulmán.

–Tres negaciones de su profeta, camarada *Tai Zi*. ¿No son lecciones que debe aprender usted de los profetas anteriores y los que les siguen?

El olor a violencia del delfín sofocado por una capa de colonia. A odio disimulado por la educación y los estudios.

–«Les infligiremos la tortura del fuego del infierno. Cada vez que se les queme la piel, se queme por completo, será reemplazada con una nueva, para hacer que sientan todavía más tormentos.» ¿Conoce esas palabras, camarada del EPL? Las usó usted cuando salía de la sala de interrogatorios del *fen-chu*. Sura 4: 56.

Silencio.

–Su silencio es otra negación de su profeta, camarada del EPL. Me intriga que niegue usted que es musulmán, aunque me doy cuenta de que ésa no es la religión de su padre, el coronel jefe.

Silencio.

–Nuestros camaradas musulmanes no están perseguidos en la República Popular, a diferencia de otras religiones. Entonces, ¿por qué negar la verdad? ¿Cuál es el secreto que está en el fondo de esto, camarada del EPL?

Más cerca. Ojos de uno clavados en los del otro.

–No puedo dejar esto, camarada del EPL. Esto no. He dejado demasiadas cosas en mi vida. Y por culpa de ello tengo el alma llena de agujeros. Como musulmán, lo entenderá. Pero no dejaré esto, ni a usted, camarada del EPL.

El aliento de Qi huele a menta y a carne podrida.

–¿Ni siquiera con 500.000 yuanes en el bolsillo, inspector jefe? ¿O es que no necesita dinero, camarada del DSP?

–No, camarada *Tai Zi*, aunque el dinero piense que estoy muerto, no puedo marcharme con sus yuanes en el bolsillo. No cuando he visto las caras de los que ha asesinado usted y las de los que les lloran.

–Qué pena, Piao. Usted no tiene nada, excepto, excepto...

–Neblina.

Los dedos con la manicura hecha recorren el aire.

–Neblina.

–Ahora le toca a usted decepcionarme, camarada coronel. Y me toca a mí sorprenderle otra vez.

Se tumba otra vez en el mármol. Su frialdad le sorprende. Los dedos del masajista vuelven a su piel.

–Tengo mucho más de lo que usted cree. Los lazos se aprietan, camarada coronel. ¿No lo nota?

Qi, tirando para aflojarse la pesada cadena de oro del cuello.

–No, Piao.

Ojos que se encuentran entre la neblina.

–Usted no tiene nada. Nada.

Cao-mu jie-bign. «Darle la vuelta al gato muerto.»

–Mao Zedong, 20 de agosto de 1933, sur de Kiangsi.

El camarada coronel, como un boxeador derribado por un puñetazo.

–Quizá le haya subestimado, inspector jefe. No hay nada más peligroso que un hombre honrado.

Se pone de pie y se queda parado delante de Piao. Un violento susurro en la mejilla de éste.

–¿Sabe que usted, y aquellos a los que usted protege, no sobrevivirán, inspector jefe? Se han convertido en molestias. Se han convertido en bultos de la carretera que debo alisar.

–Una amenaza de muerte a un funcionario al servicio de la República Popular China. Un empleado del Ministerio de Seguridad. Una acusación grave, camarada del EPL. Estoy seguro de que mi camarada comisario jefe, que es testigo de esa amenaza, estará de acuerdo.

Zoul mira desesperado a Qi a la espera de un gesto.

–Tiene razón, camarada coronel, esa amenaza es...

–¿Es qué, Zoul? ¿Peligrosa, imprudente, poco diplomática?

Una carcajada del *tai zi*, pero sigue sin moverse, con rabia en estado puro.

–Usted no está tratando con un vulgar *tu-fei*, inspector jefe. ¿Asesinato, inspector jefe? Yo no he hablado de asesinato. Soy coronel del EPL. No, Piao, nada de asesinato. Usted ha adquirido demasiada importancia para algo tan torpe.

Zoul tartamudea.

–C-camarada Qi, por favor. Por favor. Hay muchos testigos. No es necesaria una escena así. Quizá debería controlar su lenguaje.

La mano del *tai zi* en la sudorosa grasa del hombro tira del camarada comisario jefe desde el plinto de mármol.

–Callado, Zoul. No le toca hablar ahora.

Risas cuando apretaba con más fuerza.

–No, Piao. Nada de asesinato. Hay muchas maneras de despellejar a un gato...

*

El Grande, un China Brand sujeto entre los labios, estaba sentado dentro del Shanghai en la calle Yi Shan. Como si fuera una piedra para cruzar un riachuelo de aguas brillantes, oleadas de bicicletas Para Siempre se abren paso en torno a los abollados parachoques del sedán.

–¿Qué tal fue su trato con los ricos y poderosos, joder?

El sonido de un encendedor. De una larga chupada de humo barato.

–¿Qué tal el masaje, jefe? Me han dicho que esos masajistas ciegos son mágicos con las yemas de los dedos.

Sólo el sonido de los timbres de las bicicletas. Muchos timbres brillantes que hacen ruido. Yaobang examina la cara de Piao antes de arrancar el coche, haciendo sonar el claxon para avisar a los ciclistas cuando avanzan por la calle Yi Shan en dirección norte.

–¿Fue la cosa mal, jefe?

Tira la colilla de su cigarrillo por la ventanilla.

–Esperemos que el Mago haya tenido un día mejor que usted.

*

En casa. Apartamento 402, bloque de pisos 10 de diciembre de 1949.

Una rendija en la puerta, que se abre. Luz eléctrica, tan amarilla como dedos que fuman sesenta cigarrillos al día, se derrama por el portal.

–Camarada Piao, me debo quejar. El desconocido de su piso. Los ruidos que ha estado haciendo. Y las idas y venidas. Tengo que notificarle que escribiré una carta al Partido. Su asistencia a las reuniones de los grupos pequeños ha sido muy escasa. Debería usted...

Piao se vuelve, encarando a la presidenta del comité de calle.

–Lo siento, camarada. No entiendo a qué se refiere usted. ¿Ruidos?

–Sabe exactamente a lo que me refiero, camarada Piao. Ruidos como yo nunca había oído. Como si estuvieran castrando a un cerdo en su cuarto de estar.

Unos ojos que se cruzan con otros ojos y que transmiten un mensaje. Se dan la vuelta de inmediato. Piao y el Grande suben silenciosamente la escalera. Manos en el interior de sus guerreras, yemas de los dedos en el acero. Siluetas de pistolas que se mueven delante de ellos. Sentidos alertas, buscando una variación en los matices no clasificados que convierten aquel lugar en su casa. Nada en los profundos pliegues de los rincones oscuros, se acercan al descansillo... nada.

Tras ellos, la camarada presidenta del comité de calle les sigue, alza una voz que levanta ecos.

–¿Cómo se atreve a dejarme con la palabra en la boca, camarada? Se trata de un asunto oficial. Un asunto referente al Partido. Muestre respeto.

Piao gira en redondo, los ojos de la presidenta del comité de calle se abren mucho. Se lleva las manos a su cara de polluelo. Su boca sin dientes, un túnel de palabras gritadas.

–Una pistola. Una pistola.

Durante un instante, Piao también baja la vista hacia las pistolas. Siempre le sorprende ver su mano empuñando el acero. Una duda, pero luego sube rápidamente los escalones que quedan. El Grande pasa junto a él, avanzando hacia la presidenta del comité de calle. Su mano, grande como una fuente, le tapa la boca.

Ahora sonó la alarma. Cada paso, sabiendo lo que iban a saber. Y sólo una única entrada a su piso. ¿La dirección que van a seguir los proyectiles, ya elegida? ¿Un tiro en la cabeza? ¿Un tiro en mitad del pecho?

Piao, ahora, sube los escalones de dos en dos. Una violenta carga. Un grito gutural en la garganta. Estrella la puerta semiabierta contra la pared. Una astilla de madera, un chirrido de las bisagras metálicas al girar. Espera la quemazón de la bala, pero nada. Casi de rodillas, encogido, hecho una bola, excepto los dos brazos extendidos, juntos, que apuntan con un brusco dedo anodizado. Todo su cuerpo a una con el arma. Inmóvil. Sentidos en busca de las señales que despide el peligro. Nada. Lentamente, con esfuerzo, adquiere una postura menos tensa, la marea de adrenalina se retira. Avanza por el pequeño vestíbulo. Abre lentamente la puerta. El Mago, estático, delante del ordenador, de espaldas a la puerta, una botella de Southern Comfort medio llena a su alcance.

Se adentra más en la habitación. Y entonces cae sobre él, como el calor del aliento de un perro antes de que sus dientes te señalen la piel. Un olor, aparte del calor a cables calientes y plástico caliente que desprende un ordenador nuevo. Sólo un olor, tan claramente definido como su firma en un cheque, un monzón de sangre. El inspector jefe enfunda la pistola.

Se desplaza lentamente en torno al Mago. Ojos atentos a todo. En cada ángulo muerto, el horror, en grados. Horror en las gradaciones y profundidades que puede poseer el color rojo. De la boca del Mago, bajándole por la barbilla, cuello, pecho, inundándole el pecho... sangre. Le baja desde el regazo, piernas abajo, entra en los zapatos, moja la alfombra. Demasiada sangre, tenía que ser una herida grande para producir tal marea. Los ojos de Piao buscan, pero no encuentran nada evidente. Toca la muñeca de Rentang y no se percibe el pulso.

–Yaobang, ven. Rápido.

Pisadas en el vestíbulo. La cara de la presidenta del comité de calle, casada con la palma de su mano. Cuando el Grande irrumpe en el cuarto de estar, la mano abandona la cara de la vieja. Piao responde a la pregunta no hecha.

–Creo que está muerto. No le encuentro el pulso. Una ambulancia, llámala inmediatamente.

Hay sangre salpicando el teléfono. El Grande usa una hoja de papel para agarrar el auricular y así no dejar sus propias huellas dactilares. No se fija en que la presidenta del comité de calle corre por la escalera con las dos manos en la cara como demostración de que suelta un silencioso grito. No se fija en que la inconsciencia persigue a la mujer con pies más ligeros, y las piernas se le doblan como si fueran sillas plegables. No oye que el cuerpo de la mujer se funde con el suelo en un violento abrazo.

La atención del inspector jefe atraída por un vaso, totalmente lleno, cerca de la esquina derecha del monitor del ordenador. El vaso casi rebosa su rojo contenido. Southern Comfort, teñido con el tono de tomates en lata. Piao, resistiéndose a ello, sabiendo ya lo que va a encontrar, saca unas pinzas del bolsillo interior y la fuerza para que se abran lo más posible. Agarra. Algo sólido en el líquido. Se mueve, escapándose de las pinzas, pero el acero caza su presa. Entre el líquido, un rojo más oscuro se mueve entre el rojo. Despacio, con cuidado, saca una lengua, raíz y rama. La lengua del Mago.

–Joder.

Piao gira alrededor de la mesa. Justo debajo del omóplato del Mago, una mancha rojiza en el algodón, por otra parte totalmente limpio. Un camarada del EPL cuidadoso. La navaja que ha usado la ha limpiado en la ropa de la propia víctima como escarnio final.

*

Hospital número 1...

Una gota. Un punto luminoso. Y sus ojos se abren. Dos comas en una hoja de papel en blanco. Se centran en Piao. Un profundo borboteo al fondo de la garganta de Rentang que se expande formando un sonido, áspero y con flemas. Se convierte en un caótico ataque de tos. Todo su cuerpo, la cama, resuena con su furia.

El inspector jefe, cargado de adrenalina tras dos días sin sueño, agarra el cordón del llamador para avisar a una enfermera de piernas robustas. Una mano, la de Rentang, busca la suya, haciéndola caer hacia la mesilla de al lado. Un cuaderno. Una pluma. Una gráfica de picos y senos a bolígrafo. La voz baja se convierte en un alfabeto morse gutural de respiraciones. Los ojos de uno fijos en los del otro. Se transmite un entendimiento. Cierra la mano sobre el bolígrafo, da la vuelta a la hoja de la gráfica y la levanta para que alcance la punta del bolígrafo de Rentang. Y se pregunta cuántas maldiciones, mudas y a bolígrafo, corresponderían con el hecho de que te arranquen la lengua y te roben la voz. Dolorosamente lento y preciso. Aparta la vista cuando se forman las palabras. Ve un líquido rojo que baja por un tubo de plástico. Campos con amapolas de escupitajos, moteados de sangre, en plena floración, por la sábana.

Sólo mira el papel una vez que el bolígrafo ha interrumpido su trazado. Una vez que la mano ha vuelto a caer en el océano de tergal y que Rentang se situó en el mismo centro del universo del médico y la enfermera.

Dos palabras.

ARCHIVO VEINTE

*

–¿Cómo está el Mago, jefe?

Una mirada.

–Está muy mal, ¿eh?

Friega mientras habla. La alfombra empapada de un rosa pegajoso.

–¿Y la presidenta del comité de calle?

El inspector jefe se dirige al ordenador. Un salvapantallas ondula con aros y colores que oscilan. Cuando agarra el ratón, sus tonos en los nudillos.

–La mandíbula rota.

Una carcajada del Grande.

–Supongo que tardará cierto tiempo en hablar. Siempre le pueden hacer una de plata, jefe.

Guantes de goma rosa alrededor del vaso. El Grande carraspea cuando pone derecho con mucho cuidado el vaso de Southern Comfort.

–Nunca volveré a beber esta mierda, jefe.

La cisterna del retrete.

–Los de la escena del crimen vinieron y se fueron enseguida, jefe. Treinta minutos, eso fue todo. Ni siquiera miraron el ordenador. O tenían una cita urgente o no querían enterarse de nada.

Un grifo que corre.

–Lo que no entiendo es por qué no destrozaron el jodido ordenador los matones de Qi.

–A lo mejor se divirtieron tanto que se olvidaron.

–Sí, a lo mejor.

Mira los dedos del inspector jefe en el teclado.

–Creía que usted no sabía usar un ordenador, jefe.

–No sé. Pero miro con mucha atención.

Con un destello, las oscilaciones del salvapantallas desaparecen y son reemplazadas por páginas de números. El Grande mueve la cabeza mientras estruja el trapo en el cubo.

–¿Rentang?

–Sí. El Mago.

El ordenador, donde lo había dejado él. Hileras de datos cayendo como en una cascada conforme Piao va pasando páginas. Páginas en frenética carrera. Se detienen, entonces las pasa lentamente hacia atrás. Una página, dos páginas. Lentamente, el título de un archivo se mueve a media pantalla. Letra negrita.

ARCHIVO VEINTE

–Es del ordenador de Qi. El Mago lo había pirateado.

A mano derecha de la pantalla, una delgada neblina de salpicaduras. La sangre del Mago. Unas horas atrás habían cortado la lengua de un hombre cuando estaba sentado mirando aquella pantalla. Cualquier palabra posible arrancada de su boca para siempre. Archivo veinte. Su importancia, desconocida. Pero debía de ser importante para que un hombre ahogado en sangre y con puntos en la lengua reuniera la energía necesaria para escribir lo que ya no podía decir hablando. Para escribir «Archivo veinte» en lugar de «que te den por culo». Para escribir «Archivo veinte» en lugar de «mira lo que has hecho conmigo». Sí, el archivo veinte debe de ser importante.

Filas. Columnas. Caracteres subrayados. Números. Código destacado. Código resaltado. Ningún código oculto. Qi confiaba en que nadie vería nunca aquel archivo. Un código elemental. Abreviaturas para ahorrar espacio, para ahorrar letras y tiempo. Surgían más anotaciones de las que Piao era capaz de mirar. Un registro, una cuenta de banco, un diario y un inventario. Entradas y salidas de dinero. La nata de arriba suprimida. En varias intersecciones contables, los mismos caracteres. ¿Un código? ¿Una empresa? ¿Un apodo? ¿Un nombre? Y yuanes, tirando de tantas nadas, como una locomotora que arrastra vagones. Yuanes, por centenares de miles, por millones, mandados por mensajero, el mismo día del mes, a la misma hora del día. Mandados al Primer Ciudadano.

–¿Quién o qué coño es el Primer Ciudadano?

Señala las cifras, los totales.

–Mierda, ¿eso son yuanes, jefe?

Un asentimiento de cabeza.

–Muchos yuanes, esto tienen que ser drogas, jefe. Sólo las drogas producirían tantos ingresos. Es a lo que se dedica nuestro *tai zi*. Una guerra con otro cártel de drogas. ¿Qué opina, jefe?

–Podría ser. Uno del EPL como él tendría acceso a una red que podría cubrir la República Popular entera. Transporte. Distribución.

Da golpecitos con la uña en la pantalla.

–También esto...

El único nombre completo. El único cruce donde quedaban absorbidas cantidades sustanciales de yuanes. Página virtual tras página virtual, el mismo nombre repetido. Atrae el ojo, como la aguja el extremo puntiagudo mojado de saliva del hilo.

–Kanatjan Pasechnik. Un camarada ruso, supongo.

–A lo mejor le gusta una cocaína especial que le proporciona nuestro miembro del EPL, jefe.

Piao, dando golpecitos en la pantalla del monitor.

–El Primer Ciudadano y este camarada ruso. Quiero saber de ellos tanto como sabes tú del relleno de una de las empanadillas de Mama Lau.

–Claro, jefe.

–Este archivo es importante. Creo que es un puente que el coronel Qi no se ha molestado en desmontar poco después de cruzarlo. No podemos cometer ni un error. Llama a Ow-Yang. Él me orientará.

–¿Algo más, jefe?

–Sí, quiero que me consigas unas listas. Listas de todos los *cuadros* importantes que formen parte de las legaciones extranjeras, el Departamento Político Central, el Secretariado Central, la Federación de Sindicatos Toda China. Quiero listas de todos los miembros de los comités con más poder de la República. Como los hijoputas que mandaron télex para que dejaran en libertad del *fen-chu* a nuestro camarada del EPL.

El Grande toma notas en la carnosa palma de la mano. Se guarda el bolígrafo en el bolsillo de una camisa llena de manchas.

–No me lo diga, jefe, es un presentimiento. Esto va a costar un pico, joder.

–Lo sé. «Por lo menos dos botellas de whisky Teacher's. Puede que incluso unos paquetes de Marlboro añadidos.» Y luego, vamos a desmantelar este equipo y mañana lo instalamos en el hospital. En la habitación del Mago.

–Coño, jefe. ¿Vamos a desmontar de verdad todo este ordenador y volver a montarlo de nuevo?

Un asentimiento de cabeza.

–Y luego me ayudarás a meterlo en una caja.

–¿Por qué una caja?

–Necesitamos ser invisibles para el *tai zi* y sus matones del EPL.

–Bien, jefe. Ya sabe que me dedico a esto.

–¿Dijiste que unos primos tuyos podrían hacer el traslado? ¿Y proporcionarnos un sitio desde el que operar nosotros y donde dormir?

–Claro, jefe. La semana que viene.

–¿Se les puede convencer para que se lo lleven enseguida?

–Probablemente, jefe. Pero, ¿por qué?

–He notado que me ha desaparecido la navaja de afeitar. Creo que fue la que usaron con el Mago. Cuando vayas al *fen-chu,* haz un parte de que se ha perdido, para que conste.

Los ojos del inspector jefe recorren la empapada alfombra marrón oscuro que hay a sus pies.

–Tus primos. Me gustaría que estuvieran aquí esta noche, tarde. Este apartamento de repente ha perdido todo mi afecto.

*

Tarde. Demasiado tarde para dormir. Demasiado temprano para no dormir

Piao sale del cuarto de baño, gotas de agua a cada pisada. Saca una camisa limpia, idéntica a la anterior. Se fija en que la parte interior de los puños y el cuello de su camisa todavía estaban grises. Daba igual cuánto los frotase, nunca estaban limpios. Como si su alma, sucia, estuviera sangrando porquería por los poros de su piel en un intento de purgarse a sí misma.

Agarra una caja de cartón. En sus lados estropeados, con manchas, enormes soles amarillos de España impresos resplandecen sobre verdes colinas impresas con árboles doblados con naranjas Satsuma impresas. Un escozor, sin nombre, sólo la sensación constante de estar fuera, mirando hacia dentro, de estar dentro mirando hacia fuera. Pero nunca con nadie más presente, como si la vida siguiera desfilando tranquilamente, pero sin él.

Llena la caja, y algo en el lento discurrir de ese proceso le aguza los pensamientos, saca punta a las percepciones que tiene sobre su vida. Ropa, perfectamente doblada y metida en la caja que todavía huele a naranjas Satsuma. Todavía huele a España. Algunos objetos de aseo. Una navaja de afeitar. Un libro, el *Shijing*, «El libro de las odas». Pero sólo a medio llenar, la caja, igual que su vida. Encima de eso, una pistola más de repuesto, una antigua Makarov PM soviética. Dos cargadores y una gastada cartuchera. Sus documentos de identificación. Una agenda. Una pluma. Pero la caja todavía a medio llenar. Finalmente coloca el marco cuidadosamente envuelto entre su ropa; unas camisas con crecientes lunas grises en los cuellos y los puños. Dentro del marco, una fotografía. Una mujer, negro abanico de delicado pelo. Una esposa perdida en el tiempo, una amante perdida en el abrazo frío de un *cuadro*.

Durante unos momentos más, más de los que él imaginaba, se queda parado junto a la ventana contemplando la vida que llevan otros. Del *long*, por la abertura entre la ventana y su gastado marco, un vapor que trae olor a fideos, preparados con ajo y jengibre... un matrimonio celestial. Sólo le saca de su trance una cansada pisada en la cocina.

–¿Listo para marcharnos, jefe? Los primos están esperando.

Cierra rápidamente la caja con cinta adhesiva, sintiendo dolor porque su vida sea tan pobre, porque pueda quedar encerrada en una caja que una vez había contenido naranjas españolas.

–Sí, estoy listo.

Piao recogió la caja y salió de la habitación sin volver la vista, hacia la escalera que llevaba al *long*, donde otros vivían sus vidas.

Capítulo 32

Panadería La Sonrisa Feliz, Longhualu

Desde el río, rodeado de almacenes, las cicatrices del comercio. Un millón de barcos que han atracado, descargado, cargado: lomos de cerdo, especias, hierro, hierbas, seda, los productos de cien mil fábricas. Pero los almacenes ahora están vacíos. Donde en otro tiempo trabajaron estibadores, ahora un cibercafé y un grupo de agencias de detallistas, todos «aves del mismo pelaje». Donde la riqueza de la República Popular colgaba del aguilón de una grúa, la carga de un palé... ahora un Café República; cincuenta versiones diferentes de la espumosa infusión. En sus paredes pintadas de claro, huecograbados y estampas sepia de cómo se trabajó en otro tiempo y cómo se vivió en aquel sitio.

Y detrás de las agrietadas paredes de ladrillo y las ventanas demasiado sucias para ver por ellas, donde el río chapotea agotado y apestoso, la panadería La Sonrisa Feliz. Día y noche, el aroma de panes de luna cociéndose atraviesa el olor de las judías sudamericanas asándose y los toques con colonia de sueños occidentales. Quince mil panes de luna.

*

Una visita y un tazón desportillado lleno de *Dukang*. Fuego y harina, labios azucarados. Es el proceso de la concepción, nacimiento y vida de un pan de luna.

Sacos marrones de harina, sacos blancos de azúcar y sal. En un banco de acero inoxidable cercano, muchos huevos, mucha manteca de cerdo. Dos mezcladoras de tamaño industrial, una batiendo los ingredientes para que formen la suave masa más líquida, la otra, la masa más espesa. Su contenido derramado sobre mesas separadas cubiertas de harina. Un puñado de pasta espesa, envuelta con un puñado de pasta más líquida. Un primo en cada extremo de un enorme rodillo, que pasan por encima. La harina inunda el aire, se pega a las caras y a los musculosos brazos. Los componentes de la masa plegados tres veces, antes de volver a pasarles el rodillo. Harina formando una nube sobre las altas bombillas difuminadas colgadas en lo alto. La masa extendida se pasa de un banco al otro. Un primo en cada extremo de un aparato para levantarla. Capas de masa que se deslizan de un banco al siguiente. Un centenar de cortadoras de 3" bajan, apretando tres capas de masa. Se vuelven a levantar. La masa que sobra, en colgantes triángulos equiláteros, se retira. Un centenar de discos nevados se pasan al banco siguiente. Junto a éste, contra las paredes, hinchándose, palpitando... se tuestan cacahuetes. Se cuecen castañas hasta ablandarlas. Se pelan almendras. Se asan semillas de sésamo, que dan saltos. Granos de azuki rojo, metidos en agua durante dos horas, ahora cocidos, para quitarles la capa de fuera. Extendidos en un trapo fino, cocidos con azúcar, aceite. Aromas impregnados de azúcar caramelizado. La ropa y la piel te huelen a almendras, sésamo, albaricoque, azúcar tan marrón como barro del río. Un redondel de masa en dedos enharinados, profundamente sumergido en los moldes de los panes de luna. Un puñado de relleno en el corazón de cada uno: puede que granos de azuki rojo sangre, albaricoques, nueces, pasas, semillas de amapola, sésamo tostado y azúcar moreno. Bordes humedecidos, otro redondel de masa colocado encima como una tapa. Cada molde se golpea en el lateral del banco de acero inoxidable. Se le da la vuelta. El molde se desprende. Un dibujo, el crisantemo tradicional, sumergido en un baño de color rojo. Estampado profundamente en la masa. Sangra por sus lados. Se lo unta de huevo batido con aceite de sésamo. Bandejas con centenares de panes de luna bajan de los bancos, como niños que van al colegio. Un sudor sobre la masa rellena cuando se abren las puertas del horno. Una boca al ardiente infierno. Hornos que no se han apagado, excepto para reparaciones urgentes, desde hace veintidós años. Veinte minutos a más de 350 grados. Hasta el dorado, el dorado marrón. Quince mil panes luna.

*

El mismo sueño híbrido durante tres noches. Cada sueño, un poco más claro, noche tras noche.

En una de las alas principales del *Ankang*, una herradura de caras de pergamino pálido. Ojos vueltos como canicas blancas y pecheras de las camisas babeadas. Un médico y una enfermera también están parados en aquel espacio; junto a ellos, un instrumento de metal con interruptores, una esfera con números y gruesos cables en serpenteos umbilicales por el suelo. Junto a ellos, un camastro de acero inoxidable, sujeto con correas a su estructura plateada, un paciente con la cara blanca como el papel. Afiladas agujas de acupuntura sacadas de delicadas fundas de papel y sujetas con cuidado a los soportes de goma de los extremos de los cables. Aplicadas con giros profundos en las sienes del paciente, los puntos *taiyang*. El médico, con gafas de montura metálica, guantes de goma, entre el índice y el pulgar de goma, el mando muy pesado; lo hace girar hasta el primer punto, hasta que encuentra resistencia. Un zumbido eléctrico, e incluso en las garras del REM, un sabor, un olor a quemado. Instantáneamente, un lugar más allá del dolor. Sacudido con la descarga eléctrica, el paciente. Se le arquea la columna vertebral, patalea, los brazos se le tensan más allá de cualquier límite, y un tremendo grito, como un grito que nunca se ha oído antes. Tan agudo, tan continuado como la llama de un soplete de oxiacetileno. El doctor se da la vuelta y grita a los internos. Palmea en dirección a ellos. Les señala. La otra mano, el mando, lo gira... pasado el primer nivel de resistencia. Y el paciente grita, y los internos se echan atrás, unos llorando, otros vomitando.

Y en la oscuridad de un lugar que no conoce, Piao despierta, la tortura en su interior. Las «hormigas eléctricas» le recorren. Grita con la víctima; dentro de una noche perfumada, hasta que el sueño le reclama una vez más.

*

Frías las primeras horas de la mañana. Las más frías que Piao haya pasado en mucho tiempo. Un saco de dormir con un saco de harina de arroz a medio llenar de almohada. Sólo los lejanos hornos, con sus susurros de aliento ardiente, evitan que se congele.

Finalmente se levanta, con residuos del sueño todavía en las comisuras de los ojos, todavía atormentando su memoria. Agarra un informe reciente de la caja de cartón con sus pertenencias. Un informe impreso del CD-Rom que le había entregado el Mago.

Cruza la puerta trasera de la panadería y sale al muelle. Un pan de luna en la otra mano. El sol lucha por alzarse entre ventanas rotas a un cielo que aún lamenta que la noche haya soltado amarras. Sentado en el mismo borde del muelle, envuelto en el saco de dormir con la cremallera abierta. Los olores: a mierda y pan de luna. Los sonidos: los chapoteos perezosos del agua, y el lejano tráfico. Un viejo remolcador gruñe tirando de un pesado petrolero hacia el atracadero de aguas más profundas río abajo. Contra el telón de fondo del río cincelado en azabache, el contraste de la blancura inmaculada del papel del informe.

UNIVERSIDAD DE PEKÍN... Oficinas centrales
Historial médico – número 634437893
Nombre del estudiante: Zhong Qi

Páginas uno y dos, características generales. Ascendentes familiares, particularidades médicas de la familia, registro de vacunaciones. Infancia, datos de estatura, progresión del peso, enfermedades. Sólo en la página tres referencias a su defecto de nacimiento. Paladar partido, labio leporino. Página cuatro, notas detalladas del hospital desde su nacimiento hasta la actualidad. Según pasaban los años, las notas eran más frecuentes, más alarmantes.

El paciente padece una forma de apnea del sueño. Un índice de apnea que supera los 100 episodios por hora, y se recomendó encarecidamente que se controlase al niño durante la noche entera. Debe considerarse que el niño corre severo riesgo de ser víctima del síndrome de muerte súbita infantil. El oxígeno del riego sanguíneo ha descendido a niveles críticos debido a períodos prolongados de falta de respiración durante las horas de sueño. La oximetría del ritmo cardíaco ha ofrecido lecturas en esas ocasiones de sólo un 55% de saturación de oxígeno. Eso ha llevado a arritmias y fallos cardíacos. Hasta la fecha el niño ha tenido que ser resucitado manualmente en cuatro ocasiones.

Una carta del Hospital número 1 del Pueblo, tras años de estudio, medicación, incontables visitas al médico y consultas a especialistas.

Se ha llegado a una diagnosis de apnea del sueño. Sigue sin saberse si es apnea central u obstructiva. Con todo, debe considerarse la cirugía correctiva como el mejor método de tratamiento. Se sugiere una uvulopalatofaringoplastia. Se eliminará el excesivo tejido del fondo de la garganta. También se extraerán amígdalas y adenoides.

La operación fue un fracaso y se consideraron más tratamientos quirúrgicos extremos.

El paciente, un joven camarada sano en todos los demás aspectos, continúa padeciendo más de cien episodios por hora, lo que se debe considerar una forma extrema de apnea. Eso está produciendo desaturaciones y arritmia cardíaca. Debe considerarse que la cirugía en nariz y garganta ha fracasado. Ahora se sugiere, no sin reparos, que se contemple una intervención quirúrgica radical para contrarrestar ese problema que pone en peligro la vida.

Diagramas de lo que tendrían que hacer las manos del cirujano.

La ansiedad de los miembros de la familia y del personal del hospital, y el peligro para la vida del paciente, se pueden eliminar con una traqueotomía. Un tubo, insertado, temporalmente en principio, a una abertura de la tráquea. Se recomienda que el tubo esté cerrado, durante las horas de vigilia y se abra únicamente durante el sueño para que el aire evite la garganta y penetre directamente en los pulmones.

Una carta del especialista, dos meses después, como respuesta a una del padre de Qi, el coronel jefe.

Camarada, lamento su decisión de vetar la operación quirúrgica planeada para su hijo Zhong. Comprendo sus reparos, pero considero mi deber subrayar, en los términos más enérgicos posibles, el riesgo que para él supone no permitir que se realice la operación. Padece una grave apnea del sueño. No es algo que se corrija por sí solo. En realidad, camarada coronel jefe Qi, el riesgo podría incre-

mentarse con la edad. Debo insistir en que es el caso más grave del que tengamos noticia mis colegas y yo.

Un lejano gemido de un remolcador luchando contra la marea que cambia. Un sonido lúgubre como el de un padre por un hijo desesperadamente enfermo. Piao se arrebuja en el saco de dormir. Lee las últimas palabras. Le recorre un escalofrío.

Debe considerarse que el paciente, su hijo, corre el grave riesgo de morir si duerme dos horas o más sin estar controlado. Ruego a sus antepasados, camarada coronel jefe, que haya tomado la decisión adecuada.

El inspector jefe vuelve andando a la panadería, con el agotamiento como un pesado yugo que arrastra. Prepara nuevamente su lecho junto a la pared del horno, se mete en el saco de dormir y cierra la cremallera. Una hora de sueño quizá le quite el frío de la noche que todavía albergan las médulas de sus huesos. Una hora de sueño podría librarle del sonido que todavía recuerda.

Una hora de sueño, pero eso no haría callar la alarma que recordó que sonaba en el gran reloj sujeto permanentemente a la muñeca del *tai zi* Zhong Qi. Cada dos horas, su voz grita...

«Despierta, camarada, tu vida espera... despierta o te dejará atrás.»

*

–¿En qué piensa, jefe?

Media docena de intentos de la llave para resucitar a medias al camión Liberación. Lo sacan de la cochera de la panadería La Sonrisa Feliz envuelto en un velo de humo gris plata. Un primo del Grande mantiene la puerta abierta.

Una sonrisa de dientes partidos que haría sollozar a un dentista. Cláxones de la circulación cuando el camión entra con dificultad en Longhualu, bordea la pagoda y afeita el brusco viraje del Huangpu.

–Pensé que podríamos hacerlo sin llamar mucho la atención, jefe.

–¿Y no llama mucho la atención un camión con «Panadería La Sonrisa Feliz» escrito a los lados? Lo que no llama la atención es un Shanghai Sedán destrozado como el que ya tenemos. Habría sido mejor limitarse a cambiarle la matrícula.

Pasan por el cruce de Zhongshannanlu con Ruijinglu, en dirección al norte. Frena, acelera, patina el embrague, un sonido de protesta en los engranajes que no encajan bien, y el camión Liberación da una violenta sacudida. El Grande lucha con el cambio. Bombea gasolina. El sonido de bandejas de madera que chocan para encontrar su sitio en la caja. Piao enciende un China Brand, volviendo la vista hacia el oscuro interior del camión Liberación.

–¿Qué es todo eso de los palés y las bandejas de detrás?

–Panes, claro.

–¿Panes?

El Grande se estira por detrás de él, apartando la tela de algodón a un lado y alcanza una de las bandejas de madera.

–Panes de luna, joder. Los mejores de la antigua concesión francesa. Los primos hacen quince mil por noche.

–Sí, ya me fijé.

Deja caer uno encima de las piernas del inspector jefe. Muerde el otro. Un cráter en la luna.

–Pero ¿qué están haciendo en la caja de un camión que estamos usando para nuestro transporte?

Un mordisco a Clavio, otro mordisco corta transversalmente a Copérnico.

–El trato es ése, jefe. Nosotros tenemos el camión para nosotros. Mi primo consigue que se repartan los panes. Todos contentos, joder.

Piao contempla el pan.

–Sí, todos contentos.

Observa el tráfico que se arrastra por Shimenlu. Entre las aberturas en el metal del río, atisbos de la Plaza del Pueblo. Soldados desfilan ordenadamente preparándose para el Festival del Ejército Popular de Liberación. Olas verde oliva rompen en una orilla de piedra.

–Mejor un diamante con un defecto que un guijarro sin ninguno.

*

Adoquines, red de sombras rasgadas, edificios desgastados por la edad y la falta de cuidados, como si aquella parte desolada de la ciudad ya no estuviera poseída por la vida y estuviera siendo desplazada por la segunda. Con ella, su historia y los que sudaron para que tuviese existencia.

Un neón tiñe la neblina frente a ellos. Un rótulo fluorescente que zumba con la furia de una avispa aprisionada dentro de una botella.

–Aquí es.

SPARKICE.

Aparcan fuera de la vista de un muelle cuarteado por diez mil movimientos de cargas. Entre la neblina, cigarrillos encendidos. Yaobang empuja para abrir las rayadas y abolladas puertas y los decibelios de la música se disparan, golpeándoles en el pecho como si reverberara a través de su cuerpo. Sólo conscientes de la música de rock duro, del cuero negro, del pelo lacio por encima de los ojos de hileras de escuálidos cuerpos jóvenes balanceándose con letras de canciones indescifrables y el sonido de la caja de ritmos.

Dos porteros apoyados en la pared, aburridos, entre humo de China Brand. El Grande muestra discretamente su placa. El efecto habitual de siempre; se ponen rígidos. En el fondo de sus ojos un miedo innombrable, y siempre basta una llamada a la puerta o un golpecito en el hombro.

–Tranquilos, joder, no es oficial.

Una mano se alza, calmándolos.

–Hemos venido a ver, a ver a...

Un nombre escrito con bolígrafo en el dorso de la mano.

–Al camarada Ciberpunk.

–Sí, venimos a ver a Ciberpunk.

Se siente estúpido. Las palabras siguientes, todavía más estúpidas, como si susurrase el diálogo de una novela policíaca barata, manoseada y sucia.

–Dile que nos manda el Mago.

Siguen al portero, un torpe caminar por la oscuridad. Al abrir, el amplio espacio del cibercafé. Un millar de ordenadores personales inundan el suelo con quemaduras de cigarrillos del pasillo con un tejido de muchos matices. Un millar de monitores que despiden colores primarios. Dedos camaleónicos se desplazan sobre un millar de teclados. Cabezas inclinadas en homenaje al altar de la red.

Un *graffiti* hecho con espray en la pared del fondo con chillones matices fluorescentes: la estrella de la República Popular pintada con cortantes ángulos y colores sólidos muy definidos, ahora amarillenta por la nicotina. En su mismo centro, como si el óxido hubiera afectado a aquel brote rojo, una puerta negra. El portero llama dos veces. Una rendija de luz amarilla. El portero levanta violentamente la mano.

–Esperen.

Pasa por la abertura. La puerta se cierra. Una conversación en voz baja. Dos, tres minutos, la puerta se entreabre.

–Les espera.

La puerta se abre de un empujón. Piao, el Grande, desgarran un espeso humo. Por el sucio suelo se arrastran cables, junto a montones de libros, componentes electrónicos sueltos, disquetes y CD destrozados. La puerta se cierra.

Detrás de un gran monitor se alzaba el humo en un penacho continuo que serpenteaba por las descoloridas losas del techo.

–Un amigo del Mago es amigo mío.

Olor a animal humano embutido en un traje de delicada seda.

–Me ponía nervioso tratar con los del DSP, pero el Mago me aseguró que ustedes son, ¿cómo decirlo...?

Habla en inglés. Precavido. Si lo grabaran con micrófonos ocultos, mucho más difícil de transcribir, y llevaría mucho tiempo.

–Mansos.

«Mansos.» Puede que la palabra más insultante que Piao haya oído nunca para describirle. Casi tan detestable en su mediocridad como «amable».

–Usted también es manso, ¿no?

En inglés, responde en inglés. El idioma de los reyes, de Coward, Shakespeare, los Beatles. El inspector jefe lo usa con cualquier excusa, como la mayoría de los chinos.

–Algunos dirían que sí, camarada. En realidad, dirían que sí muchos. Yo mismo incluido.

En la cara del pirata informático, inseguridad. Oxígeno para un inspector.

–¿Eres el camarada Ciberpunk? No eres como yo esperaba.

Dedos blandos en el ratón del ordenador, activando un programa. El ordenador de una víctima desnudado por completo. Un esclavo de la informática hecho trocitos.

–Lo tomo como un cumplido. Sorprender a un agente del DSP no es moneda corriente. Mi vida posee características de una existencia esquizofrénica. De día, un eminente profesor de matemáticas de la universidad; de noche, *voilà*, Ciberpunk. Una relación mutua y financieramente beneficiosa con el dueño de este agradable local. Piratear supone un suplemento al sueldo de un pobre profesor de matemáticas. Sin esto estaría fumando China Brand, como usted, inspector jefe.

Expulsa el humo de un cigarrillo extranjero en dirección a Piao.

–¿Así que viene usted por lo del archivo? ¿El que está encriptado?

–El Mago consideraba que sería imposible entrar en un...

–¿Código de cuarenta dígitos? Para mí no, inspector. Todos los códigos se pueden descifrar, aunque a ellos les gustaría hacer que uno creyera que no. Un código no es más que una envoltura de datos que sólo puede abrir y cerrar la persona con la clave. Y una clave, en su forma más simple, es sólo una sucesión de unos y ceros generados al azar por un ordenador. Yo fui uno de los primeros en descifrar uno a finales de la década de 1990. RSA Data Security Incorporated desafió a que se descifrara un código de cuarenta dígitos.

Junto al ordenador, un bol con caramelos de colores brillantes. Sus dedos, con gran delicadeza, agarran uno. Yaobang toma uno, lo examina con detalle. ¿Anfetas? ¿Narcóticos? El pirata informático sonríe con arcos iris en los dientes.

–Smarties. Ingleses. Un pirata informático amigo mío me manda algunas cajas todos los meses. Buenos y, me encanta decirlo, legales.

Se chupa las yemas de los dedos. Rojo. Amarillo. Verde. Semáforos estáticos.

–De todos modos, el código de cuarenta dígitos que me proporcionó el Mago me llevó tres horas.

El inspector jefe se acerca más.

–¿Lo ha conseguido? ¿Ha conseguido abrir el archivo?

–Naturalmente. Eso nunca se debe poner en duda.

Sus dedos recorren el teclado. Datos que se hacen más lentos. Se detienen.

Ministerio De Seguridad
473309169972

Rebusca con cuidado en un montón de disquetes amontonados junto al ordenador. Una escritura clara en etiquetas perfectamente colocadas.

–La ventaja de tener una relación mutuamente simbiótica con un hombre de negocios que es dueño de un cibercafé con mil ordenadores.

Introduce el disquete en su disco duro. Un zumbido de actividad.

–Se necesitaron 250 ordenadores muy potentes para probar cien mil millones de claves posibles a la hora para descubrir el código.

CONTRASEÑA ACEPTADA

Saca el disquete.

Yaobang agarra un smartie. Lo chupa cautelosamente. Sonríe. Se lo mete en la boca. Agarra un puñado con los colores del arco iris. El profesor mira de reojo.

–Los smarties rojos no, inspector. Los rojos son mis favoritos.

Usando la mano de plato, el Grande los separa por colores. Vuelve a tirar los rojos al bol de los smarties. Mastica el resto con la boca abierta.

El profesor introduce un CD-Rom.

–¿Qué coño es eso?

–Son imágenes de un lejano satélite artificial muy sensible, el Ziyuan-2, ZY-2. Fue enviado en un cohete Larga Marcha-4B desde el centro de lanzamiento de satélites del norte de la provincia de Shanxi el 27 de octubre.

La imagen aumenta. Nube en jirones de neblina. Tierra. Arrozales. Carreteras.

–El ZY-2 orbita la Tierra cada 94,3 minutos a una altitud de entre 470 y 490 kilómetros. Produce, como pueden ver, imágenes digitales de alta definición comparables a las imágenes más claras conseguidas por los satélites comerciales estadounidenses y europeos. El ZY-2 puede enfocar objetos de menos de medio metro de diámetro.

La mano del pirata informático vuelve al bol de caramelos.

–En otras palabras, desde 480 metros de altura, en las condiciones adecuadas, permite leer los titulares de un periódico que se esté leyendo. El ZY-2 fue lanzado como un sistema de control civil, pero en realidad tiene una denominación militar secreta, Jianbing-3. Se puede usar para planear misiones de combate, lanzar misiles a las fuerzas estadounidenses en Japón o preparar un ataque aéreo contra Taiwán. Las imágenes de este archivo, sin embargo, son de nuestra República Popular.

Los ojos de Yaobang, nerviosos. Da golpecitos en el monitor con unos nudillos oscuros como el nogal.

–¿Estamos espiando nuestro propio país, a nuestros propios camaradas, joder?

–No, no espiar, registro remoto. Los satélites se usan para analizar cambios del medio ambiente. Reservas naturales, minerales, vetas, planear la cosecha. Hoy en día se usan mucho. El archivo que me dio usted contiene varios centenares de imágenes del satélite y otros datos asociados.

Un clic en un botón virtual y el encuadre avanza hacia ellos. Se desplaza a la izquierda. Una nube, retrocede. Lagos. Manchas dispersas de bosques. Huertas. Agitados océanos de campos de trigo. El pirata informático mira con ojos muy abiertos mientras habla.

–Creo que esto es lo que están buscando.

Una imagen nueva llena la pantalla. Un océano de trigo, oro viejo. Una sola carretera lo divide. Con cancela al comienzo y al final. En el mismo centro de los campos, un oasis muy verde. Piao señala con una uña esmeralda. En torno al oasis, bordeando los campos de trigo, una doble línea negra muy fina. El cursor aprieta un cuadrado en torno a la zona de interés. El cursor sobre un cristal de aumento virtual.

25%... 50%... 75%... 100%... 125%... 150%...

La doble línea, ahora una doble línea de vagonetas y postes de hormigón. Una valla de alambre afilado, con vigilancia electrónica por arriba.

–Centre esa imagen otra vez. Centre el encuadre. En esa zona. Sí, enséñeme esa zona.

Un rectángulo que sale de la nada. En su centro, borrones pardos grisáceos. Un mosaico de techos planos.

–¿Puede aumentarlo?

–Por supuesto, cualquier cosa por el DSP.

Se desplaza al oeste. ¿Bloques de alojamiento? ¿Instalaciones de recreo? Se desplaza al este. Edificios alargados, edificios bajos... hileras de tuberías y cables eléctricos. ¿Una fábrica? ¿Un laboratorio?

–¿Qué son, jefe?

El pirata informático contesta.

–Eso se llama Establecimiento-4. Un *lao gai* que tiene una historia que se remonta a la Larga Marcha. Muy secreto. Muy olvidado. También tiene otro nombre, Montaña de la Rectitud.

Mira al inspector jefe.

–Hice una referencia cruzada con los sitios del Ministerio de Seguridad. Montaña de la Rectitud apenas se menciona, y nadie sale nunca de allí. Se calculan unos cinco mil internos, pero no encuentro señal de que en cinco años hayan dejado en libertad a nadie del Establecimiento-4.

–Me gustaría verlo.

–Pero sólo lo verá de un modo virtual. Montaña de la Rectitud no parece de esos sitios que a usted le gustaría ver en persona.

Se desplaza al norte. ¿Una planta generadora? ¿Un sistema de purificación de agua? Se desplaza al sur. ¿Talleres? ¿Instalaciones de almacenamiento? Un almacén conectado por una gruesa tubería. ¿Refrigeración? ¿Aire acondicionado? Un garaje, varios coches aparcados en la parte de atrás. Con tracción a las cuatro ruedas. Dos sedanes. E inconfundiblemente, la larga extensión del negro brillante de un Bandera Roja. En el borde del monitor, un pequeño rectángulo de lujuriante follaje verde.

–Acérquese un poco más. Un poco más. Así está bien.

Hileras de exuberante vegetación, y entre ella, corrientes de agua plateada.

–Deben de ser drogas, jefe. Deben de serlo. Es lo que cuadra, joder.

–No es lo que dicen los datos de los sensores a distancia. Sólo arroz, nada de cannabis ni de amapolas. Y por lo que yo sé, en nuestra República Popular cultivar arroz todavía no es ilegal.

El dedo de Yaobang da golpecitos en la pantalla.

–De todos modos, es un arrozal pequeño, jefe. No nos daría de comer a mí y a mis primos, y no digamos a los internos de un *lao gai*.

El inspector jefe asiente con la cabeza.

–Enséñeme otra vez esa parte, esta vez con más detalle. Más. Un poco más.

La pantalla se llena, detalles muy precisos. El rojo y el blanco se alternan en la pintura de la barrera cerrada. Un texto en ángulo agudo sobre una señal de stop. La gorra visera de tono aceitunado de un guarda. Un pesado fusil negro colgado del hombro.

–Un poco más.

En el mismo límite de la capacidad de alcance del satélite. Líneas geométricas se expanden, borrosas, pero reconocibles como estrellas rojas.

–Hay que joderse, jefe. Del EPL.

–Estas imágenes, camarada pirata informático, ¿conoce su localización precisa?

–Por supuesto, forma parte de los datos del archivo.

–Bien. Entonces habrá una pequeña competición entre tecnología y trabajo policial. Escribiré en este trozo de papel la zona que yo creo que estamos mirando. Y usted, camarada Pirata Informático, me dice si acierto.

El profesor sonríe.

–La tecnología todas las veces, inspector. Todas las veces.

En el papel...

Las llanuras que bordean el lago Dongting y el lago Poyang. «Los dos cuencos de arroz.» Provincia de Jiangxi.

En la pantalla...

Lago Poyang, provincia de Jiangxi

–Shuihuzhuan. Las tierras de *A la orilla del río*.

El inspector jefe pliega cuidadosamente el papel y se lo mete en el bolsillo.

–¿Dónde están tus ciento ocho héroes, ahora que tienes tantos ladrones en tus tierras pantanosas?

Se pone más cómodo. Estira las piernas.

–Creo, camarada Ciberpunk, que tiene que imprimir muchas cosas. El archivo de Montaña de la Rectitud parece muy grande.

Se quita la chaqueta, se afloja la corbata. Agarra un puñado de smarties. Sonríe. Una sonrisa menos segura del pirata informático.

–¿Hay algo más que pueda hacer por ustedes, camaradas?

Piao, con smarties como semáforos en la palma de la mano.

–El Mago estaba investigando algo más para nosotros, algo que me entregó con dificultad. Pero el Mago se había, se había...

–El Mago se había quedado sin voz, joder –interviene Yaobang.

Un puñado de smarties a la boca.

–Una jodida infección en la garganta. Y se ha herido la mano, de modo que no puede escribir. Y su ordenador está estropeado.

–Una desgraciada serie de accidentes. Entonces, ¿qué es exactamente lo que quieren que haga?

Piao escribe, tendiendo el trozo de papel. Mientras el profesor accede a un sistema de búsqueda, escribe las palabras, leyéndolas en voz alta.

–Mao Zedong. 20 de agosto de 1933. Sur de Kiangsi.

Una descarga de sitios de la red pestañea en la pantalla.

–Mire, camarada del DSP. Tecnología punta. Un discurso que pronunció Mao Zedong en el sur de Kiangsi el 20 de agosto de 1933. Un discurso pronunciado en una conferencia sobre la construcción económica. Se lo imprimiré.

Entre el castañeteo de la impresora, Piao draga sus recuerdos.

–Conozco ese discurso. Fue pronunciado durante el período en que Chiang Kai-shek estaba lanzando cinco violentos ataques a gran escala contra la zona roja, centrada en Juichin y Kiangsi. Las llamaron campañas de asedio y supresión. El Gran Timonel en su mismo centro con la calma del ojo de un huracán.

Las últimas nueve páginas caen entre los dedos del pirata informático. Las deja en el regazo del inspector jefe.

–El discurso se titulaba: «No descuidar las cuestiones económicas».

Smarties rojos en la palma de su mano y por el papel en un trazo escarlata.

–Como dicen nuestros primos estadounidenses, camarada inspector jefe. Que lo disfrute.

*

Lee mientras conduce el Grande. Un oscuro camino que despistaría a todos los sabuesos excepto al mejor.

La intensidad creciente de la guerra revolucionaria hace obligatorio que movilicemos a las masas con objeto de lanzar una campaña inmediata en el frente económico y emprender todas las posibles y necesarias tareas de construcción económica...

En las páginas, latidos de los semáforos mostaza de la calle, brillo y oscilaciones de los faros.

Sólo con la extensión del trabajo al frente económico y la construcción de la economía en las zonas rojas podremos proporcionar una base material adecuada para la guerra revolucionaria, progresar con nuestra ofensiva militar y golpear...

Un sendero con charcos entre fábricas pegadas unas a otras.

... e instalar en todas partes graneros y depósitos públicos para alivio del hambre. Cada comarca debe establecer un vice-departamento para regular los suministros de comida, con sucursales en los distritos importantes y los centros comerciales.

Durante unos minutos, aparcados debajo de la fila de árboles del Parque Huangpu, faros apagados. Los ojos de Yaobang, alerta a cualquier coche que les pudiera seguir. Satisfecho, encendió un China Brand antes de seguir conduciendo.

Debemos hacer todo lo posible por desarrollar nuestra agricultura y nuestra artesanía y aumentar el rendimiento de los aperos de labranza y abonos con objeto de asegurar una cosecha mayor el año próximo...

Lee, relee el discurso tres, cuatro veces. Y al hacerlo, trata de atar los cabos sueltos. Cabos que estuvieron sueltos durante más de setenta años. ¿Qué es lo que hizo que un padre dedicado a la ciencia, con el cuerpo de su hija enterrado en el suelo de un cementerio, compartiera con Mao Zedong, como éste planeaba, y con su Ejército Rojo, la lucha por abrirse paso en la quinta campaña de «asedio y supresión» del enemigo? ¿Qué tenía en común ese apenado padre dedicado a la ciencia con el Gran Timonel, que en 1933 había pronunciado aquellas palabras mientras pasaba terribles angustias para construir la salida revolucionaria y económica de una nación?

Cuando se detuvieron en el patio de la panadería La Sonrisa Feliz, apagando los faros, el inspector jefe se rebusca en los bolsillos. Cae un lápiz a la escasa luz, y lo agarra con dedos nerviosos. Subraya frenéticamente un fragmento del texto del discurso con una gruesa raya.

... sin construir la economía es imposible asegurar los requisitos imprescindibles para la guerra revolucionaria, y el pueblo quedará agotado en el transcurso de una larga guerra. ¡Piénsese en esto!

–¿Encontró algo, jefe?

El arroz es barato en otoño e invierno, pero se pone terriblemente caro en primavera y verano. Eso afecta directamente a la vida de los trabajadores y campesinos, e impide cualquier mejora.

–¿Jefe?

¿Y no afecta eso a nuestra línea fundamental: la alianza de trabajadores y campesinos? Si los trabajadores y los campesinos no están satisfechos con sus condiciones de vida, ¿no afectará eso a la expansión de nuestro Ejército Rojo y a la movilización de las masas para la guerra revolucionaria?

Pliega cuidadosamente el discurso de Mao a las diecisiete comarcas y lo guarda en el bolsillo interior.

–¿Cree que ha encontrado una relación, jefe?

El inspector jefe sonríe cuando se apea de un salto del camión Liberación, encaminándose hacia la panadería y los quince mil panes luna, los mejores de la antigua concesión francesa. Cuando la puerta se cerró con fuerza y el olor a sudor de los primos y a melaza les asaltó, dos palabras, las dos sin alcanzar los oídos del Grande.

–*Oryza sativa.*

Capítulo 33

Calle Nanjing, «*calle número 1 de China*», trescientas cincuenta tiendas, un millón de compradores al día. Con la circulación avanzando sin visibilidad desde el Bund, en el este, hasta el milenario templo budista Jingan, en el oeste.

El comienzo de la calle Nanjing Este... la arquitectura del viejo Shanghai. Al norte y sur de la calle, un ambiente de la década de 1920. A la derecha, en el número 42, Duoyunxuan, inaugurada durante la dinastía Qing, y famosa por sus caligrafías e inscripciones en piedra. A la izquierda, diecinueve pisos de lo que fue Tian Yun Luo, la primera sala de juegos recreativos de Shanghai, ahora el almacén de la China de Ultramar y la emisora de televisión Shanghai Número 2. En el 490 de la calle Nanjing Este, la tienda de tijeras Zhang Xiaoquan. Mil diferentes modelos de tijeras. Para diestros, para zurdos, para mancos. La óptica Maochang con mil diferentes modelos de gafas, de sol y para leer, bifocales, monóculos. En la parte opuesta de Nanjing, la tienda de productos alimenticios Shanghai Número 1. Los del lugar todavía la llaman Compañía Sun Sun, como era conocida antes de la liberación. Doscientas cincuenta clases diferentes de té. Más al oeste, a mano izquierda, el bazar Calle Yunan, abierto toda la noche desde la caída del sol hasta las diez de la mañana... para *fen, hundun tang*, sopa de ravioli, *shaomian*, fideos fritos. El lugar predilecto de taxistas con la boca seca, agentes del DSP con ganas de tomar fideos. En el número 830, un edificio color crema, los Grandes Almacenes Número 1. Los grandes almacenes mayores de China, que cuentan con 3.000 vendedores que venden 30.000 artículos diferentes a más de 250.000 clientes diarios.

Cruzando la calle Xixang, la Plaza del Pueblo, se llega a la calle Nanjing oeste. El Parque del Pueblo. El Hotel China de Ultramar, dirigido principalmente a expatriados de Hong Kong, Macao, Taiwán. Al lado el Hotel Parque, que da a la Plaza del Pueblo. Veinticuatro pisos, en otro tiempo el edificio más alto de Shanghai. Famoso por su interior *art decó* y su pato asado a la pequinesa. Más allá de la calle, la típica cocina Yangzhou, restaurantes famosos por la frescura, ligereza, claridad, dulzura de su comida. Huevas de langosta asada con empanada de cerdo. Su famosa repostería, *shaomai* octavo tesoro y empanadillas poco fritas rellenas de cerdo con sabor a cebollino. En el 580, la tienda de ropa Peiluomen, especializada en trajes de estilo occidental. Nuevos diseños, exquisita calidad, cosidos a mano. Favorita de los *cuadros* de más alto nivel. A la izquierda, un edificio con un reloj coronándolo: la biblioteca Viejo Shanghai, anteriormente Jockey Club. A la derecha, la floristería y pajarería Shanghai. Jaulas con aves canoras amarillo oro. Acuarios con peces variados. En la calle Nanjing oeste, número 1081, el restaurante Meilongzhen, con berenjenas fermentadas en salsa de judías y nueces de gingko cocidas con carne de cangrejo.

Y al alcance de la vista, entre la circulación, el almacén de medicamentos China. Cinco mil medicamentos diferentes. Un cartel polvoriento de su escaparate proclama que venden «Las diez mejores marcas». «Píldoras *Zaizao*», «píldoras *Huoluo*». Una píldora para cada circunstancia y estado de ánimo. *Pa ma-fan*, «para los trastornos del miedo»... la paranoia. *Shen-jing shuai-ro*, «debilidad nerviosa»... ansiedad.

En su pared, hay una lista tan larga como un automóvil Bandera Roja. Algunas de las enfermedades más graves que se pueden tratar subrayadas en rojo. Como si se hubiera leído y transcrito el historial médico de todos y cada uno de los inspectores de homicidios del *fen-chu*.

Depresión.
Ataques de ira.
Decaimiento.
Traumas.
Impotencia.

Capítulo 34

Dos tigres, dos tigres,
corren deprisa, corren deprisa.
Uno no tiene ojos, otro no tiene rabo.
Qué raro, qué raro.

Canción infantil china

Las moscas nunca acuden a un huevo que no tenga una rotura

Un dedo que señala por el parabrisas.

–Ahí, jefe. El «huevo roto».

El reflejo de un hombre en el cristal.

–Entrará en el bar y luego volverá a la calle Nanjing.

El Grande se hurga los dientes. El trozo de una empanadilla de cerdo que se resiste, arrancado de una caries oscura. Lo dispara y aterriza en el parabrisas.

–Entra en todos los bares de Nanjing. Cada vez que se para, un bulto más grande en los bolsillos de sus pantalones. Y no estamos hablando de un bulto «encantado de volverte a ver», ya sabe a lo que me refiero, jefe.

Señala, pero Piao sólo ve el resto de cerdo gris deslizándose por el parabrisas.

–Siempre la misma rutina, nuestro amiguito del EPL. Cuatro días seguidos. Una vez sale del bar, cruza allí, anda un poco y luego entra en el bar Karaoke junto a la tienda de tijeras Zhang Xiaoquan.

Apretado contra cristales de espejo, un millar de reflejos con Tsung en el centro de su laberinto. El oficial del EPL, nervioso. Mira hacia atrás, una mano en la pistola que duerme bajo su guerrera muy cara hecha a medida. Otra mirada a su alrededor antes de entrar al bar.

–Yo me quedaré a este lado de la tienda de tijeras Zhang Xiaoquan. Tú síguele, crúzate con él, y cuando ande por el bordillo le detendremos.

Un asentimiento de cabeza. El Grande salta del camión Liberación, una trabajosa carrera por un claro entre la circulación, y ocupa su posición cuatro puertas más abajo del bar. Ya empapado por la lluvia incesante, como si los antepasados tuvieran problemas de vejiga.

Piao cierra con fuerza la puerta del camión Liberación y corre hacia la tienda de tijeras Zhang Xiaoquan. Empapado ya cuando llega a ella. Se detiene justo en la parte de fuera de la puerta; en el escaparate delantero de Xiaoquan, una colección de tijeras especiales para impedidos, para los que no tienen pulgares, dedos, o carecen de manos o son ciegos. Pasa la vista por las afiladas hojas de las tijeras mientras mira al otro lado de Nanjinglu entre el estrépito de la circulación. La puerta del bar, gente que entra y sale. Una pareja, uno caído sobre el otro, un borracho, otro borracho, y de pronto allí estaba el *tai zi*, dándose golpecitos en los gruesos bolsillos de sus pantalones llenos de yuanes. Dinero de la protección, dinero del proxenetismo, por decenas de miles. Se para directamente debajo de una luz de neón que zumba, al tiempo que lo hace el brillante rompecabezas mojado de coches. Se sube el cuello, anda deprisa y se mantiene pegado a los escaparates de las tiendas.

El Grande le sigue, quince, veinte metros detrás. También apretado a los juegos de reflejos de los escaparates. Le sigue entre grupos de peatones. El delfín, que evitaba los charcos más grandes, de pronto se pone de espaldas a la lluvia que cae oblicua mientras enciende un largo cigarrillo de filtro dorado. Cuando lo hizo, echa la vista encima de Yaogang, apretado contra el cristal. Lo reconoce iluminado por el neón rojo. El EPL deja caer su caro cigarrillo y echa a correr con el Grande repitiendo cada uno de sus movimientos como si estuvieran unidos por un cordón umbilical. Frenéticos, los ojos del miembro del EPL buscan un sitio por el que cruzar. Ve uno. Se prepara, con las manos en los bordes de la barrera de la circulación. Esprinta entre parachoques, llegando a la isleta de hormigón que divide la frenética carrera del tráfico. Una mirada a la protección ofrecida por el otro lado de los vehículos que pasan. Desde allí muchos caminos que elegir, muchas posibles vías de escape, y luego protección, el brazo del EPL, tan largo y tan reconfortante. Una segunda mirada, y entonces lo ve. Una cara que conocía, pero no podía situar, sólo recordar cuando vio el feo hocico de la pistola saliendo lentamente de la protección de su mojada guerrera.

–Quieto. Quédese quieto.

La lluvia, una meada encima de la cabeza de Piao. Se pasa la manga por los ojos.

–No se mueva.

El del EPL clavado a su sitio, pero la visión de él que tiene el inspector jefe perdida entre enloquecidos reflejos, cuando se detiene un camión Liberación como una bestia rugiente. Piao, entre humo de escape pulverizado y húmedo, rodea su culo, que eructa. Se agacha, una mano sobre otra, la pistola goteando lluvia y sombras de rompecabezas, pero Tsung, el huevo roto, ha desaparecido.

–¿Dónde coño está, jefe?

La circulación se divide en eslabones mientras los ojos del inspector jefe buscan frenéticamente una forma que corre. Una cara entre otras caras, o un brazo mojado que asome por una ventanilla lateral, o el cristal de una ventanilla que se sube; pero nada. El inspector jefe nuevamente examina con atención la maraña del tráfico. Entre la lluvia, el sonido de los cláxones y el enfado de los motores pasados de revoluciones. Y en medio de todo, sólo una cosa pequeña, una cosa muy pequeña. Piao de rodillas en un charco, viendo la danza de las aguas que escapan.

–Han movido la rejilla del desagüe. Está huyendo por las alcantarillas. Trae una linterna.

Yaobang, pistola en mano, detiene la circulación. Agarra la linterna y las pilas de debajo del asiento del conductor del camión Liberación y hace juegos malabares con ellas cuando corre de vuelta. Juguetea con las pilas para meterlas en el armazón rajado de la linterna, mientras el inspector jefe tira de la rejilla con dedos ensangrentados. Cae agua en la oscuridad. Al instante, un hedor a cosas muertas y desechadas. Nota una pared húmeda, luego una escala de hierro antes de balancear las piernas por encima, girándose y bajando. El Grande le sigue, barra tras barra, con la linterna en la boca. El haz de luz amarillo parpadea, se interrumpe, vuelve a parpadear con vida. Piao dirige el haz a los sucios pasadizos justo encima de la cloaca y deja la pared en sombra, adelantando a Yaobang.

–Por aquí.

–¿Cómo coño lo sabe, jefe?

–Por las pisadas mojadas en el pasadizo. En una alcantarilla no hay nada mágico. Y ahora no subas la voz.

Un recodo de ladrillo roto. Al rodearlo, da un peligroso patinazo. Estira un brazo delante del Grande. Se detiene, consciente por primera vez de que hay alguien más en el túnel. Un nuevo apremio. Piao intenta correr y resbala, consciente de la pernera del pantalón y de la piel rasgada de debajo. El Grande hace esfuerzos detrás de él. Tirones de las piernas al meterse en lo hondo de la marea viscosa. Los túneles laterales alimentan la cloaca rebosante.

Allá delante, un hombre lucha contra el agotamiento. Un eco sordo, una caída, un quejido. Piao y el Grande se detienen. Allá delante, nada, ningún sonido, sólo la noche de la ciudad haciendo espirales sobre ellos. Luego un resplandor disperso de luz sumergida en agua. Se ponen a correr hacia ella, disminuyendo la distancia, y lo ven directamente debajo de una reja rectangular incrustada al final del grueso mortero mojado que derrama lejanos matices eléctricos de neón desde la calle. Lo ven, entre líneas estáticas de luz nebulosa. La sombra oscura de una pistola delante de una pálida llama dorada. Piao empuja al Grande al agua, y se tira encima de él. Un estampido, luego una esquirla de ladrillo que salta. Los oídos zumban. Otro disparo. Los dedos del inspector jefe buscan la culata de su pistola, moviéndose por el agua hacia donde ésta se unía con el aire apestoso. Pistola agarrada con las dos manos, apunta, viendo entre el agua, apunta bajo, suelta un proyectil.

–¿Le ha dado, jefe?

–No. Pero si está oscuro, es mejor encender una vela que quejarse porque no se ve.

Un hombre se da la vuelta, corre. Borrando todo lo demás de su conciencia, Piao, con el dedo apretando con suavidad, como su instructor de armamento le había dicho muchos años atrás, muchos cuerpos agujereados atrás.

–Acarícialo con suavidad, como si fuera el pecho de su mujer. O el pecho de la mujer de su mejor amigo.

Instantáneamente, con el retroceso, un cuerpo alcanzado que gira, cae. Corren hacia él. El Grande se detiene encima de una forma oscura, que levanta de la cloaca, con la pistola apretada con fuerza en el borde de su ojo. El del EPL, Tsung.

–Fíjese en él, fíjese en él, coño. Le ha echado a perder su mejor uniforme. Hace un puto movimiento más y le vuelo la cabeza.

Piao, un susurro agotado en el otro oído del miembro del EPL.

–Le escucharé yo, camarada Tsung. Es lo que quiere decir él. Es un hombre orgulloso, con un gusto exquisito en el vestir.

–No es un buen comienzo, ¿verdad? Creo que ha tratado de impresionarnos. Conteste a unas cuantas preguntas. Ése sería un buen punto de partida, ¿no cree?

–*Wangba dan*, hijoputa gordo...

Duro contra el hueso, acero anodizado. El inspector jefe aparta la pistola, al notar una mancha de sangre que aumenta en el bajo vientre del miembro del EPL. Sacude la cabeza.

–Hable, camarada delfín. Pero rápido, necesita ir a un hospital.

Con cada palabra, el del EPL hace una mueca de dolor.

–No tengo nada que decir. Limítese a llevarme al hospital, les diré que me trató brutalmente, me atacó, me arrastró dentro de las alcantarillas y luego me pegó un tiro. Firmaré una declaración que diga eso y aportaré testigos.

Testigos. Siempre hay testigos. Una caja de cerveza, y encontrarás a una vieja que jurará por los dolores del parto que es tu madre. Un cartón de cigarrillos para comprar a un viejo que testificará, sobre los cabellos grises de su pelo, que él es tu querido padre perdido hace tiempo.

–Lléveme, necesito cuidados médicos. Necesito llamar a mi coronel. Me habrá sacado de su sala de interrogatorios en menos de una hora.

–Me temo que yo no suelo hacer las cosas de ese modo, camarada. Nosotros somos lo que usted llamaría poco convencionales en nuestros contactos. ¿No es así, jefe?

–Limítese a llevarme al hospital. No responderé a nada.

Piao, un susurro al oído de Tsung. Su tranquilidad, su precisión, tan gélidas como un invierno en Harbin.

–Estar en este sitio es peligroso, camarada Tsung. Un camarada podría morir en un sitio como éste.

–No me importa morir. Si yo muero, me seguirán ustedes. Mi coronel se asegurará de ello.

Se acerca más a Tsung, su aliento sobre el del EPL.

–¿Así que no le importa morir, eh, camarada delfín?

Una sonrisa.

–Tampoco a mí, así que pongámonos a ello.

El corazón del camarada cae, como un ascensor liberado de los cables que lo sujetan. En los ojos del inspector jefe sólo el filo que tienen las verdades auténticas.

–¿Quién ordenó el asesinato de las chicas?

–Que le den por culo. Lléveme allí. Necesito cuidados médicos.

Un asentimiento de cabeza. Yaobang levanta al del EPL agarrándole por la guerrera y lo vuelve a meter en la cloaca. Su mano, violentamente en la cara de Tsung, empujándole profundamente debajo de la sucia agua. El del EPL se levanta, resuella, tose.

–Qi, Qi, el puto Qi.

–Bien. Así vamos bien, camarada Huevo Roto.

Seca cuidadosamente el agua de la cara del miembro del EPL.

–¿Por qué asesinaron a esas chicas?

–Para divertirse. Sólo para divertirse. Le gusta mirar. Mirar cómo nos las follamos.

–Y le gusta mirar cómo les das navajazos y las violas mientras se están muriendo, ¿no, camarada?

La mano del Grande encima de su cara.

–Sí, sí. Le gusta mirar.

–Pero había otras cuestiones referidas a cuatro de ellas, ¿no las había, camarada del EPL?

Sacude la cabeza para librarse de la mano de Yaobang.

–Que le den por culo. Que le den por culo. Lléveme.

Un asentimiento de cabeza. La mano del Grande se cierra en torno al cuello del delfín, obligándole a bajar la cabeza, y éste abre la boca esforzándose por respirar dentro del agua negra. Boca, nariz dentro de una profunda acequia llena. Burbujas, al principio de furia, ahora menos intensas espaciadas cada muchos segundos. Un asentimiento de cabeza. La cara del miembro del EPL sube a la superficie. Sale agua del interior de su boca y narices.

–Camarada, había otras cuestiones. Hable, *tai zi*. Hable de las otras cuestiones.

Respiraciones entrecortadas, trabajosas.

–Sus padres. Quería algo de ellos. Sus padres. Científicos. Importante, algo importante...

Violentas toses le sacuden todo el cuerpo.

–Dinero, mucho dinero, para el EPL, dijo. Las chicas, bajas de guerra, dijo.

Piao seca con el puño el agua y los mocos de la cara de Tsung. Y en lo más profundo de su oído.

–Pero camarada Huevo Roto, el EPL no está en guerra.

–Eso es todo lo que sé. Todo lo que sé. Lléveme, lléveme.

–Pero yo no me creo eso, camarada. Yo creo que usted sabe mucho más.

–Yo no sé nada, nada más.

–¿Cuál es el nombre del Primer Ciudadano? ¿Kanatjan Pasechnik?

Una negativa con la cabeza.

–¿Establecimiento-4? ¿Montaña de la Rectitud?

Una negativa con la cabeza.

–Por favor, por favor. No, yo no conozco esos nombres.

Un penacho más oscuro se extiende por el agua negra. La pérdida de sangre del estómago del miembro del EPL aumentaba.

–Su tiempo, lo mismo que le pasa a su sangre, se termina, camarada Tsung. Hable. Convénzame de que no sabe más.

–Que le den por culo. Yo no sé nada.

–¿Qué busca Qi? ¿Qué es lo que busca? ¿Drogas? Los científicos son biólogos.

Negativas con la cabeza. Toses.

–¿Qué quería Qi de los padres?

–Que le den por culo.

–¿Qué es lo que pasa?

Mueve violentamente la cabeza. Un gesto de asentimiento. La mano de Yaobang empuja la cara del miembro del EPL, forzándola a hundirse cada vez más en la cloaca. Al principio, cierta resistencia, pero al cabo de muchas decenas de segundos ésta se funde con la quietud del agua oscura inquieta únicamente por la burbuja ocasional que busca blandamente la superficie. Un asentimiento de cabeza. La cara blanca como el papel de Tsung surge entre el agua hasta la superficie.

Arrodillado en porquería, la cara del inspector jefe pegada a la cara del huevo roto. Mira los ojos de Tsung. Atisbos de inconsciencia. Puntas de los iris cerrándose sobre sí mismas.

–Yo necesito más cosas de usted y usted necesita atención médica urgente, camarada del EPL. Hable, antes de que se me olvide dónde está el hospital más cercano. Un hospital, *tai zi*, más de lo que usted proporcionó a esas que llama bajas de guerra.

El cálido aliento de las palabras contra la mejilla del miembro del EPL le trae de vuelta.

–Dese prisa, camarada. El tiempo pasa volando. Dígame más cosas. Ya.

Toses. Una respiración dificultosa entre los labios azules.

–Dos días... dos...

–Más. Tengo que saber más para que no sigan los asesinatos. Por las chicas muertas, dígame algo en memoria de las chicas muertas.

Un leve movimiento de cabeza, la inconsciencia se desvanece.

–Maglev. Estación de tren de Maglev. Carretera de Longyang...

La visión se le nubla, los ojos se le quedan en blanco.

–Hacia las dos de la mañana... las dos de la mañana.

–¿Qué encontraré, camarada del EPL? ¿Qué encontraré en la estación de tren de Maglev?

Ojos que se ponen mate.

–Dólares. Millones. Y... poder. Mucho, muchísimo poder.

Capítulo 35

Bar El Bigote de Stalin, puerto de Shanghai

El marinero, con aspecto de hombre que lamenta constantemente la fertilidad de su madre, resultaba reconocible con facilidad. Un ojo de cristal, gris azulado, al lado del ojo con el que nació, que era del color de un café negro como la pena. Un hipnótico efecto esquizofrénico hace que tengas la sensación de que estás hablando con dos personas al mismo tiempo.

–¿Información?

Yaobang se sienta. La cerveza Reeb delante del marinero, tan rubio como una estrella de cine estadounidense, hace que sienta su boca seca como la lija.

–Yo no me voy a follar a ese *tai zi*...

–¿Qi?

–Así es como llaman a ese hijoputa. Era el *cuadro* que estaba al mando. Era el que me dio las coordenadas.

–¿Coordenadas?

–Aguas profundas para ser aquella zona.

Vaso derribado. Espuma que se desliza lentamente. Yaobang hace un gesto a la camarera de mirada triste. Pide otra Reeb.

–Cuéntame más, camarada. Hablar es bueno para el alma, joder.

–Pero no es bueno para mi salud. Yo no voy a follar con ese delfín. El aspecto de un hombre que podría provocar una muerte en la familia.

El Grande rebusca de modo extravagante dentro de un bolsillo interior. Una visión voluntaria de su cartuchera y la negra culata de su pistola. En la mano, unos dólares americanos recién cosechados. Deja que le caigan de la mano al gastado tablero de formica de la mesa.

–Tienes pinta de ser de los que advierten la posibilidad de un buen negocio, camarada. Tienes pinta de ser de esos camaradas a los que puedo hacer una oferta que les quitará el miedo a que haya un muerto en la familia. Tienes que entender que te estoy haciendo una oferta, camarada, que se debe aceptar, joder.

Dedos callosos sobre Abraham Lincoln, Andrew Jackson, Alexander Hamilton.

–Que le den por culo. Zarpo con la marea alta. Estaré fuera tres meses...

Vacía el vaso de Reeb.

–¿Qué es un muerto en una familia que tiene centenares de miembros?

*

Buque de investigación arqueológica Justicia Celeste.
Islas Gran Yangshan y Pequeña Yangshan, bahía de Hangzhou, a 27 kilómetros de la costa sur de Shanghai

La cabeza de Piao, un encerado interno. Añade cosas a su lista, cambia cosas, tacha cosas. Termina de tachar cosas. Salta de la litera y de la incómoda comodidad de las ásperas mantas a un suelo de hierro que tiembla por las vibraciones. En la mano del Grande, un tazón con el esmalte saltado de *lucha* humeante. El inspector jefe lo rechaza con el movimiento de una mano fláccida. Se levanta, piensa que el aire fresco de la cubierta le ayudará.

Un cielo de lluvia que se resistía a caer. Una brisa gélida y nubes en una amalgama de colores. Pero el aire no ayuda. Temblores, sudor en la frente. Se sube el cuello y se sienta en un bidón de aceite, los brazos cruzados, desplomado sobre una barandilla oxidada. Los puntos de sutura de su pantorrilla queman como un carbón al rojo. Su dolor es la única realidad dentro de un universo mareante. Yaobang arrastra por la cubierta una lona manchada de grasa, envolviendo a su jefe con ella. Piao da las gracias con la cabeza. Mira el mar más allá de la bahía de Hangzhou, Xiao, las islas Xiao Yangshan y Da Yangshan, un gris más oscuro clavado en el gris, mordiendo el horizonte.

Una mano en el hombro. Huesuda, de piel fina con manchas hepáticas.

–No eres buen marino, joven Piao. Como tu querida madre.

Reconoce la voz. Chieh, el director del Departamento de Conservación de Restos Culturales, masajea el hombro del inspector jefe.

–La llevé a dar un paseo por el lago hace años. Hace muchos años. Se mareó tanto como una cerda preñada.

Risas.

–¿Te dije alguna vez, Sun Piao, que tu madre era la chica más guapa de Songjiang? Cuánto la quise. Pero no resultó.

Piao, con la cabeza levantada lo justo para pronunciar las palabras; las menos posibles.

–No le esperaba aquí, director Chieh.

–Este barco es mío, responsabilidad mía. Te lo presto porque te debo *guan-xi* por favores que has hecho a mi departamento. La recuperación de los Hombres de Barro durante tu última investigación fue muy apreciada.

Una sonrisa ilumina el fondo de los ojos del anciano. El emperador Jing Di, quinto gobernante de la dinastía Han; los Hombres de Barro, su ejército de guerreros de terracota para protegerle en el más allá, siempre producen ese efecto en todos los que los miran.

–También te presto el barco de investigación de mi departamento por mi amistad con tu querida madre.

Extiende un pañuelo, luego se sienta en un bidón de aceite al lado del inspector jefe.

–Hoy en día hay pocos motivos que me impulsen a dejar mi despacho. Trabajo, trabajo, siempre ocupado. Y claro, está mi secretaria, la señorita Lau. Mayor, pero buenos pechos, muslos firmes.

Risas.

–Y hay mucho nuevo que ver, joven Piao. ¿Ves dónde se ponen los cimientos? El puente transoceánico más largo del mundo será construido ahí, una autopista de ocho carriles cruzará estas aguas. Doce mil millones de yuanes para construir un puente de treinta y seis kilómetros de largo, que hará que el trayecto entre las dos ciudades del delta del río Yangtzé sea ciento veinte kilómetros más corto. ¿Lo imaginas?

Señala hacia las islas Gran Yangshan y Pequeña Yangshan.

–Y allí, el gran puerto de Yangshan. El mayor puerto en construcción del mundo. Construido para responder al índice de crecimiento de nuestra ciudad, que es del veintinueve por ciento anual, y para que atraquen buques de carga de tercera y cuarta generaciones. Incluirá un puerto de gran calado, donde habrá una terminal para contenedores con cincuenta y dos puntos de atraque. Una inversión de dieciocho mil millones de dólares. Asombroso. Asombroso.

Mueve la cabeza.

–El progreso, el progreso, el progreso. Mientras no perdamos los valores del pasado. Pero ése es el motivo por el que existo yo, Sun Piao. Y tú. El pasado...

Baja la voz.

–Dime, joven Piao, yo he venido a ver el paisaje, ¿y tú?

Hélices marcha atrás. Aguas grises que florecen con un tono marrón. El ancla los deja firmes en el lugar señalado por los datos del GPS proporcionados por un marino gracias a dólares norteamericanos que ni siquiera podrían pagar el consuelo de una puta decente para una noche.

–¿Por qué estás tú aquí?

El inspector jefe alza la vista y entrecierra los ojos poniendo cara de mono arrugado.

–Lo mismo que usted, por el pasado. Para honrar el pasado, director Chieh, y para honrar a los que perdieron su futuro por él.

*

Ritual... de goma, acero. Ritos... de hebillas, selectores, tuberías

Una patrulla de submarinistas de ojos atentos y con gran experiencia. Tres submarinistas, verificaciones de seguridad previas a la inmersión. El sistema de control de flotabilidad, pesos, plomos. Aire comprimido, 323 bar. Botellas de 12 litros a unos 25 metros que permiten sumergirse a unos 25 metros durante unos 30 minutos. Conectar el aire. Abrir el paso por completo, luego a medias.

Dos submarinistas con una soga sujeta a una boya, sus formas se mezclan, se hunden, burbujas que escoltan una soga hacia la oscuridad. Veintisiete metros, asegurar la soga. Una grúa pequeña cuelga por encima de la borda, su cable de acero sujeta una plancha de plástico con agujeros y contrapesos. Una cámara de vídeo para transmitir en directo dentro de una caja que aísla del agua y focos; cables que se extienden como un muelle sin tensión. Linternas, herramientas básicas y cuerda. El tercer submarinista se mete en el agua, una mano en la cuerda, la otra con una linterna de potente haz, sigue la plancha a la oscuridad.

Piao se concentra en la boya hasta que llega un grito desde el puente.

–Empezaron las imágenes en directo.

Acero gris bañado en luz verde de radar. Rayas discontinuas monocolores en el pequeño monitor. Rostros que oscilan; narices que se desvían a los lados, bocas torciéndose, destorciéndose. Una cara, tras una careta. Una mano, el pulgar extendido.

Hongcha entrelazado con *Maotai* en tazones de esmalte saltado cuando Piao observa el perfecto ballet de los submarinistas. Uno, en posición estática, suelta cuerda a un segundo submarinista atado que da vueltas a su alrededor. Cada vuelta, un metro más de búsqueda con el ojo penetrante. El tercer submarinista observa, rueda. Pasan treinta minutos, Piao los cuenta. Eslabones de una cadena.

Treinta minutos... nada. El monitor queda en negro en el centro, una brillante estrella que implosiona lentamente. Piao, cojeando de mala manera, el primero que sale del puente y se precipita a las barandillas cuando los submarinistas regresan por botellas llenas. Observa que sus cabezas rompen las olas y que suben gateando al hierro oxidado. El submarinista jefe cambia las botellas, comprueba los reguladores dos veces, los calibra. Espesas burbujas despedidas dentro de las caretas.

Para cuando Piao ha hecho el camino de vuelta por la cubierta y subido la escala hasta el puente, el monitor ha vuelto a adquirir vida. Se sienta al fondo del puente, lo más cerca de la puerta posible, sus ojos clavados en cada movimiento según transcurren los minutos. Nada.

Enciende otro cigarrillo, y se produce un movimiento borroso en el monitor.

–Han encontrado algo, jefe.

El tercer submarinista se adelanta. La videocámara, sus ojos. Formas, mal definidas... dos submarinistas, unidos por una cuerda. Una forma mayor se perfila; más allá de ésa, otra. El zum de la videocámara sigue el dedo del submarinista que señala. La forma llena el objetivo y el monitor. Chieh, el capitán y algunos de los de la tripulación se acercan más, mientras se enfoca el detalle. Algo, el fragmento más breve de segundo, conocido, pero desconocido, fuera de contexto en el fondo del mar.

–¿Qué era eso?

Chieh se quita las gafas, clava la mirada en los ojos del inspector jefe. Vuelve al monitor, pero la videocámara ya en caída libre dando vueltas. Fragmentos de piedra, aletas, el ondulado fondo del mar y el diamante difuso del cielo. El maníaco esprint de un submarinista en busca de la superficie. Otras manos ya han agarrado la cámara, que sigue su vuelo frenético burbujeante. El jefe de los submarinistas corre a la puerta, gritando.

–Llamen a un helicóptero, necesitamos un traslado inmediato. Hay un barco Dayang de apoyo y rescate en el puerto. Tiene cámara de descompresión.

Baja los escalones, seguido por la tripulación. Corre a las barandillas; un hervidero de burbujas rompe la superficie del mar. El submarinista perfora las olas como un delfín negro que salta. Cuerpos con chaleco salvavidas en el agua llevándole de la ingravidez al hierro.

El capitán se vuelve hacia Piao; su aliento, todavía a *hongcha* y *Maotai* entrelazados.

–El submarinista ha emergido con demasiada rapidez. Debió tener cuidado. Pueden habérsele roto los pulmones. Seguramente ya tendrá «las sangrías».

Su mirada se dirige al monitor por encima del hombro del inspector jefe. Los iris se le dilatan.

–¿Qué es eso? *Ta ma de*, ¿qué coño es?

Piao ya lo sabe, y no necesita ver la cara sin ojos, la curva de una mejilla en descomposición o el agujero negro de la boca... un pez que emerge entre la oscuridad de sus labios desgarrados.

El inspector jefe se aparta. Sólo el sonido del mar contra su oasis de hierro y las mordaces palabras de Yaobang en su nuca.

–Creo que hemos encontrado lo que estábamos buscando, jefe.

*

Sólo lo ve gracias al juego de luces de la punta del cigarrillo encendido, en la proa del *Justicia Celeste*, negro ante la oscuridad del mar. Yaobang ayuda al director Chieh a desplazarse por la cubierta, los cables, las escotillas y carga atada.

–¿Cómo se encuentra, jefe?

Ninguna respuesta. Piao, ojos en el perdido horizonte, cuenta los surcos profundos dejados por los cargueros. Sólo la huesuda mano del director le devuelve a la ondulante cubierta.

–Sun Piao, deberías habérnoslo dicho.

–¿Cómo está el submarinista?

El Grande se echa hacia delante; constelaciones de luces de barcos que pasan, eclipsadas. Enciende un cigarrillo con el del inspector jefe.

–Ya está bien, jefe. No hay daños permanentes. Nada que le impida seguir una vida normal. Tuvo suerte. Puede que sólo unas cuantas pesadillas.

–Una vida normal, sea lo que sea eso.

–Sí, tuvo mucha suerte.

El director Chieh gira a su alrededor para encararse con él.

–Deberías habernos dicho lo que esperabas, Sun Piao. Deberías haber expuesto la situación cuando me pediste ayuda. Casi ha muerto un submarinista, y los que hemos visto lo que hay en el fondo de la bahía de Hangzhou estamos en un compromiso. Deberías haber sido sincero conmigo, Sun Piao. La sinceridad es lo que caracteriza a un hombre virtuoso.

–No me hable de hombres virtuosos, director; hasta ahora, aparte de mi ayudante, no he conocido a ninguno.

Piao tira la colilla al aire por encima de la barandilla del barco.

–Y un hombre virtuoso, como es usted, ¿qué habría hecho? Si le hubiera contado mi historia, dado mis razones, hablado de esos a los que la vida ya no posee, de chicas apuñaladas hasta matarlas y abandonadas en el Wusongjiang, asesinadas y enterradas en hormigón. De camaradas crucificados, torturados...

Enciende otro cigarrillo.

–Usted, director Chieh, se habría disculpado. Habría dicho que estaba muy ocupado. Su barco, este barco, fuera de servicio, o dedicado a un proyecto de investigación arqueológica muy importante. Nuestra reunión habría sido borrada de su agenda. Carpetas, con detalles de mis hallazgos, perdidas en un profundo archivador. Su secretaria informaría, con una disculpa adecuada, de dónde estaba usted en el momento de nuestro proyectado encuentro.

Silencio. Una profunda calada al China Brand.

–No hay que molestarse por esto, director. Yo, más que nadie, conozco el juego y cómo se juega. Es un juego que todos conocemos y al que jugamos todos en esta República Popular nuestra.

Una mano en el hombro del anciano.

–Usted es un buen hombre, director Chieh. Un buen hombre y un buen camarada. Pero a veces las dos cosas no encajan bien. A veces son incompatibles. A mí me ha costado personalmente aprender que eso es verdad.

–Tienes razón, mucha razón. Lo siento, Sun Piao. Deberíamos pensar en esos a los que la vida ya no posee. ¿A qué hemos llegado? Una sombra, y nos quedamos en casa atisbando por una rendija entre las cortinas. Nos mira un desconocido, y volvemos al despacho y hacemos trizas unos documentos. ¿Qué estamos haciendo?

Silencio. Sólo la noche. Sólo el mar. Ninguna sombra. Ningún desconocido.

–Jugaremos al juego que jugamos todos, director. Y jugaremos bien. Su tripulación, sus submarinistas, nunca estuvieron aquí. Usted les ayudará a encontrar coartadas sólidas. Cambiará usted toda la documentación referente a este viaje. Usted tiene un brazo largo, director Chieh, el *guan-xi* comprará los recuerdos del jefe de puerto. El *guan-xi* borrará los detalles que tienen relación con el transporte del submarinista a la unidad de descompresión y su breve estancia en el hospital.

Piao se pone de pie y se dirige a la barandilla. La vida del barco flota vibrando, le sube por las piernas y se centra en su pecho.

–Me entregará el único ejemplar del vídeo filmado antes de que le entrara el pánico al submarinista. Los datos del GSP de los cuerpos en el hormigón también me los dará.

Chieh sigue al inspector jefe, con los ojos mirando el mar y el cielo donde se unían en una soldadura invisible.

–Eres un imán que atrae lo que todos los demás imanes repelerían, Sun Piao. ¿Qué harás con esa información, que es como una bala en la recámara de una pistola que te apunta?

Dolor intenso, calor punzante, salen disparados de los puntos de sutura de su herida de la pantorrilla. Un recuerdo de la vida y de cómo se vive y, con él, una prueba de que él todavía desea que continúe, cuando en otras ocasiones no.

–«Si nunca has hecho ningún mal, no deberías preocuparte de que los demonios vengan a llamar a tu puerta.»

Renuncia a colocar la mano sobre su dolorida pantorrilla, como si disfrutara del tormento.

–Yo llamaré a sus puertas secretas, director. Y a las puertas de los que les apoyan, y veremos cómo reaccionan ante esa llamada.

Capítulo 36

El olor a pan de luna. El olor a noche. El olor a pesadillas que esperan su turno

Sentado en el embarcadero. En la lengua, el sabor del té, negra ala de cuervo, y del relleno de azuki. Todavía noche, pero una grieta limón claro en la base del cielo, como si el horizonte desgarrado fuera poniéndose dorado lentamente.

–Parecía un espectro, pobre cabrón. Nunca creí que lo sentiría tanto por el Mago, jefe.

Un silencio tan largo como la noche. Sólo el perezoso chapoteo del agua contra los carcomidos pilares de piedra y de madera que ya no recordaba los bosques en que había nacido.

–¿Se lo preguntaste?

–Claro, jefe. Estaba apenas consciente, pero se lo pregunté de todos modos. Soltó una especie de gruñido a modo de negativa a cada pregunta.

–¿Nada sobre la época de Qi en Inglaterra? ¿Datos de la época que estuvo allí en la universidad? ¿De su formación militar? No. ¿De su vida en general allí? ¿De las mujeres de su vida?

El inspector jefe aparta la vista.

–Nada de nada, joder, jefe. No hay nada más. Tenemos todo lo que pudo conseguir el Mago antes de, antes de...

–¿Algo de su faceta como musulmán? ¿Cuándo se convirtió, dónde?

–Nada, jefe, pero de todos modos ¿qué coño importa? Tenemos suficiente para intentar establecer relaciones. Pero en este caso no tiene sentido nada.

El Grande se baja la cremallera del pantalón y mea en el río.

–Voy a ver si duermo algo, jefe. Las noches se van pareciendo cada vez más a intentar atrapar una pulga con una cuerda.

Se vuelve a subir la cremallera. Camina hacia la puerta. Un calor de hornos y el olor a sudor y panadería.

–Mierda, casi se me olvidaba...

Saca un grueso fajo de papeles del bolsillo interior. Se lo entrega a Piao.

–Son las llamadas telefónicas que quería usted. Del móvil de Qi y de su número con el prefijo 39. Y, jefe, no se tome la molestia de preguntar cuánto coño costaron.

*

Piao lee bajo el haz color ámbar de una linterna. Lee hasta que los ojos le escuecen por la falta de sueño, se le embala la cabeza con fechas, números, nombres, duración de llamadas. El número con prefijo 39 de Qi, bastante usado, pero usado con precaución. Nada que permita establecer contactos. Llamadas a y desde su guarnición, y de su padre, el coronel jefe, sus compañeros del ejército, un tío de Beijing, un primo de Shenyang. Llamadas a y de su especialista del Hospital del Pueblo número 1.

Un mosaico de datos y más datos. Un registro del teléfono móvil de Qi. Tantas páginas de llamadas que, en un determinado momento, Piao juega con ellas, y consigo mismo; las mete en la rendija que dejan las maderas del embarcadero. Una tentación. Dejarlas caer... dejar que se pierdan en la marea de la noche, fluyan hasta el mar Amarillo, al mar del Este de China, a Taiwán. Que las recojan los de Taiwán.

Y luego una prisa, súbita e insondable, por dormir. Pero se estira, se da la vuelta; finalmente se levanta, volviendo a recorrer el embarcadero. Cuenta todo lo contable, para suprimir el atasco de datos de su interior. Las lejanas ventanas de oficinas con la luz eléctrica encendida engastadas en las puntiagudas torres de Pudong. Cuenta los lejanos coches que bordean la avenida Long Dong. Cuenta barcos que forman meandros de luz Huangpu abajo.

Vuelve a entrar en la panadería. Su habitación, un rincón de un espacio de almacenamiento; su saco de dormir desenrollado, rodeado de cajas. Ahora su vida contenida en cartón corrugado. Sin quererlo, al menos conscientemente, en la mano la foto de ella todavía cubierta de polvo. ¿Por qué incluirla entre los elementos que ahora constituían la extensión de tiempo que se llamaba su vida? Un dedo por encima del agitado pelo negro y la suave curva del pómulo. Polvo gris, debajo el color. Sacude la cabeza... lo peor de todo lo que le quedó, la confusión. Se pregunta si aquello ha pasado alguna vez. Una vida, una mujer, un matrimonio.

Vuelve a sacudir la cabeza, pero no se libera de los pensamientos ocupados por ella. Cruza la puerta, el aliento del horno se le echa encima. Se queda parado detrás de los primos mientras éstos hacen pan, sudan por el esfuerzo. Se queda parado detrás de ellos; huelen a harina, almendra y honradez. Durante dos horas cuenta los panes que hacen. Dos horas tratando de librarse de ella. Da un puñetazo a la pared sin que lo vean. La pared de ladrillos medio deshechos se integra en sus nudillos ensangrentados. Durante minutos la libertad que proporciona el dolor, pero en cuanto se coagula la sangre, regresa la confusión, y sin una pastilla que la diluya o una Tsingtao con la que tragarla.

Una pesada caja de herramientas bajo un banco de trabajo. Busca en su oscuro interior algo afilado y cortante. Un cuchillo con una buena hoja en una funda de plástico y un par de pinzas de largos extremos. Pero la hoja no va a la piel de su muñeca. Se enrolla la pernera del pantalón. Se sienta en una silla, tensa la pierna contra la madera del banco. Entre dedos temblorosos, el cuchillo se cierne sobre la red de puntos de sutura que cosen la piel formando pequeños bultos. Una punzada de dolor cuando corta el primer punto por delante, por detrás. Lentamente, los brazos de la nariguda pinza arrancan los puntos de la carne herida. Un dolor profundo, como enraizado en su corazón. Repite el proceso una vez, y otra. Con cada doloroso corte del catgut, cada esforzado tirón de un punto... la cara de ella se desvanece. La dulzura de las últimas palabras que dijo se difumina. Arranca la última y resistente araña negra del punto de sutura. Un ligero tirón, seguido de una gota de sangre. Observa que el escarlata sigue el valle cosido de su pantorrilla. Y con eso, consciente de que estaba libre de ella. ¿Durante un minuto? ¿Una hora? ¿Un año? ¿Podría soportar todo ese tiempo sin pensar en ella?

Y, en el vacío que quedaba, ciertas esperanzas, ciertas creencias, ciertas dudas, ciertos comienzos, ciertos finales. Lo mismo que él, un rompecabezas de muchas piezas, pero sin tenerlas todas para completar el dibujo.

¿No estaban todos los investigadores y los casos que investigaban hechos de cosas como ésa?

Vuelve al mosaico de papeles. Lee página tras página. Si no otra cosa, al menos él era un animal de costumbres. Se lleva el lápiz sin punta a la lengua y luego lo dirige al papel, subrayando, rodeando de círculos. Una y otra vez, los mismos destinatarios, los mismos números, nombres. Todos los nombres, a los ojos de Piao, parecen árabes. Y entre ellos, diferenciándose, destacando en cada página, el nombre ruso, Kanatjan Pasechnik.

Capítulo 37

Hermanito, ¿dónde están tus manitas?
Aquí están mis manos.
Pueden empuñar armas.
Pueden disparar.
Pum. Pum. Pum.

Canción infantil china

El Ejército Popular de Liberación

Las fuerzas armadas mayores del mundo.

Dos millones de hombres. En momentos de crisis, millón y medio más de la milicia de reserva. Otro millón de la Policía Armada Popular. Consisten en unidades de combate, apoyo en el combate y servicios de apoyo en el combate. Más de 70 brigadas, 100 regimientos independientes, 11 unidades acorazadas, diez divisiones de infantería mecanizada y siete regimientos de unidades de fuerzas especiales.

Cuatro mil carros de combate ligeros, 10.000 carros de combate pesados, carros de combate tipo 59 y los modelos mejorados, tipo 69 y tipo 79. El tipo 80 lleva incorporado un sistema de control informático del disparo, un telémetro láser, un estabilizador del cañón, instrumentos para el combate nocturno. El tipo 90 se parece al T-72 ruso. Sistemas propulsores occidentales, suspensión mejorada, instrumentos láser de defensa activa, avanzados sistemas de observación de día o de noche y de control del disparo.

Unas instalaciones para la fabricación de artillería con más de 28 fábricas nacionales y 17 locales. Sesenta líneas de producción de artillería. Doce organizaciones de investigación y desarrollo de la artillería. Treinta divisiones de artillería. Piezas de artillería desplegadas en la actualidad... 30.000 de varios tipos y varios calibres: obuses de 155 mm, 152 mm; lanzacohetes múltiples de 273 mm, 122 mm; cañones de 130 mm, cañones de 100 mm; cañones anticarro de 100 mm y 85 mm. El alcance de esa artillería va de 5 a 30 km.

*

En 1999 el Banco Mundial hizo un préstamo de 200 millones de dólares a la República Popular China. Se concedió para apoyar las incesantes reformas del gobierno chino. El gobierno chino, a través de la Comisión de Planificación Estatal, utilizó la empresa China Dorada como agente financiero para distribuir los fondos del Banco Mundial. Y resulta que el Ejército Popular de Liberación es propietario y controla la empresa China Dorada.

El dinero concedido para «incesantes reformas» se dedicó a armas.

Cinco millones de dólares concedidos al Instituto del Noroeste de Investigación de Metales no Férricos. Parte de la empresa nuclear china proporciona al ejército chino sus armas nucleares.

Cinco millones de dólares entregados al Centro de Investigación de Harbin. Una tapadera usada por el EPL para adquirir motores turbo para las fuerzas aéreas del Ejército Popular Chino.

Cuatro millones a la fábrica de radio de Nanjing. Es propiedad del EPL, y proporciona equipos para satélites y radios para la seguridad militar.

Cuatro millones de dólares al Instituto de Planificación e Investigación de la marina china. Unas instalaciones del EPL dedicadas primariamente a proporcionar material a los barcos de guerra chinos, incluidos submarinos de propulsión nuclear.

Tres millones de dólares a la Universidad de Xi'an Jiatong. Un importante centro de investigación del EPL con instalaciones compartidas con una unidad de armas químicas y biológicas del EPL.

Cinco millones y medio de dólares a la empresa textil china. Una tapadera, conocida porque es usada como una empresa en la que hacen dinero los generales del EPL.

Capítulo 38

Una habitación privada, cortesía del *guan-xi*. El Mago, desconectado de los tubos, la boca abierta, color en la cara y cólera en los ojos. Observa al inspector jefe, a su ayudante, de rodillas, buscando aparatos electrónicos de escucha debajo de la cama, detrás de las conexiones eléctricas. De puntillas, con torpes piruetas, comprueban las boquillas de las bombillas, detrás de las cortinas. Un asentimiento de cabeza. Alzan los pulgares.

Observa cómo meten en la habitación los diversos elementos del sistema informático sobre carritos con ruedas. Una hoja de papel en la mano del Grande; complicados dibujos hechos con bolígrafo. Aparentemente muy fácil. A prueba de falsificaciones. Pero ahora, con la realidad de miles de cables y orificios para conectarlos, la sensación de impotencia que sólo puede engendrar el ordenador. Sigue el movimiento durante treinta minutos. Sólo cuando no pueden más, echan los brazos al aire, cables en el suelo; la enfermera, con piernas más sólidas que las otras, reclama ayuda. Un médico vuelve a enchufar la conexión principal. Un anestesista enchufa la impresora al puerto y el monitor al conector. Un asesor pone en marcha el sistema y lo reinicia. El personal del hospital sale de la habitación. Las cortinas se cierran con un siseo. Piao saca orgullosamente el CD del bolsillo y lo mete en el disco duro

Clic. Clic. ARCHIVO VEINTE.

La blanda panza del ordenador del camarada Qi, desprotegida, queda extendida como una carpa en filetes. Columnas en filas codificadas. Caracteres, cifras, en enlaces establecidos. El dedo de Piao entre trazos polvorientos señala la pantalla del monitor. Rentang asiente con la cabeza, movimientos de cabeza para las preguntas. Todo sobre una banda sonora de aire que pasa por una boca sin lengua.

–Fechas. ¿Entradas de dinero?

Un asentimiento de cabeza.

–¿Esta cifra, yuanes?

Negativa con la cabeza.

–¿Dólares?

Asentimiento de cabeza. Un silbido largo, grave, del Grande. Vendiera lo que vendiera el EPL, muchos, muchísimos dólares.

–Este atajo, no lo entiendo.

Una pluma sujeta sin fuerza en los dedos de araña del Mago; se desliza lentamente sobre el papel. Su voz, tinta negra.

Bares.... ganancias... comisiones.

Los caracteres forman abreviaturas. Ahora las ven. Dedos que persiguen columna tras columna.

CLS... Club Luna de Shanghai.

CD... Club Dedo.

BFUT... Bar del Famoso Urogallo de Tom.

CGF... Club Gente Famosa.

Bares. Clubes de karaoke. Muchos dólares.

Al terminar cada mes, cifras totales, cantidades elevadas. Dólares, por millones. Junto al total, otra cifra, una cifra menor. Da golpecitos en la pantalla con el dedo.

–¿Éstos son los ingresos? Prostitución, extorsión, ganancias de los locales de los que es propietario el EPL...

Un asentimiento de cabeza.

–Esta cifra. El mismo día, la misma hora de cada mes. Dinero mandado por mensajero a un punto central.

El *primer ciudadano*.

–Enséñame las previsiones para los seis próximos meses.

Pasan páginas por la pantalla, mes tras mes, verifican las intersecciones de cifras totales. Cada mes, una discrepancia importante entre ingresos y lo que Qi estaba mandando por mensajero. Una discrepancia de cientos de miles de dólares. Yaobang mueve la cabeza.

–Está quedándose con dinero, el jodido cabrón. Estafa al EPL. Debe tener ganas de que lo maten.

–No, si no se entera nadie.

No se fija en la escritura del Mago en el papel, hasta que la tos le llama la atención. Yaobang seca la saliva de Rentang con un pañuelo de papel. Piao agarra el papel de su fláccida mano, lo hace girar lentamente.

Primer ciudadano... Mao... Larga Marcha.

–Hay una relación entre eso. ¿Qué relación?

Da la vuelta al papel.

EPL.

–No lo entiendo.

El del dinero. De Mao.

La pluma cae cuando Rentang se derrumba en la cama en estado de agotamiento. Respiraciones por el negro túnel de su boca en chirridos discontinuos.

Pasan lentamente las páginas antes de detenerse. Algo con aspecto diferente. Un modo de codificación diferente en las páginas del archivo. Cifras con más ceros. El Grande silba larga y gravemente.

–¿Qué es eso, jefe? Eso no es prostitución ni extorsión. Mire las cifras. Son millones, joder. Sólo las drogas pueden producir dólares así.

Una flema, tos seca, sangre en una delicada neblina. Pero Rentang agita la mano pidiendo una pluma.

Fíjate... primera, segunda columnas. Abreviaturas. Iniciales.

El dedo de Piao recorre las columnas uno y dos. Caracteres de bordes cortantes al lado de las cifras por millones. Caracteres con bordes cortantes en forma de abreviaturas.

–Las listas que quería yo, políticos, comités, sindicatos, ¿las tienes?

–Claro, jefe. Tres bandejas llenas de ellas en la caja del camión Liberación.

Se fija en los ojos del inspector jefe.

–No me joda, jefe. No iremos a mirarlas todas, ¿verdad?

El Mago, con gran esfuerzo, se incorpora en la cama, llevando frenéticamente la mano al papel.

Sí.

–Hay demasiados datos, jefe. No entiendo para qué podría servir. ¿Está seguro de que deberíamos mirarlos todos?

El Mago escribe deprisa, muy deprisa. La misma palabra repetida. Pero luego, como un árbol que cae de un solo golpe, vuelve a derrumbarse en la cama. Los ojos hinchados. Sangre, en un abundante riachuelo, le baja por la barbilla y llega hasta las sábanas, a punto de estallar de ira. La mano del Grande ya ha encontrado el botón de la alarma, mientras el inspector jefe acoge al Mago en sus brazos. Yaobang corre a la puerta, dando gritos por el pasillo. Un eco lejano, el sonido de pies no acostumbrados a correr. Un médico y dos enfermeras. Un diagnóstico instantáneo. Hacen que Rentang se ponga de lado y en posición de recuperación. El Grande le agarra las gafas cuando éstas empezaban a caer al suelo.

–Tiene una hemorragia.

Goteros conectados de nuevo. Un puñado de gasa represa el río. El médico, setenta horas a la semana bajo una luz desnuda, responde a la pregunta de los ojos del Grande con una cara tan pálida como las sábanas.

–Es grave. Tengo que llevarle a la mesa de operaciones –mientras empuja la cama sobre ruedas fuera de la habitación. Enfermeras a cada lado, goteros mantenidos en alto como farolillos de Año Nuevo. Desaparecen por el pasillo entre gradaciones de luz y sombra, y un traqueteo de acero cromado.

El inspector jefe sólo agarra el papel manchado por la sangre del Mago cuando ha desaparecido la insistente canción del acero. La misma palabra repetida.

Sí... sí... sí... sí...

Mira a los ojos del Grande.

–Nos lo está diciendo con su sangre. Comprobaremos todos los datos que tenemos.

Capítulo 39

El Museo Nuevo de Shanghai, Henannanlu

Frente al Ayuntamiento, una construcción irregular en varios niveles, consistente en cinco enormes discos recubiertos de mármol rosa importado de España, montados sobre un bloque rectangular. Desde el techo, cuatro arcos apainelados que recuerdan un antiguo bronce chino; la referencia subrayada por un gran glifo encima de la pared redondeada de la entrada principal.

Pero cuando se le pedía a alguien que describiera el edificio, la única imagen que le viene a la cabeza es la de una tarta nupcial. Una inmensa tarta nupcial de muchos pisos, rosa, de setenta millones de dólares.

*

El director del Museo de Shanghai no era un hombre que viviera acorde con el esplendor del atrio central con losas de mármol en el suelo, rodeado de sus catorce galerías con alfombras. Un laberinto de bronces, cerámicas, cuadros, caligrafías, monedas, jades, estatuas, lacas y sellos. Un pardillo, el director, que seguramente todavía estaba chupando de la teta y cuya cara uno tendría dificultades para recordar a los dos minutos de separarse de él.

–El *primer ciudadano*...

Tres galerías recorridas, y ésas fueron las únicas palabras que intercambiaron aparte de las de presentación.

–En la actualidad tenemos ciento veinte mil objetos en el museo, inspector jefe. Hay sólo uno que tenga una referencia con ese nombre.

Hombre ocupado, era difícil mantener su paso. Le siguen galería tras galería. Al cruzar una puerta indescriptible, detrás de las paredes revestidas de mármol y ricas maderas, una red de desgastados pasillos beis llevan a más desgastados pasillos beis. En el mismo centro del edificio, enormes salas de almacenamiento con grandes cajas cerradas. Detrás de un lío de cables: bronces envueltos como momias, estatuas, armarios de porcelana de muchos pisos y el olor de millares de antiguos batallones, de vidas de hace generaciones, caídas por el suelo, de ejércitos de personas que vinieron y se fueron, poco conocidas u olvidadas.

El director se detiene junto a una enorme pared de metal. Cajones que se deslizan verticalmente, en un ambiente controlado, no diferente del de un depósito de cadáveres. El pardillo del director busca una llave entre las cincuenta de una gran cadena. Pasan minutos en silencio, sólo el sonido de llaves chocando entre sí. Piao emplea el tiempo en examinar uno de los jarrones de la vitrina, del siglo V antes de Cristo. En su exterior una representación de esclavos entregándole el tributo a Li Wang, el rey del oeste de Zhou. Una inscripción escrita audazmente en su exterior celebra el tributo de 1.726 vidas.

En su oído, un murmullo que cualquiera a quince metros de distancia podría haber oído con claridad.

–La historia sólo es una cosa después de otra, jefe, pero no cambia nada. Nada cambia nunca.

Una llave dentro de una cerradura, luego sonido de acero que se desliza sobre guías de acero. Un leve resoplido de aire. Un enorme cajón se extiende de suelo a techo. Su interior con algodón que cuelga. El director recoge los blancos bordes y aparta teatralmente la cortina que cae a pico. Lentamente va quedando a la vista un gran lienzo pintado al óleo, que por lo menos tenía ocho metros de largo por cinco de alto. Eclipsados en la sombra, los héroes de la Larga Marcha, pintados con el estilo épico soviético. 16 de octubre de 1934. Cien mil hombres del Ejército Rojo, tropas auxiliares, y los que participaron más estrechamente con el Consejo Revolucionario, embarcados en un viaje de casi siete mil kilómetros. Al frente, el Gran Timonel, Mao Zedong. Le rodean banderas rojas. Ojos que brillan como estrellas. En su cara, la sonrisa de un triunfo que se anuncia.

–Hay que joderse, jefe. Qué grande es.

El director, convertido en enano por los gigantes de la revolución.

–Sí, subinspector, es grande. Demasiado grande para exponerlo.

Alza la vista a la cara de tres metros de alto de Mao Zedong.

–Fue pintado unos años después de la Larga Marcha, como se puede deducir por las proporciones épicas.

El inspector jefe retrocede casi hasta la pared de enfrente, para tener una vista mejor.

El sol se alza por el Rojo Oriente,
y allí aparece Mao Zedong.

–¿El *primer ciudadano?*

–Tenía que ser el Gran Timonel, jefe. ¿Quién si no?

El Grande da unos pasos a la izquierda del cuadro, pasando delante de Mao, en el extremo derecho, que señala a un soldado con el fusil colgado del hombro. La mano, grande y áspera, y en su callosa palma, la mano pálida de un niño.

–¿El soldado?

–No, el soldado no, el niño. ¿El *primer ciudadano* es el niño, director?

Un asentimiento de cabeza. El inspector jefe, a medio metro de la superficie del óleo. La cara suave de un niño llena su visión. A sus ojos pintados al óleo asoma el anuncio de años de progreso y desarrollo. Setenta años, en la tierra prometida de Mao.

–Camarada director, ¿qué historia se cuenta?

Ya se dirige al teléfono. Marcado el número de una extensión. Timbrazos en un lejano despacho.

–No lo sé, inspector jefe. Pero conozco a una camarada que sí lo sabe.

*

La señorita Lai cruza sus bien proporcionadas piernas y da un sorbo al *xunhuacha* con unos labios muy pintados. No hacía ningún movimiento que se perdiera el Grande. La única pregunta: ¿leotardos o medias?

–Hice mi tesis de doctorado en Beijing sobre la evolución del Ejército Popular de Liberación. Es por lo único que tengo noticias del *primer ciudadano*. Pero me temo que mi conocimiento es limitado.

Yaobang se apoya en la mesa, sirviendo más té. El perfume de la mujer y del *xunhuacha* le recuerda a todas las chicas con las que fracasó al intentar que salieran con él.

–¿Así que es el *primer ciudadano*?

Ella sonrió, una mancha de pétalos de rosa en sus dientes delanteros; pero él podría perdonarle hasta eso.

–El nombre del niño se desconoce. Tenía tres años en la época de la Larga Marcha. Sus padres habían sido activistas del Partido, pero los mataron los nacionalistas del Kuomingtang. Sobrevivió solo, junto a sus cuerpos, durante muchos días. El propio Mao se sintió atraído por el temperamento y valor del niño. Se interesó por el chico y le nombró *primer ciudadano*.

Revuelve el té.

–Ése terminó convirtiéndose en su nombre, y eso fue todo lo que se supo siempre de él. El chico fue criado prácticamente por el Ejército Rojo. Hicieron de padres, de compañeros de juegos, de educadores. Fue un niño listo, un joven listo. Incluso pagaron para que estudiase en el extranjero, en la Sorbona. Fue uno de los primeros, el *tai zi* original.

Vuelve a cruzar las piernas. Un rubor rosa, que desaparece lentamente, acariciado por la sonrisa del Grande.

–Pero siempre fue fiel al Partido y versado en doctrina, puro en principios y leal a los ideales del Gran Timonel. Ascendió en los escalones, con el apoyo de Mao, influyendo en el pensamiento y la política. Muy creativo, especialmente en el terreno de la economía. Tremendamente emprendedor, se convirtió en el arquitecto de la estructura financiera del EPL. Le llamaban el banquero de Mao. En la década de 1980, cuando debía de andar por los sesenta y tantos años, su papel cambió. No se sabe exactamente por qué, pero al parecer se convirtió de hecho en su contable.

–¿Contable?

–Naturalmente. Hasta el EPL necesita un contable. Una luz que guíe la economía. Recibían fondos escasos del gobierno, un año tras otro. No podían ponerse al día con las nuevas tecnologías y armas, y constantemente perdían terreno con relación a Occidente. La moral era baja: una situación peligrosa con tantos egos con carros de combate aparcados en sus garajes. Los economistas de Hong Kong consideran que, en 1993, por ejemplo, el *primer ciudadano* añadió unos veintisiete mil millones de dólares al presupuesto de cincuenta y siete millones del EPL. Un gran logro desde cualquier punto de vista.

Más té que sirve Yaobang. Sus ojos, incapaces de apartarse de las señales de pintura de labios de ella en el blanco polar de la porcelana.

–Fue también en la década de 1980 cuando el *primer ciudadano* desapareció de la circulación. Siempre se había mantenido al margen de todos. Tanto que no existe ni una fotografía suya.

–A lo mejor se jubiló.

–No, un *tong zhi* como ése nunca se jubila. A un *tong zhi* como ése tendrían que abrirle los dedos a la fuerza y rompérselos en su lecho de muerte para que soltara las riendas del poder.

Piao se dirige a la ventana. Vistas del Parque Huangpu. El sol, atrapado por las ramas de alambre afilado.

–No se jubiló. Todavía está en el servicio activo, ¿no?

–Pero ya debe de tener más de setenta años.

–Eso les pasa a la mayor parte de los miembros del Politburó.

A la chica.

–Los revolucionarios veteranos sólo terminan como monstruos y espectros. Todavía está en el servicio activo.

–Sí, inspector jefe, el camarada *primer ciudadano* todavía está en el servicio activo. Todavía es el contable del EPL, está a la cabeza de un equipo de millares de personas. Pero también participa directamente en proyectos importantes y planes empresariales. Todavía le gusta mancharse las manos. Es de los que todavía quieren enterarse de la letra pequeña.

–¿Dónde se puede encontrar a ese *primer ciudadano*? ¿En Beijing? ¿En el cuartel general de la Guardia Roja?

Ella sonrió con un gesto de conocimiento secreto; con el poder y la confianza que proporciona eso.

–Cuando yo estaba investigando para mi tesis, hablé con un economista amigo en Corea. Él había estado en un hotel de aquí, de Shanghai. Una conferencia sobre informes secretos falsos. Durante una de las sesiones vio brevemente a un hombre; estaba sentado justo al fondo del salón de actos. Un *tong zhi* de mucha edad. Hasta el día de hoy está seguro de que era el *primer ciudadano*.

Se pasa la lengua por los labios. Por pétalos de rosa.

–Mi amigo habló con uno del personal del hotel. Al parecer, aquel *tong zhi* residía permanentemente en el ático del hotel. Llevaba viviendo allí desde la década de 1980.

–Vivía muy apartado. No existe ni una sola fotografía suya. O eso dijo usted. Entonces, ¿cómo le puede haber reconocido su amigo economista?

–Difíciles los años de las décadas de 1950, 1960, 1970. Purgas, agitación política, rivalidades, la unidad de la Larga Marcha deshecha. El trauma de la Banda de los Cuatro. Pero los de la cumbre del Partido sabían que les esperaban épocas difíciles. También reconocían el talento de su protegido. Querían protegerlo.

El Grande clavó la vista en las piernas de ella. Medias, sí, estaba seguro de que llevaba medias.

–Cuando tenía quince años le llevaron con una puta, la primera, y a uno que hacía tatuajes en la antigua concesión francesa; le hizo el primero de muchos en los años siguientes. Por orden directa de Mao, le tatuaron el brazo derecho desde el hombro hasta la mano.

Se adelantó a la pregunta.

–Contenía los caracteres de su propio nombre y era una garantía por parte del Ejército Rojo, del mismo Mao, de que al *primer ciudadano* nunca se le haría daño. Le ofrecían protección para toda su vida con aquella promesa tatuada en su misma piel.

Una breve pausa para incrementar el efecto.

–El hombre del fondo del salón de actos tenía un tatuaje en la mano, que se extendía más allá del puño y subía por el brazo. Mi amigo economista lo vio.

–¿Señorita Lai, cómo se llama el hotel desde el que el *primer ciudadano* controla su imperio?

–Confío en que no le desee ningún mal. Y no porque usted se lo pueda hacer, está protegido las veinticuatro horas del día.

–¿Cómo se llama el hotel? Por favor, señorita Lai.

–El hotel es el *Heping*. El Hotel de la Paz, inspector jefe.

Piao se dirige a la puerta. El mundo, reflejado en un brillante pomo de latón.

–A propósito, señorita Lai, ¿qué nota le dieron a su tesis?

Ella sonrió con labios que deberían besarse.

–La mejor del curso.

–Claro. Yo no habría esperado menos –dijo él, abriendo la puerta.

–Qué cosa tan maravillosa son los estudios.

Capítulo 40

Sacos de azúcar, nueces, azuki, sésamo, sobre los que se apoyan gruesos volúmenes de datos.

El agotamiento, como unas persianas metálicas, le cierra los ojos. Sólo varias Tsingtao calientes y un China Brand tras otro China Brand mantienen el sueño a raya.

ARCHIVO VEINTE. Dedos que recorren columnas, caracteres que forman abreviaturas. ¿Nombres, organizaciones, comités? Buscando una aguja en un pajar sin encontrarla.

–Hay que joderse, jefe. Ni modo. Vamos a dejarlo.

Basta con una mirada de reojo de Piao.

–Vale, jefe. Pues no.

Pasan páginas y más páginas antes de dedicarse a las listas de cargos oficiales. Las vertiginosas, las brumosas alturas de las categorías de *cuadros* de grado diez para arriba. Todos con su propio despacho, un sillón de oficina tapizado de terciopelo y ventanas desde las que se ve la ciudad. Y una secretaria, siempre joven y con grandes pechos, y a disposición de un *cuadro* de tanta categoría.

Derriba la pila con la mano, sintiendo una triste satisfacción al ver que páginas y más páginas con *cuadros* se deslizan al suelo de madera sin acuchillar.

ARCHIVO VEINTE. Una vez más, inmerso en el código de las abreviaturas y ceros que arrastran, pero la clave aún sin encontrar. Cruza la puerta y se dirige al embarcadero. Noche, nunca tan negra. Respiración circular como la psicóloga del *Ankang* le ha enseñado a practicar. Inhalar por la nariz... uno, dos, tres segundos. Mantener el aire en los pulmones... uno, dos, tres segundos. Expulsar, por la boca... uno, dos, tres segundos. Diez veces por lo menos. Diez elevaciones del pecho hinchado de la mujer. Diez bajadas suaves como terciopelo. La experiencia más erótica que él haya experimentado nunca.

Regresa a la panadería. El ARCHIVO VEINTE con las páginas todavía abiertas. De pronto, un atisbo.

–Necesito datos que se centren en la estructura del Partido, comités, ministerios, también la relación de nombres de las legaciones extranjeras, los gobiernos extranjeros.

–Están todavía en el camión, jefe. ¿Por qué? ¿Ha encontrado algo?

Da pasos torpes al cruzar la panadería.

Deja los grandes tomos en el suelo, al lado de Piao. Columna uno, sus dedos recorren una hilera de caracteres. *RPDC.* República Popular Democrática de Corea del Norte. Una relación de nombres, bajo veinte más. Estructura del gobierno. Ministerios. Comités del Partido y del gobierno. Legaciones extranjeras, estructura de las embajadas, personal. Columna dos. YHS. Debajo del encabezamiento de la Asamblea Popular Suprema, un encabezamiento más pequeño, Comité Permanente. Debajo de eso, un hombre, YHS... presidente, Yang Hysong-Sop. En la tercera columna, una suma de diez millones de dólares estadounidenses, donados por el camarada Hysong-Sop en nombre de la RPDC. Diez millones de dólares en la cuenta del *tai zi*.

Tres líneas abajo, T-RC – República de China. Piao busca en el muro de relaciones de nombres. Una carpeta de tapas duras con una especie de indicación sobre el funcionamiento y caracteres ganchudos. El dedo de Piao la recorre, ministerio por ministerio. Se detiene en el Ministerio de Asuntos Exteriores, debajo del nombre del viceministro. OH... Ouyang Hwang. Ojos que vuelven a la tercera columna. Otros diez millones de dólares estadounidenses.

El proceso se repite. RCS, República de Corea del Sur. CKM... Cho Ki-Moon. Un alto *cuadro* del Ministerio de Seguridad del Estado. Reconoce más abreviaturas. V, Vietnam, S, Singapur. Reconoce más iniciales. THD, Trinh Hong Duong. SR, Ser Retnam. Altos *cuadros*; cada entrada a su lado indica una aportación de diez millones de dólares.

El Grande sonríe torcidamente.

–Ya se lo dije, jefe. Las putas drogas. Una distribución internacional.

Pasan las páginas.

–No, no una distribución, dólares para otro y ninguno de ellos va al EPL.

Pasan las páginas.

Una página oculta entre las páginas. Al lado de los pagos regulares por mensajero al *primer ciudadano*, pagos irregulares al ruso, Kanatjan Pasechnik. Debajo de eso, una serie de caracteres reducidos a más abreviaturas. Yaobang se encoge de hombros, sólo letras y sin poder referirlas a nadie.

–Podrían ser de nuestros amigos árabes, los que aparecían en la memoria de su móvil.

–¿Terrorismo aparte de drogas, jefe?

El inspector jefe no responde. Sus ojos, clavados en las abreviaturas. SGSC, en la página final impresa. Nota que se le acelera el pulso. Un brillo de sudor rezuma por los poros de la frente.

–SGSC, ¿qué país es ése?

–Es el país donde nacimos. SGSC significa secretario general del Secretariado Central.

–Joder, jefe. ¿Y ST?

–Su-Tu. El camarada secretario general Su-Tu. El vértice de la pirámide.

*

–¿Cómo estás, Mago?

Ningún movimiento para agarrar la pluma o establecer contacto ocular.

–De verdad, ¿cómo estás?

Cautelosos ojos de pez tras unas gafas acuario... una mirada. Dedos que juguetean con la pluma. Finalmente, la agarran. Finalmente, palabras en un papel.

Me han dejado sin voz. Quién soy. Me han matado con el silencio.

Piao, con una mano, le levanta con mucho cuidado la barbilla bajada.

–Lo siento.

Lágrimas, en completo silencio. Piao acoge al Mago en su pecho. Y entonces el ruido, un grito desde el estómago, desde la garganta, un grito sin lengua que llena la habitación con su congoja, atraviesa resonante al inspector jefe. Un sonido tosco, primario, muy sorprendente por su sinceridad.

Piao asiente con la cabeza, el Grande lo entiende. Sale de la habitación, anda por el pasillo hasta más allá del cristal reforzado con hilo de acero y admira las piernas de la enfermera. Cuánto le gustaban las piernas sólidas.

El inspector jefe seca la cara y las gafas de Rentang. Sujeta el pañuelo de papel contra la nariz del Mago. Éste se suena. Vuelve a caer en la almohada con manchas. Su cara, sufrimiento y miedo. Espera unas palabras, unas palabras de Piao. Sensación de que las tiene guardadas debajo de la lengua, preparadas. Pero el inspector jefe se lleva un dedo a los labios. Con la otra mano, unas palabras rápidas escritas en el papel blanco.

Un día es toda una vida en nuestra República Popular.

Se arrodilla, registra la parte de debajo de la cama, las mismas zonas en las que ya había buscado veinticuatro horas antes. Los enchufes, detrás de los armarios. De puntillas, examina la instalación eléctrica. Detrás del marco de un cuadro. Unos segundos, su mano oculta por el lienzo y las pinceladas dadas con tosquedad. Unos árboles torpes ascendiendo a un cielo imposiblemente azul. Cuando retira la mano, ésta tiene los dedos cerrados en torno a unos cables de brillantes colores y un minúsculo cuadro de control. Lo necesario para un transmisor UHF: tenían pinchada la habitación.

Unas palabras escritas con lentitud, pensadas. Cuando Rentang las lee, oye el tono del inspector jefe en cada carácter... lo que quiere decir.

Mago, puede que en la República Popular sea mejor no tener lengua.

La segunda nota, colocada ya al lado de la primera.

Los que te han quitado la voz... ya es hora de matarlos con la sonoridad que tienen las palabras.

El Mago, unos dedos con prisa por tomar posesión de la pluma; de palabras, de acciones vengativas.

¿Cómo?

La nota que escribió Piao fue larga. Una larga serie de notas. Una muerte. Un asesinato. ¿Es que las condenas a eso necesitan notas largas? Rentang sonríe; su boca, una negra cueva de silencio.

¿Cuándo?

Escrito deprisa. La impaciencia empuja los dedos de Piao.

Cuando sepas de mí. Si no sabes de mí, sesenta días exactos a partir de ahora.

De una boca sin lengua, una sonrisa. De una pluma, palabras.

¿Funcionará?

Por primera vez, desviada la mirada del inspector jefe. Pluma sobre papel, más despacio. Mayor inseguridad.

Sé en lo que piensan. Puedo vivir dentro de su cabeza.

¿Y si no funciona?

A veces, a los más destructivos huracanes sobreviven unos cuantos árboles, y viven lo suficiente para florecer y dar fruto.

Ojos que se alzan. Un asentimiento de cabeza seguido por otro asentimiento de cabeza, una mano que estrecha otra mano.

El inspector jefe recoge los trozos de papel y los coloca en el cenicero. La llama de una cerilla. Papeles que se retuercen, se queman. Reduce las cenizas a polvo sólo para estar seguro.

*

Dos horas, reunión de documentos virtuales en carpetas virtuales. Contactos, monocolores, grises con bordes borrosos. Imágenes de retículas tejidas sin energía. Vídeo, comienzos y saltos. Archivo tras archivo. Datos, tan negros como soldados de uniforme negro formados a la espera de una orden.

En la palma de la mano del inspector jefe, un CD-Rom, todavía caliente debido al invisible rayo láser.

Sólo cuando se marchaba Piao se estiró el Mago hacia el montón de papeles recién impresos de entre la mesilla de noche y la descolorida pared. Pasa las páginas del informe con los dedos... su brisa de tinta impresa por láser parece revivirle. Un informe con caracteres precisos, en hileras. Se lo tiende al inspector jefe. Y para acompañar la nota que estaba escribiendo, vocalizaciones silenciosas al unísono con el raspar de la pluma.

Ten, la tapadera del ARCHIVO VEINTE. La única sección de su disco duro que estaba protegida por una contraseña. Importante. ¿No?

Basta una mirada para reconocer los caracteres agudos y enclaustrados que forman los nombres de los autores del informe. Cada uno, un científico, un biólogo... cada uno con una hija a la que la vida ya no poseía.

Sonríe, el Mago, mientras sigue con la vista al inspector jefe, que lee las palabras a las que él podía dar forma con la pluma, pero no con la boca.

Ya sé, ¿fue comunista Mao?

Capítulo 41

2.45. Estación del tren de alta velocidad Maglev, carretera de Longyang

–Mire, mire allí, jefe.

Señala en el espejo la imagen reflejada de un hombre pálido de pie en el andén, entre los viajeros. Indudablemente él, el padre de una chica muerta. El científico al que ellos le habían visto enterrarla.

Imponiéndose a las entrecortadas frases de un altavoz y al ímpetu de un aire que huele a cable quemado, las palabras del inspector jefe.

–Nada de héroes muertos, ¿vale?

El Grande se abrocha la cartuchera colgada del hombro. Un asentimiento de cabeza mientras se dirigen al andén central, avanzando entre los viajeros. El aire, el ruido, aumentan con cada paso. Desechos que bailan hacia el cielo vuelven a caer al andén cuando el tren Maglev disminuye la marcha, se detiene suavemente. El científico avanza hacia él. Las puertas del tren Maglev se abren, pero el científico se queda allí, con los brazos caídos a los costados mientras la gente entra y sale. Un anuncio por el nuevo sistema de altavoces, y sólo justo antes de que se cierren las puertas del tren, un último cuerpo atraviesa la abertura hasta el andén. Su sombra cae sobre el científico. Alisándose su cara guerrera, el miembro del EPL, el oficial Huan, el huevo cocido comparado con Tsung, el huevo roto.

El tren Maglev se alza visiblemente sobre sus cojinetes magnéticos, antes de deslizarse rápidamente junto al andén y perderse en la noche. Y entonces, el inspector jefe avanza, el Grande a su lado. Una fracción de segundo para reconocerse, la mano del *tai zi* agarra algo de la del científico y corre. Los viajeros, apartados violentamente cuando el hombre corre andén adelante hasta donde las vías entraban en la estación por unas portillas rectangulares de hormigón. Un grito de un grupo de turistas cuando Yaobang levanta la pistola con las dos manos. El del EPL esprinta en el punto de mira del Grande, pero Piao baja la pistola de su ayudante.

–No, aquí no, hay demasiada gente y el delfín no tiene ningún sitio al que ir, está atrapado.

Pasan junto al pálido científico, que tiene las manos extendidas como dispuesto a que lo detengan.

–Yo. Lo siento.

Un asentimiento de cabeza del inspector jefe.

–Vaya a casa, señor. Vaya a casa con su mujer y los recuerdos de su hija.

Unos segundos de duda antes de moverse, con la oleada de viajeros, andén abajo y entrar en la noche iluminada por neón. No mira atrás ni una vez.

Allá delante, el *tai zi* pasa del andén al túnel y sigue el único raíl, sujeto por pilares a nueve metros por encima del nivel de la calle. Su velocidad disminuye, hasta convertirse en una especie de carrera y búsqueda de equilibrio. Yaobang va a seguirle por el raíl, pero el brazo del inspector jefe, cruzándole el pecho, le detiene.

–Viene un tren. Tendrá que volver.

Piao y el Grande vuelven por el raíl a la protección fluorescente de la estación. Contemplan cómo el del EPL, Huan, continúa entendiéndoselas con el único carril de hormigón, ajeno al tren Maglev que se le echa encima. Sólo alzó la vista cuando el carril empezó a emitir un delicado zumbido oscilante, transmitido a sus pantorrillas y rodillas. Su sombra cayó sobre la superestructura de la estación en un rayo amarillo azulado paralizante. Un pitido del tren Maglev atraviesa la noche. Pánico en los pasos del miembro del EPL cuando vuelve la vista hacia la estación, calculando la distancia. Demasiado lejos, demasiado tarde. Se protege los ojos de los faros cegadores del tren Maglev cuando el miedo le penetra hasta lo más hondo, atrapándole con sus gélidas zarpas. Otro sonido estridente del tren que avanza rápidamente cuando el del EPL alcanzó una estrecha plataforma que corría junto a la vía. Dominado por el pánico cuando el tren Maglev, su raíl en estruendoso temblor, se le echó encima. Sube a la balaustrada que llega a la altura de la cintura cuando el tren pasa como un tiro; desgarra el aire. Dedos que se sueltan del acero, deja de estar agarrado y queda buscando algo sólido a lo que asirse. Pero ya cae.

*

Aunque eran más de las tres de la mañana, un pequeño grupo rodeó la forma destrozada del miembro del EPL, y cada persona se preguntaba cómo podía haber contenido tal cantidad de sangre un cuerpo tan compacto. No fue necesario buscarle el pulso. Una herida en la cabeza como aquélla informaba al inspector jefe de que la vida ya no residía dentro del miembro del EPL.

–Este jodido *tai zi* tenía un padre importante con amigos importantes. Más sombras que evitar.

Un asentimiento de cabeza, confirmando una verdad.

–Cuando llegue la ambulancia, vete con ella directamente al Primer Hospital del Pueblo. Allí tenemos un médico que nos debe un favor. Tienen una pequeña unidad de refrigeración en el sótano que solían usar para sus propios muertos antes de que abriera el nuevo tanatorio. Ahora la utilizan raramente. Un cuerpo puede estar «perdido» durante días. Semanas. Eso nos dará cierto tiempo.

–Si el médico quiere, jefe.

–Usa todos tus considerables encantos para convencerle. Si eso no funciona, pregúntale si le gustaría ir de visita al Bosque de la Virtud. Eso normalmente tiene el efecto deseado.

–Espero que todo esto merezca la pena, jefe.

Piao se arrodilla junto al delfín, soltando con mucho cuidado los dedos destrozados de lo que había en el centro de la palma de la mano del miembro del EPL. Un pequeño recipiente de plástico del que el inspector jefe limpia la sangre, alzándolo hacia la luz de la calle y removiendo su contenido, antes de quitar el tapón y echarse las semillas en la mano.

–Esto es de las llanuras de las cercanías de los lagos Donting y Poyang. Establecimiento-4. Montaña de la Rectitud. Donde trabajaban los padres de las chicas.

–Se lo dije, jefe, semillas de cannabis.

–Es lo que estaba en venta en el archivo veinte. Lo que Vietnam, Corea, Taiwán... lo que querían comprar todos.

Unas semillas que valían más dólares estadounidenses de los que podía cargar la caja del camión Liberación del primo. El inspector jefe se acerca la mano a la nariz, oliendo las semillas. No eran droga, sólo un olor que reconocería con absoluta seguridad cada pueblo de la República Popular.

–No se trata de droga.

–Entonces, ¿qué es, jefe?

–*Oryza sativa* es como se llama.

Vuelve a guardar cuidadosamente las semillas en el recipiente. Y recuerda una pregunta...

–¿Qué encontraré en la estación del tren Maglev, *tai zi*?

Cierra el recipiente, con su tapón, y recuerda la respuesta.

–Dólares. Por millones. Y... poder. Mucho, muchísimo poder.

Hace que la luz lo ilumine por completo.

–¿Entonces qué es eso, jefe?

Se mete el recipiente en el bolsillo.

–*Oryza sativa* es arroz. A las hijas de los científicos las asesinaron por semillas de arroz sin moler.

Capítulo 42

Brilla el sol en el oriente, y esa bella mujer está en mi alcoba.
Está en mi alcoba.
Conmigo vino a acostarse en la esterilla.

Oda, Dong Fang Zhi Ri, del Shijing, «Libro de las odas»

–No es una buena idea, jefe. Y usted lo sabe. Ninguno de los dos la deberíamos ver. Por cuestiones de seguridad. De puta seguridad.

–Tengo que verla.

–¿Por qué?

–Presiento cosas malas para el futuro.

–¿Presiente cosas malas? ¿Cuánto de malas, jefe?

Ninguna palabra. Sólo sus ojos, de un azul de balón de playa. Pero algo le corroe, en el fondo.

–Así que presiente cosas malas, ¿eh? Vale, jefe. Hay que fiarse de los malos presentimientos. Arreglaré ese puto encuentro.

*

El mercado callejero de Jiankanglu, Nanking

Temprano, 45 minutos de espera. Pasean por la «Capital del Cielo», por la tierra donde «el búho y el ave fénix no cantan juntos». Pasada la puerta Ming, las orillas en sombra de los sauces llorones del lago Xuanwu con vistas al Changjiang, el Yangtzé, el río Azul, con su adormecido meandro bajo el Gran Puente.

–Treinta minutos, jefe. Ni uno más. Será en un lugar público, un mercado callejero. Seguro. No hay de qué coño preocuparse, yo comprobaré que no nos sigue nadie. En Jiankanglu hay muchos puestos que venden telas del lugar. El último vende seda, de mil clases. Ella estará en la parte de atrás del puesto, usted en la de delante. Con seda entre los dos. No se verán uno al otro. Pero oirán sus palabras. Si usted la ve, o ella le ve a usted, entonces alguien podría verlos a los dos juntos. No podemos correr ese riesgo.

Entran en el mercado y su dibujo como de tablero de puestos, con cerámica, de un rojo tan brillante como carbones al rojo, cuadros pintados con audaces brochazos negros rebajados al gris azulado, caligrafías, con palabras de Confucio, al lado de letras de los Beatles, jaulas de pollos, canarios y cerdos enanos, soltando gritos por su vida y su muerte. Y en el mismo centro de Jiankanglu, un perro muerto aplastado en mitad de la carretera, atropellado a un lado cuando perseguía a un gato; en sus ojos todavía el gesto de burla del gato. En el mismo borde del mercado, el puesto de las sedas. Volteretas de colas de cometa recogen las brisas del río, sobre los huesos amarillo canario del óxido. Cada latido de viento trae un alma de pez en su jorobada espalda.

Justo allí parado, el abrazo suave y la agitación de las sedas ondulantes en su cara, su pelo. Su agradable roce contra la barba que apunta. Y entonces la voz de ella.

–Aquí estoy.

Una brisa entre las ondulaciones de la gasa roba las palabras de él.

–Aquí estoy.

Muy cerca de él. Puede oler el limón y el aceite de almendras que ha usado ella en el pelo. Su mano por la seda.

La de él a su encuentro. Cada dedo encuentra la misma caricia. El calor de ella contra el de él. El de él contra el de ella. En aquel instante el universo en equilibrio, perfecto y justo.

–Es como debería ser.

–Sí. Es como debería ser.

Los dedos de él recorriendo los de ella. Rodean su muñeca con una pulsera turquesa, como el mar abraza la isla. Nota la vida en ella, sus latidos. Su pasado, el presente, pero sólo los antepasados son capaces de conocer el futuro. Tira de ella acercándosela, y él a ella. Vagos atisbos entre lavanda, amarillo trigo, rubí. Sus ojos, bermellón debilitado. Labios, cadmio besado.

–Necesitaba verte. Decírtelo. Me siento inquieto por el futuro. No tengo a nadie más en la vida, a nadie más. A nadie más que escuche. Sólo a ti...

Se la acerca más, en el suave ballet de la brisa.

–Sólo a ti. Noto que hay una unión entre nosotros...

Cae en el cuerpo de ella, alma y cuerpo. Se encuentran los labios, nota su sabor, y el hambre se sacia.

–Lo sé...

Los dedos de ella corren por el interior de él. Suaves aleteos al ritmo de sus latidos. Y con ese algo que sabe pero no se arriesga a nombrar.

–Ni-ai... ni-ai... ni-ai.

Y luego una voz que él no reconoció la llama a lugar seguro. Una voz que conoció, la del Grande, llamándole a él para que salga de allí. Observa los matices de las sedas aligerándose cuando ella se retira.

–Ni-ai –las únicas palabras de los labios de él.

–Ahogado de amor.

Capítulo 43

ACADEMIA CHINA DE CIENCIAS AGRONÓMICAS
ANYANG, PROVINCIA DE HENAN

Siempre por la puerta de atrás...

El camarada que los recibió era delgado como una barrita de incienso. Más carne en la corbata del Grande que cubriendo los huesos del especialista en genética.

–El dinero. ¿Tienen el dinero?

Verdes billetes de dólar del bolsillo interior de Piao. Los cuenta encima de la pálida mano extendida, mientras el especialista en genética sonríe disculpándose.

–Tengo una mujer que exige las mejores cosas de la vida.

–Las mejores cosas de la vida, camarada, podrían no incluir a una mujer como ésa.

Una sonrisa amarga del especialista en genética.

–¿Tiene usted lo que desea que se analice?

Una pequeña bolsa de algodón desde su bolsillo hasta la mano del científico.

–Dos días. Vuelva usted dentro de dos días y tendré los resultados.

Ya cerraba la puerta, pero el pie de Yaobang la bloquea.

–Necesitamos que esté hecho para esta puta noche, camarada.

–No, no, no. Es un trabajo delicado. Una tarea de precisión. Imposible.

Piao busca bruscamente en el bolsillo de la chaqueta del hombre. Sus dedos hacia los dólares.

–Bien, bien, me pondré a trabajar inmediatamente.

Alza la vista al cielo, como en busca de una intervención divina de los antepasados, pero no llega ninguna. Rasca una cabeza de cerilla.

–Mi mujer prepara esta noche mi plato preferido.

Le hunde el codo en las costillas el Grande.

–¿Y qué le ibas a dar tú de postre a ella, camarada?

Una mirada como si le acabaran de cagar dentro del bolsillo.

–A las dos de la mañana. Vuelvan a las dos de la mañana. Ni un minuto antes, ni un minuto después, y les mostraré los primeros resultados.

El Grande retira el pie. La puerta se cierra.

*

Hay poco que hacer en una aldea de las afueras de una ciudad grande de la provincia de Henan, a no ser beber. Pero antes, uno busca de dónde viene la canción, una buena canción, bien cantada, potente y rebosante de *renao*.

«Alzo mi copa como saludo a la luna.
Con mi sombra somos tres...»

Entre humo de leña, bebes, ojos llenos de lágrimas debido al *Wuliangye*, una de las maravilla de Sichuan. Destilado de los frutos de la tierra... mijo, sorgo, arroz, maíz, y hierbas de los arrozales; o el hijo del propio Henan, *Dukang*. Llamado así por el que se dice que inventó la destilación de los aguardientes, Du Kang, espíritu del fuego, que deriva su justa fama de las aguas habitadas por las gambas que se utilizan en su fabricación.

«Aunque la luna no sepa qué es beber
y las sombras me sigan en vano...»

Uno bebe, canta, habla con los ancianos abuelos, ni un diente en sus bocas. Pero esas historias hacen que rías o hacen que llores en tu copa de veneno. Y también discutes apasionadamente. Una ópera del siglo XIII, ¿quién podría celebrarlo más? Guan Hanqing, con más de sesenta obras a su nombre, capaz de entrar en la psique femenina a voluntad; su dolor, inquietud, un lienzo espléndidamente pintado. O Wang Shifu, autor de *Xi xiang ji*, «La habitación del oeste», con una melodía y un tema que funden un corazón de mármol. También discusiones sobre el arte de la dinastía Ming. Wu Wei, maestro del paisaje y de la gente. Lu Ji, señor de pájaros y flores, Zhi-jiang, pintura de la canción del sur despertada en el espíritu de Mai Lin. Composiciones inteligentes con un abundante empleo de tinta.

Y a través de todo, como la espiral del ADN a través de la vida y mientras se vive, canciones, y cantarlas hasta que se te colme el corazón, la vida se te arregle y elimines el dolor llorando.

«Sin embargo honremos luna y sombra.
Pues la alegría no dura más que la primavera.»

*

El despacho del especialista en genética, con diplomas enmarcados llenos de adornos en rojo y oro; con fotografías enmarcadas tomadas en conferencias junto a otros especialistas en genética tan delgados como varillas de incienso, y otra fotografía, orgullo del lugar, ampliada y coloreada a mano, de la mujer «que exige las mejores cosas de la vida». Una mujer de ojos tan fríamente negros como trozos de carbón, y una boca que parecía capaz de aspirar un *fen* desde cincuenta metros de distancia.

Animado, el especialista en genética sonríe ampliamente con dientes demasiado blancos para ser los suyos originales.

–¿Quién le proporcionó esto? ¿Cuan? ¿Liao? No. No. Apuesto lo que sea a que fue Su. Sí, Su, el muy cabrón.

–Lo siento, camarada científico. No sé de qué está hablando. ¿Son éstos los resultados de su análisis?

–Sí. Los resultados. Pero está usted de broma. Esta muestra es de Estados Unidos. He oído que estaban trabajando en ello, pero estaban a muchos años de distancia de un resultado como éste. ¿Es robado o comprado? Debe de tener usted detrás a gente rica. Muy rica, en realidad. ¿No les podría pedir más dólares?

El inspector jefe se abanica con el resultado. Lo dobla y se lo mete en un profundo bolsillo interior, y luego echa el contenido de la bolsa de algodón en la palma de la mano. Semillas negras sin cáscara, ahora molidas, con brillo. Semillas con un extraño matiz dorado. Las cuenta.

–*Oryza sativa*. Le di quince semillas. Debería devolverme catorce semillas, camarada científico. Sólo usó una para el análisis del ADN y los genes.

Alargando la mano, moviéndose hacia el especialista en genética, Yaobang susurra desconcertado al oído del inspector jefe.

–¡Jefe, sólo es arroz!

El especialista en genética se deja caer de nuevo en su sillón de cuero negro.

–Esto no es una broma, ¿no es norteamericano? Y su ayudante no lo sabe, ¿eh?

–¿Saber qué, jefe?

–Tres semillas, camarada científico.

–Pero usted sí lo sabe, ¿no, inspector jefe?

Abre un cajón de su escritorio, sacando un frasquito de plástico.

–Lo que tiene usted aquí es increíble, miles de millones de años de evolución puestos del revés...

Abre el tapón y pone de mala gana el contenido en la palma de la mano del inspector jefe.

–Una respuesta a muchos millones de oraciones. Lo que usted tiene aquí, inspector jefe, cuesta diez años conseguirlo. Muy especial, y calculo que supone una inversión de unos dos mil millones de dólares estadounidenses. *Ta ma de*. Y los miles de millones que podría conseguir usted explotando los secretos de esta semilla. Miles de millones, lo suficiente para comprar el propio cielo.

Piao se dirige a la puerta, con el Grande detrás.

–Para comprar el cielo, y pintarlo del color que uno quiera.

*

Un camino diferente para volver a Shanghai, un camino que serpentea. No siguen carreteras evidentes o importantes. Cualquier ojo que los buscara o los viera se perdería en el laberinto de huertos y campos de arroz que rodeaban los diques.

Piao iba abstraído en la lectura de los resultados y se perdió pronto en sus cuestiones técnicas, pero entiende lo suficiente para quedarse frío incluso dentro del sofocante calor del sedán; se le pone carne de gallina.

–Haré una copia, y cuando haya descifrado por completo los resultados, tomaré unas notas. Se las llevaré al Mago junto a los demás datos. Él sabrá qué hacer.

–Claro, jefe, ¿y qué va hacer él?

–Está preparando un martillo, un martillo muy grande para dejarlo caer sobre un huevo muy grande.

–Suena a complicado, jefe.

–Ándate con cuidado, pues las paredes tienen...

–Oídos. Ya lo sé, jefe.

–Cualquier cosa que tengas que comunicar al Mago escríbela, y luego quémala y deshazte de las pruebas. No podemos correr riesgos. Entretanto quiero que sometas a vigilancia el Hotel de la Paz. Usa un poco de *guan-xi*, algo de persuasión y tus encantos innatos. El *primer ciudadano*, quiero saber sus movimientos.

–Claro, jefe. Entiendo. Cuándo come, cuándo duerme, cuándo caga, lo de siempre. ¿Tiene planes de hacerle una visita al camarada?

–Lanzaremos al aire nuestra cosecha de arroz y veremos dónde la lleva el viento.

–Con la tempestad que tenemos encima, puede llevarla hasta el mismo Taiwán, joder.

Los ojos de Piao, fijos en el espejo retrovisor. Muy detrás de ellos, un brillo de diamante de faros a plena potencia le hace parpadear.

–Párate. Enseguida.

Yaobang saca el sedán de la carretera, apaga las luces y detiene el motor. El coche pasa con música americana de rock and roll saliendo por sus ventanillas abiertas. Unos minutos antes de que el inspector jefe haga el asentimiento de cabeza. Unos dedos grasientos hacen girar la llave de contacto, el sedán revive tosiendo.

–¿Qué pasa, jefe? Nunca le he visto tan histérico.

–Tenemos lo de «una presa para una hormiga».

–Se refiere a un tremendo problema, ¿eh, jefe? Pero a lo mejor ese *primer ciudadano* nos saca de él.

Piao, con una profunda exhalación, baja la ventanilla de su lado y contempla cómo la noche barre el humo del pitillo.

–Si él quisiera. Si, como se nos ha dicho, el sendero luminoso todavía brillara resplandeciente en los ojos de ese *tong zhi*.

Capítulo 44

Oryza sativa

Arroz, la dieta básica de la población: de muchas poblaciones.

Paja de arroz usada para techados y como material de embalaje, para pienso, fertilizante y combustible.

Semillas de arroz usadas para tratar el cáncer de mama, de estómago y los desarreglos abdominales, diarrea, disentería, fiebres, ictericia, psoriasis.

Ceniza de tallos de arroz para tratamiento de las náuseas.

Flores de arroz secas para cosméticos y pasta de dientes.

Agua de arroz para la úlcera, y aplicada externamente para la gota.

Arroz hervido, usado como cataplasma para llagas.

Raíz de arroz usada como astringente.

El país más poblado del planeta, la República Popular China, con sus mil trescientos millones de habitantes. Mil trescientos millones «de bocas con estómagos incorporados», el 20% de la población mundial, para alimentarse sólo usa el 7% de la tierra cultivable del mundo, un desafío constante para la producción de alimentos.

Por ese motivo la mayor preocupación de los jerarcas del Partido... asegurar la comida, tener buenas cosechas. Esencial, la dieta básica de arroz, su consistente y continuo flujo es fundamental para la ley y el orden y para la estructura de poder piramidal de la República Popular. Es fundamental para el Partido tener controladas todas las cuestiones de la vida cotidiana y todas las costumbres. Esa sensación de que el sol saldrá mañana, la luna recorrerá el cielo nocturno y palabras del Gran Timonel todavía ordenen los pasos que se dan.

Capítulo 45

PUENTE DE LAS NUEVE REVUELTAS, JARDINES YU

Piao está parado en el epicentro exacto del puente de las Nueve Revueltas, en el extremo de la curva de la quinta revuelta. Queda a salvo de los espíritus hostiles que hacen cola a cada lado y no pueden recorrer la estructura en zigzag del puente. Está allí inmóvil como si siempre hubiera estado en aquel sitio, sólo esperando por ella, como había hecho antes. Incluso después de todo aquel tiempo es capaz de saborear aún el suave fruto de sus lóbulos.

Con esfuerzo, deja el puente y se interna en la penumbra del riesgo. A la orilla del lago, deja que informes y libros caigan a la hierba. El resultado del especialista en genética todavía con un resto del olor ácido de hoja recién impresa. Hojas de remotos datos. El informe que el Mago había conseguido abrir del ARCHIVO VEINTE.

Lee y destaca las referencias con un rotulador, señalando los pasajes de especial interés. Relee los diversos pasajes destacados como si fuera incapaz de liberarse de lo que implican. Arroz. *Oryza sativa,* igualando tantos desgarrones de sus vidas.

Se trata de una variedad de arroz altamente perfeccionada. Se trata de un cultivo transgénico, conseguido por aislamiento de los genes que controlan características específicas de un tipo de organismo, y transfieren esos genes a organismos completamente diferentes, que entonces heredarán esas características.

Al borde del lago, siluetеados en negro sobre plata mate, un anciano, un niño. Atraviesan la sombra, salen de la sombra.

Genes insertados artificialmente proporcionan a esa variedad características que la mejoran. Mejores niveles de tolerancia del calor, el frío, la sequía. Mayor rendimiento; la cabeza de su semilla es un 50% mayor que la de otras variedades. Mejores índices de crecimiento. Producirá dos cosechas más en un ciclo anual que cualquier variedad conocida.

De unas cajas de madera sacan unas palomas a las que acarician y hacen mimos al ponérselas en la mano. Plumas de todas las gradaciones de gris alisadas por dedos cuidadosos. Atadas a las patas de las palomas, pequeños bultos de pequeñas cañas. Silbatos hechos con botellas de agua en miniatura... sujetan, al final de la cola por una cuerda, unos adornos de marfil tallado.

Las técnicas transgénicas nos permiten no sólo insertar genes de plantas sin relación entre ellas, sino, en el caso de esta variedad concreta, cruzar la frontera entre especies: entre planta y vida bacteriana. Esta variedad es resistente al insecto Bt (Bacillus Thuringiensis, *una bacteria del suelo). Si un insecto, como un barrenillo amarillo de los tallos, consume sus esporas, se libera una endotoxina delta al intestino del insecto. A los pocos días, el insecto muere. La recuperación de sólo el 5% de nuestra cosecha, que normalmente se perdería debido a las larvas del barrenillo amarillo de los tallos o al barrenillo rayado de los tallos, permitirá proporcionar alimento, durante un año, a cerca de 140 millones de nuestros camaradas; eso hace inapreciable esta variedad en todas las regiones del mundo en las que se cultiva arroz.*

Un susurro del niño, un susurro del anciano, al calentar la cabeza de una paloma contra la mejilla. Con una oración al cielo con la mano abierta, la paloma echa a volar. Traza dibujos de círculos, óvalos, ochos. Las cañas atrapan la brisa. Los silbatos suenan. Armonizados... al volar, con el paso del aire bajo las alas de las palomas.

El arroz normal, nuestra dieta básica y la de nuestros vecinos, no contiene betacaroteno, el antecedente de la vitamina A; así se producen elevados grados de deficiencia entre nuestra población y se originan unos costes alarmantes para nuestras instituciones sanitarias. Debería apreciarse, en este contexto, que en todo el mundo hay 400 millones de personas con riesgo de deficiencia de vitamina A. Además es la mayor causa de ceguera, con 500.000 niños que se quedan ciegos por ello, y un millón y medio de niños que mueren al año por deficiencia de vitamina A. Esta nueva variedad, que contiene un total de cuatro enzimas que se han conseguido por ingeniería genética, puede poner fin a ese importante problema.

El viento, más intenso. Silbatos, cañas, más agudos. El anciano llama al viento, a la música de caña. Las palomas, flechas grises, descienden a tierra, a las manos. Dedos amables sueltan las cañas, los silbatos, los adornos de marfil sujetos.

La ingeniería transgénica ha conseguido una variedad de arroz que puede producir su propia vitamina A. También ha proporcionado al arroz su coloración única; de ahí su nombre, arroz dorado.

Palomas, de las manos a las jaulas. Palabras amables cuando se cierran las tapas. Las separaciones vuelven a su sitio. Alpiste para las palomas. La cena reclama al anciano, al niño... a casa. A casa.

Las mejoras que supone este arroz para nuestra población, para nuestra economía, para la armonía y estabilidad política de nuestra nación son incalculables.

Piao empieza a recoger los cuadernos y ahora sólo ve la parte inferior del informe obtenido a partir del ARCHIVO VEINTE; los nombres de los científicos que han trabajado en el proyecto del arroz dorado. Un nombre, dos nombres, tres nombres, pero había cuatro científicos. Uno no ha firmado el informe, no queriendo ser responsable de él ni de sus hallazgos. Eso le costó la vida a su hija. Pero luego, firmar el informe no había salvado la vida de las otras hijas de los otros padres.

Camina, hace una pausa junto al puente, mira las aguas con lotos.

Incluso podría ser que el cuarto científico siguiera negándose a firmar después de que mataran a su hija. De modo que mataron a las hijas de sus colegas para ejercer más presión todavía sobre él. Pero ¿por qué no quería que lo asociasen con el milagro? ¿Y a aquel precio?

Al cruzar nuevamente el puente de las Nueve Revueltas, Piao, aunque sin temor a la hilera de espíritus del mal, acelera el paso.

Había una señal que permitía que los actos de aquel valiente camarada pudiesen rastrearse. Un rastro de migas de pan dejadas con la vana esperanza de que no se las comieran los pájaros. Haría una visita al cuarto científico, al cuarto padre cuyo nombre no costaba en el informe. Le haría una visita, aunque sólo fuera para compartir su dolor.

Capítulo 46

Pasado Jixi, la tierra se hunde como una piedra caída del cielo con tierra tan parda como los ojos de una chica lisu. La casa se alzaba en un promontorio rocoso, mirando a un océano de maíz; un campo cultivado más dorado que el sol que le hacía señas desde el cálido suelo. Pero la casa parecía al margen de lo que le rodeaba; su postura era la del nadador receloso, demasiado asustado para hacer frente a las frías aguas saladas.

Desde el sendero se le podía ver, al camarada científico, sentado en un banco del centro del jardín, como si siempre hubiera estado en aquel sitio.

Llamaban pocos a aquella casa; el golpecito con los nudillos en la puerta fue respondido inmediatamente.

–¿Se acuerda usted de mí, señora?

–Sí, me acuerdo de usted y de su ayudante, en la iglesia, los comunistas. ¿Qué quiere?

Su flaco cuerpo protegía la abertura entre la puerta y el marco.

–Ya sabe por qué estamos aquí, madre.

Madre, un título que ella creyó incinerado con su pequeña, su hija. En sus ojos, al instante, lágrimas tan brillantes como cristales de plomo.

–He estado esperando por usted, pero tuve la sensación de que no vendría. Él está demasiado enfermo para verle. No tiene palabras.

–Las tiene, madre. Las vi en las cosas que ya ha hecho.

La carpeta agarrada con fuerza en la otra mano de Piao. El informe del ARCHIVO VEINTE. Tres firmas y un espacio en blanco donde faltaba la cuarta firma.

–Las cosas que se ha negado a hacer, eso son sus palabras.

Los ojos de ella caen sobre el informe. Su contenido se le escapa, pero no su importancia.

–Entonces usted tiene lo que quiere, inspector jefe. ¿O el DSP nunca tiene del todo lo que quiere?

–Nos conoce usted bien, madre.

Una sonrisa comprensiva.

–Es un hombre valiente su marido. Estúpidamente valiente, dirían algunos. Pero no yo. Pero ahora hay palabras que debe poner en acción. Palabras que debe usar para llenar el rastro incompleto que ha dejado, y que él sabía que nos llevaría aquí.

Algo en los ojos del inspector jefe a lo que no se podía negar, como en los de su marido, su querido marido científico.

Apartándose de la puerta, la madre permite que Piao y el Grande la crucen.

*

Hasta cuando las dos sombras caen sobre él, el camarada científico permanece inmóvil.

–Camarada biólogo, usted tenía la esperanza de que viniéramos. Su firma falta en este informe sobre esa bendición que es el arroz dorado, camarada.

Deja suavemente la carpeta encima de sus piernas.

–Al no firmarlo, aunque usted no hable, está desgañitándose a voz en grito.

La mano del biólogo se mueve hacia el informe. Suavemente, como brisa sobre las pesadas mazorcas de maíz, sus dedos sobre la tinta.

–Una acción muy valiente, camarada. Los del EPL son duros, pero el coronel Qi es más que duro. Ayúdenos a seguir. Queremos a los que le arrebataron a su hija.

–No puede hablar. No tiene palabras. Déjele en paz. ¿No ve que ya ha soportado bastante?

La mano de ella en el hundido hombro de él, no como consuelo sino con un gesto persuasivo.

–Váyanse. Váyanse. No tiene palabras. Se le han secado. Secado todas...

En la brisa entre las ramas más altas de los árboles, un sonido no diferente del primer aliento después de una resurrección.

–Tengo, tengo palabras.

La boca del camarada al oído de Yaobang.

–Hable, padre. El viento es fuerte, sus palabras se perderán.

La mano de él se mueve hacia la de su mujer, retirándola del hombro. Durante muchos segundos la acuna en su regazo.

–Tengo palabras. Tengo palabras, esposa mía.

Sin aliento. Tranquilizándose. Regulando su aliento, al unísono con la brisa.

–Las tengo para él. Ahora.

–No. No. ¿Todavía no hemos pasado bastante?

–Las tengo para él, mujer. Por ella.

Recorre el jardín la madre hasta que se pierde en el interior de la casa. Piao se arrodilla delante del científico, por primera vez sus miradas se encuentran.

–¿Por qué ahora, camarada científico? ¿Por qué deja que ahora fluyan las palabras?

Contempla más allá de la mirada del inspector jefe, por encima del hombro de éste, el campo de maíz.

–Porque usted se ha molestado en mirar y preguntar.

Mueve la cabeza, el camarada científico, como si intentara ahuyentar a un demonio del hombro.

–Yo todavía la veo jugando en el campo. Pero ahora sus pies no aplastan el maíz ni sus pasos inquietan el rocío.

La madre sale de la casa y vuelve a la soleada pradera. En la mano, unos papeles, tan reflectantes como un trozo de cristal. Una mirada de reojo del camarada cuando ella pone los papeles en la mano de Piao. La mujer se da la vuelta y se dirige al mismo borde del jardín; su forma, dividida por una oscilación de sombras del enrejado.

Encima de la primera página de los papeles, la mano de Yaobang.

–Sólo es una copia del informe que ya tenemos, jefe.

–No, no una copia...

Entre cada palabra, con esfuerzo, respiraciones sin aliento del científico.

–El original. Hay diferencias importantes, muy importantes. Lea. Lea. Verá.

Señala la casa.

–Vaya a leer.

*

La cocina olía a viejo: a comida conservada demasiado tiempo, a suelos muy poco fregados, a sueños caídos hace tiempo de la parra. Sobre la mesa con manchas de cercos y lunas crecientes de tazas de té, los informes dispersos uno al lado de otro, página por página, pasadas por los dedos manchados de soja del Grande. Cada página idéntica, cada palabra de cada informe, la sombra de cada palabra. Sólo cuando las páginas del primer informe, conseguidas gracias a las artes del Mago, llegaron al final, las diferencias se hacen evidentes. El informe del camarada científico, dos páginas más largo. Dos páginas redactadas con un estilo más agresivo. Dos páginas que hablan, que gritan con una voz diferente.

Sería una negligencia por nuestra parte no señalar algunos de los problemas que podrían surgir de la tecnología utilizada para crear el arroz dorado y los procedimientos altamente complejos que supone. Los procedimientos genéticos son nuevos. En miles de millones de años de evolución, nunca habían existido. En esencia, no sabemos lo que estamos creando. No sabemos qué repercusiones tendrá.

Un silbido del Grande. Largo, grave.

Todas las células, incluidas las de los seres humanos, ahora se sabe que absorben material genético. Fragmentos invasores de material genético pueden saltar al genoma para mutar genes. Algunas inclusiones de material genético extraño pueden estar asociadas con el cáncer. Esto es especialmente significativo en este caso, cuando el material genético se asocia con enfermedades en plantas que tienen muchas de las características del cáncer.

Vuelve la página, cifras, un gráfico y un resumen del proyecto del arroz dorado y su promesa de liberación de la malnutrición, la ceguera y la muerte prematura.

Debemos señalar urgentemente que el desarrollo del arroz dorado hará poco por mejorar la deficiencia de vitamina A entre la población. Debemos señalar además que, para producir suficiente vitamina A a partir del arroz dorado, una mujer de estatura y peso medios necesitaría consumir más de 7 kilos de arroz cocido todos los días, y un niño, 5 kilos de arroz todos los días. Una imposibilidad. La deficiencia de vitamina A dentro de la población sería resuelta con un programa de distribución oral. Las pastillas de vitamina A son asequibles y se puede disponer de ellas de modo inmediato. A largo plazo, el problema podría abordarse con la reintroducción de biodiversidad biológica de un modo sostenible.

El inspector jefe lee las últimas líneas en voz alta.

En esencia, el arroz dorado no consigue los objetivos para los que se desarrolló. También se debe considerar que se basa en una tecnología peligrosa. Sugerimos la interrupción inmediata del proyecto.

En la parte inferior de la página, cuatro firmas.

–Éste es el informe original antes de que lo amañara el EPL. El padre se negó a firmar la versión resumida del informe. Le costó la vida de su hija. Este proyecto también costó a muchos camaradas científicos las vidas de sus hijas.

Yaobang, incrédulo.

–Hay que joderse, jefe, el EPL sabe que el arroz dorado no funciona, que sólo es un fraude. Está ocultando pruebas. El arroz dorado es una estafa. Ha sacado millones de dólares a gobiernos extranjeros para financiarla.

Informes doblados, vueltos a doblar, guardados profundamente en el bolsillo interior del Grande.

–Una pena que este arroz dorado no funcione, joder; si Mao estuviera todavía vivo, habría puesto una medalla en el pecho de estos camaradas científicos. A lo mejor hasta Qi tendría una medalla.

–Sí, podría ser.

–Llevaré una copia del informe al Mago, jefe, y cuando él termine con ella, se destruirá.

–Sí. Y quizá alguna de las palabras del Gran Timonel para que hagan de papel de envolver. Un papel de envolver con setenta años.

*

El jardín, más tranquilo ahora. El sol, más bajo, las sombras, más largas, y el perfume de las flores, más suave.

Sentado junto al viejo camarada en un terreno blando de luz moteada. Su mano, sobre la del científico. Ojos fijos en el campo de maíz, pero viendo únicamente la cara pálida como el papel de una chica en el frío de un cajón de un depósito de cadáveres.

Atraviesa los labios del viejo una brisa que huele a tierra sobreexplotada y sacrificio.

–Inspector jefe, ¿hará usted que ese *tai zi* pague por lo que le hizo a mi niña y a las otras hijas a las que ya no posee la vida?

Apretando la mano del viejo con más fuerza.

–Sí, padre. Pero ¿qué podría devolverle a usted la mano de una hija que nunca podrá volver a estrechar en la suya?

Capítulo 47

–Deja el ático sólo un par de veces por semana. El mismo día y a la misma hora. Un camarada metódico, ¿eh jefe?

–¿Adónde va?

–A la segunda planta del hotel, habitación 168, a ver a una mujer. Deja a sus guardaespaldas en el ático y hace el recorrido solo.

–¿Quién es la mujer?

–Otra antigua *tong zhi*. Hace cuarenta años que la conoce. Toman té y *Dukang*, miran fotografías antiguas de camaradas muertos y juegan al *mah-jongg*.

–Un buen modo de morir. Bebiendo y jugando al *mah-jongg* con una vieja camarada.

–Claro que sí, jefe. Mejor que la navaja del *liu-mang* que nos tocará a nosotros.

–Ese *guan-xi*, ¿cuánto costó?

–Dos botellas y un pase para la Tienda de la Amistad.

Una pequeña embriaguez. Un poco de capitalismo camuflado. Garantizado que se le suelta la lengua a cualquier camarada.

–¿Cuándo es la próxima cita?

–Mañana, como siempre a las cuatro en punto de la tarde, jefe.

–Tiempo de sobra para hacer lo que tengo que hacer.

Distraído, palpa con los dedos el CD-Rom guardado profundamente en el bolsillo.

–Hace mucho tiempo que no juego al *mah-jongg*. A muchas otras cosas sí, pero no al *mah-jongg*.

*

4 de la tarde... El Heping... Hotel de la Paz

Como una vieja tía soltera, el *Heping,* el Hotel de la Paz, en Nanjingxilu. Ya con años, se alza retirado de la avenida como si le diera miedo cruzarla. Pasado el vistoso vestíbulo de una belleza ya decaída. Líneas gastadas, enlucido como pasta de azúcar glaseada, manchas de nicotina, esculturales formas *art decó,* cornisas de flores congeladas, hiedras que trepan, desportilladas, cuarteadas y reparadas a toda prisa con un áspero relleno albino; como maquillaje de yeso sobre una vida entera de arrugas de preocupación. El antes rico matiz de la seda de los papeles pintados de las paredes, apagándose... apagado.

Y en el bar del vestíbulo, antiguo cuero cuarteado y latón gastado, donde Coward susurraba sus historias, los Sassoon se apresuraban a hacer sus negocios... un trío de músicos de sesenta años tocan sobre el ruido de fondo de los murmullos de los *dahu* hablando por sus teléfonos móviles. Letra en una boca con dentadura postiza que dice: *Me gustaría llevarte a China en un lento barco,* cantada entonadamente al unísono.

*

La misma habitación, la misma hora y la misma anfitriona, una apreciada camarada que había pasado por épocas de vacas gordas, pero sobre todo por épocas de vacas flacas. Una buena mujer, pero una mala jugadora de *mah-jongg.* Encima de la mesa, las mismas gastadas piezas de marfil y el mismo tablero que les ha servido de campo de batalla desde ya hace más de un cuarto de siglo. Encima de la mesa, la misma marca de *Dukang* esperando a que lo sirvan en los mismos vasos de cristal, y en el rincón un televisor, un reproductor de vídeos y, sobre él, un montón de películas americanas no permitidas.

Pero algo ha cambiado. Cuando la mujer abrió la puerta de la habitación del hotel después de la conocida llamada con los nudillos de él; lo ve en los ojos de ella, tan fugaz como una grulla que cruza por delante de la cara de la luna llena. Durante la lucha, él ha visto hombres ejecutados por menos. Bajar la vista ante una pregunta, o arrastrar los pies durante una crítica política. Era un hombre que siempre había obrado por instinto. Un amigo sincero de aquella vocecita interior, que ahora susurra: «Da la vuelta, vuelve a la protección del ático, camarada». Pero el tablero del *mah-jongg* con una voz más fuerte, combinada con el brillo dorado del *Dukang* y una *tong zhi* amiga que había conocido tiempos anteriores a los de los teléfonos móviles, los políticos con trajes de Armani y «dónde hincar el diente». Ignorando la voz, entró en la habitación. Ella cerró la puerta. Y él lo lamenta, tan rápido como un perro que corre detrás de un camión Liberación. La hambrienta boca de una pistola apretada detrás de la oreja. Y con ella, la pronunciación de las palabras más estúpidas que nunca hayan salido de sus cautelosos labios.

–¿Sabe usted quién soy yo?

Sí, para llegar tan lejos, para atreverse a tanto, unos hombres así tenían que saber exactamente quién era él. El hombre parado delante, un mestizo de ojos turquesa inyectados en sangre, desarma con sus palabras. Atravesadas las defensas del viejo camarada por su toque de color de barato tabaco perfumado.

–*Tong zhi primer ciudadano.* Usted es un héroe de la República Popular, uno de los últimos que saben cómo eran las cosas antes.

Piao saca una fotografía de su bolsillo interior. Un niño de ojos brillantes que reflejan la victoria y para conseguirla sus ojos brillan con una certidumbre evangélica. Unos pasos delante, la bandera roja arremolinada acaricia al Gran Timonel.

El *primer ciudadano* examina la fotografía con lágrimas alimentadas con *Dukang*.

–Hace muchos años que no he visto este cuadro, muchos, muchos años. Mis tíos, los llamaba yo. Mao, Zhou Enlai, Den Xiaoping y tantos otros. De día podían matar a mil, a diez mil del *Kuomingtang*, pero de noche hacían que me sintiera seguro, me arropaban en la cama, contaban historias ya olvidadas y me explicaban el sendero luminoso del pensamiento comunista.

Mueve la cabeza.

–Hombres como ésos son como piedras preciosas entre montones de barro y esquisto. A los políticos de hoy sólo les interesa «volver a meter a paladas la mierda en el culo del caballo».

El inspector jefe recoge la fotografía y la devuelve al bolsillo.

–Sí, *tong zhi*, por eso estamos aquí. Queremos enseñarle lo que ha crecido en la tierra regada por la sangre de sus camaradas.

*

El *tong zhi primer ciudadano* estaba completamente en lo cierto: la camarada jugaba mal al *mah-jongg*. Piao gana partida tras partida mientras el Grande les servía *Dukang*. Y mientras tanto, el viejo camarada leía, con la concentración que sólo puede tener un contable. El ARCHIVO VEINTE en su totalidad perfectamente impreso. Una mano que una vez había adquirido forma agarrando la culata de un fusil, el dedo de un niño en el gatillo, ahora armada con algo más peligroso, una pluma, con una escritura muy gruesa y una calculadora que arrastra una hilera de ceros.

Cuatro horas antes se detuvo a tomar una copa, tras rechazar la oferta de comida.

–Estoy acostumbrado a mucho, pero también a muy poco. Era niño durante la Larga Marcha. A veces pasaban días entre tragos, o comidas.

Coloca cuidadosamente el ARCHIVO VEINTE en el suelo.

–Una experiencia así moldea a un hombre. Incluso ahora encuentro un mendrugo o una corteza de pan que había escondido debajo de la almohada, o en algún otro lugar seguro. Ahora puedo tener las mejores cosas de la vida, pero todavía escondo cosas de comer.

Agarra los papeles una vez más.

–Y por eso ha acudido usted a mí. Este delfín del EPL, este funcionario tan de fiar, es como la suciedad de debajo de las uñas de los campesinos. Roba al proletariado.

Mueve la cabeza enérgicamente.

–Millones de yuanes conseguidos del modo más sucio. Prostitución, crímenes, los «viejos» contra los que luchó Mao para librarnos de ellos, resucitados por mi propio EPL. Juro por la sangre de mis camaradas caídos que no sabía nada de este atropello. Si lo hubiera sabido, habría...

Deja airadamente los papeles encima de la mesa.

–Malditos sean esos delfines y sus excesos. ¿Cómo es posible que los héroes de la República Popular hayan engendrado una plaga así?

Ira reemplazada ahora por tristeza y determinación.

–Llevo demasiado tiempo en mi ático. El comunismo ha muerto y yo ni siquiera he oído sus últimas boqueadas. Ese del EPL no tenía necesidad de conseguir dinero de un modo tan indecente. Ninguna necesidad. La política que guía al EPL ha sido la «política de los 16 caracteres». *Junmin jiehe, pingzhan jiehe, junpin youaizn, yinmin yangjun*...

Susurra las palabras Piao.

–Integrar lo militar con lo civil; integrar guerra con paz; dar prioridad al armamento; fabricar bienes para uso civil y utilizar las ganancias producidas para mantener lo militar.

Asiente con la cabeza el *tong zhi*.

–Exactamente. El hecho de que el general Jiang Zemin haya promulgado reglas sobre las responsabilidades económicas y esté presionando a los generales para que hagan públicos sus intereses indica que no todo va bien. Pero, por mi parte, seguimos la «política de los 16 caracteres» al pie de la letra. Como resultado, ahora contamos con unas 30.000 empresas comerciales que yo he iniciado para el EPL. Negocios decentes, honrados, sólidos...

Dedos que recorren una columna de cifras.

–La Sociedad de Inversiones Poly, la Marítima Continental, cotizan en la bolsa de cambio de Hong Kong y son propiedad del Departamento General de Personal del Ejército Popular de Liberación. La Sociedad Internacional Hong Kong Macao, la Sociedad de Inversiones HMH China son propiedad del DPG, el Departamento de Política General del EPL.

Vuelve la página.

–China Poly, propiedad del DPG, cuenta con más de 100 filiales, con activos que totalizan más de 100.000 millones de yuanes. El año pasado ganó más de 500 millones de dólares estadounidenses.

Incapaz, al principio, de encontrar la entrada pertinente.

–El EPL dirige más de 500 hospitales. El grupo Xinxing, propiedad del EPL, da empleo a 200.000 trabajadores. Automóviles Songliao está controlado en un 53% por la región militar de Shenyang. Tenemos mayoría en la agencia de inversiones J&A. El año pasado produjo unos beneficios de 711 millones de yuanes. El EPL ahora controla China United Airlines, y el Hotel Palace, de cinco estrellas, en Beijing. El EPL comparte negocios muy rentables con la empresa canadiense Shooting Star Technologies. Con las empresas estadounidenses Baxter Healthcare, Exten Industries,

SC&M International, General Electric Medical Systems, y muchas más.

Primer puñetazo en la mesa.

–Negocios limpios, negocios legítimos, que cuentan con mi bendición y pleno apoyo. ¡Pero putas! ¡«Los viejos»! El Ejército Popular de Liberación no quiere obtener ganancias con esas cosas. Este delfín roba al más débil en su propio provecho. Millones de yuanes restados a la defensa de nuestra República Popular. Está aquí, en sus propias anotaciones, en blanco y negro.

Dedo que apuñala datos.

–Dinero que debería ser de nuestro EPL para la defensa de nuestro pueblo va a parar al bolsillo de este *tai zhi* como agua de mayo. Conozco a su padre, al de este delfín. Un buen camarada. Un buen servidor del pueblo. Sólo me queda llorar, llorar.

No puede hablar. Hojea las últimas páginas del ARCHIVO VEINTE. El Grande le llena el vaso.

–¡Esto! ¿Qué es esto, inspector jefe? Usted tiene la esfera del reloj, inspector jefe, pero no las manecillas para señalar la hora. Hay una importante conspiración en marcha. Millones de dólares cambian de manos. Pero ¿por qué? Creo que usted lo sabe, inspector jefe, pero no está preparado para decírmelo. ¿Y usted, ayudante?

Ninguna respuesta.

–Debería estar usted en la Ópera de Pekín, camarada Piao. Tiene olfato para lo dramático.

–Yo trabajo en la Brigada de Homicidios, *tong zhi*. En ese continente sólo hay sitio para lo dramático.

–Unas palabras muy ciertas. Muy ciertas. También yo he visto mucha muerte. Demasiada. Más que demasiada. Eso mancha el alma. Envenena el árbol de la vida.

–«Miles y miles de mártires han dado heroicamente su vida por el pueblo; mantengamos bien alta su bandera y marchemos adelante por el sendero teñido de carmesí por su sangre.»

–Muy bien, las palabras gloriosas del Gran Timonel, de sus *Obras escogidas*, volumen III. Usted entiende el sendero y es un hombre excelente, para pertenecer al DSP, inspector jefe Piao.

Puesto en pie de pronto, el *primer ciudadano* se quita la chaqueta, desabrochándose el cuello de la camisa y, casi como un rito solemne, se enrolla lentamente las mangas. Colores, algunos apagados por el tiempo, otros con la vibración de nuevos añadidos de tinta. Un tatuaje de muñeca a hombro, un tapiz glorioso de lo borroso y lo claramente definido. Un contrato que garantiza seguridad, en caracteres cuidadosamente trazados. En sus primarios matices, los caracteres del propio Mao y de todos los líderes de la República Popular desde entonces. Pero ¿el contrato tenía igualmente valor en la dirección opuesta?

–No debe tener miedo. Yo mantendré mi parte del trato. Seguiré el sendero luminoso y cumpliré con mi deber.

De pronto, una vez más bajo la bandera roja. Una vez más codo a codo con los héroes de la revolución.

–Enséñeme todo lo que me tenga que enseñar, camarada inspector jefe. No debe tener miedo. Ha acudido al ciudadano adecuado. Soy el *primer ciudadano*.

En respuesta, Piao le entrega un conjunto de impecables contactos monocolor de una carpeta y se dirige al reproductor de vídeo.

*

Treinta minutos...

Lágrimas surcando arrugas. El Grande le entrega a la vieja camarada un pañuelo de papel. Un asentimiento de la cabeza de ella y una mirada hacia el *primer ciudadano*.

–Y esas espantosas muertes de unas chicas tan jóvenes, y esos asesinatos brutales de sus camaradas del DSP, ¿por qué?

Piao, en la ventana, mira la noche.

–¿Y esos dólares, millones de dólares? ¿Qué compran con ellos?

El inspector jefe se vuelve y deposita una bolsa de algodón en la mano del viejo camarada.

–*Oryza sativa*. Arroz, camarada *primer ciudadano*. El proyecto de un arroz muy especial.

–¡Arroz! No, no, inspector jefe, eso no puede ser. El arroz puede producir indigestión, pero nada como esto. Nunca una cosa así.

Un asentimiento de cabeza. El Grande saca varios informes de un sobre. Los deja encima de la mesa ante el *tong zhi*.

–Camarada *primer ciudadano*, se le llama «arroz dorado». Algo que promete mucho, como el Gran Salto Hacia Delante, pero que en realidad es un recipiente vacío. Aunque los resultados iniciales eran prometedores, cuando los científicos que trabajaban en el proyecto informaron al camarada Qi de sus hallazgos negativos, él primero intentó hacer que desapareciera su informe. Luego insistió en amañarlo y que lo firmaran. Ellos se negaron. Él les ofreció dinero, y cuando eso no funcionó amenazó a sus hijas. Cuando eso no funcionó, asesinó a sus hijas.

–Y ese arroz, ese arroz dorado, ¿puede proporcionar pruebas usted de que Qi censuró sus informes? ¿Amañó sus informes?

–Las pruebas están delante de usted, camarada *primer ciudadano*.

–Y con todo, ¿Qi continuó obteniendo millones de dólares de países vecinos nuestros con la falsa promesa de ese arroz?

–Las pruebas de eso están en sus propias cuentas, *tong zhi*.

–Sí, sí, las cifras que vi con mis propios ojos. Naturalmente. Entonces usted ha cerrado el círculo, inspector jefe Piao.

Sus nudillos golpean los informes que tiene delante.

–Que haya tenido que hacerme tan viejo para ver una cosa así. Yo, ¡uno que sobrevivió a los grandes riesgos de la Larga Marcha!

Vuelve a mover la cabeza. Minutos antes de retomar la palabra.

–Sacar a la luz eso que usted me ha enseñado es nuestro evidente deber, pero sería ingenuo e irresponsable no tener en cuenta antes las consecuencias...

–Eso a mí no me importa...

–¿Las consecuencias, inspector jefe? Pues debería. Veo que puede necesitar que le salven a usted de sí mismo.

Por la ventana, un avión araña el cielo negro. Un vuelo que deja el aeropuerto internacional de Pudong. Que se dirige a algún sitio nuevo, plateado, brillantemente luminoso.

–Lo que ha descubierto usted, de ser divulgado, puede dañar enormemente la reputación de China entre la comunidad internacional. Ya no somos una isla, nuestra fortuna está ligada a la de otros, y la de otros a la nuestra. Además de consecuencias económicas debido a esas revelaciones, habría graves problemas políticos, inspector jefe. Esas revelaciones, entre otras cosas, podrían poner en peligro que organizáramos las Olimpiadas.

Piao considera que las palabras que le apetecía decir serían inadecuadas.

–Eso constituye un arte, inspector jefe. Uno tiene que contrapesar unas cuestiones con otras, y unas consecuencias con otras. Se puede perder mucho al revelar lo que ha descubierto usted. Pero, por otro lado, hay tanto o más que perder dejando rienda suelta a ese delfín.

Y casi para sí mismo.

–Estos *tai zi* son un azote que padecemos. Un azote que al final terminará destruyendo nuestra República Popular.

Una profunda aspiración, una decisión tomada.

–A veces, incluso en lo peor de unas fiebres y con el paciente más débil, es necesario tomar decisiones drásticas. Recurrir a una navaja y sangrar al paciente. Y con esa dolorosa sangría se salva una vida. Eso fue exactamente nuestra Revolución Cultural, una sangría que curó.

La mano del *primer ciudadano* señala el horizonte eléctrico de la ciudad.

–Pero el paciente sobrevivió. Puede que tengamos nuestra propia Revolución Cultural, inspector jefe. A una escala mucho menor, ya me entiende.

El *tong zhi* se ríe.

–¿Y usted, inspector jefe? ¿Qué pasa con usted?

–Yo soy una solución que se ha convertido en problema.

–Un papel peligroso que desempeñar, inspector jefe.

–Yo soy excepcional desempeñando esos papeles peligrosos, camarada *primer ciudadano*.

La mano del *tong zhi* en el hombro de Piao.

–Lo ha hecho usted bien, inspector jefe. Lo ha hecho usted bien y será recompensado. Esto le proporcionará medallas a usted y a su ayudante.

–Nosotros ya tenemos medallas, *tong zhi*.

–Entonces, ¿qué querría de mí, inspector jefe? Un viejo *tong zhi* que evidentemente ha vivido demasiado.

–Información, *primer ciudadano*. Información...

–Ah, inspector jefe. El oro de los políticos, ¿no? ¿Qué información?

–Sobre el coronel Qi. Quiero información de su época como estudiante mientras estaba en Londres. Allí pasó algo que ha marcado su vida. Como la Larga Marcha marcó las honorables décadas de usted.

Un asentimiento de cabeza.

–Tengo nombres, obtenidos a partir de los datos del teléfono móvil del delfín que tienen que ser examinados. Nombres a los que Qi envía grandes cantidades de dinero, como ha visto usted, *primer ciudadano*. Nombres que se extienden por el mundo. Necesitamos información sobre ellos, *tong zhi*.

–Cuento con contactos muy sólidos. Esa información será suya.

–Gracias, *tong zhi*. Hay también un ruso que se llama Kanatjan Pasechnik. También quiero información sobre él. Nuestros propios contactos, nuestros *guan-xi* nos han fallado.

–Nunca hay que fiarse de los rusos. Lobos con pieles de cordero. Veremos qué negocios tiene el coronel Qi con un ruso. Le daré lo que pide, camarada inspector jefe.

–Gracias, *primer ciudadano*. Casi había desesperado por...

Se alza una mano, que hace callar las palabras de Piao.

–¿Qué, camarada inspector jefe? ¿La falta de integridad por parte de sus superiores y entre los altos *cuadros*? ¿Que los políticos a su mando hayan perdido de vista el sendero luminoso?

Un asentimiento de cabeza y una sola palabra de Piao que podrían hacer que cualquier ciudadano quedara a merced del *lao gai*.

–Sí.

–Yo todavía sigo el sendero luminoso del Gran Timonel, inspector jefe. Aunque un camino así ahora no esté de moda.

El Grande ayuda a la camarada a ponerse de pie.

–Tal vez debería tener usted más fe, inspector del DSP. Sí, más fe. Todavía quedan algunos que no se inclinan ante el contenido de una cartera.

El *tong zhi* mete papeles, informes, en una carpeta.

Sonríe a la septuagenaria camarada femenina agarrada a su brazo; a los ojos de él, todavía una belleza con veinte años.

–Nos disculparemos con los responsables de nuestra seguridad por causarles tantas molestias. Diremos que fuimos a dar un paseo. Un largo paseo. Era una noche hermosa. Brillaban muchas estrellas. A los dos nos gusta mucho mirar las estrellas. Será consciente usted, claro, inspector jefe, de que no hay otro país en el mundo que tenga una bóveda igual con estrellas tan brillantes. Es indudable que, si hay un Dios, tiene que ser un buen camarada comunista.

Recorren el pasillo, que huele a cigarrillos extranjeros y a jabón de rosas.

–Dentro de un día, inspector jefe. El mercado de aves de Hongqiao. El emporio de los trinos de la señora Lee, a mediodía.

Sonríe, mientras su brazo sujeta la cintura de la camarada femenina.

–Dentro de un día, usted tendrá el oro de los políticos.

Capítulo 48

MERCADO DE FLORES Y PÁJAROS DE HONGQIAO,
CALLE HONGQIAO

Como si el cielo hubiera caído a la tierra, el mercado serpenteaba como una guirnalda por la calle Hongqiao. Un extremo atado a los doscientos puestos de pájaros que una vez volaron pero que ahora estaban enjaulados: colibrís, canarios, pinzones y las más exóticas aves canoras. El otro extremo del mercado, como un arco iris sujeto a la tierra en la calle Hongqiao, 1778, por el mercado de flores de Gubei, con sus 20.000 metros cuadrados de capullos. Todos los colores que aplaquen el alma y den color al ánimo.

Y entre los tristes lamentos de los pájaros, la charla animada de niños, los gritos y exclamaciones de los turistas, las cosas más discordantes; como la dura pepita en el corazón de la suave carne apetitosa de cada lichi. Un escupitajo, un estrechamiento de manos para cerrar acuerdos bajo cuerda. Un canario picotea las plumas de la cabeza de otro canario. Las cosas más discordantes. Plumas brillantes arrancadas con pinzas de las relucientes alas de un colibrí. Una discusión, violenta e intensa, sobre un precio fijado, un acuerdo roto. Las cosas más discordantes. Una queja atraviesa el mediodía, cuando a un pato mandarín le separan de la vida. Sobre adoquines hollados por los años, tan sin brillo como viejas monedas de fen, pétalos de flores y un abundante charco de sangre.

*

La señora Lee, una vieja gallina que todavía se creía un pájaro cantarín, avanzó hacia el *primer ciudadano* con labios cubiertos por una capa triple de pintura escarlata para darle un beso. Relato de un cuento sobre una vida más triste que aquella existencia actual, cuando ella arrancaba las plumas para volar de las alas de un periquito. El relato de otro cuento, con muchas risas, cuando ella sujetó con cinta adhesiva los picos de dos loros de ojos desgraciados. Sólo cuando las risas se hubieron apagado y sus atenciones se volvieron hacia un tucán encogido en el rincón de su jaula oxidada, una uña con una capa triple de escarlata señaló el camino. El *primer ciudadano* cruza una cortina doble de cuentas de cristal y entra en una pequeña habitación de detrás... un olor a mujeres menopáusicas, *xunhuacha* recalentado y plumas de ave. En el centro de la oscura habitación, a la luz de velas, un gran samovar de origen ruso, con recargados adornos, el baño de níquel original gastado hasta su cuerpo de latón. En torno al samovar, un círculo de almohadones de cuero repujados en oro. El *primer ciudadano* se sienta, acercándose una vela y sirviéndose té; todos sus actos hablaban de que había estado ya muchas veces en aquel lugar. Piao y el Grande le siguen. Sus actos, más envarados, al tener que hacer juegos malabares con tazas que no habrían podido contener el líquido suficiente para lavarse un ojo, y no digamos para apagar la sed de una boca que había probado plumas de aves.

El *primer ciudadano* saca de una carpeta unos documentos perfectamente plegados y los extiende con la mano sobre un almohadón.

–Soy un camarada que cumple sus promesas.

Su mano se mueve sobre las páginas hasta que quedan perfectamente lisas.

–Inspectores, con respecto a esto, y a lo que me han enseñado, necesitaremos tener una confianza total entre nosotros.

Sorbe su té haciendo ruido.

–Primero, datos de los servicios de inteligencia extranjeros: SIS. El BND, servicio de inteligencia alemán, la CIA, el Centro Nacional de Inteligencia de España, el francés, DRM, Direction du Renseignement Militaire...

Manifiesta desagrado según habla.

–Su Qi mantiene muchos contactos con personajes desagradables. Extremistas musulmanes, sospechosos de terrorismo. A algunos los conoció mientras estaba en Inglaterra. Todos eran miembros de Al-Muhajiroun, un grupo musulmán radical. Fanáticos. Muchos de ellos, se sabe, han estado en Afganistán y han recibido instrucción en los campos terroristas de entrenamiento, o han estudiado con clérigos radicales en las madrasas de Pakistán. Esas personas suponen una gran preocupación para nuestros amigos de Occidente, una gran preocupación.

Sólo ahora que los ojos de Piao se iban acostumbrando gradualmente a la luz de las velas, es consciente de que los estaban mirando. Desde elevados estantes de tres de las paredes de la habitación, aves de todo tipo, disecadas y expuestas. Ojos muertos de cristal amarillentos por el tiempo miran hacia abajo.

–Nazeer Ahmed Hanjour. Nazeer al parecer significa «el que da calor». Se hizo muy amigo de Qi en la universidad y se considera que fue el que le introdujo al islam. Hanjour le llevó a un clérigo radical de una mezquita de Londres. Éste se tomó un interés especial por Qi. Le dio clase. Abdul Waddani, otro clérigo. Los estadounidenses le quieren extraditar por cuestiones relacionadas con el terrorismo. Saadat Al-Sharif, el mejor amigo de nuestro coronel mientras estuvo en Londres. Está siendo investigado por el SIS británico. Sa'd Al-Qadi. Las autoridades alemanas le tienen bajo una vigilancia constante. Implicado en financiación de acciones terroristas.

El *primer ciudadano* coloca los documentos encima de las piernas de Piao.

–Y otros veintisiete así. Preocupa mucho que un ciudadano chino tenga tales «amigos». Especialmente una persona tan bien relacionada como Qi, que tiene acceso a las armas y recursos especializados.

Más documentos de la carpeta.

–En lo que se refiere al otro nombre que me dio usted, ese perro ruso, Kanatjan Pasechnik, es una buena pieza. Una ficha interminable suya en cada uno de los servicios de inteligencia europeos. Un científico de armas biológicas que dirigía la empresa rusa BIOPREPARAT, una organización civil «tapadera» para su programa de armas biológicas. Ha conseguido una nueva cepa de la viruela, además de unir genéticamente un virus con otro. Una técnica no muy diferente de la que se ha utilizado en su cultivo transgénico, el arroz dorado, inspector jefe.

Un asentimiento de preocupación conforme pasaba las páginas.

–Desde el desmembramiento de la Unión Soviética y el final del programa, ha estado sin trabajo. Pero se cree que le cortejan algunos regímenes de Oriente Medio. Por desgracia, creo que nuestro delfín se les ha anticipado.

–No me gusta cómo suena eso, *tong zhi*.

Dos notas en la carpeta, las dos diciendo lo mismo. Una del *danwei* de Qi. Otra de la *Luxingshe*. Solicitudes personales del delfín, en nombre del Ejército Popular de Liberación, para que a un nacido en Rusia se le conceda un visado especial para la República Popular, con el propósito «de realizar investigaciones científicas a favor del EPL y el pueblo chino». El nombre de ese nacido en Rusia... Sergei Popov.

–Alias Kanatjan Pasechnik, ¿no es así, *tong zhi?*

–Sí, eso creo. Nuestro delfín debe de haberlo traído a nuestra República Popular para trabajar en el programa del arroz dorado.

–¿No le importa si mi ayudante y yo miramos esos documentos, camarada?

–Mirar, sí. Pero llevárselos, no. Es material comprometido. Si cae en malas manos, podría seguirse su rastro hasta mi fuente. Una fuente muy importante. Debe leerlos aquí, ahora. Yo estaré ocupado con la señora Lee.

Un brillo en los ojos.

–Tómense su tiempo, camaradas. Por favor, no tengan prisa.

*

OFICINA DE REGISTRO – CENTRAL DEL KGB...

Datos personales. Lugar de nacimiento: Kiev. Fecha de nacimiento: 7/4/1955. Número de afiliación al Partido Comunista: 3678425639753465 / 6564A. Residencia de trabajo: Koltsovo, Siberia. Cargo: Científico / Director de proyecto.

Página tras página. Pasechnik, considerado uno de los científicos más brillantes de su generación. Inventa, dirige sus propios proyectos desde los veinticinco años. Financiación, aparentemente sin límites. Empieza en el ámbito de la investigación médica usual. Después, durante la década de 1980, el centro de atención de Pasechnik varía. Un área más sombría, investigación de virus, ingeniería genética. Viajes de trabajo a Venezuela, Zaire, la India, el Congo. Una lista de países cuyo común denominador es que la muerte ha pasado por allí, ha causado estragos en esos lugares con los virus más mortales conocidos por el hombre.

Dos breves informes, cada uno de ellos con un sello en tinta roja estampado, CLASIFICACIÓN SECRETO DE ESTADO.

Un proyecto de BIOPREPARAT, *Cazador*. Su objetivo, producir microorganismos nuevos. Se combinan dos virus para producir una «quimera». Centrado en el ébola, la encefalomielitis equina venezolana, la viruela... las cepas especialmente virulentas INDIA-67 e INDIA-1. Dedicado a liberar su máximo potencial como una parte de un sistema armamentístico.

Lee el segundo informe. Otro proyecto de BIOPREPARAT, *Factor*. Su interés principal consiste en desarrollar virus y bacterias que sean más patógenos, más capaces de originar enfermedades y víctimas entre los seres humanos. Con atención especial a la disminución del sistema inmune. Experimentación centrada en el gen IL4 y su inserción en el virus de la viruela, con el objetivo de crear una cepa de viruela resistente a la vacuna.

–¿Tiene sentido esto para usted, jefe?

–Aquí tiene que haber algo que resulte más claro. Algo en la letra pequeña. Algo que se nos escapa.

Kanatjan Pasechnik. No sus proyectos, sus exóticos viajes, sus miles de títulos; cada paso de su carrera, registrado por triplicado. Algo más básico desvía su atención.

En los labios de Piao el susurro de una súplica al pasar las páginas.

–Apuesto lo que sea a que es musulmán. Te apuesto...

Y allí, un añadido escrito a mano en el documento original.

Religión practicada: MUSULMANA.

*

–*Cao-mu jie-bing*...

–«Darle la vuelta al gato muerto». Una estrategia arriesgada, camarada inspector jefe.

Piao caminaba sobre pétalos tan rojos como la estrella de la República Popular.

–¿Arriesgada para un *tong zhi* que participó en la Larga Marcha, camarada *primer ciudadano?* Sin duda, como dicen los americanos, «un paseo por el parque», ¿no?

–Inspector jefe, a la hora de tratar con el Politburó, no hay nada parecido a «un paseo por el parque». Sólo una sociedad que tiene la misma consideración por su dogma político que por su comida, rápida y sin sabor, podría producir esa frase. Olvida usted, Sun Piao, que yo sé cómo piensa y reacciona el Politburó. No responde bien cuando se le sitúa en una posición de presión.

Estaban cargando los últimos canarios en furgonetas. Mantas echadas sobre las jaulas, sus últimas canciones terminan.

–Formarán una piña, como hace un grupo de viejas enfadadas. La edad puede haberles dejado sin dientes, inspector jefe, pero a uno no le apetecería enfrentarse a sus encías.

Yaobang se saca un CD-Rom del bolsillo y lo aprieta en la mano del *tong zhi*.

–Si no me equivoco sobre lo que creo que está pasando aquí y el modo en que usted intenta usarlo, habrá consecuencias. Un auténtico maremoto de consecuencias.

El *tong zhi* empuja a Piao al lado. Un violento susurro sobre el rugido del tráfico.

–Un maremoto del que quizá yo no fuera capaz de protegerle, inspector jefe. ¿Entiende lo que digo?

Un asentimiento de cabeza.

–Ahí es donde se separan nuestros caminos, *tong zhi*. Usted debe ir hacia el este. Nosotros iremos hacia el oeste. Nuestros caminos de vuelta a casa van en distintas direcciones, pero no en ésta, ¿verdad? Hay otra persona que tiene una copia de este CD-Rom. Ya ha sido decidido cómo y cuándo la deberá usar.

Su mano sobre la del *tong zhi* para despedirse.

–Para atrapar a un pájaro como nuestro coronel Qi no será suficiente una red, *primer ciudadano*. Lo que usted debe hacer es volver a la bandada de la que forma parte en contra de uno de los suyos.

Capítulo 49

Esperan por él varias horas, en silencio, a oscuras.

Los cristales de una ventana rota del fondo de la casa convierten la luz de luna en astillas de luz. Cajones y armarios abiertos. Parecería exactamente lo que se pretendió que pareciera: un robo. El dueño de la casa da pasos vacilantes, sin saber, con pánico, violentos *liu-mang*.

Un arco de fríos faros atraviesa las ventanas, formando sombras rayadas sobre el espacioso vestíbulo. A la deriva cuando los faros se extinguen. Pasos sobre el suelo, una llave en una cerradura, puerta de entrada que cruje al girar, una mano que se dirige a un interruptor de la luz, pero no hay luz. Una palabrota en la oscuridad sobre una bombilla cambiada hacía sólo una semana. La puerta se cierra, unos pasos vacilantes en el vestíbulo. Está a punto de tocar el interruptor de la luz del cuarto de estar, cuando caen sobre él. Atraviesan el cuero de su abrigo, la chaqueta, la camisa, que oponen una breve resistencia, las afiladas hojas. Una caliente marea repugnante. Una vez, otra vez, nudillos violeta por las contusiones. Cada penetración, un aliento fracturado. Un temblor de labios, saliva burbujeante.

La víctima todavía de pie, apoyada en la pared, cuando ellos limpian las manos ensangrentadas en su camisa. Todavía de pie pero ya muerto, sus asesinos avanzan por la oscuridad del vestíbulo y se encuentran con la indiferente noche.

*

Se mueve, una cuña que corta las primeras horas de la mañana. La puerta, como había sido planeado, entreabierta. Se mueve atravesando el portal, pasa delante de la puerta de los miembros del comité de calle, manifiestamente cerrada. Sube la escalera. En el tercer descansillo, señala un dedo oscuro.

–Allí.

Pasos silenciosos por el pasillo. Por fuera de la pesada puerta, dos llaves de plata al unísono, insertadas en cerraduras. Las barras que cierran se mueven, dejan de estar fijas. La puerta abierta, movimientos en la oscuridad, la puerta cerrada.

Sonidos amortiguados, una voz de hombre, un ruido sordo y luego un gemido. Pies sobre la madera del suelo, una joven. Su grito corta en seco la palma sudorosa de una mano. Durante varios minutos, los gritos apagados continúan mientras ellos siguen su trabajo con las navajas para degollar recién afiladas. Los gritos más débiles conforme la sangre va fluyendo con una generosidad sincera. Más débiles, hasta que cae el silencio.

La puerta se abre. En silencio, movimiento escalera abajo, a través del portal, una breve detención ante la puerta de la sala de los miembros del comité de calle. Dos llaves se deslizan por la rendija inferior de la puerta y silenciosamente el encuentro con una mañana que todavía no respira.

Sólo con la certeza de que se han ido, la cerradura de la puerta de los miembros del comité de calle se abre desde adentro. Una cautelosa mirada alrededor. De un armario impecable del vestíbulo sacan una vieja fregona y un cubo. Puede que se necesite agua caliente y desinfectante con perfume a pino, y muchas visitas al tercer piso. Ya con las punzadas que anticipan el dolor de espalda que sin duda seguirá a tan arduo trabajo. El tercer piso, ¿por qué no podía haber sido el bajo o incluso el primer piso?

Capítulo 50

El *Hong-qi* que se detuvo ante los escalones del *fen-chu* era un Bandera Roja oficial del EPL conducido por chófer, uno de la flota de perfección automovilística brillante-negra-larga a la que sólo los miembros de más alta graduación del Ejército Popular de Liberación tienen acceso. Los documentos con los que el pasajero del *Hong-qi* ha atravesado el ardiente Shanghai de mediodía también eran oficiales. Más tampones impregnados de tinta sobre ellos que botas brillantes en un desfile del Primero de Mayo en la Plaza del Pueblo. Documentos de acreditación, identificación, órdenes de detención. El inspector Yu comprueba quisquillosamente cada documento. Treinta y seis en total. El poder, la autoridad, procedente del propio Beijing, a través de la Secretaría General del Secretariado Central, para hacerse completamente con el mando del Departamento de Seguridad Pública de Shanghai.

Yu volvió a doblar los documentos tan cuidadosamente como habían estado plegados, y se los devolvió a la mano del nuevo camarada comisario jefe. Un hombre, cada centímetro de él, que desearía ir al frente, siempre y cuando el enemigo ya estuviera derrotado. El inspector Yun se puso firmes y saludó enérgicamente.

–Bienvenido a Shanghai, camarada comisario jefe Xin. Bienvenido al *fen-chu*.

El viejo *tong zhi* sonrió y encendió un cigarrillo pausadamente, mirando a Yun durante varios segundos antes de hablar. Cuando lo hizo, fue como si cada palabra hubiera estado tallada en una roca extraída de la cantera hacía mucho tiempo.

–Confío en que el hecho de que yo pertenezca al EPL no le supondrá un problema, ¿verdad? ¿Ni el que yo sea muy buen camarada del coronel jefe Qi?

–Claro que no, camarada comisario jefe Xin. Pero quizá tenga el atrevimiento de preguntar por qué ha sido desposeído de su cargo en el *fen-chu* el camarada comisario jefe Zoul.

–Claro que puede tener el atrevimiento, camarada inspector. Pero debería prepararse usted para una noticia inesperada. Una noticia tremendamente desgraciada. Me temo que su anterior camarada comisario jefe fue víctima de un ataque violento en su propia casa. Sufrió terribles heridas y, desgraciadamente, no sobrevivió.

No espera a que Yun responda.

–Mi posición dentro del Departamento de Seguridad Pública, como ha visto usted...

Señala las acreditaciones dispersas por encima del escritorio.

–Cuenta con todas las bendiciones de Beijing. Zoul era un buen camarada, pero ahora Beijing considera que una mano más firme puede terminar con la podredumbre que ha impregnado este lugar. Se ha considerado que un miembro del EPL, por muy poco habitual que pueda parecer, proporcionará mayor firmeza al Departamento de Seguridad Pública de Shanghai. Mi destino entre ustedes tendrá una duración limitada. Me quedaré hasta que se complete la tarea. Luego volveré al *Kan Shou Jingbei Si Ling Bu*, de Shanghai, de donde procedo. Hasta ese venturoso día, inspector Yun, apreciará usted que no me gustan las ceremonias. Los saludos no me impresionan.

Ya no sonríe.

–Sólo los resultados cuentan con mi respaldo. Y usted deseará contar con mi respaldo, ¿no es así?

Yun se contiene a punto de saludar.

–Sí, camarada comisario jefe.

–Bien. Bien. Entonces vamos camino de entendernos.

Su mano se dirige al bolsillo interior de su cara guerrera hecha a medida, saca un sobre de esquinas perfectas. Bajo las yemas de unos dedos amarillos de nicotina, el membrete del Ministerio de Seguridad.

–Las primeras órdenes de su nuevo camarada comisario jefe, inspector. Aprobadas también por nuestros superiores de Beijing. Hubo cierta resistencia en ciertos sectores, pero estoy seguro de que usted estará de acuerdo en que en este triste caso hay poca elección.

Yun abre el sobre indeciso, leyendo y releyendo la orden de detención. Para cuando hubo terminado, un brillo de sudor en su frente.

Nada escapa a la atención del miembro del EPL.

–¿Tiene algún problema, inspector Yun?

–Camarada comisario jefe, debe de haber un error.

–¿Un error, inspector? ¿Está usted insinuando que yo cometería un error así? ¿Que nuestros superiores de Beijing cometerían un error de tal magnitud?

–No. No, claro que no, camarada comisario jefe, señor. Sólo es que se trata de un funcionario muy digno de confianza. Un funcionario de la mayor reputación. No puede estar comprometido en algo como esto...

–Inspector Yun. Me doy cuenta de que la disciplina y las ordenanzas han ido a la deriva bajo el mando del camarada comisario jefe Zoul, pero la verdad es que yo había esperado una mayor profesionalidad de los inspectores de este *fenchu*. Las pruebas contra ese funcionario son indiscutibles. Más que suficientes para justificar una acusación de asesinato. También estoy seguro de que hay pruebas fiables del forense de las que se dispondrá en el proceso. Se encontraron huellas dactilares en la propia arma del delito. Una navaja que lo degolló.

Su voz, un susurro.

–Mi pobre, pobre predecesor, el camarada comisario jefe Zoul. Mejor que la vida ya no le posea para no tener que ver que a uno de los agentes en los que más confiaba lo detenían y procesaban por asesinato.

Un susurro más amenazador que un trueno.

–Detendrá usted al inspector jefe Sun Piao bajo la acusación de asesinato. Lo hará ahora, inspector Yun, sin retraso.

Capítulo 51

Una décima de centímetro,
y cielo y tierra quedan separados;
si deseas verlo con tus propios ojos,
no tengas pensamientos fijos a favor ni en contra.

Primeras horas. Horas peligrosas....

Incorpora los ruidos y movimientos a su sueño. Un sueño con números, con repeticiones estúpidas. Sólo completamente despierto, oyó y procesó las palabras.

–Jefe, acabo de llegar del *fen-chu*. Vienen. Vienen a por usted, joder.

Una descarga de adrenalina saca despedido a Piao del saco de dormir.

–¿Qi?

–No, jefe. No...

–¿Quién?

–El DSP. El puto DSP.

Se pone la ropa mientras andan y luego corren.

–No sé cómo decirle esto, jefe.

–¿Decir qué?

–Lo siento, jefe. Lo siento mucho, joder.

Sigue al Grande entre el calor de la panadería. El sudor ya le corre por la frente.

–La han asesinado, jefe. La han asesinado, joder.

–¿A quién?

Pero ya lo sabe. Su nombre acude a su lengua, una enfermedad innominada parece ahogarle.

–Lan Li.

–Lo siento, jefe. Lo siento, joder. Yun dice que su navaja de afeitar estaba en la escena del crimen. Es por lo que andan detrás de usted.

Palabras difíciles de pronunciar.

–Tú hiciste un parte de que se la habían llevado de mi piso, después de que el Mago. Después de...

–Se ha perdido, jefe. No hay ningún parte en el *fen-chu*.

Piao atisba por la esquina agrietada de la ventana. Lluvia, en mantas grises, como si el cielo se hubiera convertido en océano. Como si los antepasados les estuvieran meando encima.

–No sé cómo la encontraron. Cómo dieron con ella, joder.

–Por culpa mía. Mía. Verme con ella fue un error. Lo que yo más temía. Yo fui el causante... *ta ma de*.

El brillo de la insignia de una gorra, luego otro y otro.

–Una mancha en el alma...

Pero Yaobang no escucha.

–Jefe. Jefe. Debemos irnos. Ya casi los tenemos encima.

–Tengo que hablar con el camarada comisario jefe, a lo mejor él puede...

–Zoul está muerto, jefe, apuñalado. Hicieron que pareciera un allanamiento de morada, pero Yun dijo que no se llevaron nada, excepto su puta vida.

Dos manzanas más allá, mate y perezosa da vueltas una luz roja, azul, blanca.

–El camarada comisario jefe nuevo del *fen-chu* es del EPL. No podemos contar con nadie.

Destellos de botones dorados en la oscuridad. Los del DSP. Muchos del DSP.

–El embarcadero, jefe.

Piao se deja caer contra la pared de la panadería; consuelo en la piedra fría del suelo.

Un tirón de la chaqueta del inspector jefe.

–No puede dejar que lo atrapen. Eso es lo que quieren ellos. Si quiere vengarla, tiene que salvarse usted antes.

Se pone de pie, como entre sueños. Sigue al Grande por la panadería. La puerta trasera se abre de un tirón y al instante están en el embarcadero, congelados, mojados. Estrellas se desvanecen tras espesas nubes. Junto a ellos, el río fluye rápido, como cuesta abajo.

Desde la parte de atrás de la panadería hasta los muelles cercanos, un brazo de espeso barro de río, como un dedo negro. Un salto, puede que de dos metros o más.

–Saltaremos, es el único modo, joder. Y luego podemos...

Piao agarra con las dos manos los hombros del Grande.

–Sólo yo, me buscan a mí. Tú quédate.

–No, jefe. Yo también voy. Usted me necesita.

–Sí, te necesito. Te necesito en el interior.

–¿Jefe?

Se separa, se mueve en la oscuridad. Las puntas de los pies de Piao sobre el borde desigual del hormigón. Sólo el sonido del oscuro brazo del río y su olor a muerto. El haz de una linterna, una voz, pies que chapotean en el barro, en la porquería. Cuenta los pasos hacia atrás, una carrera, un salto, y el inspector jefe perdido en la oscuridad. Sólo el sonido de una pesada caída sobre más hormigón. Una exhalación entrecortada y sus pisadas desiguales perdidas entre la voz enfadada del río.

Un minuto, no más, está parado Yaobang en el centro del embarcadero; su cara hacia el cielo. Lluvia, como él nunca ha conocido, cae sobre él. Se queda allí quieto, el grito de la lluvia en la boca, la lengua. Charcos en los ojos cerrados. Una sensación de libertad con su purga, pero sólo breve.

–Podemos acusarle de algo grave por proteger a un asesino, subinspector Yaobang. ¿Dónde está el inspector jefe Su Piao?

Niega con la cabeza como un perro. Abre los ojos ante el viejo *tong zhi,* Xin. Un cigarrillo mojado cuelga entre sus oscuros labios.

–¿Inspector jefe qué, camarada comisario jefe del EPL?

El Grande sonríe, cuando unos torpes agentes del DSP colocan con dificultad unos tablones sueltos por encima del ramal menor del río.

*

Un almacén lleva a otro unido al anterior. Miradas, entre paredes de ladrillo agrietadas y ventanas apagadas, a la carretera. Luces de coches patrulla del DSP. Colores muy brillantes con la garra del latido agotado del corazón en el pecho. Corre, y a cada paso la pierna le arde. Se detiene durante un instante. Mano al tobillo. Pegajosa, caliente; la sangre, tan negra como el río. Empapa el calcetín, el zapato, y dolor que le roe su resolución.

Por delante, se acerca una tormenta desde el sudoeste. Desde Tailandia, Birmania, la India, Irán. Sitios que él nunca verá. Cuenta los segundos... *Uno, dos, tres, cuatro, cinco, seis, siete, ocho.* Un relámpago. *Ocho...* entre trueno y relámpago. A 13 kilómetros de distancia, la tormenta. Los almacenes parecen elevarse del río a cada fogonazo.

La siguiente brecha entre edificios, Piao salta a la oscuridad, con los brazos estirados delante, rogando que le abrace. Una desagradable contusión, antebrazos, rodillas, arden de dolor, pero consigue levantarse hasta un saliente que está delante del siguiente muelle. Sus ojos llenos de río y de lluvia en su caída en diagonal cuando avanza poco a poco por el saliente, las puntas de sus pies buscan un paso... seguridad.

Trueno, relámpago, 10 kilómetros. El Huangpu parpadea. Gritos, maldiciones, el haz de una linterna pasa sobre él. Le ven por primera vez. Él los ve. Un reconocimiento desde lejos de cazadores y presa. Un reconocimiento de un uniforme empapado y un uniforme impecable que él llevó puesto en otro tiempo con orgullo. Una vida también vivida, ahora barrida.

Trueno. Relámpago, 5 kilómetros. La ciudad, sacudida, estremecida, como atrapada entre las fauces de la fiebre. Iluminada, más allá del brazo del río, una cerca alta de alambre que brilla con la luz. Donde en otro tiempo crecía arroz en el suelo bañado, de sudor, de lágrimas... las grandes obras de un nuevo puente para la carretera hacia los puntiagudos rascacielos, barriga de nubes de Pudong.

Trata de correr, la cerca se levanta a su encuentro. Piao trepa, se deja caer al otro lado, obligándose a correr por el espeso barro. El dolor de su tobillo, más intenso. Sólo quiere llegar al borde de hormigón del puente.

Encajonado entre acero, corriendo sobre acero; la curva del puente le lleva arriba, encima del borde del Huangpu. Vuelve la vista entre una sombra que degüella; los del DSP ganan terreno a cada paso. Persiguen su sangre.

Trueno. Relámpago. Kilómetro y medio. Como si corriera por la luz. Sus gritos y maldiciones, al volver la cabeza, sus caras, y en la lejana orilla de atrás el color de la luz eléctrica entre la lluvia. Avanzan por el puente desde el lado opuesto, las hombreras relucientes y las pisadas de botas brillantes.

La tormenta encima de él. Trueno, relámpago, ahora directamente sobre la cabeza. *Pa ma-fan*. La ciudad sube y baja como costillas sobre pulmones. El Huangpu, definido únicamente por las corrientes como pulseras del tráfico a lo largo de sus orillas suaves como muslos. Ve, con el rabillo del ojo, que los uniformes verde oliva avanzan. Entre ellos, con hombreras mayores, la gorra visera llamativa del *tong zhi* Xin. Salen palabras de sus labios, pero no las oyen. Sólo la lluvia, el río, la oscuridad y él. Ni siquiera los ve echarse hacia delante cuando él trepa por el pretil. Sus manos se estiran para agarrarle. Un instante, sólo un instante, nota el áspero acero de las vigas con remaches debajo de los pies. En equilibrio sobre los doloridos tacones, sus dedos en el vacío. Un vacío le llena; en toda su vida sólo lo ha experimentado unas pocas veces antes, y sólo durante pocos minutos; pero recuerda cada segundo de esos minutos.

Mirada en el punto donde el cielo se une al río en un beso invisible, y entonces sin pensar, la caída. Sobre el fondo del paisaje de la ciudad, sobre el río negro como el azabache, un arañazo oscuro se acelera. Nada sólido. Nada con textura, y que hable de una vida que Piao haya conocido.

Dicen que antes de que mueras, la vida pasa, desfila ante ti. Aquello no ocurre. Todo lo que fuiste, has sido, podrías ser, se repliega sobre sí mismo. Agua oscura tragada por un desagüe oscuro. Hundirse en un único y solitario número. Ese número, el *0*.

*

El camarada comisario jefe Xin estira el cuello por encima del pretil. Allá abajo, aguas negras enrojecen un negro más luminoso. Mira hasta que el fluir del río recupera su curso ininterrumpido. Recorre con la mirada el oscuro Huangpu buscando el corcho que se balancee en la superficie. Nada. En un acto definitivo, escupe al río, viendo la caída de su esputo hasta que éste se pierde en la negrura.

Yun abre la gran nube negra de un paraguas para proteger el uniforme del camarada comisario jefe.

–¿Qué altura tiene este puente?

–Tiene 8.346 metros de largo, incluidas las entradas desde la carretera, y costó 820 millones de yuanes construirlo, camarada comisario jefe.

El *tong zhi* no puede apartar los ojos del río.

–Yo pregunté la altura del puente. ¿Qué caída tiene hasta el río desde este punto?

–Lo siento, camarada comisario jefe. Tiene 46 metros, camarada comisario jefe.

–Y está frío, imagino.

–En esta época del año, gélido, camarada comisario jefe. No podría sobrevivir nada en las aguas del Huangpu a una temperatura tan baja.

Xin agarró el mango de hueso del paraguas y atravesó con energía la hilera de mojados uniformes verde oliva, hacia la comodidad del Bandera Roja.

–Esperemos que sea así, por la cuenta que le trae a usted, inspector Yun. Sí, esperemos eso.

Capítulo 52

Una semana más tarde...

–Un apartamento aceptable para un héroe, supongo.

El Grande llena dos cajas de cartón. Una para las pertenencias personales; ropa, fotografías. Otra caja para el *fenchu*; una lista de los objetos que corresponden al cargo de inspector jefe.

–Era sólo un buen hombre, no un puto héroe.

La sombra del *primer ciudadano* eclipsa las acreditaciones, una guerrera del DSP, premios, medallas, menciones, encontrados en un cajón de abajo junto a calcetines con agujeros.

–Un apartamento aceptable para un buen hombre.

El viejo *tong zhi* mira fuera por la ventana. Muchos años, demasiados, desde que veía ropa secándose en un *long*.

–¿Todavía no han encontrado su cuerpo, incluso después de tanto tiempo?

Una negativa con la cabeza. Yaobang envuelve fotografías enmarcadas en camisas gastadas.

–El Huangpu es un río poderoso, a veces no devuelve a los muertos.

Envuelve una pistola en unos pantalones. Una tira de medallas dentro de un calcetín.

–De todos modos, mejor no tener su cuerpo. Para todos los demás es un asesino. ¿Quién dejaría que se incinerase o enterrase a un asesino, joder? *Dao-mei*.

–Sí, *dao-mei*. Pero nosotros sabemos más cosas, ayudante. Y tenemos la obligación de continuar con su trabajo.

El *tong zhi* se arrodilla con esfuerzo y ayuda a envolver, en camisas que ya hace tiempo pasaron su mejor momento, diplomas, cartas de felicitación.

–Hablando de eso, el CD-Rom que su inspector jefe me dio lo he examinado a fondo. Los datos que tiene, ¿todavía pretende usarlos?

Un asentimiento de cabeza.

–¿Puedo preguntarle cómo, ayudante?

Una negativa con la cabeza.

–¿Puedo preguntarle cuándo?

Otra negativa con la cabeza.

–¿Sigue usted las instrucciones y plan de trabajo que le dio su inspector jefe?

Un asentimiento de cabeza.

–Eso contribuiría a saber cuándo se producirá ese maremoto, subinspector Yaobang. Será mejor que me prepare antes de que las aguas me lleguen al cuello, si voy a servirle de ayuda, y llevar a cabo el sueño que compartíamos su inspector jefe y yo.

El Grande cierra una caja. Una vida ahora encerrada entre cartón y cinta adhesiva.

–Sesenta días.

–Sesenta días...

Contempla al ayudante, que pliega un uniforme del DSP dentro de la otra caja.

–Sesenta días desde ahora, o desde cuándo...

–Sesenta días desde...

El Grande se da la vuelta, tapándose los ojos con una manga llena de manchas.

–Desde que murió el jefe, joder.

–Subinspector Yaobang, su inspector jefe tenía los bolsillos llenos de un surtido de cosas que podemos usar contra ese *tai zi* y la plaga que constituyen los delfines. Sin embargo, no queremos cortar la mano mientras le están haciendo la manicura, ¿verdad?

Niega con la cabeza Yaobang.

–Yo soy un hombre sencillo, camarada *primer ciudadano*.

Alza las manos hacia la cara del *tong zhi*.

–Mire, todavía tengo tierra del campo debajo de las uñas. Déjese de las palabras que usan los políticos y dígame qué coño quiere.

El viejo camarada sonríe.

–Veo que he vivido durante demasiado tiempo entre miembros del Politburó, subinspector; elegiré las palabras con más cuidado. Hay algunos datos que quisiera suprimir del CD-Rom que me dio su inspector jefe. Son datos que pueden hacer daño al camarada Qi, pero que podrían hacer un daño más profundo e irreversible a nuestra República Popular.

Esta vez alza las manos él hacia la cara del Grande.

–Yo también tengo un origen campesino, camarada subinspector. La tierra de nuestros campos me corre por las mismas venas, como me corre un profundo amor hacia nuestro país y el Partido Comunista, a cuyo servicio llevo tantos años que no vale la pena recordarlos. No puedo ser cómplice de un acto que producirá tanto daño a nuestra gran nación, así de simple.

Se pone de pie, pasea, sus brazos gesticulan apasionadamente.

–No quiero transigir en eso, subinspector Yaobang, y tampoco quiero deshonrar el recuerdo de su excelente inspector jefe Piao al tratar este asunto. Pero a menos que esos datos se supriman del CD-Rom, no puedo ver en qué le puedo proteger, cómo le puedo proteger, y llevar a ese *tai zi*, Qi, ante la dura justicia que tanto merece.

El Grande cierra con cinta adhesiva la segunda caja. Una vida encerrada en dos cajas rectangulares.

–¿Qué es lo que quiere suprimir de ese CD-Rom que puede perjudicar tanto a nuestra República Popular, *primer ciudadano*?

El viejo *tong zhi* mira por la ventana. Una mujer recoge la ropa seca. De origen campesino, podría decir uno siempre; fuertes muslos y nalgas firmes.

–El arroz dorado.

Ayuda al Grande a trasladar las cajas cerradas al pequeño vestíbulo.

–Quiero que se supriman todas las referencias al arroz dorado, y eso incluye el informe de los científicos y todos los documentos relacionados con él, camarada subinspector.

Sonríe.

–Las otras pruebas son más que suficientes para conseguir todo lo que queremos.

Capítulo 53

El artículo 41 del Código Penal chino determina que toda persona condenada por un delito, y que resulte apta para el trabajo, «será sometida a reforma a través del trabajo»... lao gai.

No seas un «elemento contrarrevolucionario». Una persona que nada contra la corriente del Partido, el gobierno. Una persona que altera el orden social. Una persona que se burla del progreso de la República Popular. Una persona que critica en voz demasiada alta a los dirigentes. *Lao gai* te atrapará.

No te «asocies» con los que cometen delitos: ladrones, violadores, incendiarios. La asociación, en sí misma, basta para señalarte. *Lao gai* te dará la bienvenida.

No te «asocies» con prostitutas, inmigrantes, con los que roban y estafan, los que se niegan a reformarse, los que alteran el orden público. *Lao gai* será tu amante.

No seas una persona que se niega a trabajar, aunque esté sana y fuerte. Y cuando trabajes, no seas de los que entorpecen la producción. No seas de los que consumen drogas. O una persona sin techo. *Lao gai* será tu nuevo hogar.

*

Lao gai, un país dentro de un país. Veinte millones de «delincuentes» llenan sus aproximadamente mil cien campos de «reforma a través del trabajo», ninguno de los cuales tiene necesidad de someterse al control judicial. La policía cuenta con plenos poderes para condenarte sin que tengas derecho a representación legal. Puedes apelar contra la sentencia, pero la misma resistencia a la injusticia perpetrada contra ti será considerada por el Tribunal Popular una prueba de tu falta de adecuación para la reeducación. Esa resistencia implica una condena más dura, e incluso cuando hayas cumplido esa condena, las semanas, meses tachados en la pared de tu celda, no hay seguridad de que seas puesto en libertad.

Veinte millones de ciudadanos encarcelados, más que la mano de obra de España y casi igual que la de Francia. Una mano de obra a la que no se paga, a la que se alimenta con la comida más barata y se viste rudimentariamente; que no tiene vacaciones, atención sanitaria, derechos legales o políticos. Pero una mano de obra que crea mucha riqueza, que desempeña un papel importante en la economía nacional. En 1999, los analistas financieros consideraban que sólo los noventa y nueve *lao gai* conocidos tenían ventas anuales por encima de los ochocientos cuarenta y dos millones de dólares estadounidenses. Esas ventas proceden de una gran cantidad de productos hechos para el mercado interior y para la exportación: juguetes, acero, coches, textiles, ropa, té.

Lao gai es un país dentro de un país. Trabajarás de doce a dieciséis horas diarias, los siete días de la semana, sin vacaciones ni días de descanso, trabajando día y noche sin dormir. Trabajarás en condiciones peligrosas. En minas, donde con herramientas rudimentarias arrancarás minerales de la roca firme. Estaño, carbón, grafito, amianto. Trabajarás en fundiciones, obras o cadenas de producción, y sólo cuando parezca que te estás muriendo recibirás atención médica. Si murieras, por el motivo que fuere, serás incinerado ese mismo día. El motivo de tu muerte, tan oculto como el motivo de tu ingreso en el *lao gai*.

Capítulo 54

KU-BAI YU-SHENG... «VIVIR EN EL MAR AMARGO»

Recuerdos de recuerdos, en la inconsciencia, tan sin punta como guijarros de una playa desgastados por un millar de flujos y reflujos de mareas.

Ásperas, fuertes manos le agarran, le sacan del agua al aire. Una aguja, con brillo de mercurio, clavada en un brazo. Voces semifamiliares pronuncian palabras no recordadas. La frialdad de un enorme gancho de hormigón. Un juez, con uniforme del EPL, pronuncia palabras ensayadas en breves minutos orquestados. Otra aguja en otro brazo. Un breve traslado en coche, luego un prolongado vuelo en helicóptero, antes de otro breve traslado en coche.

Recuerdos de recuerdos, tan sin punta como guijarros desgastados de una playa.

*

–¿Dónde estoy?

En el rincón, un viejo; piel tirante sobre huesos marcados. Parpadea.

–¿Dónde estoy?

Vuelve a parpadear el anciano, antes de apartarse de Piao. Visión interior a un horizonte más reconfortante.

–Establecimiento-4, muchacho. ¿Dónde si no?

Palabras, apenas audibles por encima del viento, caliente, intenso, condimentado; vuelan remolinos de polvo rojo en un cielo con cicatrices.

Una sonrisa. Piao lucha por mantener a raya la inconsciencia. Fija ésta en su sitio, hasta que sus propias palabras, formadas sin fuerza, cruzan sus labios secos.

–Sabía que nuestros destinos se cruzarían. Montaña de la Rectitud. Lo sabía.

*

Lao Gai Establecimiento-4. Montaña de la Rectitud.
Los «Dos cuencos de arroz», provincia de Jiangxi

El día está muriendo. Eres testigo de eso por la caída del sol naranja sangre, las alargadas sombras. Bromas con gestos obscenos de los guardianes sobre lo que les van a hacer a las *yeh-ji* de labios púrpura de la aldea más allá de la larga carretera que tú nunca recorrerás.

El día está muriendo, y lo mismo te pasa a ti. Eres testigo por el malestar que ronda tu corazón, la fiebre que te tiene agarrado el cerebro. Eres testigo por el hecho de que no puedes recordar una vida más allá de donde ahora trabajas; por el hecho de que ahora no puedes recordar el *long* en el que viviste durante quince años, sólo el perímetro de alambre brillante de este infierno. Y las cadenas con eslabones de los prisioneros, agotados por el trabajo de bachear la carretera alquitranada, todavía pegajosa debido al ardiente aliento del sol.

Cada centímetro de aquel sitio, ahora tatuado en tu interior, y en las marcas de las correas de tus hombros. Los nombres que has dado a cada bloque de alojamiento. Mao, Xiaoping, Zhou Enlai. Techo de metal corrugado. Ardiente, asándote en el ardor del mediodía. Congelador, dejándote tieso con la bofetada con la mano abierta de medianoche.

Cada señal en cada ladrillo de tu celda. El escarabajo, de lomo sedoso negro, que se desplaza hábilmente por el suelo y dentro de tu mano, que espera todas las noches. La pisada de la bota de un trabajador que construyó este sitio, en el frío suelo de hormigón... tus dedos siguen el recorrido de los bordes de su suela. Cada una conocida tan íntimamente como los labios de una amante. Cada centímetro de este sitio, conocido, excepto el edificio bajo separado del resto del complejo. El edificio más alejado siempre en sombra y del cual, sin que nunca se diga, los ojos se apartaban siempre.

*

–Anciano, anciano...

Dormido. La boca del viejo abierta, como una cueva. Sus pocos dientes como estalactitas. Dormido, pero Piao, *lao gai* número F8932976886, pregunta de todas formas. Quizá porque una parte de él no quiere respuesta.

–El edificio. El edificio bajo. ¿Qué es?

Y no llega respuesta. El escarabajo de lomo sedoso negro se mueve hacia la libertad desde las rejas de sus dedos cuando el sueño le atrapa.

Libertad...

*

Una mañana como las demás. Despertado por golpes de la vara de bambú en las plantas de los pies. Raspaduras de arroz del fondo de la tartera. Agua del color y sabor del óxido.

Una mañana como las demás. Lavarse, desnudo bajo tuberías en alto, mientras los guardianes se burlan de tu cuerpo y de tu masculinidad.

–Vuestras mujeres están mejor lejos de unas pollas tan pequeñas.

Tratas de taparte, pero todo lo que eres y has sido alguna vez, expuesto a su examen y burlas.

Lista de destinos leída en voz alta. Prisioneros que caen, golpeados para que se pongan en fila. Marcha entre el polvo hacia el arrozal más allá del edificio bajo. Una sonrisa del anciano. El agua del arrozal tendrá hierbas creciendo cerca que se pueden comer, y carpas entre sus aguas nubladas de barro; vulgares y espejeantes carpas. Un estremecimiento plateado cuando manos ásperas se alargan para agarrarlas, sacarlas de su mundo. Saboreando casi su carne. Piao devuelve la sonrisa.

Una mañana como todas las demás. Horas doblado, hasta no ser capaz de estirarse. El sol implacable te cabalga en los hombros hasta que el sudor corre desde la punta de la nariz y entra en la gran extensión de agua del arrozal, hasta que no queda nada que sudar.

Y desde un alojamiento lejano una cadena de prisioneros sin energía para correr o para escapar. Sin voluntad, sólo caminan, con ojos muertos. Todos con la misma manga de la camisa enrollada hasta más arriba del codo. En el edificio bajo en sombra, inquietante, se abre una puerta de doble hoja. Dentro, apenas visible, inmaculado, un personal vestido de blanco, gafas brillando al blanco sol. La cadena de prisioneros se pierde de vista. Puerta de doble hoja empujada. Cerrada con llave. Polvo rojo que vuelve a caer al polvo rojo.

Por la comisura de una boca de labios cuarteados, secos:

–¿Qué es ese sitio, anciano? ¿Qué es?

Aparta la vista, el viejo, una vida pasada atento a las sombras. Con miedo a la mano encima del hombro, la llamada a medianoche a la puerta.

–Es nuestra vergüenza.

–Pero, ¿qué vergüenza? Nuestra República Popular tiene muchas.

Agua del arrozal que se vuelve verde oliva, con el eclipse de las sombras de los guardianes del *lao gai*. Y por la comisura de la boca, un susurro.

–Esta noche, esta noche comeremos carpa.

Sonríe cuando señala su camisa abierta. Escamas espejeantes de la cola de una carpa deslizándose dentro de la parte delantera de sus pantalones.

–Y esta noche te contaré nuestra mayor vergüenza.

*

La vela estaba oculta detrás de un hueco en los ladrillos de la pared. Cerillas raspadas en el hormigón semideshecho del dormido zócalo y sus cimientos de acero. Unas barras de un enrejado oxidado, debajo de una losa suelta del suelo. Mirada de ojos sin brillo... la carpa destripada con los dientes y las manos. Lo que no se podía comer, tirado por la ventana con rejas. Por la mañana las esqueléticas ratas no dejarán rastro.

La chaqueta de lino encajada en la abertura entre suelo y puerta de la celda disimulará los olores de la cocción. Olores que te recuerdan una casa que tuviste y una vida que viviste alguna vez. El viejo arranca pequeñas rodajas de la carne de una carpa anémica del hueso de marfil y pone los trozos en el enrejado de acero sobre la vela encendida. Por encima de la carpa, delicados brotes de hierba del río. Colocados con exactitud, cariñosamente, como si acariciara el pelo de una joven.

–El arte consiste en asar bien la carne. La carpa es un pez sucio. Come limo, mierda.

Da cuidadosos golpecitos al pez.

–Pero que no se ase demasiado.

Maniobra cuidadosamente con la vela.

–Las cosas tienen un modo de decirte que están listas. Como una mujer. ¿Ves?

Se riza la hierba.

–Eso te manda una señal.

Empuja a Piao más cerca.

–Y te habla. ¿Lo oyes?

Un delicado chisporroteo y un olor que llena los ojos de lágrimas.

–¿Oyes? Claro que oyes. Cómeme, está diciendo. Cómeme.

Jugo marrón y una loncha de carpa desde la punta de los dedos del viejo hasta la lengua de Piao.

–Bueno, ¿eh? Claro que bueno. Lo mejor que hayas comido nunca.

Ojos cerrados. Un sabor, como si nunca la hubieses probado antes, como si la vida, y el campo que la alimentaron, se hubieran reunido en aquel instante. Y entre ella, una huella dactilar del sudor del viejo... la vida del viejo.

–Sí. Lo mejor que haya probado nunca.

El anciano sonríe. Carpa en sus dedos, en sus labios y su lengua. Vuelve a sonreír.

–Come. Podría ser que no nos destinasen a los arrozales en semanas, meses.

Los dedos de Piao arrancan la carpa del acero. Carne, con señales de los cruces del enrejado. Durante muchos minutos, sólo come. La idea de hablar, una profanación. Pronunciar palabras, un sacrilegio. Sólo cuando eructa el viejo, secándose el jugo de la carpa de la barbilla, Piao tiene la sensación de que le han dado licencia para hablar.

–Háblame de la vergüenza, viejo. Dime cuál es nuestra mayor vergüenza.

–Vienen a por ti. Te llevan, a cuatro a la vez. Siempre a cuatro.

Mueve el pez por el enrejado.

–Siempre sabes que serás tú, eso es lo peor. Viene un día, dos días antes. Te toma las medidas. Estatura. Peso. Calibre, comprueba tus niveles de grasa. Niveles de grasa. Más carne en esta carpa que en cualquiera de nosotros. También análisis de sangre. Raramente te rechaza. Raramente. Yo he tenido suerte hasta ahora. Gracias a los antepasados.

Escupe en el suelo. Tose.

–Demasiado viejo para él. Demasiado enfermo. Demasiado cerca de reunirme con los antepasados, imagino.

Piao agarra la carpa del enrejado y da de comer al viejo.

–Ese sitio no es un hospital. En un hospital dan de alta a los que se curan. Pero ninguno de los que cruza esas puertas vuelve jamás, ¿verdad que no, camarada? Nadie se cura nunca.

Sus ojos se encuentran con los de Piao.

–¿Curar?

Se ríe con las encías de un recién nacido.

–Puede que se curen, joven camarada. La muerte después de una vida como ésta puede parecer una cura.

El viejo sopla la vela. La luz se apaga de sus ojos.

–Una vergüenza así en ese sitio. Nuestra vergüenza mayor.

–¿Cuál es esa vergüenza mayor, anciano? ¿Es un sitio en que se muere?

Se chupa los dedos uno por uno, el viejo, hasta que le resplandecen.

–Tienes mucho que aprender, joven camarada.

La áspera manta subida sobre sus esqueléticos hombros.

–¿No lo sabías? Hay cosas peores en la vida que la muerte.

*

Vienen a por el anciano de noche, un día después. En sus bocas, todavía el sabor de la carpa y de las hierbas del río.

Piao se echa hacia delante, pero le golpean haciéndole retroceder. Otra vez hacia delante. El beso de la vara de bambú le recorre la mejilla. Un cardenal desde el extremo del ojo le cruza la boca hasta la mejilla, con un silencio de advertencia en carne viva. Empuja con todas sus ganas contra la fuerza del guardián. Demasiado débil para servir de nada. Ve cómo arrastran al viejo desde la celda; tiene los ojos desorbitados de miedo. Dedos de los pies arrastrando por hormigón y polvo. Ve que las lágrimas le caen silenciosamente. Una charla sin sentido en los labios del viejo. En el pasillo, más guardianes, y saliendo de la sombra a la luz, una figura alta. Su olor a cosas mezcladas, a cosas médicas y cosas muertas, pero imponiéndose a todo un olor a rosas rojas. Jabón de rosas rojas. El viejo, resignado; sin energía, sin voluntad para resistir la pinza de calibrar, las mediciones, que le pesen. La lista de preguntas médicas, preguntas hechas y contestadas con una voz titubeante. El alto, su chino torpe. Un asentimiento de cabeza y las últimas palabras.

–Traedlo, y a los otros.

Piao, cara en los barrotes, los ve ir pasillo abajo, y sólo cuando casi se han perdido en la oscuridad, es capaz de encontrar las palabras, bautizadas con sangre tan dulce como el vino de arroz de Shaoxing. Grita, su eco responde.

–Pasechnik. Kanatjan Pasechnik.

El ruso se vuelve, desandando el pasillo con paso firme. Ojos frente a los de Piao, al otro lado de los oxidados barrotes de la puerta de la celda. Entonces el ruso sonríe. Señala con el dedo.

–Usted. Me habían hablado de usted. El inspector jefe, ¿verdad?

Se aparta de los barrotes con decisión y vuelve a recorrer el pasillo hacia la noche.

–No tenga prisa, inspector jefe. Volveré por usted justo dentro de siete días, y será mi invitado. Mi invitado especial, lo prometo. Y nunca rompo una promesa.

Y en aquel momento, toma una decisión. No oponer una resistencia inútil, pero, como una videocámara, grabarlo todo. Etiquetar cada grito, numerar cada paliza, catalogar cada abuso, hasta el día en que los que perpetraban esos actos zarpen rumbo al duro puerto de la justicia.

Capítulo 55

«El comunismo no es amor.
El comunismo es un martillo que usamos
para machacar al enemigo.»

El Gran Timonel

Y al séptimo día...

Aire agrio, medicinal. Una habitación violentamente blanca. Ganchos en una pared; colgando de ellos como cuerpos anoréxicos, trajes de cuerpo entero con visores, provistos de tubos e indicadores para sus propios sistemas de respiración independientes.

Una habitación a la que se llega desde esa habitación. Azulejos en paredes y suelos. Grandes cubículos para duchas, con pesadas cortinas de goma. Una colección de grandes cepillos para rascar y desinfectantes de colores primarios. En otra pared, dentro de vitrinas de brillante cristal, instrumental médico afilado y resplandeciente; junto a ellas una gran nevera encajada en acero. También encajada en acero una gran puerta cerrada herméticamente con goma y una triple mirilla, y bordeada de indicadores complicados y pantallas de televigilancia con cámaras. Grises, unas figuras con trajes protectores se mueven en torno a camas grises de hierro metidas en tiendas de grueso plástico.

Piao, con la frente febril pegada al frío cristal de la ventana que mancha de sudor.

–¿Qué es este sitio?

Pasechnik, el ruso, más allá de los anchos hombros caqui de los guardianes, más allá de la sombra de sus fusiles.

–Yo creo que usted ya lo sabe, pero déjeme hacerle una demostración. Al fin y al cabo, somos líderes mundiales en esta área de investigación.

Dedos pálidos hasta un panel de control empotrado en la pared. Encima de una cama alejada, una cámara de televigilancia gira lentamente, enfocando. Una panorámica titubeante sobre la pantalla de un monitor plomizo. Detención, aproximación, enfoque. En el anonimato de una cama mediana, cubierta de polietileno, en su sudoroso sudario, el anciano. Sujeto con grilletes al cabecero de acero de la cama. En su consumido cuerpo desnudo hace estragos una pestilencia. El inspector jefe, con dificultad, recuerda su promesa de tenerlo todo en cuenta, a costa de lo que fuera.

–Le he traído aquí porque creí que le gustaría ver los progresos que está haciendo su amigo.

Una sonrisa, acechando lenta por sus rasgos, como una sombra en una pared.

–Días uno y tres, fase de preerupción. Un período de síntomas como de gripe, puntuado de fiebre alta. Días cuatro a cinco, primera aparición de pápulas, «bultos hinchados». Primera aparición de pústulas, «bultos que contienen líquido».

La voz del ruso, tranquila.

–Días seis a diez, fase de pápulas y pústulas. Las erupciones cubren todo el cuerpo. Revientan, supuran. El paciente infectado ahora es altamente contagioso.

Luego, casi con orgullo.

–No hay ningún antídoto conocido. Uno de cada tres pacientes muere de toxemia generalizada, o de necrosis de la piel, o inmunodeficiencia frente a otras infecciones. Esta única variedad de la viruela recorre su camino en dos semanas.

El anciano abre sus pesados párpados hinchados con pústulas durante un instante. Los dedos de una muñeca atada destacan ligeramente en el interior de la tienda de oxígeno, con un débil abaniqueo. Y luego su energía desaparece. Dedos que resbalan hacia el interior de la tienda de oxígeno y vuelven a caer sobre la sábana descolorida. Sus ojos giran volviéndose sobre sí mismos hacia un universo secreto, sólo conocido por él mismo.

–¿Por qué?

–Usted es un camarada inteligente, inspector jefe. Ya sabe por qué. ¿O no?

Piao se da cuenta de que sólo decir las palabras en cierto modo era compartir la culpabilidad. Sin embargo no decirlas era una denegación blasfema.

–Zhong Ma.

–Muy agudo, camarada inspector. Pero dentro de unos cuantos días, una vez que haya conseguido la necesaria autorización, usted terminará su gira por estas instalaciones y acudirá con esas palabras a su creador...

El ruso sonríe.

–Una autorización que espero con mucha ansia recibir.

Capítulo 56

Gruñidos inarticulados salen de una boca vacía, por unos labios que brillan con *Dukang*. En los dedos del Mago da vueltas un disco plateado. Una profunda aspiración. Empuja el CD-Rom a las profundidades del ordenador. Una serie de clics. Maniobras por la puerta falsa. Protocolos de pirateo. Los archivos del PC de Qi abiertos, accesibles.

El Margo chupa con fuerza de la paja; *Dukang* caliente nada hasta su garganta. Palabras sin lengua salen nadando junto a palabras amordazadas dirigidas al monitor por donde pasan páginas. Un comentario constante en gruñidos. Pero dentro de su cabeza, palabras centelleantes, palabras frías y hermosas. Formadas y formuladas a la perfección.

Palabras amordazadas de fastidio cuando destaca partes enteras de datos, comentarios técnicos, resultados de análisis. Su dedo suspendido sobre la tecla de borrado. Un error, él está seguro, pero el Grande ha sido inexorable. Un movimiento de cabeza. Aprieta la tecla. Todas las referencias al arroz dorado, eliminadas.

Carga los datos del disco al comienzo del ARCHIVO VEINTE. Una llave en la puerta. Códigos decodificados. Nombres donde había iniciales. Cargos, departamentos gubernamentales, organizaciones políticas, donde había abreviaturas. También cosas más siniestras. Grabaciones de vídeo, fotos fijas, el bostezo del beso de una navaja que degüella. Nudillos congelados agarrados al hormigón. Rostros sonrientes de los del EPL. Y otros datos, un goteo constante de Piao y el Grande, ahora todo incorporado a un dique que revienta.

Accede a Internet a través del PC de Qi. Su código de usuario, el código del nombre, conocidos sólo por el propio camarada, pero a los que accedió hace meses. Unas cuantas informaciones recogidas de la red. Elementos del pirateo informático. Un protocolo conseguido de tapadillo en un foro de piratas informáticos. Carácter tras carácter; teclearlos.

Componer. Descargar las direcciones que el email, con su voluminoso sistema, iba a enviar. Unos centenares de líneas más. Cada nombre del ARCHIVO VEINTE tendría una copia. Cada organización política. Cada enlace a los medios de comunicación de la República Popular. Cada cibercafé. Más allá de los virtuales muros de fuego que protegen la República, el flujo libre de la red a escala mundial. El mundo exterior. Copias del ARCHIVO VEINTE a las organizaciones extranjeras de medios de comunicación, a las agencias que controlan los derechos humanos.

ENVIAR. Su dedo, en el pulsador del ratón. Mano virtual que aprieta un botón virtual. Centenares de emails salen volando hacia su destino. Negras bandadas de caracteres entran en departamentos, atraviesan escritorios. Puentean a secretarias de bocas que chupan limones. Mandan por los aires los planes de comités. Negras bandadas de palabras arden entre páginas de agendas. Hierven sobre fronteras internacionales. Nada de citas, nada de llamadas a la puerta, nada de protocolos... nada de putas buenas maneras.

–Sesenta días. Lamento que no estés aquí para disfrutar de la fiesta. Pero que te sean propicios los antepasados y seas generoso con su *Dukang* como yo lo soy con el tuyo, Sun Piao.

El Mago se sirve otro vaso lleno y se echa hacia atrás en su asiento, viendo el fluir de emails volando hacia sus receptores. Datos que podrían ser tan pegajosos como el barro. Datos que podrían ser espinas de pescado en las gargantas de altos *cuadros*.

Capítulo 57

Gran Sala del Pueblo,
Plaza de Tiananmen, Beijing

16 horas después

Cuadros de la Larga Marcha, del triunfo del *Gongchandang*, del movimiento de las Cien Flores. Retratos de los héroes de la revolución, Mao Zedong, Zhu De, Zhou Enlai, Liu Shaoqi, Chen Yi. Sangre en las mejillas, fuego en los ojos, cuerpos a sus pies. Héroes de la revolución. Su pecho, hinchado de orgullo; fusiles que aún humean.

La cúspide de la pirámide, los más altos *cuadros*, ninguno por debajo del grado siete. Un olor a aliento de septuagenario, paredes recubiertas de madera oscura, zapatos de cuero italiano y lágrimas amarillentas de incontinencia. Un olor que mantiene la respiración a raya. Y en la boca del estómago, la inquietud del poder, la sensación de que va a suceder algo decisivo, inevitable y fatal.

Zapatos brillantes recorren el suelo de madera lacada. Otros se les unen desde los despachos cercanos en una marcha decidida hacia las salas de roble oscuro del comité. El *cuadro* más importante, con el aspecto de un hombre que nunca ha necesitado la ayuda de otro hombre.

–Una situación difícil. Una situación terriblemente difícil...

Una voz como hormigón al hacerse la mezcla. Todos asienten con la cabeza, el camarada era el actual secretario general del Secretariado Central, el *cuadro* de rango más elevado entre ellos, un grado dos. Lo bastante arriba para tener a la vista la misma cúspide de la pirámide.

Sí –asienten todos con la cabeza–. Con un *cuadro* de grado tan elevado no era apropiado ningún otro gesto.

Las puertas de la Gran Sala del Pueblo, abiertas de un empujón. Durante unos segundos, el secretario general, los acólitos que le flaquean, miran su desierta inmensidad. Diez mil asientos. Diez mil con una voz. Un estremecimiento le recorre la columna vertebral todas las veces. Todas las veces. Ojos que van al cielo iluminado por la estrella roja. Una enorme y gloriosa rúbrica del sol. Sus ojos, nublados por lágrimas. Aunque sea un *cuadro* de grado dos, un secretario general de un órgano importante del Partido Comunista, no le avergüenza secarse las lágrimas de los ojos con un pañuelo con su nombre bordado. En realidad, hace un espectáculo del mismo gesto. En el corazón, una súbita y repentina sensación de benevolencia hacia el proletariado.

–«Es sabido, no es el árbol el que elige al ave, sino el ave la que se posa sobre la rama que le apetece.»

Se da unos cuantos toques más en los ojos.

–Mirad a vuestro alrededor. Mirad a los héroes de la República Popular bajando la vista hacia vosotros. ¿No notáis su sangre corriéndoos por las venas?

Palabras entrecortadas por la emoción.

–Esa ave nos ha elegido, camaradas. Se ha posado en nuestras ramas mientras yo hablo.

Se da la vuelta. Anda. Una falange de impecables trajes italianos se da la vuelta, anda con él. Al mismo paso, pero unos cuantos pasos detrás.

–Venid, camaradas, tenemos importantes decisiones que tomar. Decisiones difíciles que caen sobre los hombros de aquellos a quienes ha elegido el ave.

Los precede a una sala auxiliar, decorada al estilo de las tierras y pueblos del sur. Los bai, los lisu, los yi, los naxi, los va. Madera de la jungla de los valles entre el río Salween y el Irrawaddy. Sillones de pieles de animal, aún almizcladas, aún con olor a tierra, de las colinas de los límites entre las provincias de Guizhou y Hunan.

En la sala se pueden sentar cómodamente ciento cincuenta, pero sólo ocho detrás de sus puertas cerradas. Ocho poderosos y de fiar. La reunión sería breve, pero ceñida al asunto. Los ojos del secretario general caen en el camarada más lejano a él. Una elevación de cejas, una sugerencia para que hable, para que sude.

–Hemos limitado la exposición en Internet de los archivos en cuestión, camarada secretario general. Varias redes occidentales han colgado una transcripción completa del archivo. El PSI que permitió que aparecieran ya no es accesible desde la República Popular.

–¿PSI?

–Proveedor de servicios de Internet, camarada secretario general.

Asiente con la cabeza, sonríe el secretario general. El joven *cuadro* recibe la aprobación.

–Ya no se puede acceder a los sistemas de búsqueda de Google, AltaVista, Yahoo, desde dentro de nuestras fronteras. Nuestros ministerios de Información e Industria ya han enviado nuevas reglas a los PSI, y se deben atener a ellas.

Se seca la frente con un pañuelo sin su nombre bordado el joven *cuadro*.

–Ya he enviado a su oficina un juego completo de esas nuevas reglas, camarada secretario general. Harán imposible que vuelva a suceder algo así.

El mismo asentimiento de cabeza. La misma sonrisa.

–¿Entonces la situación está controlada?

Una elevación de cejas.

–Hemos controlado lo que podemos controlar, camarada secretario general.

–Explíquese.

–Camarada secretario general, podemos hacer poco sobre ese archivo y los detalles ya difundidos. Esa información ahora es de dominio público.

–¿No se la puede borrar de Internet? ¿Suprimirla?

–Es imposible hacer eso, camarada secretario general. Una vez en Internet, es como agua dentro de agua. No se puede separar.

–«Agua dentro de agua.» Muy poético, camarada. Muy gráfico. ¿Y cómo valora usted la situación?

Nota la reticencia escrita en la cara del *cuadro* joven.

–Diga lo que tenga que decir, camarada. En este lugar, en esta situación, necesitamos dar rienda suelta a la expresión.

Mano a la boca, tose, como si las palabras se le atragantasen.

–Camarada secretario general. Este episodio tendrá muchas consecuencias. Los archivos y lo que contienen, en especial las grabaciones en vídeo.

Le interrumpe el secretario general.

–En una situación como ésta sólo hay una estrategia eficaz. Negarlo.

–Sí, por supuesto, camarada secretario general. Mi departamento ya ha recibido instrucciones. Nuestras agencias de noticias también recibirán instrucciones esta tarde y publicarán artículos ridiculizando los archivos. Negando que los archivos y lo que contienen sean auténticos. Echando la culpa a indeseables, a enemigos de la República Popular, a extremistas políticos. Ya se han preparado informes y comunicados de prensa.

–Bien. Bien...

–Pero, camarada secretario general, este caso es distinto. Tiene complicaciones.

–¿Y eso cómo?

–Los archivos hechos públicos contienen detalles, nombres, hechos que se pueden rastrear paso a paso. Negarlo no será suficiente. Se plantearán cuestiones de derechos humanos referidas a algunos de los bares y demás «empresas comerciales» que se nombran en los archivos.

Un nervioso sorbo de agua. Golpecito de tela en la frente sudorosa.

–Y están los Juegos Olímpicos, camarada secretario general. Recordará que el vídeo del asesinato de la joven tenía lugar debajo de banderas que llevan el propio símbolo de las Olimpiadas. El Comité Olímpico no quiere verse implicado en crímenes. Ya está siendo presionado por naciones poderosas para que actúe, y actúe con rapidez. Para esta noche ha convocado una reunión de emergencia del COI en Ginebra.

Se aclara la voz. Los nervios sacan lo mejor de él.

–Tenemos la suerte de contar con amigos favorables dentro del Comité Olímpico. Ya se ha contactado con esos amigos. Con todo, no conseguiremos quedarnos con las Olimpiadas a no ser que hagamos ciertos cambios, ciertas concesiones. A menos que ofrezcamos algo a cambio, camarada secretario general.

El alto *cuadro*, pensativo. Su silencio se apodera de la sala. Asiente con la cabeza.

–Se pondrá usted en contacto con el Ministerio de Seguridad y ofrecerá por escrito algunas ideas. Cambio con ce minúscula, ¿no? Pero cambio, en cualquier caso. Debemos garantizar a cualquier precio que las Olimpiadas se celebran en la República Popular. Espero que sus ideas estén sobre mi mesa esta tarde.

Sonríe. Asunto cerrado.

Los ojos del alto *cuadro* se concentran en la cara de otro camarada. Un camarada mayor, cara nudosa y deformada como la corteza de un bonsái.

–Diga, mi viejo amigo, ¿sabemos de dónde proceden esos archivos, esa información?

–Sí, camarada secretario general.

–¿Se ha encontrado la fuente con seguridad? ¿Con una seguridad del cien por cien?

–Sí, camarada secretario general. Nuestros expertos en ordenadores han verificado y vuelto a verificar su camino hasta el origen. Están todos de acuerdo, con una seguridad del cien por cien.

–¿Es el ciudadano del que hemos hablado anteriormente?

–Sí, lo es, camarada secretario general. Los archivos han conducido hasta el disco duro del ordenador del camarada coronel Qi.

Frases, susurros chirriantes. Como un cuchillo sin afilar que corta un material resistente.

–Pero, ¿por qué Qi, un *cuadro* de los más privilegiados, iba a colgar sus propios delitos en Internet? ¿Por qué abrió esos archivos para que los examinasen así?

–Proceden de su ordenador, secretario general. Pero...

–¿Pero qué, mi viejo amigo?

–Pero eso no significa que fuera el dueño del ordenador el que envió la información desde él.

–Entonces, ¿quién lo hizo?

Un encogimiento de hombros.

–Es imposible decirlo, camarada secretario general. Pero es muy poco probable que fuera el propio camarada coronel. ¿Cuál sería la finalidad de tal acto? Sin embargo, lo que es indudable es que esos archivos y la información que contienen pertenecen al coronel Qi.

El camarada nudoso, su mirada firme en el secretario general.

–Mi punto de vista, camarada secretario general, es que este episodio no tiene que ver con el dinero. Tiene que ver con el poder. Este traidor y sus compinches del EPL ponen a prueba los viejos usos.

Político experimentado, pasea la vista a su alrededor, asegurándose de que su voz no era la única.

–Debemos poner freno al poder y a la creciente independencia financiera del Ejército Popular de Liberación, y de los *tai zi* que se aprovechan del nombre de sus apreciadas familias. No podemos tener un Estado dentro del Estado, camarada secretario general. Todo debe empezar y terminar en la República Popular. Debemos atenernos a la voluntad del proletariado.

El aplauso que acompaña a esas palabras permite que el secretario general recoja sus documentos e indique que la reunión ya ha terminado.

–Gracias, camaradas. Gracias. Su energía, como siempre, es muy valiosa. Muy valiosa.

Se dirige a la puerta.

–Por ahora nuestra estrategia será el desmentido. Se pondrá en marcha una política más activa a tiempo de abortar las cuestiones planteadas de mayor alcance.

Camina por el pasillo, una ondulación de trajes azules hechos a medida le sigue. Durante varios minutos el camarada secretario general se queda inmóvil en el pasillo. Una roca en el centro del rápido fluir de un río.

Palabras susurradas al camarada nudoso todavía a su altura.

–Mi viejo amigo, el mensaje que recibí esta mañana hay que responderlo. No por escrito ni por teléfono. Una cuestión delicada. Quiero que lleve un mensaje verbal, mi viejo amigo.

Hace una pausa mientras considera el nivel apropiado de corrección diplomática.

–Dígale al camarada que me siento honrado en grado sumo por su invitación y que le veré mañana. Estaré encantado de escuchar su estimado punto de vista, aunque ya he decidido el curso de la acción.

El camarada secretario general, su mirada alzada a los cielos con estrellas carmesí de la Gran Sala.

–Sí, le diré exactamente eso al *primer ciudadano*.

Capítulo 58

SUITE DEL ÁTICO DEL HEPING,
HOTEL DE LA PAZ

La habitación y las habitaciones que salen de ella, escaneadas electrónicamente. Dedos fuertes que desenroscan auriculares telefónicos, plafones del techo, puntos de electricidad. Se activa un aparato, pequeño pero potente, para la interferencia del sonido. Cualquier señal de teléfono móvil interceptada, aparatos de escucha silenciados.

Té servido en tazas de porcelana. *Xunhuacha*, el té más delicado posible. Perfumado con rosas. Sonrisas y sorbos. Conversaciones sobre el tiempo, la luminosidad de la habitación, las obras de arte de sus paredes, sus lujosas dovelas de yeso y la belleza de sus adornos *art decó*.

Un asentimiento de cabeza. La puerta de doble hoja se cierra. El *primer ciudadano* en un extremo de la mesa; en el otro, el camarada secretario general. Entre ellos, una extensión de nogal; magníficas vetas doradas aprisionadas debajo de una espesa capa de barniz.

Un sorbo de té. Trámites de seguridad y educadas formalidades agotadas.

*

–Camarada *primer ciudadano*, su sentido de la oportunidad es impecable. Pero no totalmente casual, ¿verdad?

Revuelve el té el viejo camarada. Casualidad, la vela agujereada de los que van a la deriva en el mar del destino. A ningún aspecto de su propia vida se le podría aplicar nunca una palabra así. El sendero luminoso lo determina todo desde la cuna hasta la tumba. El viejo camarada sorbe un poco de té. No responde. A veces es mejor no mover los labios para poder aguzar la mente.

–Deduzco que estará al tanto de nuestro problemilla, *tong zhi*.

Una frase curiosa «nuestro problemilla». Curiosa y peligrosa.

–Habrá visto usted las terribles acusaciones que han colgado en Internet. Pero la situación ya está completamente dominada.

El *primer ciudadano* no responde.

–Hay, naturalmente, ciertas cosas que nos inquietan. La mala publicidad, la amenaza potencial a los Juegos Olímpicos.

Los ojos del secretario general, bajos. Demasiadas cosas que ver en el interior de ellos.

–Sin embargo, he ordenado una campaña concertada de desmentidos, *tong zhi*. Mientras hablamos, nuestra influyente prensa está desmintiendo que las grabaciones de vídeo o las fotografías sean auténticas.

–Pero son auténticas, camarada secretario general.

Ninguna respuesta por parte del político.

–También estamos negando firmemente la acusación de que la prostitución, en esos niveles de epidemia que parecen sugerir las cifras que constan en los informes, exista de verdad.

–Pero existe, camarada secretario general. Y nuestro querido Ejército Popular de Liberación está viviendo de ella. Como pasa con alguno de nuestros más notables *cuadros* de la más alta categoría.

Exasperación ahora en las palabras del secretario general.

–También hemos estado en estrecho contacto con el Comité Olímpico Internacional. Celebra hoy una reunión de emergencia en Ginebra para discutir la situación. Todavía no tengo los resultados de esa reunión, pero confío en grado sumo en que nos serán favorables.

–¿Confía usted, secretario general? ¿Confía en grado sumo?

–Por completo, *primer ciudadano*. Cierto número de nuestros más prominentes partidarios dentro del movimiento han aceptado una invitación a visitarnos, una vez que las cosas se hayan calmado un poco. Serán adecuadamente recompensados.

–¿Y cómo serán «adecuadamente recompensados», camarada secretario general? ¿Quizá con putas de corta edad, de esas que según parece atiborran el club Dedo del Hotel Bailemen? ¿O el club Luna de Shanghai? Clubes de los que sus colegas, el camarada Peng y el camarada Lui, parecen ser los accionistas más importantes.

Deja su taza. Mira intensamente los ojos del *tong zhi*. Fuerza, autoridad, ira, un cóctel que no se podría beber así como así. De pie, el secretario general, sus brazos apoyados sólidamente en la mesa.

–He tenido la paciencia de escucharle, *primer ciudadano*. Mucha paciencia. Aunque su estrella haya declinado y los de su estirpe estén en la tumba. Sin embargo, le he escuchado. Pero yo no recibo consejos de una persona que vive de la caridad desde hace medio siglo.

La cara se le puso púrpura cuando se dirigía hacia la puerta de doble hoja.

–Y no recibo órdenes de una persona que no tiene poder, autoridad o músculos para respaldarlas.

Abre la puerta de un empujón. Los agentes de seguridad se ponen firmes, sus baratas guerreras de lino se tensan sobre adormecidas pistolas.

–Vuelva al *mah-jongg* y a su madura cortesana, camarada *primer ciudadano*. Muera en su propia cama, *tong zhi*, y no en algún sitio espantoso.

La respuesta desconcierta por su calma.

–Sugiero, camarada secretario general, que dé la vuelta y lea lo que tengo en la mano. Puede hacer que conserve el cargo en la República Popular. Puede que incluso la vida.

Un segundo en que todo pende de un solo hilo. Con el rabillo del ojo, el secretario general reconoce el sello en la parte superior de la carta de esquinas agudas. El sello de la oficina privada del presidente. El camarada se da la vuelta, volviendo hacia la mesa. Agarra la carta de la mano del *primer ciudadano*. Un asentimiento a los agentes de seguridad. La puerta de doble hoja se cierra.

–Estoy seguro de que reconoce la firma y el sello del presidente de la República Popular China, Hu Jintao.

Ha leído media carta y se encoge en el sillón.

–Nuestro nuevo presidente es un amigo personal. Jugamos a menudo al *mah-jongg*. Un jugador concienzudo, el camarada Jintao. Antes de cada movimiento piensa mucho, mucho. Nunca toma una decisión sin valorar todos los riesgos y tener en cuenta todos los aspectos.

La carta cae a la mesa.

–Y pensó mucho, mucho, al escribir esta carta que me concede autoridad total para manejar esta situación. Al parecer, mi estrella no está declinando todavía, camarada secretario general. Pero, dado que el destino ha decidido que debamos trabajar juntos, por un bien mayor, no perdamos más tiempo. Eso es lo que le exijo.

El secretario general, superviviente de la Revolución Cultural y de una docena más de purgas, ya se adaptaba a la nueva situación. Pliega cuidadosamente la carta y se la devuelve al *tong zhi*.

–Primero, ordenará usted la detención inmediata del camarada Qi y su delfines asociados. Recibirá las instrucciones sobre cómo tratar a esos asesinos y traidores. Luego ordenará, por medio del DSP, una purga inmediata de la «vieja» prostitución. Su Brigada Antivicio resucitará y contará con los fondos apropiados; no, más que los fondos apropiados.

El secretario general saca del bolsillo interior una pluma y un cuaderno con las esquinas doradas.

–También concederá una amnistía a los miembros del EPL, el DSP y los más altos *cuadros* dentro del gobierno y del aparato del Partido que renuncien a cualquier interés que puedan tener en los negocios de este ruin «viejo» que origina tanta desgracia.

Espera a que el camarada secretario general termine de escribir.

–Dispondrá que los cuerpos de las jóvenes asesinadas, sepultadas en hormigón, sean recuperados de las aguas cercanas a las islas Yangshan Grande y Pequeña, en la bahía de Hangzhou. Se le proporcionarán las coordenadas exactas. El precio del entierro de esas jóvenes será sufragado por el Partido en su totalidad.

El *primer ciudadano* saca una carta de una carpeta.

–Una carta del Comité Olímpico Internacional. Noticias de la reunión de Ginebra. He hecho que la interceptaran. Su confianza carecía de fundamentos, camarada Su-Tu. Se recomienda que, basándose en los derechos humanos, se retire a nuestro país la organización de la Olimpiada. Se recomienda que se celebre en Atenas una vez más. Donde, y cito al presidente del COI, «el ambiente se adecua más a los ideales del movimiento olímpico».

Su mirada se clava en el secretario general.

–Por el bien de la República Popular, debemos unir nuestros esfuerzos para encontrar el modo de evitar ese desastre, Su-Tu.

–Me siento halagado, camarada *primer ciudadano*, de que me considere colega suyo.

–¡Colega! Yo no le considero colega. Su papel en esto es sencillo. Encontrará el modo de volver a meter la mierda en el culo del caballo, camarada secretario general. O descubrirá cómo la voluntad de la República Popular puede adquirir la forma de un proyectil.

El secretario general asiente sumisamente.

–Aquí están unas órdenes detalladas, así como toda la documentación necesaria, y algunas sugerencias mías que le ayudarán a centrar sus ideas, Su-Tu.

Tiende una abultada carpeta al secretario general.

–Sé que conoce bien el arroz dorado, Su-Tu, porque, en nombre de la República Popular, usted ha contribuido con varios millones de dólares a ese proyecto, lo mismo que han hecho unos cuantos países más. Lo que no sabe, sin embargo, es que el hecho de que los informes oficiales sobre el arroz dorado fueran generalmente favorables sólo se debió a que las voces que disentían fueron reprimidas brutalmente. En esencia, camarada secretario general, el arroz dorado es un mito. No responde a las promesas que les hizo nuestro coronel Qi a usted y a otros.

Su-Tu, nervioso, busca una salida, pues su mente todavía funcionaba con la claridad que le había llevado a la cima de la pirámide.

–La cuestión clave es, y por favor corríjame si estoy equivocado, camarada *primer ciudadano*, si esas naciones que invirtieron en el arroz dorado todavía creen en él.

–Sí, creen en el arroz dorado, pero la mera existencia de un informe en contra hace insostenible esa posición.

El secretario general espera encontrar sentido a aquel intercambio, pero no tiene que esperar mucho...

–Como político con experiencia, ¿ve usted cómo podemos salir de la situación en la que nos encontramos?

Sonríe interiormente, pero Su-Tu mantiene su rostro de jade pulido.

–La legalidad, el primer puerto en que hace escala el político. Y legalmente cualquier contrato que se haya redactado con esos países se puede romper, así de sencillo, camarada *primer ciudadano*. Estaban tratando con elementos indeseables de dentro de nuestra República Popular. No han hecho negociaciones oficiales con el Partido, y por tanto no existe ningún compromiso. Pero admitir eso supondría una tremenda pérdida de imagen, y romper ese contrato nos distanciaría de esos países.

Se pone de pie.

–Con todo, si se me permite, camarada *primer ciudadano*.

Un asentimiento de cabeza.

–Se podría permitir que ese acuerdo, ese compromiso, siguiera como está, aunque añadiéndole un elemento corrector, no escrito, por supuesto.

–¿Y en que consistiría ese anexo al acuerdo entre nuestras naciones, camarada secretario general?

Da un cauteloso paso hacia delante, dispuesto a cambiar la dirección de su camino ante el menor atisbo de desacuerdo o desaprobación por parte del viejo *tong zhi*.

–Se les enviaría el arroz dorado y los datos técnicos que contribuyan a sus propios programas de investigación, y conseguiríamos su voto en el Comité Olímpico Internacional.

–¿Y qué pasa con las otras naciones consumidoras de arroz del COI? Me refiero a las que no participan en el proyecto del arroz dorado.

–Por supuesto, camarada *primer ciudadano*, qué descuido el mío. Se les permitiría a esas naciones disfrutar del arroz dorado, pero tal vez en unos términos ligeramente menos ventajosos. Comprenderían que los inversores originales esperen una recompensa por su riesgo. Y, naturalmente, su solidaridad con respecto a sus relaciones con el COI.

–¿Y los miembros del COI que representan naciones que no consumen arroz?

–Se limitarán a recibir una gratificación sustancial añadida a los honorarios por consultoría recibidos y por habernos votado como sede de las Olimpiadas.

La mirada del *tong zhi* es de desagrado y de admiración, a su pesar.

–Por lo que veo, camarada Su-Tu, hay cierta verdad en el dicho de que la inminencia de los bomberos sirve para aguzar el ingenio.

El secretario general, ahora más confiado, ignora el comentario.

–No obstante, camarada *primer ciudadano*, si consideramos los años venideros, los resultados son incluso mejores. Si nuestros científicos tienen éxito en la solución de los problemas que plantea el arroz dorado... en ese caso recogeremos los beneficios de nuestra ilimitada generosidad, o...

El camarada secretario general, con la experiencia de un millar de reuniones del comité.

–Para entonces, camarada *primer ciudadano*, nosotros habremos celebrado con gran éxito nuestros Juegos Olímpicos, ese gran escaparate de nuestra nación.

Sonríe.

–Y el aire que se ha respirado no se puede devolver. Y como para entonces sin duda seremos la mayor potencia económica del mundo, simplemente sonreiremos y pediremos disculpas. Haremos público nuestro pesar más profundo y devolveremos todas las inversiones hechas en el arroz dorado con una bonita gratificación. El arroz dorado, que al principio parecía prometer tanto, resultó ser un fracaso.

–Sí, Su-Tu, bien. Muy bien.

–Pero, camarada *primer ciudadano*, Estados Unidos puede que sea una cuestión diferente. Nos restregarán por las narices esta situación desafortunada en que nos encontramos. Querrán obtener capital político de lo que se ha colgado en Internet.

Levantándose, el *tong zhi* lleva agarrado por el codo a Su-Tu hasta la puerta, como el amo lleva a su perro.

–Estados Unidos, secretario general Su-Tu...

El camarada cruza la puerta y sale al pasillo. Los del servicio de seguridad se ponen firmes.

–Sí, Estados Unidos es un problema. Siempre es un problema...

Aprieta el descascarillado botón para llamar el ascensor.

–Pero estoy seguro de que se nos ocurrirá algún plan. Sí, se nos ocurrirá algo, normalmente ocurre.

–¿Hay algo que sepa usted que no sepa yo, *primer ciudadano*?

Las puertas del ascensor se abren. Acero en planchas y paredes de espejo. Un millar de Primeros Ciudadanos en la interminable hilera de reflejos.

–Camarada secretario general, siempre hay algo que sé yo y que usted no sabe.

Su-Tu entra en el ascensor.

–Esperaré informes positivos suyos, secretario general. Todos los días, hacia las cinco de la tarde.

Las puertas del ascensor se cierran, acero que se desliza sobre acero; el ascensor se hunde ciegamente en la oscuridad.

Capítulo 59

Al fondo de la llamada, ruidos que el *tong zhi* había echado de menos. Un bebé que llora, una pareja que discute, un borracho que canta y un niño que juega a que es soldado. *Renao*... vida picante y especiada.

Mueve la cabeza. Se ha alejado de la gente; hacía tiempo que se había retirado frotando la tierra color tabaco de las yemas de los dedos. Una suite en el ático del *Heping*, el Hotel de la Paz, tenía sus compensaciones, especialmente para un camarada de edad como él. Pero ¿qué sonidos había en un lugar así? Sólo la música de las cajas registradoras, las melodías repetidas que cantaban los ascensores, los cantantes melódicos con dientes dorados que entonan canciones de otras culturas y turistas estadounidenses quejándose de su artritis y de la presión del agua en el cuarto piso.

–*Ni nar*.

–Subinspector Yaobang, recibí su mensaje. Quiere hablar conmigo, ¿no?

–¿Quién coño es?

Se ríe el viejo camarada.

–Una persona que usted conoció primero como un niño en un cuadro, camarada Yaobang.

–Mierda. Lo siento, camarada Primer...

–No pronuncie mi nombre, subinspector. Las paredes tienen...

–Oídos. Ya lo sé, camarada. Pero es demasiado importante para andarse con miramientos.

Al fondo, el sonido de la guerra imaginaria de un niño. La voz del *primer ciudadano* se alza sobre el clamor.

–¿Para qué me quería, subinspector?

–El jefe, camarada. El inspector jefe está vivo.

–¿Qué?

–Sun Piao está vivo.

–¿Está usted seguro, subinspector?

–Está en un *lao gai*. Establecimiento-4, cerca del lago Poyang, en la provincia de Jiangxi. Lo llaman Montaña de la Rectitud.

–Subinspector, ¿cómo sabe esos detalles?

–Por el ordenador de Qi, interceptamos un email enviado por el ruso, Kanatjan Pasechnik. Lo tengo aquí. Dice: «El inspector Piao, ¿tengo plena autoridad en este asunto?». Lo van a matar, joder.

–Cálmese, subinspector.

–Tenemos que ponernos en acción rápidamente, *tong zhi*, o será demasiado tarde.

–Subinspector, esas palabras no significan que pretendan matar a su inspector jefe.

–*Tong zhi*, el cabrón del delfín del EPL envió un email de respuesta a la Montaña de la Rectitud. «Es suyo, Pasechnik. Use su imaginación con respecto a su muerte, pero no deje pruebas. Ni un hueso.»

Capítulo 60

Sólo ahora sale de las tierras del inconsciente, de tierras blandas con empalagosas sombras. Consciente de los gritos, pero no de las palabras que repiten, de manos sobre él, que tiran, le alzan. De la ligereza de su cabeza, corazón, miembros... como si volara.

Luz sobre luz, astillándose, y un ruido invasor, rotores de motor que hacen lonchas, aplauden el aire. Vuelve la cabeza, abre los ojos y contempla por la puerta abierta la noche en llamas. El cielo, del color de los labios pintados de una *yeh-ji*, con campos y edificios de almacenamiento en llamas.

Sobre él la cara del Grande. Agua que se introduce poco a poco en sus labios desde el cacillo metálico de la mano del subinspector.

–Beba, jefe.

Incapaz de hablar, sólo ve, en ojeadas independientes. Cercas de barracas que pasan a toda velocidad. El resplandor en punta de alambre cortante en trazos mercuriales. Verde oliva, perseguido por el negro; otro helicóptero, sin identificación, se aparta en un arco agudo. Y luego maleza, eriales, más allá del alcance de la Montaña de la Rectitud, como si hubieran llegado al mismo límite del mundo.

Incapaz de hablar, sólo oye, en arrebatos caóticos.

–Conseguimos sacarle de allí justo a tiempo, jefe.

Puerta metálica levantada. Aire, sonidos, decapitados. Un navegante grita cifras, indicaciones como números.

–¿Qué pasó?

–Le hemos secuestrado, fuerzas especiales, jefe, la unidad de acción inmediata. Está usted en uno de sus helicópteros.

–¿Hacia dónde?

–Nos dirigimos al norte. Todo está arreglado, joder.

Despliegan un plano; desenfocado junto a su cara.

–Cruzamos por aquí, lago Xingkai, provincia de Heilongjiang. Repostamos aquí y aquí. Y terminaremos aquí.

Una línea roja de un plan de vuelo que corta la masa negra de un centro habitado importante.

–A salvo, jefe. Un antiguo camarada del *primer ciudadano*. Una clínica y una *zhau-dai-suo*...

Más agua. Más dulce que ninguna que haya probado.

–Le atenderán bien, jefe. Convenientemente bien, joder.

Responde a la pregunta de los ojos del inspector jefe.

–Y el *primer ciudadano* dice que debe permanecer usted lejos de Shanghai. A mucha distancia. Dice que están a punto de brotar cien flores y que usted sabrá qué coño significa eso.

Cien flores... cien rosas rojo sangre. Sí, lo sabía.

–Ahora está al cargo él, jefe. Todo está a cargo del *primer ciudadano*.

–¿Pasechnik?

–Se suponía que la unidad de intervención inmediata también secuestraría al ruso, jefe, pero no hay señales de él. Es como si se hubiera largado a toda hostia.

Piao, agitado. Intenta sentarse. Son muchas palabras las que se agolpan, a medio formar en su lengua.

–Dile. Dile...

–¿A quién, jefe?

–Al *primer ciudadano*. Dile...

Se estira a por el agua con manos ciegas. El Grande levanta la taza a sus temblorosos labios.

–¿Decirle qué, jefe?

–El edificio bajo. El edificio bajo. Dile que el edificio bajo. Vergüenza, nuestra mayor vergüenza...

Los rotores del helicóptero suenan sordamente al atravesar la oscuridad. Un giro que marea. Se dirigen a latitud 45 norte, longitud 132 24′ este. La nieve, atrincherada en los bordes de los eriales.

–No entiendo lo que quiere decir, jefe, «nuestra mayor vergüenza».

La inconsciencia como agua negra que se revuelve, se impone, tira de Piao.

–Dile que Zhong Ma. Otro Zhong Ma.

Capítulo 61

Matar a uno para calentar a un centenar.
A un centenar, para calentar a diez mil...

Nada por escrito. Ni palabras por teléfono, ni siquiera en los números con prefijo 39. Nada de emails. Ni faxes. No usar intermediarios. Sólo palabras. De boca a oreja. Susurros en salas de comités forradas de madera oscura. Palabras como instrucciones, como condenas. Palabras como puñales en el corazón.

*

Sus pasos a un unísono discordante, por pasillos que desembocan en pasillos. Saben exactamente dónde van. A un ala con salas de comités. Despachos de dirigentes. Cámaras del Partido. Saben exactamente dónde van.

Diez nombres de *cuadros* de grado medio a alto en el email del coronel Qi, transferidos a una lista pulcramente escrita a máquina. Diez *cuadros,* sus pies en las fétidas aguas de los «viejos». Diez *cuadros,* sus fechas de caducidad vencidas hacía tiempo.

Irrupción simultánea en diez despachos. Presentación de diez manojos de documentos con cuños de tinta. Sin presentaciones. No es necesario. Una escena a la que todos los ciudadanos de la República Popular habían despertado, sudando, en los sueños que sazonan las anónimas horas de la noche.

Ocho de los diez acusados en el banquillo. La justicia, menos escrupulosa con los otros dos. El juicio dura dieciséis minutos. Se concedieron dos minutos a cada acusado. Cada minuto ensayado cuidadosamente. Sentencias decididas por las más altas jerarquías del Partido.

El juez del Tribunal Supremo Popular se pone de pie. Sus palabras, escasas; le esperan una buena botella de *Cunxian*, vino de arroz de Jiang Su con mucho cuerpo, y una amante abierta de piernas.

–*Lao gai* durante un período de no menos de veinticinco años. Que la educación por el trabajo que se aplica en los *lao gai* os convierta en unos camaradas nuevos y valiosos.

Al fondo de la sala del tribunal, un camarada sale de la sombra, cruza las puertas y avanza por el pasillo. Un camarada viejo al que le abren la pesada puerta exterior de doble hoja del Tribunal Supremo Popular. Se sube el cuello. Con frío, aunque el tiempo era cálido. Un quebranto de la vejez; no ir al paso de todos los que te rodean.

Sonríe. A aquella misma hora, la semana siguiente, no habría ningún *cuadro* de alta categoría de la República Popular que no supiera de los diez. ¿Quién no temía que llamaran a su propia puerta? ¿Quién no imaginaba que una sombra así se interponía en su vida? Aunque las acusaciones se leyeron en secreto, cada una de sus palabras sería materia de chismorreo. Cada una de sus palabras circula por el *xiao-dao xiao-xi*, «el caminito de las noticias», el canal informal de transmisión de noticias.

A aquella hora de la semana siguiente no habría ningún *cuadro* de alta categoría de la República Popular que no estuviera apresurándose a vender su participación en un bar con karaoke sexual o un club de alterne. ¿Quién no estaría revisando sus falsas facturas de gastos, o sus planes para transferir dinero de un contrato fraudulento para una estafa en la construcción con materiales baratos? A aquella hora de la semana siguiente no habría ningún *cuadro* de alta categoría de la República Popular cuyas ambiciones no hubieran sido refrenadas, o cuya atención no se dirigiera hacia el proletariado en lugar de hacia la compra de una segunda *zhau-dai-suo*.

El chófer abrió la puerta del Bandera Roja y ayudó a entrar al *primer ciudadano* en su melancólico interior de cuero. La puerta del *Hong-qi* se cierra. Calles, *long*, que atraviesan en silencio. Vidas reflejadas en un millar de escaparates de tiendas.

Sonríe. Una antigua lección puesta a prueba una vez más.

–Pues una amenaza al amenazado no se grita, se susurra.

Capítulo 62

Los viejos pescadores comparten una creencia, raramente expresada y en la que confían por su cuenta y riesgo. Te dirán, mientras el humo de tagarninas hace arrugas en sus caras y mientras los dedos recorren las cicatrices de la línea de pescar que queman y duelen. Te dirán que al final el esquilmado mar recupera, en especie, lo que le han robado. Kilo por kilo, metro por metro, alma por alma.

Ésa es la creencia que comparten los viejos pescadores.

*

Islas Yangshan Grande y Pequeña, bahía de Hangzhou

Silencio fracturado. Maldiciones. Súplicas. Sobornos. Gritos.

Fueron necesarios seis agentes para trasladar a cada *tai zi* del EPL desde la bodega de carga hasta cubierta. Una trabajosa procesión. Dos agentes, en una silla hecha con los brazos entrecruzados, cargan con cada cuerpo. Cuatro agentes, con guantes en las manos, con cada uno de los enormes «zapatos» de hormigón que encierran las piernas de cada camarada.

En la proa del *Sendero Luminoso*, un barco Dayang de apoyo y rescate; la barandilla ya ha sido retirada. Más allá, una oscuridad incontenida. En el borde del abismo de acero con arañazos, los camaradas dejan en el suelo sombras agudamente afiladas. Girasoles zancudos metidos en negros y afilados tiestos. Un agente de mayor graduación se adelanta. Una vez más, registra los bolsillos de los dos camaradas. Meticulosamente. Primero el delfín del EPL Ang. Promesas, amenazas, súplicas; todas ignoradas. El agente, entregado al frío ritual. La mente, centrada únicamente en eso. Vuelve a registrar la ropa del miembro del EPL; que todas las señales de identificación y etiquetas hayan sido eliminadas. Se traslada al siguiente *tai zi,* Tsung. Despide todavía olor a alcantarilla. El mismo proceso. El mismo ritual. El delfín, callado, sólo hablan sus ojos. Mira hacia el este, a la cinta iluminada de la lejana costa. Esposa, hijos... perdidos. Un desgarrón de tristeza imposible de unir con puntos de sutura.

El inspector jefe se desvanece en las sombras más profundas. Muchos segundos antes de que el otro agente, con guantes en las manos, se adelante. Se pone de rodillas. A través de la tela barata del pantalón, la piel congelada por la cubierta de hierro. Empuja con todas sus fuerzas, los bloques de hormigón resbalan sobre el óxido. Luego un punto, el filo de una hoja de afeitar, entre hierro y vida, y aire y muerte. Los delfines congelados en una distinta versión del tiempo. Quietos, perfectamente quietos... como si su propia calma pudiera detener la última deriva violenta.

Desde la profunda sombra, se ladra una orden. Manos con guantes en el hormigón. Hormigón empujado por la cubierta de hierro. Cae, se acelera. El peso de los pies azota los torsos verticales, chasquea los brazos; la cabeza, derecha. Se aceleran. Flechas sin punta caen en la oscuridad y el agua. Caen silenciosas en tinta. Últimos gritos. Caen. Brazos que se agitaban lentamente, calmados. El hormigón se topa con el arenoso fondo del mar a cincuenta metros. Suavemente, los brazos caen a los costados. Las cabezas descansan; las barbillas sobre el pecho. Y en un arenoso bautismo, la arena vuelve a caer sobre sí misma como una permanente noche.

Capítulo 63

«Bosque de la Virtud»,
cárcel Gongdelin, Shanghai

«Apnea», del griego, «suspensión de la respiración»

La boca del gigante se abre. Bajo el resplandor de un foco, varias manchas se van perfilando hasta formar una punta de flecha de guardianes al encuentro del Bandera Roja. Muchos segundos antes el delfín del EPL, Qi, salió de la limusina, convencido por el empujón de ásperas manos. Manos debajo de sus sobacos le hacen avanzar desde el recinto cercado y por los pasillos de hormigón hacia las más bajas profundidades del Bosque de la Virtud, con sus celdas de piedra que despelleja los nudillos de la mano y huelen a tierra y a vidas que se dejan pudrir. Ásperas manos en la tela delicada, en la región lumbar, empujan al del EPL, Qi, hacia la celda más profunda de Gongdelin. Bisagras implacables, la puerta se abre de un tirón. Parado en su mismo centro, un hombre de espalda rígida, un coronel jefe del Ejército Popular de Liberación, con uniforme completo. Qi sonríe, con alivio.

–Padre, me alegra mucho verte. Yo sabía que vendrías por mí. Puedo explicarlo todo.

Ninguna palabra. Ninguna sensación de que lo reconozca.

–Te han contado mentiras sobre mí, padre. Soy hijo tuyo, sabes que no soy lo que dicen.

El coronel jefe avanza. Uno a uno, y con gran cuidado, desabrocha los botones de la guerrera de su hijo. Se la quita. La pliega cuidadosamente.

–Camarada coronel jefe, señor, ¿qué es esto?

Unos suaves dedos de padre le desabrochan el cinturón al del EPL, le quitan los pantalones del uniforme, los pliegan con precisión y los dejan encima de la guerrera.

–Padre. Padre. No lo entiendo. Yo no he hecho nada.

Agarra la mano del miembro del EPL. Una sola lágrima cae por la mejilla del viejo. Deja que la lágrima alcance la barbilla.

–Padre, ¿qué estás haciendo?

Sus dedos rodean el pesado reloj de la muñeca de Qi. Se resiste el del EPL. Unos guardianes lo sujetan.

–No. No, padre. Tú no puedes hacer esto. Esto no. Tú no...

Una correa doble. Dos hebillas. Lentamente. Las suelta con cuidado.

–Sabes lo que eso significa para mí. Padre, lo sabes.

El reloj en la mano del coronel jefe. Una vida dada, una vida recuperada.

El coronel jefe pasa unos dedos fríos como la roca por la cara de su hijo. Por los ojos de su hijo en un adiós gélido.

–¿Padre? ¿Padre?

En el antebrazo, el uniforme. En el bolsillo, el reloj. El coronel jefe avanza hasta la puerta de la celda. Se aleja por el pasillo sin oír las palabras de súplica de su hijo.

La puerta de la celda se cierra con violencia. El coronel Gu Qi, comandante en jefe de la *Kan Shou Jingbei Si Ling Bu*, de Shanghai, no vuelve la vista. Una lección aprendida tiempo atrás, en tiempos más difíciles. Una marcha apresurada por el pasillo, poniendo distancia, lo más rápidamente posible, entre él y un dolor tan intenso. Deja caer el reloj en el suelo de piedra; la bota de su pie lo pisotea en un acto definitivo de destrucción.

*

«Dormid bien de noche, ciudadanos
de la República Popular.
Dormid bien, sabiendo que un hombre brutal ronda
en la noche,
dispuesto a sembrar la violencia en vuestro nombre.»

El *Hong-qi* estaba aparcado en el recinto cercado de Gongdelin, con el motor ya en marcha. En un segundo, el coronel jefe Gu Qi se sienta en su interior, la puerta metálica del Bosque de la Virtud se alza y el Bandera Roja se hunde silenciosamente en la noche.

El *primer ciudadano* pone a la fuerza un pesado vaso de cristal con *Dukang* en la mano del coronel jefe.

–Ya está hecho, camarada Qi.

Bebe a fondo el del EPL. Su fuego cauteriza el dolor.

–Ya está hecho.

Una mano del *tong zhi* en el hombro del miembro del EPL.

–No había otra elección, camarada. ¿Imaginas un juicio público? La pérdida de tu prestigio y el de tu familia. Una mancha indeleble en tu expediente del Partido, y es un expediente ejemplar, de un linaje comunista intachable.

Corren las cortinas del Bandera Roja.

–De este modo, camarada coronel jefe, nadie se enterará nunca. Tú has cumplido tu parte del acuerdo y yo, naturalmente, cumpliré la mía. Mientras nosotros hablamos, están circulando simultáneamente comunicados de prensa del EPL y del Partido.

Rellena el vaso del miembro del EPL.

–Acabamos de recibir noticias de un terrible accidente en el área de las islas Gran y Pequeña Yangshan, en la bahía de Hangzhou. Nuestro apreciado Ejército Popular de Liberación participaba en complejas maniobras de instrucción para la defensa de nuestra gloriosa República Popular. Algunos de los oficiales de mayor graduación que insistieron en tomar parte activa en las más duras y peligrosas de esas operaciones se perdieron en el mar. Todavía no se han recuperado sus cuerpos.

El del EPL mira fijamente hacia delante, un adoquín gastado sin rugosidades.

–El coronel Zhong Qi, estimado y muy querido hijo y camarada del coronel jefe Gu Qi, desgraciadamente se cuenta entre los desaparecidos y se le supone muerto. Al Partido le gustaría que quedara constancia de su aprecio por la vida y servicios de ese estimado camarada. Un camarada que fue un ejemplo para todos, en términos de liderazgo y servicios al Partido y al proletariado de la República Popular China...

El *primer ciudadano* enroscó con firmeza el tapón de la botella de *Dukang* y la guardó.

–Un hijo, camarada coronel jefe, ¿no merece la pena tener un hijo, aunque sólo sea para que cuente con un epitafio tan maravilloso y conmovedor?

*

Una hora después

Un teléfono público del vestíbulo del *Heping*, el Hotel de la Paz. Ante los compases desafinados del quinteto de septuagenarios que canta: «La verde, la hierba verde del hogar», el *primer ciudadano* se pone las gafas y marca un número. Descolgaron el auricular en el otro extremo de la línea a los dos timbrazos.

–*Ni nar*.

–Señora, tendrá que perdonar que hable con prisa, pero ya sabe que tengo mucho que hacer. Nuestras diferencias internas han quedado resueltas, pero la dimensión internacional todavía necesita toda mi atención.

Estaba muy lejos, pero él habría jurado que oía el mar de Bohai rompiendo en la playa.

–Señora, debo agradecerle su inapreciable colaboración para ponerme en contacto con el camarada Ai Yu. La oportuna colaboración de la unidad de intervención inmediata fue inapreciable en la operación para liberar al camarada inspector jefe.

Estaba muy lejos, pero él habría jurado que olía las hogueras de leña de alcanforero arrojando sus sombras alargadas sobre las arenas de tono caramelo.

–Un muy buen camarada, su marido, pero me sorprendió que usted me ayudase en mis esfuerzos por liberar a un hombre del que en apariencia se ha deshecho con tanta facilidad, señora.

Varios segundos; sólo la estática electrónica que se permeaba a todas las llamadas telefónicas de provincia en provincia.

–Era mi deber, *primer ciudadano*. Todavía es mi marido.

–¿Sólo su deber, señora?

Silencio.

–¿Señora?

–Y le respeto. ¿Es ésa una razón lo suficientemente buena, camarada *primer ciudadano*?

Incluso por la línea telefónica, aprecia la sonrisa de ella.

–¿Una razón lo suficientemente buena, señora? Por supuesto, puede que la mejor razón posible.

Se quita las gafas el *tong zhi*, una parte del ritual para terminar una llamada.

–Le agradezco su ayuda una vez más, señora. La volveré a telefonear la semana que viene.

–Camarada *primer ciudadano*...

Interrumpe la caída del auricular hacia su base.

–Sun Piao, mi marido, ¿está a salvo?

–Sí, señora, completamente seguro y en franca recuperación.

–¿Y dónde le ha hecho desaparecer usted, camarada *primer ciudadano*?

–¿No se lo he dicho, señora?

Una sonrisa invisible. Era mucho lo que ella podía aprender de un camarada como aquel *primer ciudadano*.

–No, no me lo ha dicho, camarada.

Segundos, el océano de estática en flujo y reflujo.

–Es extraño, creí que se lo había dicho. Nuestro buen camarada el inspector jefe Piao y su ayudante están en el país de Lenin y Stalin, en el país de los zares muertos y la sopa de col, señora.

Capítulo 64

SALA DE CONFERENCIAS DE LA LARGA MARCHA
GRAN AUDITORIO DEL PUEBLO
PLAZA DE TIANANMEN, BEIJING

Un perro le ladra a algo, los demás le ladran a él

Despacho privado del secretario general del Secretariado Central, camarada Su-Tu, justo en el pasillo del Gran Auditorio del Pueblo. Un despacho que pocos veían, en caso de que la auténtica naturaleza de la bestia fuera conocida.

–Éstos son los últimos, camarada secretario general.

Un fajo de documentos. Las palabras de políticos transformadas en acuerdos legales por el departamento legal del Secretariado Central.

–¿Todos devueltos, de acuerdo, firmados?

–Sí, camarada secretario general. Cincuenta y cinco naciones han aceptado el regalo que les hacemos del arroz dorado. Lo aprecian mucho.

Un peso quitado de encima de los hombros. Una sonrisa de Su-Tu.

–Excelente, viejo amigo. Excelente. ¿Y saben cómo demostrar su aprecio en esta cuestión?

–Claro, camarada secretario general. Cuando el COI se reúna la semana que viene en Ginebra, votarán para que los juegos se queden en Beijing.

Los dedos de Su-Tu acarician los lomos de libros pulcramente ordenados en estantes. Letras doradas grabadas en cuero. *El arte de la guerra*, de Sun Tzu. *Macbeth*, de Shakespeare; *El sueño del pabellón rojo*, de Ts'ao Chan; *Las uvas de la ira* y *Cannery Row*, de Steinbeck.

Muchos volúmenes, todos sin leer.

–¿Y los votos de esas naciones tendrán el efecto deseado?

–Ya se ha realizado un sondeo, camarada secretario general. Es favorable, pero necesitamos a Estados Unidos y los votos sobre los que ejercen influencia para estar seguros.

Un asentimiento de cabeza que indica comprensión.

–Buen trabajo, viejo amigo, siempre supimos que las matemáticas referidas a esta dificultad serían complicadas. Con todo, nosotros tenemos lo que los estadounidenses llamarían un «triunfo». ¿Está usted totalmente informado?

–Sí, camarada secretario general.

–Excelente, excelente. Comunicaré nuestros progresos al *primer ciudadano*. La negociadora estadounidense ya ha llegado y está esperando en la sala de conferencias de la Larga Marcha.

Al retirarse hacia la puerta Su-Tu, una mano pesada en el hombro del camarada.

–Recuérdalo, el *primer ciudadano* nos observa. Tenemos mucho que ganar y mucho que perder.

–¿Informará al camarada *primer ciudadano* de todos los detalles de lo que esperamos será un acuerdo con los estadounidenses, secretario general?

–Sí, naturalmente, viejo amigo. El *tong zhi* estará completamente al tanto de la versión de lo que hayamos acordado. Y se le proporcionará una versión de los documentos que se redacten.

Palmea el hombro del camarada.

–No se merece menos, ¿no, viejo amigo? Una versión de la verdad para un camarada que representa una versión de nuestra República Popular tal y como era hace medio siglo.

Palmea nuevamente el hombro del camarada.

–Y ahora no me decepcione. Espero mucho de esas negociaciones, viejo amigo.

El *cuadro* se mueve hacia la puerta.

–No le decepcionaré, camarada secretario general.

Sonríe abiertamente.

–Los americanos son predecibles. Avariciosos. Estarán como la carpa hambrienta, encantados de picar el gusano por afilado que sea el anzuelo.

*

Una sala de dimensiones perfectas. Su anchura, una compleja representación matemática de la distancia recorrida durante la Larga Marcha: 12.000 kilómetros. Su longitud, basada en el número de buenos camaradas que iniciaron la marcha: 87.000. Su altura, un cálculo basado en el número de camaradas que completaron el épico recorrido: 10.000.

A lo largo de toda la superficie de la pared más larga de la sala de conferencias, sin que lo dividan las tres ventanas que abarcan toda la extensión de la Plaza de Tiananmen, un imponente cuadro de los héroes de la Larga Marcha, pintado al gran estilo soviético. En su epicentro, el propio Gran Timonel. A su alrededor se arremolina una enorme bandera roja. Por encima de su hombro, el sangriento nacimiento de un sol que se alza. En sus ojos el pasado, el futuro, unidos indisolublemente por una ideología política que sin duda durará hasta que el sol haya perdido su fuego.

En un extremo de la larga mesa de conferencias, el viejo camarada. En el otro, la negociadora estadounidense.

El *cuadro* observa a través de sus gafas los ojos de la mujer, los más azules que haya visto nunca, mientras recorren las líneas impresas del informe. Treinta minutos completos. Ni una frase que no fuera totalmente examinada a fondo. Ni un punto que no fuera analizado. Finalmente levanta la vista.

–Todo está ahí, señora negociadora. ¿Se fiará sin duda de un hombre en mi situación?

Una sonrisa de político.

–Camarada, no estoy aquí para fiarme de nadie. Estoy aquí para negociar. Las dos cosas pueden ser completamente diferentes, y muchas veces lo son.

Vuelve a bajar la vista hacia los documentos.

–Sí, aquí está todo. Excepto la respuesta a mis preguntas y el precio.

–¿Preguntas, señora? ¿Qué preguntas? Usted sabe qué es lo que compra. Sus especialistas ya han analizado los datos iniciales que les hemos proporcionado.

La mujer, experimentada, le deja hablar.

–Usted conoce su valor, señora, o no estaría sentada aquí. Varios casos de viruela «quimera». El único tipo de viruela que existe ahora en el mundo. Su nación, la mía, son las únicas que tienen los virus híbridos. También ántrax que se puede usar como arma. Datos detallados sobre el ébola, el *clostridium botulinum*, la epidemia de neumonía, el virus HFV-Lassa. Recibirá muestras de cada uno.

Le deja que monte el puesto.

–Y datos detallados. Más de los que su país podría conseguir nunca. Muchos más. ¿Y tiene preguntas?

En las manos de ella, gráficos con datos, recuentos de la virulencia, niveles de toxicidad, porcentajes de infección.

–Sí, camarada, tengo preguntas. ¿Estos datos, estas muestras, de dónde proceden?

–Lo lamento, pero esa información es reservada.

Ella aprecia su ventaja.

–¿Podría haber cuestiones referidas a los derechos humanos en todo esto, camarada?

El camarada se pone de pie.

–Un momento. Un momento...

Se dirige a la puerta. Por una abertura, otra voz, en la oscuridad. Una conversación animada. Pasa un minuto, luego cinco. La negociadora estadounidense mira la hora en su reloj. Sigue con la mirada todos sus pasos cuando el viejo camarada vuelve a ocupar su sitio al lado de ella. Habla de mala gana, con la cara apartada de ella, y de los héroes de la Larga Marcha.

–Zhong Ma. ¿Conoce esas palabras, señora?

Un ambiguo movimiento de cabeza. Ni «sí» ni «no».

–Zhong Ma fue un campo de prisioneros japonés de Beiyinhe, en las mismas afueras de Harbin. Yo estuve internado allí, y en Pingfang, entre los años 1938 y 1945, en los que la Unidad 731 llevó a cabo experimentos con humanos de nacionalidad china.

La mujer espera a que él continúe.

–Diez mil autopsias, algunas mientras los pacientes todavía estaban vivos. Tres mil muertes. Experimentaron con mis compatriotas con ántrax, peste bubónica, cólera, tifus y muchas otras enfermedades. Algunos lo llaman el Auschwitz oriental.

–No estoy al tanto de los detalles, pero creo que son esencialmente correctos.

Se acerca a ella.

–Como resultado de esos experimentos, los japoneses usaron ántrax en bombas de fragmentación de fabricación especial. Introdujeron cólera, tifus en pozos, estanques. Como resultado de esos experimentos, pulgas infectadas con peste cayeron sobre Ningbo, en el este de mi país. En Changde, en la zona central del norte de mi país.

Silencio.

–Murieron más de doscientos mil compatriotas míos como consecuencia de esos experimentos. En 1945, su general Douglas MacArthur envió un grupo de inteligencia en nombre de su gobierno estadounidense para interrogar a científicos japoneses de la Unidad 731. ¿No, señora?

–Creo que es correcto.

–Al comandante en jefe de los japoneses, Shiro Ishii, y al grupo de la Unidad 731 se les concedió inmunidad con respecto a los crímenes de guerra a cambio de sus datos sobre la experimentación con humanos. ¿Sí?

–No puedo comentarlo.

–Durante muchas décadas los datos que recibió su gobierno sobre los criminales de guerra de la Unidad 731 constituyeron la base de su programa de armas biológicas, señora negociadora. Eso situó a Estados Unidos a la cabeza de este campo de investigación.

Silencio.

–Así que espero que no me haga ninguna pregunta referida a los derechos humanos que se puedan derivar de esa investigación, señora negociadora. Las manos de los estadounidenses no están exactamente limpias en ese terreno.

Silencio, durante muchos, muchos segundos. Como si en aquella extensión de tiempo las suyas fueran las únicas vidas que aún alentaran sobre el planeta.

–Señora, tenemos otro Zhong Ma, otro Pingfang. De ahí es de donde proceden esas muestras y esos datos. Pero esta vez el proyecto fue iniciado por uno de los nuestros, un oficial del ejército indeseable, y la investigación, dirigida por un eminente científico ruso. Uno bien conocido por su propio gobierno.

Ella trata de recordar el nombre en su lectura de los documentos de la noche anterior.

–Usted todavía está pensando en la cuestión de los derechos humanos, señora negociadora. Supongo que ahora se marchará. Volará a su propio país de Dios.

Ya no escucha, sólo espera la próxima estratagema de la negociación.

–Señora negociadora, hay otras naciones que apreciarían estos datos. Muchas naciones, como bien sabe usted. Pero como he subrayado, nuestras dos naciones tienen, tienen... ¿cómo lo podría decir sin ofender? Nuestras dos naciones tienen una «historia» en ese terreno.

Piensa en cómo puede alguien que trata de las vidas de millones de personas sonar como un vendedor de pisos de tercera fila.

–Sería una pena terminar esta relación especial en este punto, señora.

Mira el imponente cuadro, como buscando inspiración.

–¿Y el coste, señora? En primer lugar, su apoyo y el apoyo de los amigos de Estados Unidos en la reunión del COI de la semana que viene en Ginebra.

Los ojos de él, de los de Mao a los de la negociadora.

–Y en segundo lugar, señora, la suma de cinco mil millones de dólares por los datos y las muestras únicas que resultaron de esta nueva investigación. Como alternativa, aceptaremos una oferta de quince mil millones de dólares por brindar a su país la oportunidad de colaborar con nosotros en esta importante investigación.

Ni un parpadeo. La escena, ensayada un millar de veces.

–¿Esa investigación está en marcha?

–Sí, señora. Aunque nos hemos trasladado a un lugar incluso más seguro.

–Pero el ruso que dirigía su proyecto ahora está muerto.

Sonríe el camarada.

–¿Dónde ha oído eso, señora negociadora?

Él mueve la cabeza.

–No, no, no, señora. El ruso todavía está al pie del cañón, pero ahora invisible para el mundo. Todavía encabeza este proyecto de investigación y continuará su excelente trabajo.

La negociadora se levanta súbitamente, estirándose la falda. Sin una palabra, se dirige a la gran puerta de doble hoja. El *cuadro* se apresura a seguirle los pasos.

–Señora, señora. No quería ofenderla. Si se trata de su preocupación con respecto a las cuestiones de derechos humanos...

–Necesito llamar por teléfono.

–No será necesario, señora negociadora. Si usted quiere llamar a su coche, yo...

–Camarada...

La negociadora estadounidense se vuelve.

–Necesito disponer de una línea telefónica segura. Necesito llamar a mis superiores de Washington.

El brillo del Gran Anfiteatro del Pueblo la enmarca.

–Sólo tengo autorización de mi gobierno para ofrecerle hasta diez mil millones de dólares, y es evidente que esa cifra necesitará ser incrementada sustancialmente.

Glosario de términos

«Agua derramada»:
Expresión despectiva para una niña recién nacida.

Ankang:
Hospital mental.
Establecimiento penal.

Ashi:
Punto de acupuntura al que se accede con los dedos durante un masaje.

A-yi:
Doncella.

Cuadro o gambu:
Persona en posición de liderazgo.

Cao-mu jie-bing...:
«Darle la vuelta al gato muerto.» / Correr un riesgo o tirarse un farol.

Cheng-fen:
Origen familiar.

Dahu:
«Los del nuevo dinero.»
Los nuevos ricos.

Danwei:
Lugar de trabajo.
Unidad de trabajo a la que se pertenece en la sociedad.

Dao-mei:
«Muy mala suerte.»
Menstruación (término peyorativo usado para las mujeres).

Dim sum:
Comida fría al estilo cantonés.

DSP:
Departamento de Seguridad Pública.

EPL:
Ejército Popular de Liberación.

Fanshen:
«Poner del revés.»
Revolución.

Fen:
Moneda china.

Fen-chu:
Cuartel general del DSP.

Gongchandang:
Partido Comunista.

Guang guan:
«Ramas sin hojas.»
Nombre vulgar para los hombres jóvenes solteros.

Guan-xi:
Mercado negro.
Tratos bajo cuerda.

Hongcha:
Té de hojas rojas, conocido en Occidente como té negro.

Hong-qi:
«Bandera Roja.»
Coche chino de alta categoría fabricado a mano.

Hou-men piao:
«Entradas de la puerta de atrás.»
Eufemismo para papel higiénico.

Jiaozi:
Ravioli.

Jiang:
Río.

Jiudi jiejue:
Resolución sumaria.

Ku-hai yu-sheng:
«Vivir en el amargo mar.» Máxima budista referida a la supervivencia.

Kuomintang:
Partido Nacionalista, liderado por Chiang Kai-shek.

Lao gai:
«Reforma a través del trabajo.»
Campo de trabajo.

Lao jiao:
«Reforma a través de la educación.»
Campo de trabajo.

Liu-mang:
Gamberro, ladronzuelo.

Long:
Callejón.

Lucha:
Té verde.

Lu:
Calle.

Luxingshe:
Agencia que se ocupa de los turistas.

Mantou:
Rollos cocidos al vapor.

Maotai:
Potente licor alcohólico destilado de maíz y sorgo.

Mei ming:
Sin nombre.

Nemma bai nemma pang:
«Tan blanco, tan gordo.»
Cumplido a un bebé sano.

Nai-ai:
«Ahogado de amor.»
Echado a perder.

Ni nar:
«¿Quién es usted?»
«¿Dónde está usted?»

Pa ma-fan:
Miedo a tener problemas.

Panda Brand:
Cigarrillos chinos.

Patuo:
Distrito.
Barrio.

Renao:
Picante y con especias.

Shar-pei:
«Piel arenosa.»
Raza china de perros.

Shen-jing shuai-ro:
«Debilidad de los nervios.»
Depresión o ansiedad.

Shou fa:
Técnicas manuales usadas en los masajes.

Tai ji:
Antigua forma de gimnasia.

Taijiquan:
Boxeo chino.

Tai zi:
Delfín. El hijo de un *cuadro* importante.

Ta ma de:
Un insulto referido a la madre (la expresión soez nacional).

Tong zhi:
Camarada.

Tsingtao:
Marca china de cerveza.

Tu-fei:
Bandido.

Wai-guo-ren:
«Persona de un país extranjero.»

Wangba dan:
«Huevo de tortuga.»
Un insulto referido a la madre.

Wawayu:
Un pez.
Salamandra, que llora como un niño cuando la atrapan.

Wuliangye:
Licor alcohólico hecho de mijo, sorgo, arroz y hierbas.

Wushu:
Kungfu.

Wu-wei:
No hacer nada o la acción a través de la inacción.

Xiao-dao xiao-xi:
«El caminito de las noticias.»
Oír cosas transmitidas informalmente.

Xiao-xu:
«Grupos pequeños». Grupos de 10 alumnos para formación política del partido.

Xiu-xi
Siesta.

Xunhuacha:
Té perfumado.

Yang-gui-zi:
«Demonios extranjeros.»

Yeh-ji:
«Una faisán salvaje.»
Prostituta.

Yuan:
Moneda china.

Zhau-dai-suo:
Dacha.
Villa.

Índice